典藏诵读版

阅微草堂笔记全鉴

〔清〕纪昀◎著
东篱子◎解译

扫一扫
免费赠送3种国学音频！

国家一级出版社 中国纺织出版社 全国百佳图书出版单位

内 容 提 要

《阅微草堂笔记》原名《阅微笔记》，是清代著名学者纪昀晚年所作的文言笔记志怪小说。全书包括《滦阳消夏录》六卷、《如是我闻》四卷、《槐西杂志》四卷、《姑妄听之》四卷、《滦阳续录》六卷，主要记述当代前后流传的各种狐鬼神仙、因果报应、劝善惩恶等乡野怪谭，以及作者亲身所听闻的奇情轶事，广泛而深刻地反映了清代驳杂的社会生活、人情风貌，具有极高的文学和史学价值。

图书在版编目（CIP）数据

阅微草堂笔记全鉴：典藏诵读版 /（清）纪昀著；东篱子解译. —北京：中国纺织出版社，2019. 5

ISBN 978 - 7 - 5180 - 6105 - 1

Ⅰ. ①阅… Ⅱ. ①纪… ②东… Ⅲ. ①笔记小说 - 小说集 - 中国 - 清代 ②《阅微草堂笔记》 - 译文 ③《阅微草堂笔记》 - 注释 Ⅳ. ①I242. 1

中国版本图书馆 CIP 数据核字（2019）第 067471 号

策划编辑：陈希尔　　特约编辑：金　彤　　责任印制：储志伟

中国纺织出版社出版发行

地址：北京市朝阳区百子湾东里 A407 号楼　邮政编码：100124

销售电话：010- 67004422　传真：010- 87155801

http://www. c-textilep. com

E-mail：faxing@ c-textilep. com

中国纺织出版社天猫旗舰店

官方微博 http：//weibo. com/2119887771

北京佳诚信缘彩印有限公司印刷　各地新华书店经销

2019 年 5 月第 1 版第 1 次印刷

开本：710 × 1000　1/16　印张：20

字数：250 千字　定价：49. 80 元

前言

《阅微草堂笔记》是清代鸿儒纪昀晚年所作的笔记小说集，为清代文言笔记小说的代表作。

纪昀（1724—1805），字晓岚，一字春帆，晚号石云，道号观弈道人，直隶献县（今属河北沧州市）人。纪昀历雍正、乾隆、嘉庆三朝，乾隆十二年（1747年）应顺天乡试，中解元；乾隆十九年（1754年）中进士，授翰林院庶吉士。历任武英殿纂修、功臣馆总纂、国史馆总纂、方略馆总纂、福建学政、三通馆提调、翰林院侍读学士、江南乡试副考官等职。乾隆三十三年（1768年）因受两淮盐引案牵连，被发配新疆。后因乾隆皇帝修书需要，由刘统勋荐举，将其从新疆召回，于乾隆三十八年（1773年）起，任《四库全书》总纂官。后任翰林院侍读学士、文渊阁直阁事、起居注官、詹事府詹事、内阁学士兼礼部侍郎等职，官至礼部尚书、协办大学士，加太子少保。嘉庆帝御赐碑文"敏而好学可为文，授之以政无不达"，谥号文达。

《阅微草堂笔记》成书于清朝乾隆五十四年（1789年）至嘉庆三年（1798年）间，是纪昀从66岁到75岁，历时近十年完成。原书共二十四卷，包括《滦阳消夏录》六卷、《如是我闻》四卷、《槐西杂志》四卷、《姑妄听之》四卷、《滦阳续录》六卷。由纪昀门人盛时彦编纂校订。

《阅微草堂笔记》题材宏富，内容广泛，记录了当时代前后流传的各种狐鬼神仙、因果报应、劝善惩恶等乡野怪谈，以及作者亲身经历过的、道听途说的各种新奇故事，包括官场见闻、炎凉世态、奇闻轶事、风土人情、京师风尚、边地民俗、文人世界，以及作者和亲友的家庭轶事等，深刻地反映了清代驳杂的社会生活、人情风貌。

《阅微草堂笔记》卷帙浩繁，共约40万字，有故事1200余则。每则故事前，纪昀几乎都指出了它的讲述人或间接讲述人，以显示这些故事并非虚构。在这些作者号称的“原生态”故事中，我们可以了解当时人们对神仙的信仰，对鬼怪的态度，对婆媳关系、主仆矛盾的看法，还可以从中窥见“人情练达即文章”的为官之道、做人技巧以及处世哲学。

《阅微草堂笔记》是一部内容丰富、风格独特的文言笔记小说，具有深刻的思想内涵和很高的艺术成就。因此，纪昀写作此书时，每完成一卷，书商们便争相刊刻发售，一度“洛阳纸贵”，受到热烈追捧。由于历史的原因，《阅微草堂笔记》在新中国成立后一度未能进入大众的视野。近年来，因其不可抹杀的价值、地位和现实意义，该书越来越多地受到人们的关注。

为了帮助读者更好地了解《阅微草堂笔记》，我们精心编排了本书。本书原文以北平盛氏刻嘉庆五年（1800年）庚申本为底本，道光十五年（1835年）乙未郑开禧序本为参校本，同时参校其他版本，改正错讹，以臻完善。因篇幅所限，本书选取了部分章节进行了解译。书中注释和译文力求精准、流畅，若有不当之处，敬请批评指正。

本书将纸质图书和配乐诵读音频完美结合，以二维码的方式在内文和封面等相应位置呈现，读者扫一扫即可欣赏、诵读经典片段。诵读音频由中国国际广播电台、中央人民广播电台专业播音员，以及中国传媒大学等知名高校播音系教师构成的实力精英团队录制完成，朗读中融进了对传统文化的理解，声音感染力极强。

解译者

2019年4月

原 序

文以载道，儒者无不能言之。夫道，岂深隐莫测秘密不传，如佛家之心印、道家之口诀哉？万事当然之理，是即道矣。故道在天地，如汞泻地，颗颗皆圆；如月映水，处处皆见。大至于治国平天下，小至于一事一物一动一言，无乎不在焉。文，其道之一端也。文之大者为六经，固道所寄矣；降而为列朝之史，降而为诸子之书，降而为百氏之集，是又文中之一端，其言皆足以明道；再降而稗官小说，似无与于道矣。然《汉书·艺文志》列为一家，历代书目亦皆著录，岂非以荒诞悖妄者虽不足数，其近于正者，于人心世道亦未尝无所裨欤！

河间先生以学问文章负天下重望，而天性孤直，不喜以心性空谈标榜门户，亦不喜才人放诞诗坛酒社，夸名士风流。是以退食之余，惟耽怀典籍，老而懒于考索，乃采掇异闻，时作笔记，以寄所欲言。《滦阳消夏录》等五书，俶诡奇谲，无所不载；洸洋恣肆，无所不言，而大旨要归于醇正，欲使人知所劝惩。故诲淫导欲之书，以佳人才子相矜者，虽纸贵一时，终渐归湮没；而先生之书，则梨枣屡镌，久而不厌，是则华实不同之明验矣。顾翻刻者众，讹误实繁，且有妄为标目如明人之刻《冷斋夜话》者，读者病焉。

时彦夙从先生游，尝刻先生《姑妄听之》，附跋书尾，先生颇以为知言。迩来诸板溢漫漶，乃请于先生，合五书为一编，而仍各存其原第；篝灯手校，不敢惮劳。又请先生检视一过，然后摹印。虽先生之著作不必借此刻以传，然鱼、鲁之舛差稀，于先生教世之本志，或亦不无小补云尔。

嘉庆庚申八月，门人北平盛时彦谨序。

郑 序

河间纪文达公，久在馆阁，鸿文巨制，称一代手笔。或言公喜诙谐，嬉笑怒骂，皆成文章。今观公所署笔记，词意忠厚，体例谨严，而大旨悉归劝惩，殆所谓是非不谬于圣人者与！虽小说，犹正史也。公自云：“不颠是非如《碧云騢》，不挟恩怨如《周秦行纪》，不描摹才子佳人如《会真记》，不绘画横陈如《秘辛》，冀不见摈于君子。”盖犹公之谦词耳。公之孙树馥，来宦岭南。从索是书者众，因重浸板。树馥醇谨有学识，能其官，不堕其家风云。

道光十五年乙未春日，龙溪郑开禧识。

诗二首

千生心力坐销磨，纸上烟云过眼多。
拟筑书仓今老矣，只应说鬼以东坡。

前因后果验无差，琐记搜罗鬼一车。
传语洛闽门弟子，稗官原不入儒家。

观弈道人自题

目录

卷一　滦阳消夏录一

【原典】

乾隆己酉夏[1]，以编排秘籍，于役滦阳[2]。时校理久竟，特督视官吏题签庋架而已[3]。昼长无事，追录见闻，忆及即书，都无体例。小说稗官，知无关于著述；街谈巷议，或有益于劝惩[4]。聊付抄胥存之[5]，命曰《滦阳消夏录》云尔。

【注释】

①乾隆己酉：乾隆五十四年（1789 年）。

②于役：行役，指因公务奔走在外。滦阳：今河北承德市，因在滦河之北，故名。

③庋（guǐ）架：放置在架子上。

④劝惩：劝诫。

⑤抄胥（xū）：古代负责缮写的小官吏。

【译文】

乾隆己酉年的夏天，由于编排皇家藏书，我在滦阳任职。当时，书籍校对、整理的工作已经完成很长时间了，只剩下督察相关官吏做好书籍的标记和上架的差事。白天时间很长，无所事事，我便追述以往所见所闻，记起的就随手记录下来，没有一定的体例。内容都是些野史传闻，自知这与著述方面没有多大意义；不过那些街谈巷议，或许对别人有劝诫作用。遇事就让抄胥抄写、编辑了起来，并起书名为《滦阳消夏录》。

【原典】

爱堂先生言：闻有老学究夜行，忽遇其亡友。学究素刚直，亦不怖畏，问："君何往？"曰："吾为冥吏，至南村有所勾摄[1]，适同路耳。"因并行。至一破屋，鬼曰："此文士庐也。"问："何以知之？"曰："凡人白昼营营，性灵汩没[2]。唯睡时一念不生，元神朗澈，胸中所读之书，字字皆吐光芒，自百窍而出，其状缥渺缤纷，烂如锦绣。学如郑、孔[3]，文如屈、宋、班、马者[4]，上烛霄汉，与星月争辉；次者数丈，次者数尺，以渐而差；极下者亦荧荧如一灯照映户牖。人不能见，惟鬼神见之耳。此室上光芒高七八尺，以是而知。"学究问："我读书一生，睡中光芒当几许？"鬼嗫嚅良久曰[5]："昨过君塾，君方昼寝。见君胸中高头讲章一部[⑥]，墨卷五六百篇[⑦]，经文七八十篇，策略三四十篇[⑧]，字字化为黑烟，笼罩屋上。诸生诵读之声，如在浓云密雾中。实未见光芒，不敢妄语。”学究怒叱之，鬼大笑而去。

【注释】

①勾摄：拘捕，传拿。

②汩（gǔ）没：埋没、沉没。

③郑：指郑玄，东汉末年的经学大师。孔：指孔安国，孔子十代孙，西汉经学家。

④屈、宋、班、马：分别指屈原、宋玉、班固、司马迁。

⑤嗫嚅：想说又不敢说，吞吞吐吐的样子。

⑥高头讲章：指八股时文家解释《四经》的讲义。因列于朱熹注的《四书》的书眉（高头）上，故名。

⑦墨卷：指明清科举考试试卷的一种名目。

⑧策略：古代读书人为参加科举考试而准备的压题文章。

【译文】

爱堂先生说：听说有一位老学究走夜路，忽然遇到了他死去的朋友。老学究性情刚直，因此一点也不觉得害怕，便问亡友："你这是要去哪里？"亡友答："我现在在阴间当差，要到南村去勾摄人，恰好与你同路。"于是两人就一起赶路。到了一间破房子前，鬼说："这应当是文人的家。"老学究问鬼是怎么知道的。鬼说："一般人在白天都忙于生计，心中净是俗念，以致掩没了本来性灵。只有晚上睡觉的时候，什么也不想，性灵才清朗明沏，所读过的书就会字字都射出光芒，透过他全身窍孔向外发散出来，那样子缥缥缈缈，色彩缤纷，如锦绣一般绚烂。学问像郑玄、孔安国，文章像屈原、宋玉、班固、司马迁的人，所发出的光芒直冲云霄，与星星、月亮争辉；不如他们的，光芒也有几丈高，或者几尺高，依次递减。即使是最次的人也能像小油灯一样发出微弱的光，能照见门窗。不过这种光芒人眼是看不到的，只有鬼神才能看见。而这间破屋上，光芒高达七八尺，所以我知道这是文人的家。"老学究问："我读了一辈子书，睡着时光芒有多高？"鬼欲言又止，沉吟了好久才说："昨天经过你的私塾，你正在午睡。我看见你胸中有一部高头讲章、五六百篇墨卷、七八十篇经文、三四十篇策略，字字都化成黑烟，笼罩在屋顶上。那些学生的朗读声，好似密封在浓云迷雾之中。实在看不到一丝光芒，我不敢说假话。"老学究听了怒斥鬼，鬼大笑着走了。

【原典】

沧州城南上河涯，有无赖吕四，凶横无所不为，人畏如狼虎。一日薄暮，与诸恶少村外纳凉，忽隐隐闻雷声，风雨且至。遥见似一少妇，避入河干古庙中。吕语诸恶少曰："彼可淫也。"时已入夜，阴云黯黑。吕突入，掩其口，众共褫衣沓嬲[①]。俄雷光穿牖，见状貌似是其妻，急释手问之，果不谬。吕大恚[②]，欲提妻掷河中。妻大号曰："汝欲淫人，致人淫我，天理昭然，汝尚欲杀我耶？"吕语塞，急觅衣裤，已随风入河流矣。旁皇无计[③]，乃自负裸妇归。云散月明，满村哗笑，争前问状。吕无可置对，竟自投于河。盖其妻归宁[④]，约一月方归。不虞母家遘回禄[⑤]，无屋可栖，乃先期返。吕不知，而搆此难[⑥]。后妻梦吕来曰："我业重[⑦]，当永堕泥犁[⑧]。缘生前事母尚尽孝，冥官检籍，得受蛇身，今往生矣。汝后夫不久至，善事新姑嫜；阴律不孝罪至重，毋自蹈冥司汤镬也[⑨]。"至妻再醮日[⑩]，屋角有赤练蛇垂首下视，意似眷眷。

妻忆前梦，方举首问之，俄闻门外鼓乐声，蛇于屋上跳掷数四，奋然去。

【注释】

①褫（chǐ）：夺去，革除，这里指脱去。嬲（niǎo）：纠缠，戏弄。

②恚（huì）：愤怒，生气。

③旁皇：内心不安而徘徊不定的样子。

④归宁：女子回娘家。

⑤遘（gòu）：遭遇。回禄：相传为火神的名字，这里引申指火灾。

⑥搆（gòu）：造成。

⑦业：佛教名词，如“业报”，佛教指善恶的报应。

⑧泥犁：梵语，指地狱。

⑨汤镬（huò）：煮着滚水的大锅。古代常用作刑具，用来烹煮有罪之人。

⑩再醮（jiào）：旧时指女子在丈夫死后再嫁。

【译文】

沧州城南的上河涯，有个无赖名叫吕四，吕四凶横野蛮，什么坏事都做，人们害怕他就像惧怕虎狼一样。一天傍晚，吕四和一群恶少在村外乘凉，忽然隐隐约约听到雷声，风雨马上就要来了。向远处望去，见一位少妇急急忙忙躲入河岸边的古庙里去避雨。吕四对众恶少说：“那个女人可以奸淫。”当时已经是晚上，阴云密布，天色昏暗。吕四突然冲入庙内，堵住了少妇的嘴，众恶少扒光了少妇的衣服，纷纷拥上调戏她。突然一道闪电穿过窗棂射进庙内，吕四发现这个少妇的身貌好像自己的妻子，急忙松手问她，果然不错。吕四大为恼恨，拽起妻子要扔到河里淹死她。妻子大声哭叫说：“你想玩弄别人，反而导致别人玩弄我，天理昭昭，你还想杀我吗?”吕四无话可说，急忙寻找衣裤，可衣裤早已被风刮到河中漂走了。吕四彷徨苦思，无计可施，只好自己背着一丝不挂的妻子回家。当时雨过天晴，明月高照，满村人哗然大笑，争相上前问他们这是怎么一回事。吕四无言回答，竟羞愧得自己投河自尽了。原来是吕四的妻子回娘家，说定住满一个月才回来。不料娘家遭受火灾，没有地方居住，所以提前返回。吕四不知道，结果弄出了这桩祸事。后来吕四的妻子梦见吕四回家看她，对她说：“我罪孽深重，应该坠入无间地狱，永远都不能出来。因为生前侍奉母亲还算尽了孝道，冥间官员检阅档案，我得受一个蛇身，现在就要去投生了。你的后夫不久就要来了，要好好侍奉新公婆。冥间法律不孝罪最重，千万不要让自己蹈入阴曹地府的汤锅里。”到吕四妻子改嫁这天，屋角上有条赤练蛇垂头向下窥视，好像恋恋不舍的样子。吕四妻记起梦中的事，正要抬头问蛇，不一会儿门外传来迎亲的鼓乐声，赤练蛇在屋上跳跃几下，便迅速地逃走了。

【原典】

献县令明晨，应山人。尝欲申雪一冤狱，而虑上官不允，疑惑未决。儒学门斗有王半仙者[①]，与一狐友，言小休咎多有验[②]，遣往问之。狐正色曰：“明公为民父母，但当论其冤不冤，不当问其允不允。独不记制府李公之言乎[③]？”门斗返报，明为悚然[④]。因言制府李公卫未达时，尝同一道士渡江。适有与舟子争诟者，道士太息曰：“命在须臾，尚较计数文钱耶！”俄其人为帆脚所扫，堕江死。李公心异之。中流风作，舟欲覆。道士禹步诵咒[⑤]，风止得济。李公再拜谢更生。道士曰：“适堕江者，命也，吾不能救。公贵人也，遇厄得济，亦命也，吾不能不救，何谢焉？”李公又拜曰：“领师此训，吾终身安命矣。”道士曰：“是不尽然。一身之穷达，当安命，不安命则奔竞排轧，无所不至。不知李林甫、秦桧，即不倾陷善类，亦作宰相，徒自增罪案耳。至国计民生之利害，则不可言命。天地之生才，朝廷之设官，所以补救气数也。身握事权，束手而委命，天地何必生此才，朝廷何必设此官乎？晨门曰[⑥]：‘是知其不可而为之。’诸葛武侯曰：‘鞠躬尽瘁，死而后已。成败利钝，非所逆睹。’此圣贤立命之学，公其识之。”李公谨受教，拜问姓名。道士曰：“言之恐公骇。”下舟行数十步，翳然灭迹[⑦]。昔在会城，李公曾话是事，不识此狐何以得知也。

【注释】

①门斗：清朝官学中的仆役。

②休咎：善恶、吉凶的情况。

③制府：清代对总督的尊称。

④悚（sǒng）然：害怕、惊惧的样子。

⑤禹步：道士在祷神礼仪中常用的一种步法动作。

⑥晨门：看守城门的官吏。

⑦翳（yì）然：隐蔽、隐藏的样子。

【译文】

献县县令明晨是应山人氏。他在任时曾经想申雪一件冤案，而又怕上司不答应，因而顾虑重重难以做决定。儒学中公差有个叫王半仙的，交了一个狐友，这个狐友谈论一些小的吉凶，多半都应验了，明晨便派他前去询问。狐精正色说："明公身为百姓的父母官，只应当论案件冤与不冤，不应当问上司答应不答应。难道不记得总督李公的话吗?"公差回来报告了明晨，他听后很受震动。于是谈起总督李卫没有显达时，曾经同一个道士一同渡江。恰巧有人同船夫争骂，道士叹息说："性命在顷刻之间了，还计较那几文钱吗?"不一会儿，那人被船帆的尾部扫中，掉到江里淹死了。李公心里感到惊奇。船到江中间，刮起了风，眼看船就要翻了。道士踩着禹步念诵咒语，风停止了，终于平安渡过了江。李公再三拜谢道士的救命之恩。道士说："刚才那人掉到江里，这是命运，我不能救。您是贵人，遇到困厄还能平安渡江，也是命运，我不能不

救，何必要道谢呢？”李公又拜谢说：“领受大师的训诫，我将终生听从命运的安排。”道士说：“也不全然如此。人的困穷显达，应当安于命运，不安于命运就要奔走争斗、排挤倾轧，用上各种手段。人们不知道李林甫、秦桧就是不倾轧不陷害好人，也能做宰相，他们作恶，只是枉然给自己增加罪状罢了。至于国计民生的利和害，就不可以听从命运。天地降生的人才，朝廷设置的官员，是用来补救气数的。如果手里掌握着权力，却无所事事听凭命运的安排，那么天地何必降生这个人才，朝廷何必设置这个官职呢？《论语》里记载看守城门的人说：‘知道不可以却仍然去做。’诸葛亮说：‘鞠躬尽瘁，死而后已。至于是否成功是否顺利，不是能够预料的。’这是圣贤安身立命的学问，您请记住它。”李公恭敬地接受教训，拜问他的姓名。道士说：“说了担心您惊怕。”下船走了几十步，形迹一下子隐灭不见了。过去在省城，李公曾经讲起过这件事，不知这个狐精是怎么知道的。

【原典】

北村郑苏仙，一日梦至冥府，见阎罗王方录囚。有邻村一媪至殿前[①]，王改容拱手，赐以杯茗，命冥吏速送生善处。郑私叩冥吏曰：“此农家老妇，有何功德？”冥吏曰：“是媪一生无利己损人心。夫利己之心，虽贤士大夫或不免。然利己者必损人，种种机械[②]，因是而生，种种冤愆[③]，因是而造；甚至贻臭万年，流毒四海，皆此一念为害也。此一村妇而能自制其私心，读书讲学之儒，对之多愧色矣。何怪王之加礼乎！”郑素有心计，闻之惕然而寤。郑又言，此媪未至以前，有一官公服昂然入，自称所至但饮一杯水，今无愧鬼神。王哂曰[④]：“设官以治民，下至驿丞闸官，皆有利弊之当理。但不要钱即为好官，植木偶于堂，并水不饮，不更胜公乎？”官又辩曰：“某虽无功，亦无罪。”王曰：“公一生处处求自全，某狱某狱，避嫌疑而不言，非负民乎？某事某事，畏烦重而不举，非负国乎？三载考绩之谓何？无功即有罪矣。”官大踧踖[⑤]，锋棱顿减。王徐顾笑曰：“怪公盛气耳。平心而论，要是三四等好官，来生尚不失冠带。”促命即送转轮王[⑥]。观此二事，知人心微暧，鬼神皆得而窥，虽贤者一念之私，亦不免于责备。“相在尔室”[⑦]，其信然乎！

【注释】

①媪（ǎo）：年老的妇女。

②机械：心机，狡诈。

③冤愆（qiān）：冤仇罪过。愆，罪过，过失。

④哂（shěn）：冷笑，讥笑。

⑤踧踖（cù jí）：恭敬不安的样子。

⑥转轮王：迷信中的地狱十殿阎王之一，主管轮回。

⑦相在尔室：出自《诗经·大雅·抑》："相在尔室，尚不愧于屋漏。无曰不显，莫予云觏；神之格思，不可度思，矧可射思？"意思是看看你的室中，在阴暗的地方也要光明磊落。什么都是显而易见的，不要以为别人看不见；神明的来临是不可猜度的，难道能够任意猜透他吗？

【译文】

北村人郑苏仙有一天做梦来到了阴间，看见阎罗王正在审查登录被囚的鬼魂。有一位邻村老妇人来到殿前，阎罗王见了，立即改换一副温和的脸色拱手相迎，又赐给一杯茶，随后命令下属官吏赶快送她到人间一个好地方去投生。郑苏仙偷偷问身旁的冥吏："这位农家老妇人有什么功德？"冥吏说："这个老妇人一生当中从来没有损人利己的心思。利己之心，即使是贤士大夫，也难以避免。追求利己的人必定会损害别人，种种诡诈奸巧行为便因此发生，种种诬陷冤屈事件也制造出来；甚至遗臭万年，流毒四海，都是由于这利己私念造成的。这位农村妇女能够自己控制私心，读书讲学的儒生们站在她的面前，很多人会面有愧色的。冥王对她格外尊重，又有什么好奇怪的呢！"郑苏仙一向是个很有心计的人，听了这番话心中有所警醒。郑苏仙又说，在农妇到阎罗殿以前，有一官员身穿官服，昂首挺胸地走进殿来，声称自己生前无论到哪里，只喝一杯水而已，现在来冥府报到，无愧于鬼神。阎罗王讥讽地一笑，说："设立官职是为了治理民众，就是管理驿站、河闸等，都有该做和不该做的事。仅仅认为不要钱就是好官，那么把木偶放在大堂上，它连一杯水也不喝，不是更胜过你么？"这位官员又辩解说："我虽然没有功劳，但也没有罪过。"阎罗王说："你这个人不论干什么都只顾保全自己，某案某案，你为了避免嫌疑而不表态，这不是有负于百姓么？某事某事，你拈轻怕重而不去做，这不是有负于国家么？《舜典》中‘三载考绩’，是怎么说的？没有功劳就是罪过。”这位官员极为不安，不再像先前那样锋芒毕露了。阎罗王慢慢地转头看着他笑道：“只怪你有点儿盛气凌人。平心而论，你也能算个三四等的好官，转生还能做一个士大夫。”随即命令把这位官员送到转轮王那里。通过这两件事，可知人的内心深处有一点儿杂念，也都能被鬼神看穿，好人的一念之私，也免不了受责备。“鬼神时刻都在你身边。”这话真不假啊。

【原典】

无云和尚，不知何许人。康熙中，挂单河间资胜寺①，终日默坐，与语亦不答。一日，忽登禅床，以界尺拍案一声，泊然化去。视案上有偈曰②：“削发辞家净六尘③，自家且了自家身。仁民爱物无穷事，原有周公、孔圣人。”佛法近墨④，此僧乃近于杨⑤。

【注释】

①挂单：佛教名词，指行脚僧到寺院投宿。

②偈（jì）：佛经中的唱词。

③六尘：佛教用语，指依于六根所接之六尘，即声、色、香、味、触、法。尘，即染污之义。

④墨：指墨家创始人墨翟。

⑤杨：指先秦哲学家杨朱，战国时期魏国人，字子居，道家杨朱学说派创始人，主张利己。

【译文】

有个叫无云的和尚，没有人知道他是哪里人。康熙年间，他在河间资胜寺暂住，整天默默地坐着，也不与别人答话。有一天，他忽然登上禅床，用界尺拍打了一下几案，便静静地坐化了。几案上留下了一首诗偈道：“削发辞家绝了六尘，自己就管自家的事。爱民爱物这些事情，自有周公和孔圣人去管。”佛家的主张近于墨子，而这位无云和尚却接近杨朱。

【原典】

天津某孝廉[1]，与数友郊外踏青。皆少年轻薄。见柳荫中少妇骑驴过，欺其无伴，邀众逐其后，嫚语调谑。少妇殊不答，鞭驴疾行。有两三人先追及，少妇忽下驴软语，意似相悦。俄某与三四人追及，审视，正其妻也。但妻不解骑，是日亦无由至郊外。且疑且怒，近前诃之[2]，妻嬉笑如故。某愤气潮涌，奋掌欲掴其面。妻忽飞跨驴背，别换一形，以鞭指某数曰："见他人之妇，则狎亵百端；见是己妇，则恚恨如是。尔读圣贤书，一恕字尚不能解，何以挂名桂籍耶[3]？"数讫，径行。某色如死灰，殆僵立道左[4]，不能去。竟不知是何魅也。

【注释】

①孝廉：明清两代对举人的称呼。

②诃（hē）：斥责，大声怒骂。

③桂籍：指科举登第人员的名籍。

④道左：道路边。

【译文】

天津有一位举人，与几个朋友到郊外踏青，这些少年大多是轻薄之人。见柳荫中有位少妇骑驴走过，少年们欺负她独身无伴，便在少妇身后追逐，胡言乱语调笑戏谑。少妇并不答理他们，鞭策驴子快步跑开。有两三个人追赶上来，少妇忽然下驴，语气温和地与他们搭话，看意思好像很喜欢他们。不一会儿，举人和另外三四人也赶了上来，举人仔细一看，这不是自己的妻子吗？但是他的妻子不会骑驴，也不会到郊外来。他又怀疑又愤怒，上前责骂她，可是妻子嬉笑如故。举人怒火中烧，张开手掌想要打妻子的耳光。妻子忽然飞身上驴，改变成了另一副相貌，用鞭子指着举人斥责道："见了别人的妻子，就无端地调戏，见是自己的妻子，就这样的愤恨。你是读圣贤之书的人，一个恕字尚且没有弄明白，你凭什么考中了举人？"数落完后，就打着驴子径直去了。举人面如死灰，呆呆地站立在道旁，几乎不能挪步。最终也不知这个少妇是什么鬼魅。

【原典】

德州田白岩曰：有额都统者，在滇黔间山行，见道士按一丽女于石，欲剖其心。女哀呼乞救。额急挥骑驰及，遽格道士手①，女嗷然一声②，化火光飞去。道士顿足曰："公败吾事！此魅已媚杀百馀人，故捕诛之以除害。但取精已多，岁久通灵，斩其首则神遁去，故必剖其心乃死。公今纵之，又贻患无穷矣。惜一猛虎之命，放置深山，不知泽麋林鹿，劘其牙者几许命也③！"匣其匕首，恨恨渡溪去。此贻白岩之寓言，即所谓"一家哭，何如一路哭"也④。姑容墨吏，自以为阴功，人亦多称为忠厚；而穷民之卖儿贴妇，皆未一思，亦安用此长者乎？

【注释】

①遽（jù）：急，仓猝。

②嗷（qiào）然：形容声音响亮、激越。

③劘（mó）：削、切。

④一家哭，何如一路哭：指罢免一个不称职的官吏，不过使他一家因此痛苦，这点悲伤怎么比得上一个地区的百姓所遭受的痛苦呢。这句话是北宋著名政治家、文学家范仲淹的名言。范仲淹为相，锐意改革吏治，取诸路监司名册，将不称职者姓名一笔勾去。一路，是宋代的行政区域，相当于今天的一个省。

【译文】

德州田白岩说：有一个额都统，有一次骑马行走在云贵边界的崇山峻岭间，看见一个道士把一个美艳的女子按倒在石头上，要剖取她的心。女子不停哀叫求救，额都统连忙打马疾奔上去，格开道士的手。女子一声叫唤，便化成一道火光飞走了。道士连连顿足叹息道："你可坏了我的事！这个精魅已经迷杀一百多人，为这我才想抓住杀了它，以消除祸害。但因它已经得到很多精气，修炼时间也久，已经达到了通灵的地步，如果斩它的头则元神逃脱，所以必须剖它的心才能致它于死地。你今天放走了它，不知会留下多少无穷的祸患。怜惜一只猛虎的性命，而把它放回深山里，不知道沼泽山林中又有多少麋鹿的生命要丧在它的利齿之下啊！"说着，道士把匕首插入鞘中，愤恨地渡过溪水走了。田白岩讲述的这件事可当作一则寓言，就像说一个不称职的官员被罢免了，只不过他一家人哭泣，然而一家人的悲伤哪能比得上一方百姓遭受祸害而悲泣呢。姑息纵容那些贪官污吏，自以为积了阴德，人们也称赞他宽厚仁慈，而穷苦的百姓卖掉儿女、赔上妻子，却从来都不想上一想，这样的所谓忠厚长者又有什么用呢？

【原典】

安中宽言：昔吴三桂之叛①，有术士精六壬②，将往投之。遇一人，言亦欲投三桂，因共宿。其人眠西墙下，术士曰："君勿眠此，此墙亥刻当圮③。"其人曰："君术未深，墙向外圮，非向内圮也。"至夜果然。余谓此附会之谈也，是人能知墙之内外圮，不知三桂之必败乎？

【注释】

①吴三桂（1612—1678）：字长伯，一字月所，明朝辽东人，明末清初著名的政治、军事人物。明崇祯时为辽东总兵，封平西伯，镇守山海关，后封为汉中王、济王。1644 年降清，引清军入关，封平西王，1662 年杀南明永历帝，1673 年下令撤藩，发动三藩之乱，1678 年秋在衡阳病逝。

②六壬：又称"六壬神课"，是阴阳五行占卜吉凶的一种术数。即壬申、壬午、壬辰、壬寅、壬子、壬戌，统称为六壬。

③圮（pǐ）：坍塌，倒塌。

【译文】

安中宽说：过去吴三桂叛变时，有个术士精通六壬，要去投奔他。路上遇到一个人，说也要去投奔吴三桂，于是两人一起投宿住下。术士遇见的那人睡在西墙下，术士说："你不要睡在这儿，这座墙将在今晚九点到十一点之间倒塌。"对方说："你的艺业还不精，墙向外倒，而不会向里倒。"到了夜里，墙果然向外倒塌了。我认为这是牵强附会之谈，这个人能知道墙往哪个方向倒，怎么就不知道吴三桂必败无疑呢？

【原典】

又，去余家三四十里，有凌虐其仆夫妇死而纳其女者。女故慧黠[①]，经营其饮食服用，事事当意。又凡可博其欢者，冶荡狎媟[②]，无所不至。皆窃议其忘仇。蛊惑既深，惟其言是听。女始则导之奢华，破其产十之七八。又谗间其骨肉[③]，使门以内如寇仇。继乃时说《水浒传》宋江、柴进等事，称为英雄，怂恿之交通盗贼[④]。卒以杀人抵法。抵法之日，女不哭其夫，而阴携卮酒[⑤]，酹其父母墓曰[⑥]："父母恒梦中魇我[⑦]，意恨恨似欲击我。今知之否耶？"人始知其蓄志报复，曰："此女所为，非惟人不测，鬼亦不测也，机深哉！"然而不以阴险论，《春秋》原心，本不共戴天者也。

【注释】

①慧黠（xiá）：聪明而狡猾。

②狎媟（xiá xiè）：放荡胡闹。媟，通"亵"。

③谗间：离间。

④交通：勾结，串通。

⑤卮（zhī）：古代盛酒的容器。

⑥酹（lèi）：拿酒祭奠。

⑦魇：梦中惊吓。

【译文】

在离我家三四十里的地方，有个人残暴虐待弄死了自家仆人夫妇后，霸占了他们的女儿。这个女子一向聪明黠慧，侍奉主人的饮食服用，样样都很称心。而且对户主温柔体贴、淫荡狎昵、打情骂俏，凡能博得他欢心的事情，无所不做。人们都背后议论说她忘记了父母之仇。主人被她迷惑得不可自拔，对她言听计从。女子开始引导主人追求奢侈豪华，把家产耗去了十分之七八。随后又离间主人亲人的骨肉关系，使一家人之间互相怨恨像仇人一样。接着，经常向他讲述《水浒传》宋江、柴进等人的故事，称赞他们是英雄好汉，怂恿他去交结盗贼。主人最后竟然因为杀了人要偿命。行刑这天，这个女子没有去哭遭受极刑的男人，而是暗备酒果，到父母墓前进行祭祀，她对着父母坟墓说："父母双亲经常在梦中惊吓我，对我怨恨切齿，多次要打我。今天明白了吗？"人们这才知道她原来是蓄意报仇，说："这个女人的行为，非但人不能预料，就是鬼也未能窥破，心机真深啊！"然而，人们并不认为她阴险，《春秋》主张原心定罪，重视推究动机，何况杀父之仇本来就是不共戴天的。

【原典】

陈枫崖光禄言[①]：康熙中，枫泾一太学生，尝读书别业[②]。见草间有片石，已断裂剥蚀，仅存数十字，偶有一二成句，似是夭逝女子之碣也[③]。生故好事，意其墓必在左右，每陈茗果于石上，而祝以狎词。越一载馀，见丽女独步菜畦间，手执野花，顾生一笑。生趋近其侧，目挑眉语，方相引入篱后灌莽间，女凝立直视，若有所思，忽自批其颊曰："一百年，心如古井，一旦乃为荡子所动乎？"顿足数四，奄然而灭。方知即墓中鬼也。蔡修撰季实曰[④]：

"古称盖棺论定，观于此事，知盖棺犹难论定矣。是本贞魂，乃以一念之差，几失故步。"晦庵先生诗曰⑤："世上无如人欲险，几人到此误平生。"谅哉！

【注释】

①光禄：官名。

②别业：别墅。

③碣：圆顶的墓碑。

④修撰：官名。科举一甲第一名进士即授翰林院修撰。

⑤晦庵先生：指朱熹（1130—1200），字元晦，一字仲晦，号晦庵，徽州婺源（今江西婺源）人，南宋理学家、教育家。

【译文】

光禄大夫陈枫崖说：康熙年间，浙江枫泾有个太学生在别墅中读书，见草丛中有一块石片，已经断裂剥蚀，上面有数十字，偶然有一两句完整的句子，看来好似一位夭折女子的石碑。这个太学生向来好事，估计坟墓就在附近，于是就常常在残碑上陈设一些茶点果品，祈祝一些猥亵之词。大约过了一年多，见到一个漂亮的女子独自在菜畦间走。她手中拿着一枝野花，对着太学生嫣然一笑。太学生走到她的身旁，挤眉弄眼，女子引着太学生来到篱笆后的灌木丛中，就站住了，两眼直愣愣地看着太学生，似略有所思。忽然她打了自己一个耳光说："一百多年来，心如枯井一般，却被这放荡小子勾引动心。"于是不住地顿脚，一下子就隐灭不见了。这才知道她就是坟墓里的鬼魂。修撰蔡季实说："古语说盖棺定论，从这件事可知，盖棺也难定论呵。这本是贞节的鬼魂，还因为一念之差，几乎迷失本性。"朱熹有诗说："世上无如人欲险，几人到此误平生。"确实如此啊！

卷二　滦阳消夏录二

【原典】

曾伯祖光吉公，康熙初官镇番守备。云有李太学妻，恒虐其妾，怒辄褫下衣鞭之[①]，殆无虚日。里有老媪，能入冥，所谓走无常者是也[②]。规其妻曰："娘子与是妾有夙冤，然应偿二百鞭耳。今妒心炽盛，鞭之殆过十馀倍，又负彼债矣。且良妇受刑，虽官法不褫衣。娘子必使裸露以示辱，事太快意，则干鬼神之忌。娘子与我厚，窃见冥籍，不敢不相闻。"妻哂曰："死媪谩语[③]，欲我禳解取钱耶[④]！"会经略莫洛遘王辅臣之变[⑤]，乱党蜂起，李殁于兵，妾为副将韩公所得。喜其明慧，宠专房。韩公无正室，家政遂操于妾。妻为贼所掠。贼破被俘，分赏将士，恰归韩公。妾蓄以为婢，使跪于堂而语之曰："尔能受我指挥，每日晨起，先跪妆台前，自褫下衣，伏地受五鞭，然后供役，则贷尔命。否则尔为贼党妻，杀之无禁，当寸寸脔尔[⑥]，饲犬豕。"妻惮死失志，叩首愿遵教。然妾不欲其遽死，鞭不甚毒，俾知痛楚而已。年馀，乃以他疾死。计其鞭数，适相当。此妇真顽钝无耻哉！亦鬼神所忌，阴夺其魄也。此事韩公不自讳，且举以明果报。故人知其详。

韩公又言：此犹显易其位也。明季尝游襄、邓间，与术士张鸳湖同舍。鸳湖稔知居停主人妻虐妾太甚[⑦]，积不平，私语曰："道家有借形法。凡修炼未成，气血已衰，不能还丹者[⑧]，则借一壮盛之躯，乘其睡，与之互易。吾尝受此法，姑试之。"次日，其家忽闻妻在妾房语，妾在妻房语。比出户，则作妻语者妾，作妾语者妻也。妾得妻身，但默坐，妻得妾身，殊不甘，纷纭争执，亲族不能判。鸣之官。官怒为妖妄，笞其夫[⑨]，逐出。皆无可如何。然据形而论，妻实是妾，不在其位，威不能行，竟分宅各居而终。此事尤奇也。

【注释】

①褫（chǐ）：脱去，解下。

②走无常：旧时传说的一种超自然现象，谓冥间利用活人的生魂来为冥间做事。

③谩语：欺骗的话，谎话。

④禳（ráng）解：通过做法事，向神灵祈求解除灾祸，避免灾难。

⑤经略：明清两代有重要军事任务时特设经略，掌管一路或数路军、政

事务，职位高于总督。王辅臣之变：康熙十二年（1673年），陕西提督王辅臣起兵响应吴三桂叛变。

⑥脔（luán）：碎割。

⑦居停主人：寄居之处的主人。居停，寄居之处。

⑧还丹：道士炼丹之术，以九转丹炼成还丹，道家认为人吞服还丹之后即可白日升天。

⑨笞：鞭打，杖打。

【译文】

我的曾伯祖光吉公，在康熙初年任镇番县守备。据他说，有位李太学的妻子，常常虐待家中的小妾，一发怒就扒下妾的衣裤随处鞭打，几乎没有一天不打的。当地有位老太太据说能进入阴间，即所谓的走无常。她规劝李太学的妻子说："娘子和这个妾有前世的冤仇，她是应该偿还你二百鞭。如今你妒火旺盛，鞭打她的鞭数几乎超过了十多倍，反而你就又欠她的债了。况且良家妇女受刑，就是官府大堂也不许扒衣服。可娘子却一定要扒她

的衣服侮辱她，事情做得太过分，就冒犯了鬼神的忌讳。娘子和我交情厚，我偷看了阴间的籍册，不敢不告诉你这些事。”李太学妻子冷笑道：“死婆子胡说，想让我祷告消灾你好捞钱吧！”不久，经略使莫洛遭遇了王辅臣的叛变，乱党蜂起，李太学在兵乱中丧生，他的妾归了副将韩公。韩公喜欢李妾的聪慧，极为宠爱。韩公又没有正妻，家政大权便掌握在这个妾的手中。而李太学的妻子在兵荒中被乱贼掠去。乱贼败亡后，李太学妻子被俘，被分赏给将士，恰好分给了韩公。李妾把李太学妻子当做奴婢，叫她跪在堂前说：“你如果能接受我指挥，每天早上起来，先跪在梳妆台前，自己脱掉下身衣服，趴在地上让我打五鞭，然后听我使唤，就让你活命。不然，你是贼党的妻子，就把你杀了砍了都不会有人管，应该一寸一寸地割下你的肉，喂猪狗。”李太学妻子害怕死，便什么气节脸面都顾不得了，叩头愿意遵命。但是妾并不希望她马上死，鞭打也不很重，只要让她知道痛苦而已。过了一年多，李太学妻子得病死去。计算她所受的鞭数，差不多相当于李妾挨的鞭数了。这个李太学的妻子真是顽钝无耻啊！她遭到鬼神的嫉恨，所以阴司勾取了她的魂魄。这事韩公并不讳避，并且常拿它当例子来说明因果报应的道理，所以人们知道得比较详细。

韩公又说，这就像完全对换所处地位一样。明朝末年，他曾到襄阳、邓州一带去游玩，和术士张鸳湖同住在一个馆舍里。张鸳湖知道馆舍主人的妻子虐待妾过分，心中不平，私下里对韩公说：“道家有一种借人躯体的法术，名叫借形法。即还没有修炼成功，气血已经衰弱，还不能够合成仙丹得到正果，便借用一个壮健的身体，乘他睡觉之际和他互相调换。我曾学过这种法术，姑且试试。”第二天，这家人忽然听见妻子在妾的房里说话，妾在妻子的房里说话。等她们出了门，大家发现妻子发出的声音是妾的，妾发出的声音是妻的。妾得到了妻子身体，只是默默坐在那儿，妻子得了妾的身体，很不甘心，纷纷扰扰地争执不休，亲族谁也断不了这事。事情闹到官府，官员发怒说是妖妄，把她的丈夫打了一顿，赶出去了。大家都无可奈何。不过根据形体相貌，妻子实际上是妾，就没有正妻的地位，所以威风也就不能施展，最后只好妻妾分开住了一辈子。这事很是奇怪。

【原典】

先叔母高宜人之父[1]，讳荣祉，官山西陵川令。有一旧玉马，质理不甚白洁，而血浸斑斑。斫紫檀为座承之[2]，恒置几上[3]。其前足本为双跪欲起之形。一日，左足忽伸出于座外。高公大骇，阖署传视[4]，曰："此物程朱不能格也。"一馆宾曰："凡物岁久则为妖。得人精气多，亦能为妖。此理易明，无足怪也。"众议碎之，犹豫未决。次日，仍屈还故形。高公曰："是真有知矣。"投炽炉中，似微有呦呦声。后无他异。然高氏自此渐式微[5]。高宜人云，此马煅三日，裂为二段，尚及见其半身。又武清王庆垞曹氏厅柱，忽生牡丹二朵，一紫一碧，瓣中脉络如金丝，花叶葳蕤[6]，越七八日乃萎落。其根从柱而出，纹理相连。近柱二寸许，尚是枯木，以上乃渐青。先太夫人，曹氏甥也，小时亲见之，咸曰瑞也。外祖雪峰先生曰："物之反常者为妖，何瑞之有！"后曹氏亦式微。

【注释】

①宜人：古时妇女因丈夫或子孙而得的一种封号。明清时，五品官员的妻、母封宜人。

②斫（zhuó）：砍、削。

③几：几案。

④阖：全，总共。

⑤式微：衰微，衰落。

⑥葳蕤（wēi ruí）：草木茂盛、枝叶下垂的样子。

【译文】

我已过世的叔母高宜人的父亲高荣祉，在山西陵川做过县令。他有一尊古旧玉马，玉马的质理不很白洁，斑斑点点像血迹渗透进去。他用紫檀木为玉马制成一个底座，常放在书案上。玉马的前腿本来是双跪欲起的状态，有一天忽然左腿伸出了座外。高公大惊，在整个衙署传观，说："这种怪事恐怕连程颐、朱熹都解释不清。"一个师爷说："大凡物件，年代久了就会兴妖作怪。得到人的精气过多也能兴妖作怪。这个道理很明白，不足为奇。"众人议论将玉马砸碎，高公一时犹豫不定。第二天，玉马左腿又屈入座内恢复了原形。高公说："还真成精了。"便将玉马投入火炉中，玉马在火炉中好似有

"呦呦"的叫声。从此以后，没有发生任何其他怪异。但是高氏门庭从此逐渐破落起来。高宜人说，玉马烧了三天，裂成两截，她还见到过烧毁的半个身子。还有，武清王庆坨曹家大厅的柱子上，忽然长出两朵牡丹花，一朵紫色的，一朵碧绿色的，花瓣中的脉络好像金丝，花叶繁盛下垂，过了七八天才枯萎凋谢。花的根从柱子里生出来，纹理与木柱相连。靠近柱子两寸左右的部分还是枯木，两寸以上才逐渐变青。我的先母太夫人是曹氏的外甥女，小时亲眼见过厅柱的牡丹，当时都认为是吉祥征兆。我的外祖父雪峰先生说："反常的东西就是妖，哪有什么吉祥征兆！"后来曹氏门庭也渐渐破落了。

【原典】

有游士以书画自给。在京师纳一妾，甚爱之。或遇谦会，必袖果饵以贻妾，亦甚相得。无何病革[①]，语妾曰："吾无家，汝无归；吾无亲属，汝无依。吾以笔墨为活，吾死，汝琵琶别抱，势也，亦理也。吾无遗债累汝，汝亦无父母兄弟掣肘，得行己志。可勿受锱铢聘金[②]，但与约，岁时许汝祭我墓，则吾无恨矣。"妾泣受教。纳之者亦如约，又甚爱之。然妾恒郁郁忆旧恩，夜必梦故夫同枕席，睡中或妮妮呓语。夫觉之，密延术士镇以符箓。梦语止，而病渐作，驯至绵惙[③]。临殁[④]，以额叩枕曰："故人情重，实不能忘，君所深知，妾亦不讳。昨夜又见梦曰：'久被驱遣，今得再来，汝病如是，何不同归？'已诺之矣。能邀格外之惠，还妾尸于彼墓，当生生世世，结草衔环[⑤]。不情之请，惟君图之。"语讫奄然。夫亦豪士，慨然曰："魂已往矣，留此遗蜕何为？杨越公能合乐昌之镜[⑥]，吾不能合之泉下乎？"竟如所请。

此雍正甲寅、乙卯间事[⑦]。余是年十一二，闻人述之，而忘其姓名。余谓再嫁，负故夫也；嫁而有二心，负后夫也。此妇进退无据焉。何子山先生亦曰："忆而死，何如殉而死乎？"何励庵先生则曰："《春秋》责备贤者，未可以士大夫之义，律儿女子。哀其遇可也，悯其志可也。"

【注释】

①病革（jí）：病势危急。革，通"亟"，危急。

②锱铢（zī zhū）：旧制锱为一两的四分之一，铢为一两的二十四分之一，比喻及其微小的数量。

③绵惙（chuò）：病危。

④殁：去世。

⑤结草衔环：旧时比喻至死不忘报答恩德。结草，把草结成绳子，绊倒敌人，搭救恩人。衔环，嘴里衔着玉环送给恩人。

⑥乐昌之镜：比喻夫妻分离。

⑦雍正甲寅、乙卯：雍正十二年（1734 年）、雍正十三年（1735 年）。

【译文】

有一位靠书画谋生的游士，在京城纳了一个妾，对其非常宠爱。如果有人请他赴宴，他也不忘把果品之类的藏于袖中带回来给她吃。爱妾也与他情投意合。可是没有多久，这个游士病危，临终之际对爱妾说："我没有家，你无处可去；我又没有亲属，你也没有依靠。我以笔墨为生，我死以后你没法过活，你再嫁，这是情势所迫，也是理所当然。我没有留下债务牵累你，你也没有父母兄弟牵连阻挠，可按自己的想法去做。再嫁的时候，可以不接受他哪怕一点点的成婚聘金，但一定要与他约定，每年祭祀时节允许你给我上坟祭祀，这样，我就死无遗恨了。"爱妾流着泪，点头答应了。后来娶这个妾的人也答应了，而且很爱她。然而，这位爱妾却常郁郁寡欢，不忘游士旧恩，每夜都梦见与故夫同席共枕，睡梦中有时喃喃说着梦话。后夫察觉后，暗暗请术士书写了符箓镇鬼。此后，爱妾不说梦话了，却又生起病来，病情日益沉重，渐渐危及生命了。临终时，她用前额叩枕说："故夫对我恩重，实在不能忘怀，这是你很了解的，也是我从来没有隐瞒过的。昨夜又梦见他来对我说：'我被赶走很长时间，今天才能再来。你病到这种地步，为何不跟我一道走？'我已经答应了他。如果能得到你的格外恩惠，把我的尸体葬在故夫的坟墓里，我会生生世世结草衔环报答你的大恩。这个不合情理的请求，恳望你能考虑。"说罢闭目死去。后夫本来就是豪爽的人，感慨地说："魂魄都已经走了，留着一个空壳有何用处？杨越公能让乐昌公主夫妇团圆，我就不能使泉下有情人重结眷属吗？"最后按妾的请求把她的遗体合葬于游士墓中。

这是雍正甲寅、乙卯年间发生的事情。我当时十一二岁，听人讲述了这件事，但忘记了他们的姓名。在我看来，这位妾改嫁，是背弃了原来的丈夫；嫁了以后又有二心，是背弃了后来的丈夫。应该说她是进退无据，都不符合礼教。何子山先生也说："与其怀念故夫而死，不如当时殉节而死。"何励庵先生却说："《春秋》之义责备贤人，不可用士大夫的标准去要求普通女子。对于这位妾，可以可怜她的遭遇，同情她的心志。"

【原典】

青县农家少妇，性轻佻，随其夫操作，形影不离。恒相对嬉笑，不避忌人，或夏夜并宿瓜圃中。皆薄其冶荡。然对他人，则面如寒铁。或私挑之，必峻拒。后遇劫盗，身受七刃，犹诟詈[①]，卒不污而死。又皆惊其贞烈。老儒刘君琢曰："此所谓质美而未学也。惟笃于夫妇，故矢死不二。惟不知礼法，故情欲之感，介于仪容；燕昵之私，形于动静。"辛彤甫先生曰："程子有言[②]，凡避嫌者，皆中不足。此妇中无他肠，故坦然径行不自疑。此其所以能守死也。彼好立崖岸者[③]，吾见之矣。"先姚安公曰："刘君正论，辛君有激之言也。"

后其夫夜守豆田，独宿团焦中[④]。忽见妇来，燕婉如平日。曰："冥官以我贞烈，判来生中乙榜[5]，官县令。我念君，不欲往，乞辞官禄为游魂，长得随君。冥官哀我，许之矣。”夫为感泣，誓不他偶。自是昼隐夜来，几二十载。儿童或亦窥见之。此康熙末年事。姚安公能举其姓名居址，今忘矣。

【注释】

①诟詈（lì）：大骂。

②程子：指宋代理学家程颢、程颐。

③崖岸：本义为山崖、堤岸，这里指人严峻，自信甚至自负。

④团焦：指圆形的草屋。

⑤乙榜：也叫乡试，一般都在各省省城举行，三年考一次。

【译文】

青县有一位农家少妇，性情轻佻，跟随丈夫劳作，形影不离。夫妻常相对嬉笑，打情骂俏，不避忌别人，有时夏天傍晚还一起睡在瓜园里。村人都很看不起她，认为她淫荡不轨。但少妇对待别的男人，却是面如冰铁。如果有人偷偷挑逗她，必定遭到严厉拒绝。后来，少妇遭遇强盗抢劫，身上挨了七刀，仍在坚持破口大骂，终于没有受到强盗玷污，英烈而死。事过以后，村民们又都对她的忠贞壮烈感到十分惊奇。老儒刘君琢说：“这就是所谓本质美好而没有接受教育的人。由于忠贞于夫妻情分，所以宁死也不背弃丈夫。由于不懂礼教，所以情欲的感受都表现于仪貌容态，夫妻间的亲昵流露在言谈举止上。”辛彤甫先生说：“程子有句话，凡是躲避嫌疑的，都是内心有所欠缺。这个妇人心中没有其他杂念，所以坦坦荡荡，正大光明按自己的心愿支配自己的行动。所以她能以死守节。那些道貌岸然、自高自傲的人，我见得多了。”先父姚安公说：“刘先生是正统的评论，辛先生的评论稍有偏激。”

后来，少妇的丈夫在夜间看守豆田，一个人睡在田间临时搭成的圆形草屋里。忽然见妻子走进来，像平常一样与他亲热。妻子告诉他说：“冥司因为我是贞节烈妇，安排我来生得中举人，做官当县令。我思念郎君，不想去，乞求辞去官禄做游魂，能长久跟随郎君。冥司官员同情我，答应了我的请求。”丈夫感动得掉下泪来，发誓不再另娶。从此，少妇白天隐形夜晚来往，就这样过了大约二十年。有的孩子曾经偷偷看见过这位少妇的鬼魂。这是康熙末年发生的事情，当初姚安公还能说出他们的姓名地址，可我现在却已经忘了。

【原典】

献县老儒韩生，性刚正，动必遵礼，一乡推祭酒[①]。一日，得寒疾。恍惚间，一鬼立前曰："城隍神唤。"韩念数尽当死，拒亦无益，乃随去。至一官署，神检籍曰："以姓同误矣。"杖其鬼二十，使送还。韩意不平，上请曰："人命至重，神奈何遣愦愦之鬼[②]，致有误拘？倘不检出，不竟枉死耶？聪明正直之谓何！"神笑曰："谓汝倔强，今果然。夫天行不能无岁差，况鬼神乎？误而即觉，是谓聪明；觉而不回护，是谓正直。汝何足以知之？念汝言行无玷，姑贷汝[③]，后勿如是躁妄也。"霍然而苏[④]。韩章美云。

【注释】

①祭酒：祭祀时酹酒祭神的长者。

②愦愦：昏乱、糊涂的样子。

③姑：姑且。贷：宽恕，饶恕。

④霍然：突然。

【译文】

献县的老儒生韩某，性情刚正，不管做什么事都遵守礼法，所以乡里人推举他当祭酒。有一天，他得了寒病，恍惚之间，看见一个鬼站在面前说："城隍神召唤你。"韩某想，气运尽了就应当死，抗拒也无益，便随着去了。到了一处官署，城隍神查验了名册，说："因为姓一样，弄错了。"把鬼打了二十棍，叫鬼把韩某送回去。韩某心中不平，上前问道："人命关天，神为什么派这么个糊涂鬼，以致抓错了人？倘若没查验出来，我不就冤死了么？还说什么聪明正直！"神笑道："我早就听说你倔强，今天一看果然如此。要知道天时的运行还有误差，何况是鬼神呢？有错马上就能察觉，这就叫聪明；察觉了而不袒护，这就叫正直。你怎么能知道这些道理？念你言行没有过失，暂且饶恕你，以后不要再这样急躁乱来了。"韩某猛然苏醒了过来。这是韩章美讲的一个故事。

【原典】

景城有刘武周墓[①]，《献县志》亦载。按武周山后马邑人，墓不应在是，疑为隋刘炫墓[②]。炫，景城人。《一统志》载其墓在献县东八十里。景城距城八十七里，约略当是也。旧有狐居之，时或戏嬲醉人。里有陈双，酒徒也。闻之愤曰："妖兽敢尔！"诣墓所，且数且詈。时耘者满野，皆见其父怒坐墓侧，双跳踉叫号[③]。竞前呵曰："尔何醉至此，乃詈尔父！"双凝视，果父也，大怖叩首。父径趋归。双随而哀乞，追及于村外。方伏地陈说，忽妇媪环绕，哗笑曰："陈双何故跪拜其妻？"双仰视，又果妻也，愕而痴立。妻亦径趋归。双惘惘至家[④]，则父与妻实未尝出。方知皆狐幻化戏之也，惭不出户者数日。闻者无不绝倒。余谓双不詈狐，何至遭狐之戏，双有自取之道焉。狐不嬲人，何至遭双之詈？狐亦有自取之道焉。颠倒纠缠，皆缘一念之妄起。故佛言一切众生，慎勿造因。

【注释】

①刘武周：隋末河间景城（今河北献县东北）人。在隋末群

雄竞起的纷乱形势中，他率先起兵，依附突厥，起兵反隋，自称皇帝，年号天兴。

②刘炫：隋经学家，字广伯，河间景城（今河北献县东北）人，刘献之的三传弟子。开皇（581—600）中，奉敕修史。后与诸儒修定五礼，授旅骑尉。旋任太学博士。卒于隋末，门人谥为宣德先生。

③跳踉：跳跃的样子。

④惘惘：精神恍惚的样子。

【译文】

刘武周的墓在景城，《献县志》记载了这件事。按理说，刘武周是山后马邑人，墓不应在这儿，所以景城的墓可能是隋代刘炫的。刘炫是景城人。另见《一统志》记载，刘武周的墓在献县东八十里处。景城离县城八十七里，这么算来很可能就是他的墓。过去墓里住着狐狸，经常戏弄醉鬼。乡里有个叫陈双的酒徒听说后愤愤地说："妖兽胆敢这么无礼！"他到了墓地，一边数落一边大骂。当时满地都是干活的人，都看见陈双的父亲坐在墓边，怒气冲冲。陈双跺脚大骂。大伙走过来呵斥他："你怎么醉成这样，还骂你父亲！"陈双仔细一看，真的是父亲，吓得赶紧叩头拜了一拜。父亲没理他，往回走了。陈双哀求父亲不要走，到了村外才追上。他趴在地上说明原委，忽听一群妇女围着笑道："陈双，为什么拜你的妻子？"陈双抬头一看，果然是妻子，他惊讶地呆呆站着。妻子也径直回去了。陈双怅然地回了家，才知道父亲和妻子二人根本没出去过。这才明白是狐狸在戏弄他，他羞愧地好几天不出门。听到这事的人无不笑得前仰后合。我认为，陈双不骂狐狸，何至于被狐狸戏弄，陈双是自作自受。狐狸如果不戏耍人，何至于遭陈双谩骂？狐狸也是自作自受。恩怨纠纷，皆因一念之差。所以佛说，一切生灵，千万不要惹是生非，制造结怨的因由。

【原典】

老仆魏哲闻其父言：顺治初，有某生者，距余家八九十里，忘其姓名，与妻先后卒。越三四年，其妾亦卒。适其家佣工人，夜行避雨，宿东岳祠廊下。若梦非梦，见某生荷校立庭前①，妻妾随焉。有神衣冠类城隍，磬折对岳神语曰[②]："某生污二人，有罪；活二命，亦有功，合相抵。"岳神咈然曰[③]："二人畏死忍耻，尚可贷。某生活二人，正为欲污二人，但宜科罪，何云功罪相抵也?"挥之出。某生及妻妾亦随出。悸不敢语。

天曙归告家人，皆莫能解。有旧仆泣曰："异哉，竟以此事被录乎！此事惟吾父子知之，缘受恩深重，誓不敢言。今已隔两朝，始敢追述。两主母皆实非妇人也。前明天启中，魏忠贤杀裕妃[④]，其位下宫女内监，皆密捕送东厂[⑤]，死甚惨。有二内监，一曰福来，一曰双桂，亡命逃匿。缘与主人曾相识，主人方商于京师，夜投焉。主人引入密室，吾穴隙私窥。主人语二人曰：'君等声音状貌在男女之间，与常人稍异，一出必见获。若改女装，则物色不及。然两无夫之妇，寄宿人家，形迹可疑，亦必败。二君身已净，本无异妇人；肯屈意为我妻妾，则万无一失矣。'二人进退无计，沉思良久，并曲从。遂为办女饰，钳其耳，渐可受珥。并市软骨药，阴为缠足。越数月，居然两好妇矣。乃车载还家，诡言在京所娶。二人久在宫禁，并白皙温雅，无一毫男子状。又其事迥出意想外，竟无觉者。但讶其不事女红，为恃宠骄惰耳。二人感主人再生恩，故事定后亦甘心偕老。然实巧言诱胁，非哀其穷，宜司命之见谴也。"信乎，人可欺，鬼神不可欺哉！

【注释】

①校（jiào）：古代刑具枷锁的统称。

②磬（qìng）折：像磬一样弯着腰，表示恭敬。

③咈然：不高兴的样子。咈，通"怫"。

④魏忠贤（1568—1627）：原名李进忠，字完吾，北直隶肃宁（今河北沧州肃宁县）人，明朝末期宦官。

⑤东厂：官署名，即东缉事厂，明代的特权监察机构、特务机关和秘密警察机关。明成祖于永乐十八年（1420 年）设立东缉事厂，由亲信宦官担任首领。东厂只对皇帝负责，不经司法机关批准，可随意监督缉拿臣民，是明朝宦官干政的开端。

【译文】

老仆魏哲听他父亲说：顺治初年，有一位某生，距离我家八九十里，忘了叫什么名，和妻子先后去世。过了三四年，他的妾也死了。当时他家的雇工夜里赶路避雨，借宿在东岳祠的廊庑下。在似梦非梦中，看见某生戴着枷锁站在庭前，妻妾随在身后。有个神灵，看衣饰像是城隍，恭敬地弯着腰对岳神说："某生污辱了这两个人，有罪；救了二人的性命，也有功，应该相抵。"岳神不高兴地说："这二人怕死而忍垢含耻，还可原谅。某生救这两个人，正是为了奸污这二人，只能定罪，怎么能说功罪相抵呢?"于是挥手把城隍神打发了出去。某生和妻妾也随后出去了。雇工害怕，不敢吱声。

雇工天亮之后回去告诉了家人，大家都不明白是怎么回事。某生过去的仆人哭道："真是怪事，他竟然因为这件事而获罪。这事只有我们父子知道，因为受恩深重，发誓不说。如今已经改朝换代，说出来也不怕了。两位主母实际上都不是女人。在明代天启年间，魏忠贤杀死裕妃，裕妃的宫女太监，被秘密逮捕送到东厂，死得都很惨。有两个太监，一个叫福来，一个叫双桂，改名换姓逃亡躲藏。因为他们与我主人是旧相识，而主人正在京城经商，就夜里投奔来了。主人把两人带进密室，我从门缝往里偷看。听见主人对他们说：'你们的声音相貌，不男不女，和别人不大一样，一出去肯定会被抓住。如果改换女装，就认不出来了。但是两个没有丈夫的女人寄住在别人家里，形迹可疑，也一定会败露。两位已经净了身，和女人也没什么两样了，如果肯委屈当我的妻妾，就万无一失了。'两人进退不得，沉思了好久，只好曲从。主人于是为他们采买女人饰物，扎了耳朵眼，渐渐可以挂耳环了。还买来软骨药，悄悄为他们缠脚。过了几个月，居然变成两个美女了。于是主人便用车载两人回家，撒谎说在京城娶的。这二人久在宫禁之中，都皮肤白皙、举止温雅，没有一点儿男子的样子。这件事情又大出意料之外，所以也没人怀疑。只是奇怪两个人都不做女红，以为是恃宠骄惰罢了。二人感怀主人的活命之恩，所以在魏忠贤死后，仍甘心与主人在一起生活。主人实际上是花言巧语引诱胁迫他们就范的，并不是同情他们无处投奔，所以岳神惩罚他也是应该的。"可见，人可以欺骗，鬼神是不可欺骗的啊。

【原典】

先姚安公有仆，貌谨厚而最有心计。一日，乘主人急需，饰词邀勒，得赢数十金。其妇亦悻悻自好，若不可犯，而阴有外遇。久欲与所欢逃，苦无资斧[①]。既得此金，即盗之同遁。越十馀日捕获，夫妇之奸乃并败。余兄弟甚快之。姚安公曰："此事何巧相牵引，一至于斯！殆有鬼神颠倒其间也。夫鬼神之颠倒，岂徒博人一快哉！凡以示戒云尔。故遇此种事，当生警惕心，不可生欢喜心。甲与乙为友，甲居下口，乙居泊镇，相距三十里。乙妻以事过甲家，甲醉以酒而留之宿。乙心知之，不能言也，反致谢焉。甲妻渡河覆舟，随急流至乙门前，为人所拯。乙识而扶归，亦醉以酒而留之宿。甲心知之，不能言也，亦反致谢焉。其邻媪阴知之，合掌诵佛曰：'有是哉，吾知惧矣。'其子方佐人诬讼，急自往呼之归。汝曹如此媪可也。"

【注释】

①资斧：旅费，盘缠。

【译文】

先父姚安公有个仆人，外表厚道老实，实际最有心计。一天，他趁主人要求他帮忙之机，夸大其词巧言勒索了几十两银子。他的妻子也整天洋洋得意自视甚高，一副凛然不可侵犯的样子，暗地里却养野汉子，早有跟相好私奔的想法，苦于没有路费。于是两人偷走了这几十两银子逃走了。十多天后，两人被抓获，夫妇二人的坏事败露了。我们兄弟深感快意。姚安公说：“两事互相牵连，怎么这么巧！可能有鬼神在其中起作用，鬼神让事情转换，难道就是为了让人欢心么！这都是向人示警。所以遇到这种事应当生警惕心，不应该只生欢喜心。甲和乙是朋友，甲住下口，乙住泊镇，相距三十里。乙的妻子有事到甲家，甲把她灌醉了奸污了她。乙知道了却说不出口，反而向甲表示谢意。甲的妻子渡河翻了船，被急流冲到乙的门前，被人救上岸后。乙认出是甲妻，扶回家，也留宿灌醉奸污了她。甲心里知道也说不出口，反而表示谢意。邻居老太太暗中知道了这件事，便合掌念经道：“有这种事啊，太可怕了。”她的儿子正帮人提供伪证打官司，她急忙亲自过去把儿子叫了回来。你们能做到老太太这一步，就可以了。”

卷三　滦阳消夏录三

【原典】

昌吉叛乱之时[①]，捕获逆党，皆戮于迪化城西树林中。（迪化即乌鲁木齐，今建为州。树林绵亘数十里，俗为之树窝。）时戊子八月也[②]。后林中有黑气数团，往来倏忽，夜行者遇之辄迷。余谓此凶悖之魄，聚为妖厉，犹蛇虺虽死[③]，馀毒尚染于草木，不足怪也。凡阴邪之气，遇阳刚之气则消。遣数军士于月夜伏铳击之[④]，应手散灭。

【注释】

①昌吉叛乱：发生于清乾隆三十二年（1767 年），昌吉屯官置酒山坡犒劳劳作的屯民（流人遣犯），期间屯官强迫屯民妻子唱歌，激发屯民事变，杀死屯官，抢劫了军装库，然后占领了宁边城。昌吉，为新疆县名。

②戊子：乾隆三十三年（1768 年）。

③虺（huǐ）：古书上记载的一种毒蛇，后泛指蛇类。

④铳（chòng）：一种旧式兵器。

【译文】

昌吉叛乱的时候，被抓获的叛乱分子都被杀死在迪化城西面的树林中。那是乾隆戊子年八月的事。后来林中有几团黑气，往来迅捷，夜间赶路的碰到就迷路。我认为这是凶恶悖逆的魂魄聚集而成的凶险怪异之气，就像是毒蛇虽然死了，余毒还沾染在草木上一样，没有什么好奇怪的。凡是阴邪之气，碰上阳刚之气就会消失。我派遣了几个军士，在月夜里埋伏，用火枪射击黑气，黑气便消散了。

【原典】

满媪，余弟乳母也。有女曰荔姐，嫁为近村民家妻。一日，闻母病，不及待婿同行，遽狼狈而来。时已入夜，缺月微明，顾见一人追之急。度是强暴，而旷野无可呼救，乃隐身古冢白杨下，纳簪珥怀中，解络系颈，披发吐舌，瞪目直视以待。其人将近，反招之坐。及逼视，知为缢鬼，惊仆不起。荔姐竟狂奔得免。比入门，举家大骇，徐问得实，且怒且笑，方议向邻里追问。次日，喧传某家少年遇鬼中恶，其鬼今尚随之，已发狂谵语[①]。后医药符箓皆无验，竟颠痫终身。此或由恐怖之馀，邪魅趁机而中之，未可知也。或一切幻象，由心而造，未可知也。或明神殛恶，阴夺其魄，亦未可知也。然均可为狂且戒[②]。

【注释】

①谵（zhān）语：病中说胡话。

②狂且（jū）：狂人，这里指轻薄少年。

【译文】

满媪，是我弟弟的乳母。她有一个女儿，名叫荔姐，嫁到附近村民家为妻。一天，荔姐听说母亲有病，来不及等待丈夫同行，就匆匆赶来探望。当时已经入夜，残缺的月亮微有光明，只见一个人在后面急急追来。荔姐估计是强横的暴徒，但在空旷的野地里，无处可以呼救。于是就闪身躲到古墓旁的白杨树下，把发簪和耳饰藏入怀中，解下丝带系在颈上，披散了头发，吐出舌头，瞪眼直视，等待那人过来。那人将要走近，荔姐反而招他来坐。那人走到荔姐身旁一看，发现是个吊死鬼，吓得倒地不起。荔姐趁机赶快逃脱。一进门，全家大惊，慢慢地询问，

得知实情，又气愤又好笑，商议向邻里追问。第二天，人们纷纷传说某家少年遇鬼中了邪，那鬼现在还跟着他，已经发狂胡言乱语。后来求医问药、画符驱鬼，都没有效用，竟终身得了癫痫病。这或许是受了惊吓之后，妖邪鬼魅趁机制住了他，就不可知了。或许他所见到的一切，都是他臆想出来的幻象，也不可知了。可能是明察的神想要诛杀恶人，暗中夺去了他的魂魄，这也不可知了。但这些都可以作为那些浮浪子弟的鉴戒。

【原典】

制府唐公执玉[①]，尝勘一杀人案，狱具矣。一夜秉烛独坐，忽微闻泣声，似渐近窗户。命小婢出视，嗷然而仆。公自启帘，则一鬼浴血跪阶下。厉声叱之，稽颡曰[②]："杀我者某，县官乃误坐某[③]。仇不雪，目不瞑也。"公曰："知之矣。"鬼乃去。翌日，自提讯。众供死者衣履，与所见合。信益坚，竟如鬼言改坐某。问官申辩百端，终以为南山可移，此案不动。其幕友疑有他故，微叩公。始具言始末，亦无如之何。

一夕，幕友请见，曰："鬼从何来?"曰："自至阶下。""鬼从何去?"曰："欻然越墙去[④]。"幕友曰："凡鬼有形而无质，去当奄然而隐，不当越墙。"因即越墙处寻视，虽甃瓦不裂[⑤]，而新雨之后，数重屋上皆隐隐有泥迹，直至外垣而下。指以示公曰："此必囚贿捷盗所为也。"公沉思恍然，仍从原谳[⑥]。讳其事，亦不复深求。

【注释】

①制府：明清两代尊称总督为"制府"。

②稽颡（sǎng）：古代一种跪拜礼，屈膝下拜，以额触地，表示极度虔诚。

③坐：入罪，定罪。

④欻（xū）然：忽然。

⑤甃（zhòu）瓦：砌垒。

⑥谳（yàn）：审判，定罪。

【译文】

制府唐执玉公曾经审查一起杀人案，已经定案。这天夜里他独自点灯坐在屋里，忽然隐约听到哭泣声，好像渐渐地靠近窗户了。唐制府叫小婢女出去看看，小婢女出去，惊叫了一声倒在地上。唐制府掀开帘子，看见一个浑身是血的鬼跪在台阶下。唐制府厉声喝问，鬼叩头道："杀我的人是某甲，县官却误判是某乙。这个仇报不了，死也不能瞑目。"唐制府说："知道了。"鬼离去了。第二天，唐制府亲自提审。证人们提供死者的衣服鞋子等物，与昨夜所见的相符。唐制府更加相信了，竟然按鬼所说的改判某甲为凶手。原审案官百般申辩，唐制府坚持认为南山可以移动，但这个案子不能改。唐制府的师爷怀疑有别的原因，婉转地向唐制府探询。唐制府才说了见鬼之事，师爷也拿不出什么主意来。

一天晚上，师爷来见唐制府，问："鬼从哪儿来的？"唐制府说："他自己来到台阶下面。"师爷问："鬼往哪儿去了？"唐制府说："他倏然越墙而去。"师爷说："凡是鬼，都只有形影而没有肉躯，离去时应该是突然消失，而不应该越墙。"随即便到鬼越墙的地方查看，虽然屋瓦没有碎裂的，但因为刚下过雨，几处屋顶上都隐约有泥脚印，泥脚印一直顺着外墙而去。师爷指着泥脚印说："这一定是囚犯收买了有功夫的盗贼干的。"唐制府沉思了一会儿恍然大悟，仍改回原判。他不愿意再提这件事，也没有再追究。

【原典】

先太夫人乳媪廖氏言：沧州马落坡，有妇以卖面为业，得馀面以养姑。贫不能畜驴，恒自转磨，夜夜彻四鼓。姑殁后，上墓归，遇二少女于路，迎而笑曰："同住二十馀年，颇相识否？"妇错愕不知所对。二女曰："嫂勿讶，我姊妹皆狐也。感嫂孝心，每夜助嫂转磨。不意为上帝所嘉，缘是功行，得证正果。今嫂养姑事毕，我姊妹亦登仙去矣。敬来道别，并谢提携也。"言讫①，其去如风，转瞬已不见。妇归，再转其磨，则力几不胜，非宿昔之旋运自如矣。

【注释】

①讫：完结，终了。

【译文】

先太夫人的乳母廖氏说：沧州的马落坡有个妇人以卖面粉为生，用剩余的面粉赡养婆母。因家贫养不起驴，常自己推磨磨面，每天夜里都要磨到四更天。婆母死后，妇人去上坟，回来的路上，遇到两位少女。少女迎面笑着对她说："我们与你一起居住了二十多年，认识我们吗？"妇人十分惊讶，不知怎样回答。二女说："请嫂子不要惊讶，我们姊妹俩都是狐女。因被嫂子的孝心感动，每天夜里帮助嫂子推磨。没想到受到了上帝称赞，因为这个功德，成了正果。如今嫂子已对婆母尽完孝道，我姊妹俩也要登入仙界了。我们特地前来道别，并且感谢你的提携之恩。"说完，像一阵疾风，转瞬间就没了踪影。妇人回家后再去推磨，觉得重了许多，几乎推不动，再也不像以前那样运转自如了。

【原典】

郭六，淮镇农家妇，不知其夫氏郭、父氏郭也，相传呼为郭六云尔。雍正甲辰、乙巳间[1]，岁大饥。其夫度不得活，出而乞食于四方。濒行，对之稽颡曰："父母皆老病，吾以累汝矣。"妇故有姿，里少年瞰其乏食，以金钱挑之，皆不应，惟以女工养翁姑。既而必不能赡，则集邻里叩首曰："我夫以父母托我，今力竭矣。不别作计，当俱死。邻里能助我，则乞助我；不能助我，则我且卖花[2]，毋笑我。"（里语以妇女倚门为"卖花"。）邻里趑趄嗫嚅[3]，徐散去。乃恸哭白翁姑，公然与诸荡子游。阴蓄夜合之资，又置一女子。然防闲甚严，不使外人觌其面[4]。或曰，是将邀重价，亦不辩也。

越三载馀，其夫归。寒温甫毕，即与见翁姑，曰："父母并在，今还汝。"又引所置女见其夫曰："我身已污，不能忍耻再对汝。已为汝别娶一妇，今亦付汝。"夫骇愕未答，则曰："且为汝办餐。"已往厨下自刭矣。县令来验，目炯炯不瞑。县令判葬于祖茔，而不祔夫墓[5]，曰："不祔墓，宜绝于夫也；葬于祖茔，明其未绝于翁姑也。"目仍不瞑。其翁姑哀号曰："是本贞妇，以我二人故至此也。子不能养父母，反绝代养父母者耶？况身为男子不能养，避而委一少妇，途人知其心矣，是谁之过而绝之耶？此我家事，官不必与闻也。"语讫而目瞑。

时邑人议论颇不一。先祖宠予公曰："节孝并重也，节孝不能两全也。此一事非圣贤不能断，吾不敢置一词也。"

【注释】

①雍正甲辰、乙巳：雍正二年（1724 年）、雍正三年（1725 年）。

②卖花：卖笑。

③赼趄（zī jū）：犹豫不决，想前进却又不敢前进的样子。

④觌（dí）：相见。

⑤祔（fù）：合葬。

【译文】

郭六，是淮镇的一个农家妇女，不知是她丈夫姓郭，还是她父亲姓郭，反正大家都叫她郭六。雍正二、三年间，闹大饥荒。郭六的丈夫觉得活不下去了，离家到外地去谋生。临走的时候，给妻子跪下叩头说："父母年老又有病，我就托付给你了。"郭六相貌漂亮，同乡的年轻人看她挨饿，便以金钱引诱她，她毫不理睬，只是做针线活儿来养活公婆。不久，靠做针线也不足以维持生计了，她便请乡亲们聚到一起，磕头说："我丈夫把父母托付给我，我如今无能为力了。如果不作别的打算，都得饿死。邻居们如果能帮我，那么请帮帮我；

如果不能帮我，我只好倚门卖笑，请不要讥笑我。”乡亲们都犹犹豫豫地欲言又止，渐渐地都散去了。郭六痛哭着告诉了公婆，然后公然与那些浪荡子在一起鬼混。她暗地里积攒卖身钱，偷偷地买来一个女子，并对她防范极严，不叫外人和她见面。有的说郭六想用这个女子来挣大钱，她也不解释。

过了三年多，她的丈夫回来了。刚刚寒暄完，郭六便和丈夫去见公婆，说："父母都在，今天就交给你了。"又带她买下来养着的那个女子见丈夫，说："我的身子已经被玷污，不能再忍垢含耻地和你在一起生活了。我已经为你另娶了一个女子，今天也交给你。"丈夫惊得还没来得及说什么，郭六说："我先到厨房去给你做饭。"便在厨房里自杀了。县令来验尸，郭六的眼睛圆睁着不闭。县令宣判把郭六葬在祖坟里，说以后不能与她丈夫合葬，理由是："不合葬，以表示和她丈夫断了关系；葬在祖坟，表示她和公婆关系密切。"郭六的眼睛仍然不闭。公公婆婆哀号道："她本来是个贞节的女人，因为我们二人才去卖身。儿子不能奉养父母，反而叫隔亲的人来养。况且身为男人，不能奉养父母，却委托给一个年轻妇人，路人也知道他心里想的是什么了，是谁的过错而绝了她的性命呢？这是我们的家事，官府不必过问！"这番话说完，郭六的眼睛闭上了。

当时邻里的人议论纷纷，看法很不一致。我的先祖宠予公说："节和孝一样重要，但节和孝又不能两全。这件事的是是非非，只有圣贤才能判断，我不敢发表什么意见。"

【原典】

乌鲁木齐深山中，牧马者恒见小人高尺许，男女老幼，一一皆备。遇红柳吐花时，辄折柳盘为小圈，着顶上，作队跃舞，音呦呦如度曲。或至行帐窃食，为人所掩，则跪而泣。絷之，则不食而死。纵之，初不敢遽行，行数尺辄回顾。或追叱之，仍跪泣。去人稍远，度不能追，始蓦涧越山去。然其巢穴栖止处，终不可得。此物非木魅，亦非山兽，盖僬侥之属[①]。不知其名，以形似小儿，而喜戴红柳，因呼曰红柳娃。邱县丞天锦，因巡视牧厂，曾得其一，腊以归。细视其须眉毛发，与人无二。知《山海经》所谓竫人[②]，凿然有之。有极小必有极大，《列子》所谓龙伯之国[③]，亦必凿然有之。

【注释】

①僬侥（jiāo yáo）：古代神话传说中的矮人。

②《山海经》：先秦神话传说的重要古籍，包括《山经》《海经》两部分，共十八卷。竫（jìng）人：古代神话传说中的一种矮人。

③《列子》：又名《冲虚经》，是道家重要典籍。龙伯之国：古代传说中的大人国。

【译文】

乌鲁木齐的深山里，牧马人经常见到一种小矮人，小矮人高一尺左右，男女老幼全都有。遇到红柳开花时，就折下柳枝盘成小圈，戴在头上，列队跳跃舞蹈，发出“呦呦”的声音，就像按着曲谱歌唱。有时小矮人到行军的帐篷里偷窃食物，如果被人发现了，就跪下哭泣。被人捆住就绝食而死。放了它，起初不敢立刻就走，走了几尺，就回头看，要追上去呵斥它，仍旧跪下哭泣。离开人稍远些，估计追不上了，才跨涧越山而去。但是它们的巢穴住处，始终找不到在哪儿。这种小矮人不是树木成精，也不是山中怪兽，大概是传说中矮人国的僬侥之类。不知道它们的名称到底是什么，因为形状像小孩儿而喜欢戴红柳，因此叫作“红柳娃”。县丞邱天锦因为巡视牧场，曾经捉到一个，做成标本带了回来。细看它的须眉毛发，同人没有两样。知道《山海经》里所说的竫人，确凿无疑是有的。有极小的必然有极大的，《列子》里所说的龙伯之国，也必然确凿无疑是有的了。

【原典】

塞外有雪莲，生崇山积雪中，状如今之洋菊，名以莲耳。其生必双，雄者差大，雌者小。然不并生，亦不同根，相去必一两丈。见其一，再觅其一，无不得者。盖如兔丝、茯苓[①]，一气所化，气相属也。凡望见此花，默往探之则获。如指以相告，则缩入雪中，杳无痕迹，即劚雪求之[②]，亦不获。草木有知，理不可解。土人曰：“山神惜之。”其或然欤？此花生极寒之地，而性极热。盖二气有偏胜，无偏绝，积阴外凝，则纯阳内结。坎卦以一阳陷二阴之中，剥、复二卦，以一阳居五阴之上下，是其象也。然浸酒为补剂，多血热妄行。或用合媚药，其祸尤烈。盖天地之阴阳均调，万物乃生。人身之阴阳均调，百脉乃和。故《素问》曰[③]：“亢则害，承乃制。”自丹溪立“阳常有馀，阴常不足”之说[④]，医家失其本旨，往往以苦寒伐生气。张介宾辈矫枉过直[⑤]，遂偏于补阳，而参蓍桂附，流弊亦至于杀人。是未知《易》道扶阳，而乾之上九，亦戒以“亢龙有悔”也[⑥]。嗜欲日盛，羸弱者多，温补之剂易见小效，坚信者遂众。故余谓偏伐阳者，韩非刑名之学[⑦]；偏补阳者，商鞅富强之术[⑧]。初用皆有功，积重不返，其损伤根本，则一也。雪莲之功不补患，亦此理矣。

【注释】

①兔丝、茯苓：兔丝与茯苓，都是植物名。

②斸（zhú）：掘，铲。

③《素问》：《黄帝内经素问》，简称《素问》，相传为黄帝所作，是现存最早的中医理论著作。

④丹溪：朱丹溪（1281—1358），字彦修，名震亨，元代著名医学家。

⑤张介宾（1563—1640）：字会卿，号景岳，别号通一子，明代名医。

⑥亢龙有悔：指居高位的人要戒骄，否则会有败亡的灾难，后来也形容倨傲者不免招祸。

⑦韩非（约前281—前233）：战国末期韩国人，是韩王之子，荀子的学生，李斯的同学，古代杰出的思想家、哲学家和散文家，法家思想的集大成者，后世称“韩子”或“韩非子”。刑名之学：战国时，以申不害为代表的学派主张循名责实，慎赏明罚。后人称为“刑名之学”，亦省作“刑名”。

⑧商鞅（？—前338）：战国时期政治家、改革家、思想家，法家代表人物，卫国国君的后裔，姬姓公孙氏，故又称卫鞅、公孙鞅。后因在河西之战中立功获封于商十五邑，号为商君，故称之为“商鞅”。

【译文】

塞外有一种称为雪莲的植物，生长在高山的积雪之中，形状与现在的洋菊相似，以莲为名而已。雪莲出生，必定成双成对，一雄一雌，雄的稍微大些，雌的稍微小些。但是雌雄二莲不是并在一起生长，也不是生长在同一根上，两者的距离总是要有一二丈远。见到其中一株，再寻找另一株，没有找不到的。大概就像兔丝、茯苓一样，都是同一种气化育出来的，所以二者气息相同。凡发现雪莲花，默不作声，前往探取，必定能得。如果大呼小叫，用手指点告诉同伴，它就会缩入雪中，一点儿痕迹也不留下，就是挖雪探找也找不到。草木有灵，这从情理上不可解释。当地人说："这是由于山神爱惜雪莲所造成的。"也许是这样吧！这种花生在极寒的地方，但性却极热。在阴阳二气的对立统一体中，有一方偏胜的情况，却没有偏到绝灭了一方的情况，阴气在外部凝聚，阳气就在内部集结。坎卦是一个阳爻夹在两个阴爻中间，剥和复二卦是一个阳爻居

于五个阴爻的上方或下方，这就是雪莲的卦象。用雪莲泡酒作补药，多会促使血液发热，畅通循环。有人用来雪莲做春药，祸果极为强烈。天地之间阴阳二气协调，万物才能正常生长。人身内部阴阳二气协调，各个系统才能正常运行。所以《素问》说："过分了就有害，持续发展就能控制。"自从朱震亨提出"阳常有余，阴常不足"的说法，医生没有理解这话的本旨，往往补阴排阳，用寒药杀伐生气。张介宾等人矫枉过正，遇事又偏重于补阳驱阴，大量使用人参、蓍草、肉桂、附子等补药，用不好也可能使人死。这是不懂得《易经》学说，虽然主张扶阳，但也并非毫无限制，对乾卦中的上九一爻，就已作出"亢龙有悔"的告诫。世人的奢望和嗜欲日益强烈，体弱的居多，不少人被嗜欲拖垮身体，补药容易暂时见效，所以坚信的人越来越多。因此，

我认为偏重杀伐阳气，好似推行韩非的刑名之学；而偏重补益阳气，如同实行商鞅的富国之术。开始用的时候，都可见到功效，但积重不返，必定会损害根本，弊病是相同的。雪莲不能用来补亏损，也是这个道理。

【原典】

奴子魏藻，性佻荡，好窥伺妇女。一日，村外遇少女，似相识而不知其姓名居址。挑与语，女不答而目成，径西去。藻方注视，女回顾若招。即随以往。渐逼近，女面赪①，小语曰："来往人众，恐见疑。君可相隔小半里，俟到家，吾待君墙外车屋中。枣树下系一牛，旁有碌碡者是也②。"既而渐行渐远，薄暮，将抵李家洼，去家二十里矣。宿雨初晴，泥将没胫，足趾亦肿痛。遥见女已入车屋，方窃喜，趋而赴。女方背立，忽转面，乃作罗刹形③，锯牙钩爪，面如靛，目睒睒如灯④。骇而返走，罗刹急追之。狂奔二十馀里，至相国庄，已届亥初。识其妇翁门，急叩不已。门甫启，突然冲入，触一少妇女仆地，亦随之仆。诸妇怒噪，各持捣衣杵乱捶其股。气结不能言，惟呼"我我"。俄一媪持灯出，方知是婿，共相惊笑。次日，以牛车载归，卧床几两月。当藻来去时，人但见其自往自还，未见有罗刹，亦未见有少女。岂非以邪召邪，狐鬼趁而侮之哉？先兄晴湖曰："藻自是不敢复冶游，路遇妇女，必俯首。是虽谓之神明示惩，可也。"

【注释】

①面赪（chēng）：脸红。赪，古同"赪"，红色。

②碌碡（liù zhou）：碾压用的农具。用石头做成圆柱形，用来轧脱谷粒或轧平院子。

③罗刹（chà）：佛教中指吃人的恶鬼。

④睒睒（shǎn）：光亮闪烁的样子。

【译文】

年轻的奴仆魏藻，性格放荡轻佻，喜欢偷窥妇女。有一天，他在村外碰到一个少女，似曾相识但不知道她的姓名地址。言语挑逗她，少女半推半就一言不发，目光脉脉有情，然后转身朝西走了。魏藻正注视着她，少女又回过头来像是招呼他。魏藻便跟着她走。渐渐靠近了，少女红着脸，低声说：

“来往的人多，叫人看见难为情。你离开我半里跟着我走，等到了家，我在墙外的车棚里等你。记住，枣树下拴着一头牛，旁边有一台碌碡的那家就是了。”之后，魏藻越走越远，傍晚时快到李家洼了，距离自家已有二十里路。下了一夜的雨，天气刚晴，路上泥浆没过小腿，脚趾也又肿又痛。魏藻远远地望见少女钻进了车棚，他暗自高兴，急奔过去。少女背着他站着，正要去拥抱，少女忽然转过头来，一副罗刹鬼模样，牙如锯齿手像铁钩，脸色青紫，眼睛闪闪发亮像是灯一样。魏藻吓得回身便逃，罗刹鬼在后面紧追了二十多里，到了相国庄，已将近晚上九点了。魏藻还认得岳父家门，撞开门，撞倒了一个少妇，他也绊倒了，几个妇女怒气冲冲乱骂着，各人拿着一根捣衣棒，猛击他的大腿。魏藻喘不上气说不出话，只是“我我”乱叫。不一会儿，一个老太太拿灯出来，才知道是女婿，大家又惊又笑。第二天，岳父用牛车送魏藻回家，魏藻卧床养伤两个多月。而魏藻在看见罗刹鬼那天，其他人并没看见，只看见他自己来来去去。难道是他以邪召邪，狐鬼趁机耍他吗？先兄晴湖说：“魏藻从此再不敢寻花问柳，路上遇到妇女也必定低头走过去。把上面这件事看作是神灵的惩罚，也是可以的。”

【原典】

余官兵部时，有一吏尝为狐所媚，尪瘦骨立①。乞张真人符治之，忽闻檐际人语曰：“君为吏非理取财，当婴刑戮。我夙生曾受君再生恩，故以艳色蛊惑，摄君精气，欲君以瘵疾善终②。今被驱遣，是君业重不可救也。宜努力积善，尚冀万一挽回耳。”自是病愈。然竟不悛改③。后果以盗用印信、私收马税伏诛。堂吏有知其事者，后为余述之云。

【注释】

①尪（wāng）：瘦弱。

②瘵（zhài）：慢性病，痨病。

③悛改：悔改。

【译文】

我在兵部任职时，有一个小官吏被狐狸精媚惑，瘦得皮包骨头。他请求张真人用符镇治，忽然听到屋檐处有声音说：“你身为官吏，违背天理榨取钱财，应当遭到杀头的刑罚。我在前一辈子受到你救命大恩，所以用美色勾引你，摄取你的精气，叫你生痨病落个好死。如今我被赶走，说明你罪孽深重不可救药了。你应该努力行善，也许还有挽回的可能。”这个小官吏的病从此好了，但他仍然不知悔改。后来果因盗用印信、私收马税被处死。堂吏有知道这事的，后来告诉了我。

【原典】

先太夫人言：沧州有轿夫田某，母患臌将殆①。闻景和镇一医有奇药，相距百馀里。昧爽狂奔去②，薄暮已狂奔归，气息仅属。然是夕卫河暴涨，舟不敢渡。乃仰天大号，泪随声下。众虽哀之，而无如何。忽一舟子解缆呼曰：“苟有神理，此人不溺。来来，吾渡尔。”奋然鼓楫，横冲白浪而行。一弹指顷，已抵东岸。观者皆合掌诵佛号。先姚安公曰：“此舟子信道之笃，过于儒者。”

【注释】

①臌（gǔ）：中医指独自膨胀的病，有“水臌”和“气臌”两种，通称“膨胀”。

②昧爽：黎明，天刚亮。

【译文】

先太夫人说：沧州有个轿夫田某，母亲得了鼓胀病快不行了。他听说景和镇一个医生有奇药，但距离那儿有一百多里。天刚亮他就狂奔而去，天傍晚了才狂奔回来，累得上气不接下气。但是这天晚上卫河水猛涨，舟船不敢渡过去，田某仰天大哭，声泪俱下。大家虽然都同情他，但也没有办法。忽然一个船夫解开缆绳招呼道：“如果还有天理，这个人就不会淹死。来，来，我渡你过去。”船夫奋力摇动船桨，横冲滔天的波浪前进，弹指间船已经抵达了东岸。观看的人都双手合十，念佛祈祷。先父姚安公说：“这个船夫信道的虔诚，超过了儒生。”

卷四　滦阳消夏录四

【原典】

卧虎山人降乩于田白岩家，众焚香拜祷。一狂生独倚几斜坐，曰：“江湖游士，练熟手法为戏耳。岂有真仙日日听人呼唤?”乩即书下坛诗曰：“鶗鴂惊秋不住啼[①]，章台回首柳萋萋[②]。花开有约肠空断，云散无踪梦亦迷。小立偷弹金屈戍[③]，半酣笑劝玉东西[④]。琵琶还似当年否？为问浔阳估客妻[⑤]。”狂生大骇，不觉屈膝。盖其数日前密寄旧妓之作，未经存稿者也。仙又判曰：“此幸未达，达则又作步非烟矣[⑥]。此妇既已从良，即是窥人闺阁。香山居士偶作寓言[⑦]，君乃见诸实事耶？大凡风流佳话，多是地狱根苗。昨见冥官录籍，故吾得记之。业海洪波，回头是岸。山人饶舌，实具苦心，先生勿讶多言也。”狂生鹄立案旁，殆无人色。后岁馀，即下世。余所见扶乩者，惟此仙不谈休咎，而好规人过，殆灵鬼之耿介者耶！先姚安公素恶淫祀，惟遇此仙必长揖曰：“如此方严，即鬼亦当敬。”

【注释】

①鶗鴂（tí jué）：指杜鹃。

②章台：汉朝时长安城有章台街，是当时长安妓院的集中之处，后人以章台代指妓院赌场等场所。

③金屈戍：金属做的门窗上的搭扣。

④玉东西：玉做的酒杯。

⑤琵琶还似当年否？为问浔阳估客妻：此二句用唐代诗人白居易《琵琶行》诗典。估客，

指商人。

⑥步非烟：唐代传奇小说《非烟传》中的主人公，因爱上邻居书生并与其幽会，被丈夫发现后打死。

⑦香山居士：指唐代诗人白居易（772—846），字乐天，晚年又号香山居士。

【译文】

卧虎山人在田白岩家扶乩时降临，大家都烧香拜祷。唯独一个狂傲的书生斜坐在几案上说："走江湖的练熟了手法，不过戏弄观众而已。哪有真仙天天听人使唤的？"卧虎山人随即写了一首乩诗在坛上，诗写道：鶗鴂惊秋不住啼，章台回首柳萋萋。花开有约肠空断，云散无踪梦亦迷。小立偷弹金屈戌，半酣笑劝玉东西。琵琶还似当年否？为问浔阳估客妻。"狂生看后大惊，不觉屈膝下拜。原来这首诗是他几天前偷偷地寄给过去交往的妓女的，而且并没有留存底稿。卧虎山人又下判词道："这首诗幸亏没有寄到，寄到的话将又将出第二个步非烟了。这个女子既然已经从良，你这样做就是勾引良家妇女。白居易只是偶然写一首情诗以寄托哀思，你却要付诸行动？风流佳话大多是进地狱的根源。昨天偶然看见阴官记录在籍册，所以我抄了下来。孽海无边，回头是岸。山野之人多嘴舌，实在是出于一番苦心，先生不要怪我多说了几句。"狂生呆呆站立在几案旁，几乎面无人色。后来这个书生过了一年多就死了。我见过的扶乩者，只有这位不谈吉凶祸福，而喜欢劝人改错，几乎是灵鬼中耿直的正人君子吧！先父姚安公一直讨厌乱祭祀，唯有遇到这种神仙，则一定恭敬地作揖，说："这样方正严直，即使是鬼也值得尊敬。"

【原典】

献县史某，佚其名，为人不拘小节，而落落有直气，视龌龊者蔑如也。偶从博场归，见村民夫妇子母相抱泣。其邻人曰："为欠豪家债，鬻妇以偿。夫妇故相得，子又未离乳，当弃之去，故悲耳。"史问："所欠几何？"曰："三十金。""所鬻几何？"曰："五十金，与人为妾。"问："可赎乎？"曰："券甫成，金尚未付，何不可赎！"即出博场所得七十金授之，曰："三十金偿债，四十金持以谋生，勿再鬻也。"夫妇德史甚，烹鸡留饮。酒酣，夫抱儿出，以目示妇，意令荐枕以报。妇颔之，语稍狎，史正色曰："史某半世为盗，半世为捕役，杀人曾不眨眼。若危急中污人妇女，则实不能为。"饮啖讫，掉臂径去，不更一言。

半月后，所居村夜火。时秋获方毕，家家屋上屋下，柴草皆满，茅檐秫篱[1]，斯须四面皆烈焰。度不能出，与妻子瞑坐待死。恍惚闻屋上遥呼曰："东岳有急牒，史某一家并除名。"剨然有声[2]，后壁半圮。乃左挈妻，右抱子，一跃而出，若有翼之者。火熄后，计一村之中，爇死者九[3]。邻里皆合掌曰："昨尚窃笑汝痴，不意七十金乃赎三命。"余谓此事见佑于司命，捐金之功十之四，拒色之功十之六。

【注释】

①秫（shú）：高粱。

②剨（huò）：破裂的声音。

③爇（ruò）：烧，点燃。

【译文】

献县的史某，不知叫什么名字，他为人不拘小节而且豁达正直，对卑鄙龌龊的小人不屑一顾。有一次他从赌场回来，看见一家村民夫妻孩子相抱大哭。村民的邻居说："因为他欠了豪强的债，所以卖了妻子偿还。他们夫妻平时相处恩爱，孩子又没有断奶，就这么扔下走了，所以很伤心。"史某问："欠了多少债？"邻居说："三十两银子。"史某又问："妻子卖了多少钱？"邻居说："卖了五十两银子给人做妾。"史某问："可以赎回么？"邻居说："卖身契刚写好，钱还未付，怎么不能赎？"史某当即拿出刚从赌场赢的七十两银子交给村民，说："三十两还债，四十两用来谋生，不要再卖妻子了。"村民夫妇感激不尽，杀鸡留他喝酒。酒至三巡，村民抱了孩子出去，并向妻子使眼色，暗示让她陪史某睡觉作为报答。妻子点头，之后说的话就很不正经了。史某严肃地说："史某当了半辈子强盗，半辈子捕吏，也曾经杀人不眨眼。要说乘人之危，奸污人家妇女，我史某绝不干。"史某吃喝完毕，甩开胳膊掉头走了，什么话也没说。

半月之后，史某村子夜里失火。当时刚刚秋收完，家家屋前屋后都堆满了柴草，茅草的屋檐，高粱秆的篱笆，转眼间四面都是烈火。史某心想出不了屋了，只有与妻子儿子闭上眼睛坐着等死。恍惚间听见屋上远远地喊道："东岳神有火急文书到，史某一家除名免死！"接着一声轰响，后墙倒塌了一半。史某左手拉着妻子，右手抱着儿子，一跃而出，好像有人在身后推了他一把。火灭后，全村人共烧死九人。邻里都合掌祝福他说："昨天还笑你傻，不想，七十两银子赎来三条人命。"我认为史某得到司命神的保佑，其中赠金之功占十分之四，拒绝女色之功占十分之六。

【原典】

宋蒙泉言：孙峨山先生，尝卧病高邮舟中。忽似散步到岸上，意殊爽适。俄有人导之行，恍惚忘所以，亦不问。随去至一家，门径甚华洁。渐入内室，见少妇方坐蓐[①]。欲退避，其人背后拊一掌，已昏然无知。久而渐醒。则形已缩小，绷置锦褓中。知为转生，已无可奈何。欲有言，则觉寒气自囟门入[②]，辄噤不能出。环视室中，几榻器玩及对联书画，皆了了。至三日，婢抱之浴，失手坠地，复昏然无知，醒则仍卧舟中。家人云，气绝已三日，以四肢柔软，心膈尚温，不敢殓耳。先生急取片纸，疏所见闻，遣使由某路送至某门中，告以勿过挞婢。乃徐为家人备言。是日疾即愈，径往是家，见婢媪皆如旧识。主人老无子，相对惋叹，称异而已。

近梦通政鉴溪亦有是事[③]，亦记其道路门户。访之，果是日生儿即死。顷在直庐[④]，图阁学时泉，言其状甚悉[⑤]，大抵与峨山先生所言相类。惟峨山先生记往不记返；鉴溪则往返俱分明，且途中遇其先亡夫人，到家入室时见夫人与女共坐，为小异耳。

案，轮回之说，儒者所辟。而实则往往有之，前因后果，理自不诬。惟二公暂入轮回，旋归本体，无故现此泡影，则不可以理推。"六合之外[⑥]，圣人存而不论"，阙所疑可矣。

【注释】

①坐蓐（rù）：即临产，因古代产妇临产有坐在草蓐上分娩的，故名。

②囟（xìn）门：又称"顶门"，婴儿头顶骨未合缝的地方。

③通政：官署名，明代始设"通政使司"，简称"通政司"，其长官为"通政使"，辅佐官分别为左、右通政，是朝廷的喉舌，主要职能是预防恶弊、

下情上达。清代沿置，掌内外章奏和臣民密封申诉的文件。

④直庐：旧时侍臣值班时住宿的地方。

⑤阁学："内阁学士"的别称，在朝廷直接为皇帝服务，主要职能是负责传达敕命，呈送奏章。

⑥六合：指上下和四方，泛指天地或宇宙。

【译文】

宋蒙泉说：孙峨山先生，有一次走到高邮县，在船上卧病不起。忽然觉得好像上岸散步一样，感到很轻松爽适。不一会儿有人领他向前走，他恍恍惚惚忘记了为什么要向前走，也没多问。接着来到一户人家，门庭豪华，院落清洁。渐渐走入内室，见一少妇正在分娩。他想退避，被领他来的人从背后拍了一掌，就昏迷不省人事了。等过了好久他醒过来的时候，发现自己身形已经缩小，被裹在锦绣的襁褓中间。心里明白这是已经转生，也无可奈何。他想说话，觉得一股寒气从顶门向内灌进，就说不出来了。他环视室中，室中的家具器物和对联书画，都看得十分清楚。到第三天的时候，婢女抱着他洗澡，失手掉在地上，他就又失去了知觉。醒来的时候，发现仍旧卧病在船上。家人说，他已经气绝三天，只是因为四肢柔软，心窝还温热，才没敢入殓。孙峨山先生急忙索取一张纸，写出自己的见闻，派人沿他所走的路线去那户他曾转生的人家，告诉主人不要以过笞打婢女。然后，才慢慢地为家人详述了事情的经过。当天他的病就彻底好了，于是便亲自前往他曾转生的人家，见到婢女老妇等人都如同老相识一样。这家主人年老无子，与孙峨山先生相对惋惜叹息，都说太奇怪了。

近来，通政梦鉴溪也有类似事情，也记得走过的道路和转生那家的门户。事后前去访问，果然这一家当天生的儿子当天就死去了。不久前在值班的地方，内阁学士图时泉对其情况讲得很详细，大抵与峨山先生的经历相类似。唯一的一点不同是峨山先生记得前往转生的情况，不记得返回时的情况；梦鉴溪则往返情况都很清楚，而且途中遇见了他已经去世的夫人，到家进房间时见到夫人与女儿一起坐着。

我认为，佛家关于轮回转生的学说，是儒家一直排斥批判的。但实际上转生的事往往就有，前因后果，道理上自然没有错。只是峨山、鉴溪二位先生，短时间进入轮回，随后又返归了本体，无缘无故地现出了这么个轮回转生的泡影，就不可按佛家通常的轮回之说进行解释了。“六合之外，圣人存而不论”，那么这个问题就存疑，暂不追究吧。

【原典】

再从兄旭升言：村南旧有狐女，多媚少年，所谓二姑娘者是也。族人某，意拟生致之，未言也。一日，于废圃见美女，疑其即是。戏歌艳曲，欣然流盼，折草花掷其前。方欲俯拾，忽却立数步外，曰：“君有恶念。”逾破垣竟去。

后有二生读书东岳庙僧房，一居南室，与之昵；一居北室，无睹也。南室生尝怪其晏至[①]，戏之曰：“左挹浮邱袖，右拍洪崖肩耶[②]？”狐女曰：“君不以异类见薄，故为悦己者容。北室生心如木石，吾安敢近？”南室生曰：“何不登墙一窥？未必即三年不许。如使改节，亦免作程伊川面向人[③]。”狐女曰：“磁石惟可引针，如气类不同，即引之不动。无多事，徒取辱也。”

时同侍姚安公侧，姚安公曰："向亦闻此，其事在顺治末年。居北室者，似是族祖雷阳公。雷阳一老副榜④，八比以外无寸长⑤，只心地朴诚，即狐不敢近。知为妖魅所惑者，皆邪念先萌耳。"

【注释】

①晏：通"晚"。

②左挹浮邱袖，右拍洪崖肩耶：这是东晋文学家郭璞《游仙诗》中的诗句，意为想象中的神仙居处和生活情态。浮邱、洪崖，均指传说中的仙人名号。

③程伊川：指宋代道学家程颐。

④副榜：科举考试中的一种附加榜示，亦名"备榜"，即于录取正卷外，另取若干名。

⑤八比：指八股文。

【译文】

远方堂兄旭升说：村南过去有个狐女，媚惑了不少年轻人，人们所说的"二姑娘"，就是这个狐女。族里有位年轻人，立意要生擒狐女，心中做决定，对谁也没有说。有一天，他在一个废弃的菜园中见到一个美女，怀疑就是狐女二姑娘。于是便对她唱起调情的歌曲，狐女马上送过秋波来。这人折采野花扔到她的面前，美人正要俯身捡起花草，忽然退后数步，严肃地说："你有恶念。"随后就跨过破墙走了。

后来，有两个书生在东岳庙僧房里读书，其中一个住在南屋，与狐女亲亲热热；另一个住在北屋，就像没看见狐女。南屋的书生曾经责怪狐女来晚了，怀疑她从北屋来，开玩笑地说："你这是左手拉住仙人浮邱的袖子，右手又拍着仙人洪崖的肩吗?"狐女说："你不因为我是异类而轻视我，所以我要为悦己者容，与君交好。至于北屋的书生，心如木石，毫不好色，我哪敢靠近呢?"南屋书生说："你何不对他引诱一番，他未必就能做到三年不动心。若能使他动了心，也就免得他在人前摆出一副程伊川的面孔了。"狐女说："磁石只能吸引铁针，如果气质品类不同，就吸引不动。别多事了，免得自讨羞辱。"

当时我和堂兄旭升一起在先父姚安公身旁，姚安公听完旭升这段叙述，说："以前我也听人讲过这件事，事情发生在顺治末年。居住北屋的书生，好像就是族祖雷阳公。雷阳公是一位老贡生，除了八股文以外身无所长，只是他心地朴实诚挚，就是狐妖也不敢靠近。由此可知，凡是被妖魅蛊惑的人，都是因为自己首先萌生了邪念。"

【原典】

王秃子幼失父母，迷其本姓。育于姑家，冒姓王。凶狡无赖，所至童稚皆走匿，鸡犬亦为不宁。一日，与其徒自高川醉归，夜经南横子丛冢间，为群鬼所遮。其徒股栗伏地，秃子独奋力与斗，一鬼叱曰："秃子不孝，吾尔父也，敢肆殴！"秃子固未识父，方疑惑间，又一鬼叱曰："吾亦尔父也，敢不拜！"群鬼又齐呼曰："王秃子不祭尔母，致饥饿流落于此，为吾众人妻，吾等皆尔父也。"秃子愤怒，挥拳旋舞，所击如中空囊。跳踉至鸡鸣，无气以动，乃自仆丛莽间。群鬼皆嘻笑曰："王秃子英雄尽矣，今日乃为乡党吐气。如不知悔，他日仍于此待尔。"秃子力已竭，竟不敢再语。天晓鬼散，其徒乃掖以归。自是豪气消沮，一夜携妻子遁去，莫知所终。此事琐屑不足道，然足见悍戾者必遇其敌，人所不能制者，鬼亦忌而共制之。

【译文】

王秃子的父母早逝，他已经不知道自己本来的姓名。他从小被养在姑家，就跟着姑家姓王。他凶狡无赖，走到哪里，哪里的孩子们便都躲了起来，连鸡犬也不得安宁。一天，他和同伙从高川喝醉了酒回来，夜里经过南横子坟地，被一群鬼拦住了。同伙们都吓得趴在地上，王秃子一人奋力与鬼撕斗。一个鬼叱道："秃子不孝，我是你爸爸，你敢打老子！"秃子当然不认识父亲，正在疑惑间，又一个鬼叱道："我也是你爸爸，敢不下拜！"群鬼又一齐呼道："王秃子不祭祀你的母亲，以致她饥饿流落到这儿，成了我们大伙儿的妻子，我们都是你爸爸！"王秃子愤怒极了，挥拳又打了起来，明明打中了鬼却像打在空布袋子上。他跳来跳去地打到鸡鸣时分，使尽了力气，瘫倒在乱草丛里。群鬼都嬉笑着说："王秃子这回英雄到头了，今天才为乡亲们出了口气。如果不知悔改，以后还在这儿等你。"王秃子的力气已经用完了，不敢再说什么。天亮后鬼散去，同伙把他架了回来。从此他豪气全消，一天夜里带着妻子儿

子悄悄地走了，不知到了什么地方。这事琐碎得不值一提，但足以说明，那些凶悍的人，肯定会碰到对头，人不能治他，鬼神也会嫉恨他而一起制伏他。

【原典】

戊子夏[①]，京师传言，有飞虫夜伤人。然实无受虫伤者，亦未见虫，徒以图相示而已。其状似蚕蛾而大，有钳距，好事者或指为射工[②]。按，短蜮含沙射影[③]，不云飞而螫人，其说尤谬。余至西域，乃知所画，即辟展之巴蜡虫。此虫秉炎炽之气而生，见人飞逐。以水噀之[④]，则软而伏。或噀不及，为所中，急嚼茜草根敷疮则瘥[⑤]，否则毒气贯心死。乌鲁木齐多茜草，山南辟展诸屯，每以官牒取移，为刈获者备此虫云[⑥]。

【注释】

①戊子：乾隆三十三年（1768 年）。

②射工：传说中的一种毒虫，可口中喷气射人影。

③短蜮（yù）：即前文所述“射工”。

④噀（xùn）：含在口中喷出。

⑤瘥（chài）：病愈。

⑥刈（yì）获：收割，收获。

【译文】

乾隆戊子年夏天，京城传言有一种飞虫夜间伤人。然而实际上并没有受到虫伤的人，也没有人见到过伤人的虫，人们只是相互传看画出的虫的样子而已。虫的形状与蚕蛾相似，比蚕蛾大，有带倒刺的钩钳，好事者有人指称为射工。传说射工能含沙射人影，但并没说它能飞着螫人，上述说法无疑是很荒谬的。我到西域后，才知道京城所画的飞虫，就是辟展一带的巴蜡虫。巴蜡虫秉受炎热之气生长出来，见人就会飞逐伤害。用水去喷巴蜡虫，巴蜡虫就会软软地趴下了。如果来不及喷水，被巴蜡虫所伤，可立即嚼一口茜草根，敷在疮口上就能治好，否则会毒气贯心，导致死亡。乌鲁木齐有很多茜草，南山辟展一带的屯垦区，每年都有官员持官文来运取一些这种草，为从事耕作的人防备虫伤。

【原典】

乾隆丙子①，有闽士赴公车②。岁暮抵京，仓卒不得栖止，乃于先农坛北破寺中僦一老屋。越十馀日，夜半，窗外有人语曰："某先生且醒，吾有一言。吾居此室久，初以公读书人，数千里辛苦求名，是以奉让。后见先生日外出，以新到京师，当寻亲访友，亦不相怪。近见先生多醉归，稍稍疑之。顷闻与僧言，乃日在酒楼观剧，是一浪子耳。吾避居佛座后，起居出入，皆不相适，实不能隐忍让浪子。先生明日不迁，吾瓦石已备矣。"僧在对屋，亦闻此语，乃劝士他徙。自是不敢租是屋。有来问者，辄举此事以告云。

【注释】

①乾隆丙子：乾隆二十一年（1756 年）。

②公车：汉代官署名，后代指举人进京应试。

【译文】

乾隆二十一年，福建一个举人赴京城参加会试。年末抵京，仓促间找不到住处，就在先农坛北的破庙里租了一间老屋。过了十多天，半夜里，有人在窗外说道："某先生且醒醒，我有一句话要说。我住在这里很久了，当初因你是读书人，从几千里外辛苦奔来求功名，因此让给你住。后来发现你天天外出，以为你刚到京城，应该去寻亲访友，也没怪你。近来发现你常常喝醉了回来，便有些怀疑。刚才听你和和尚说话，才知道你天天在酒楼看戏，原来是一个浪子。我避居在佛座后面，起居出入，都很不便，实在不能暗自忍着把房子让给浪子住。先生明天不迁走的话，我已经准备好了瓦块石头。”和尚在对面屋，也听到了这些话，便劝这个人搬到别处。从此和尚再不敢把这间屋子租给别人，有人来问，便举出这件事来告诉对方。

【原典】

廖姥，青县人，母家姓朱，为先太夫人乳母。年未三十而寡，誓不再适①，依先太夫人终其身。殁时年九十有六。性严正，遇所当言，必侃侃与先太夫人争。先姚安公亦不以常媪遇之。余及弟妹皆随之眠食，饥饱寒暑，无一不体察周至。然稍不循礼，即遭呵禁。约束仆婢，尤不少假借，故仆婢莫不阴憾之。顾司莞钥，理庖厨，不能得其毫发私，亦竟无如何也。尝携一童子，自亲串家通问归②，已薄暮矣。风雨骤至，趋避于废圃破屋中。雨入夜未止，遥闻墙外人语曰：“我方投汝屋避雨，汝何以冒雨坐树下？”又闻树下人应曰：“汝毋多言，廖家节妇在屋内。”遂寂然。后童子偶述其事，诸仆婢皆曰：“人不近情，鬼亦恶而避之也。”嗟乎，鬼果恶而避之哉？

【注释】

①适：女子出嫁。

②亲串：有血统或夫妻关系的亲属。

【译文】

青县人廖姥姥，娘家姓朱，是先太夫人的乳母。不满三十岁就守寡，发誓不再嫁人，跟了先太夫人一辈子。去世时享年九十六岁。她性情正直，遇到该说的话一定和太夫人据理力争。先父姚安公也不把她看作普通的老妈子。我和弟弟妹妹都跟着她睡觉吃饭，饥寒饱暖，她都照顾得无微不至。但如果我们稍微有一点儿违礼，就要遭她的责骂。她管教奴婢尤其严格，所以奴婢们心里都恨她。这样一来掌管库房钥匙的，管理庖厨的，都得不到一点私利，但也对她没办法。一次，她带着一个小孩串门回来，已是傍晚时分。风雨骤来，她赶紧躲到废园子的破屋里。雨下到夜里也没有停，隐约听到墙外有人说：“我正要到你的屋子避雨，你怎么冒雨坐在树下？”又听到树下有人说：

“你不要多说，廖家的节妇在屋里。”于是再没有声音了。后来小孩偶然说起这事，奴婢们都说：“人不近情理，鬼也厌恶地躲避她。”呜呼，鬼真的是因为厌恶而躲避她么？

【原典】

闽中某夫人喜食猫。得猫则先贮石灰于罂，投猫于内，而灌以沸汤，猫为灰气所蚀，毛尽脱落，不烦挦治[①]；血尽归于脏腑，肉白莹如玉。云味胜鸡雏十倍也。日日张网设机，所捕杀无算。后夫人病危，呦呦作猫声，越十馀日乃死。卢观察抝吉子荫文[②]，余婿也，尝为余言之。因言景州一宦家子，好取猫犬之类，拗折其足，捩之向后[③]，观其孑孓跳号以为戏[④]，所杀亦多。后生子女，皆足踵反向前。又余家奴子王发，善鸟铳，所击无不中，日恒杀鸟数十。惟一子，名济宁州，其往济宁州时所生也。年已十一二，忽遍体生疮如火烙痕，每一疮内有一铁子，竟不知何由而入。百药不痊，竟以绝嗣。杀业至重，信夫！

余尝怪修善果者，皆按日持斋，如奉律令，而居恒则不能戒杀。夫佛氏之持斋，岂以菇蔬啖果即为功德乎？正以菇蔬啖果即不杀生耳。今徒曰某日某日观者斋期，某日某日准提斋期，是日持斋，佛大欢喜；非是日也，烹宰溢乎庖，肥甘罗乎俎，屠割惨酷，佛不问也。天下有是事理乎？且天子无故不杀牛，大夫无故不杀羊，士无故不杀犬豕，礼也。儒者遵圣贤之教，固万万无断肉理。然自宾祭以外，特杀亦万万不宜。以一脔之故[⑤]，遽戕一命；以一羹之故，遽戕数十命或数百命。以众生无限怖苦无限惨毒，供我一瞬之适口，与按日持斋之心，无乃稍左乎？东坡先生向持此论[⑥]，窃以为酌中之道。愿与修善果者一质之。

【注释】

①挦（xián）治：指拔毛整治。

②观察：清代对道员的尊称。道员，省以下、府州以上的行政长官，有时也尊称“道台”。抝：音 huī。

③捩（liè）：扭转。

④孑孓（jié jué）：这里形容肢体屈伸颠蹶的样子。

⑤脔：小块的肉。

⑥东坡先生：苏轼（1037—1101），字子瞻，号东坡居士，北宋文学家、书画家。

【译文】

福建某位夫人喜欢吃猫肉。捉了猫则先在小口坛子里装进生石灰，把猫扔进去，然后用开水浇进去。猫的毛被石灰气蒸腾得全都掉光了，就用不着一点儿点儿麻烦地拔毛；猫血都涌入腑脏之中，猫肉洁白似玉。她说经过这样处理，猫肉的美味胜过鸡雏十倍。她天天张网设置机关，捕杀的猫不知有多少。后来这位夫人病危，"嗷嗷"地发出猫叫的声音，过了十多天便死了。观察卢扮吉曾和这位夫人住邻居。卢扮吉的儿子叫荫文，是我的女婿，对我讲了这件事。于是又说起景州一个官宦子弟，喜欢把猫狗之类小动物的腿弄断，扭向后面，然后看它们扭来扭去地爬行、哀嚎，以此取乐，这样弄死不少。后来他的子女生下来后，脚后跟都反着往前长。还有我家妇仆王发，擅长打鸟枪，弹无虚发，每天都能打死几十只鸟。他只有一个儿子，叫济宁州，是在济宁州出生的。这孩子到十一二岁时，忽然全身长疮，好像是烙痕，每一个疮口里都有一个铁弹，不知是怎么进去的。用了各种药都不见效，最后竟死了。杀孽的报应最重，确实如此啊！

我不明白的是，那些修善果的人都在特定的日子里吃斋，好像遵奉着律令，而平时并不能戒杀生。佛家吃斋，难道吃蔬菜水果就算是功德么？正是以吃蔬菜水果来避免杀生。如今的佛教徒说：某天某天，是观音斋期；某天某天，是准提斋期，在这一天吃斋，佛极高兴；如果不是这一天，在厨房里大宰大烹，案板上堆满了肥美的肉，残酷地屠宰，佛也不管。天下有这个道理么？况且天子不无故杀牛，大夫不无故杀羊，士不无故杀狗、杀猪，这是礼法规定的。儒者遵奉圣贤的教义，当然万万没有不吃肉的道理。但是除了宴客和祭祀以外，如时时杀生，也万万不妥。为了一块肉，便骤然间杀害一条命；为了喝顿肉汤，便骤然间杀害几十条命或几百条命。以许多生灵无限的恐惧痛苦，无限的悲惨怨恨，供我享受瞬间的口福，这与在特定的日子吃斋，不是有点儿自相矛盾么？苏东坡先生一向坚持这种看法，我认为这是比较中肯的观点。我愿意和那些所谓修善果的人辩辩这件事。

【原典】

田村徐四，农夫也。父殁，继母生一弟，极凶悖。家有田百馀亩，析产时，弟以赡母为词，取其十之八，曲从之。弟又择其膏腴者，亦曲从之。后弟所分荡尽，复从兄需索。乃举所分全付之，而自佃田以耕，意恬如也。一夜自邻村醉归，道经枣林，遇群鬼抛掷泥土，栗不敢行。群鬼啾啾，渐逼近，比及觌面[1]，皆悚然辟易，曰："乃是让产徐四兄。"倏化黑烟四散。

【注释】

①觌（dí）面：见面，当面。觌，面对面。

【译文】

田村的徐四，是一个农夫。父亲死后，继母生的弟弟，极为凶暴不近人情。家中共有一百多亩田地，分家时，弟弟以供养母亲为由，分去了十分之八，徐四委曲求全，没有争执。弟弟又挑选肥沃的田地，徐四也依了他。后来，弟弟把分得的田产荡卖干净，又问徐四要田种。徐四就把自己的田地全部给了弟弟，自己租田耕种，而且心情泰然平静。一天夜晚，他从邻村喝醉酒回家，途中经过一片枣树林时，遇到一群鬼朝他抛掷泥土，他害怕得不敢继续前进。群鬼“啾啾”地叫着，逐渐逼近了徐四，等看清徐四的面孔，又都惶恐地倒退，说：“原来是谦让田产的徐四兄。”群鬼倏地化作黑烟四处散去。

卷五　滦阳消夏录五

【原典】

田白岩言：康熙中，江南有征漕之案[①]，官吏伏法者数人。数年后，有一人降乩于其友人家，自言方在冥司讼某公。友人骇曰："某公循吏，且其总督两江，在此案前十馀年，何以无故讼之？"乩又书曰："此案非一日之故矣。方其初萌，褫一官，窜流一二吏，即可消患于未萌。某公博忠厚之名，养痈不治，久而溃裂，吾辈遂遘其难[②]。吾辈病民蛊国，不能仇现在之执法者也。追原祸本，不某公之讼而谁讼欤？"书讫，乩遂不动。迄不知九幽之下[③]，定谳如何[④]。《金人铭》曰[⑤]："涓涓不壅[⑥]，将为江河；毫末不札[⑦]，将寻斧柯。"古圣人所见远矣。此鬼所言，要不为无理也。

【注释】

①征漕：征收粮食。漕：水运粮食。

②遘（gòu）：遇。

③九幽：极深暗的地方，这里指阴间。

④谳（yàn）：审判定罪。

⑤《金人铭》：亦称《周金人铭》。

⑥壅（yōng）：堵塞。

⑦札：拔出，拔除。

【译文】

田白岩说：康熙年间，江南发生了征漕案，官吏有好几人伏法被诛。其中一人的鬼魂在几年之后降乩到他的朋友家，说自己正在地府里告某公。朋友惊道："某公是好官，况且他总督两江漕运时，是在这个案子发生前的十多年，为什么无缘无故地告他？"鬼魂又在坛上写道："这案子是冰冻三尺，非一日之寒。在刚刚有苗头时，如果革除一个官员、流放一两个小吏，就可以消除隐患。某公为了博取忠厚的名声，眼看着脓肿而不治，终于溃烂，我们都因触犯法律而被杀。我们害了百姓害了国家，不能恨现在的执法者。追根溯源，不去告他还去告谁？"写到这里，乩也不动了。如今不知道在九泉之下是怎么结的案。《金人铭》说："涓涓之流不及时塞住，终于成为江河；细小的树苗不拔去，将来就得找斧子来砍。"古时圣人真是看得远啊。这个鬼魂说的，不能说没有道理。

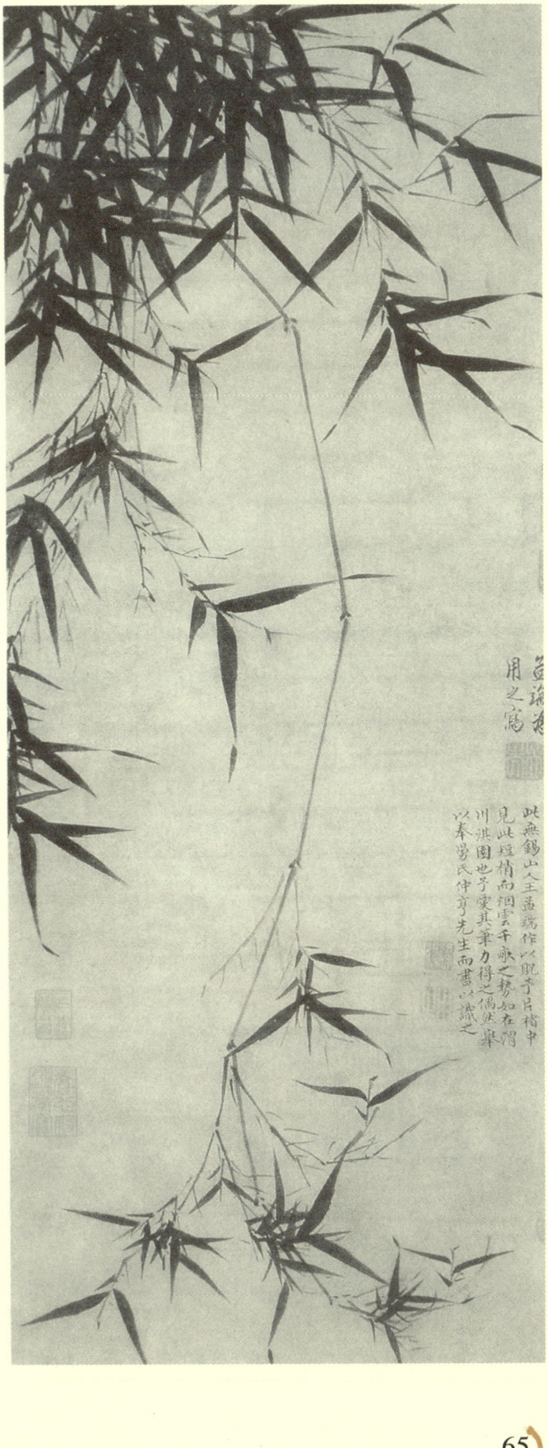

【原典】

姚安公言：有孙天球者，以财为命。徒手积累至千金，虽妻子冻饿，视如陌路。亦自忍冻饿，不轻用一钱。病革时，陈所积于枕前，一一手自抚摩，曰：“尔竟非我有乎？”呜咽而殁。孙未殁以前，为狐所嬲，每摄其财货去，使窘急欲死，乃于他所复得之。如是者不一。又有刘某者，亦以财为命，亦为狐所嬲。一岁除夕，凡刘亲友之贫者，悉馈数金。讶不类其平日所为。旋闻刘床前私箧，为狐盗去二百馀金，而得谢柬数十纸。盖孙财乃辛苦所得，狐怪其慳啬，特戏之而已。刘财多由机巧剥削而来，故狐竟散之。其处置亦颇得宜也。

【译文】

姚安公说，有个叫孙天球的人，把钱财当成是他的命。他白手起家积累了千金家产，即便妻子儿女挨冻受饿，他也视作陌生人一样，不管不顾。他自己也同样忍冻挨饿，不轻易用一文钱。在病重时，他把挣下的钱都摆在枕头前，一一用手抚摸着说：“你最终还是不归我所有了么？”他呜咽着死去。孙天球没死之前，狐狸戏弄他，常常把他的钱财偷了去，让他急得要死，然后再让他在别处找到。这种事有好几次。又有一位刘某，也把钱财当作命，也被狐狸戏弄过。某年除夕，凡是刘某亲友中贫困的都得到刘某馈赠的礼钱。大家奇怪这不像他平时的作为。继而听说刘某床前的箱子里，被狐狸偷去二百多两银子，却出现了几十张感谢的字条。这是因为孙天球的钱财都是辛苦得来的，狐狸嫌他吝啬，只是耍耍他而已。刘某的钱财都是靠玩弄手段剥削而来，所以狐狸把这不义之财分给了别人。这种处置也是极为妥当的。

【原典】

谓鬼无轮回，则自古及今，鬼日日增，将大地不能容。谓鬼有轮回，则此死彼生，旋即易形而去，又当世间无一鬼。贩夫田妇，往往转生，似无不轮回者；荒阡废冢，往往见鬼，又似有不轮回者。

表兄安天石，尝卧疾，魂至冥府，以此问司籍之吏。吏曰：“有轮回，有不轮回。轮回者三途：有福受报，有罪受报，有恩有怨者受报。不轮回者亦三途：圣贤仙佛不入轮回，无间地狱不得轮回①，无罪无福之人，听其游行于墟墓，馀气未尽则存，馀气渐消则灭。如露珠水泡，倏有倏无；如闲花野草，自荣自落。如是者无可轮回。或有无依魂魄，附人感孕，谓之偷生。高行缁黄②，转世借形，谓之夺舍。是皆偶然变现，不在轮回常理之中。至于神灵下降，辅佐明时；魔怪群生，纵横杀劫。是又气数所成，不以轮回论矣。”

天石固不信轮回者，病痊以后，尝举以告人曰：“据其所言，乃凿然成理。”

【注释】

①无间地狱：梵文音译，即“阿鼻地狱”，是八大地狱之一，也是八大地狱中最苦的一个，泛指十八层地狱的最底层。

②缁（zī）黄：指僧道。僧人缁服，道士黄冠，故称。

【译文】

说鬼不能轮回转生，那么从古到今，鬼天天增加，大地就容纳不下了。说鬼能轮回转生，那么这个死了那个生了，转瞬之间变换形貌而去，世上就不该有鬼了。做买卖的、种地的，不管男女，往往转生，好像没有不轮回转生的；而在荒野老坟里，时常见到鬼，又好像有不轮回转生的。

表兄安天石曾卧病在床，魂灵到了地府，向管籍册的官吏问起这件事。官吏说："有轮回的，有不轮回的。轮回的有三类：有福的要受报应，有罪的要受报应，有恩有怨的也要各自受报应。不轮回的也有三类：圣贤和仙佛，不在轮回之数；堕入无间地狱中的，不能轮回；无罪无福的人，则任它在墓坟间闲逛，余气未尽就存在着，余气渐渐消了就灭掉。好像露珠水泡，一会儿有一会儿无，好像闲花野草，自荣自枯。这样的鬼没什么可轮回的。也有无所凭依的鬼魂，附在人身上孕育，称为偷生。德行高尚的和尚、道士，借别人的形体转世，称为夺舍。这些都是偶然的变移，不在正常的轮回范围之中。至于神灵下凡，辅佐圣明的朝代，妖魔鬼怪转世，纵横杀掠，则是由气数决定的，不能以轮回来看待。"

天石本来不信轮回，病愈之后，时常举出这件事对别人说："根据这个鬼官说的看，真的有道理。"

【原典】

罗与贾比屋而居[①]，罗富贾贫。罗欲并贾宅，而勒其值；以售他人，罗又阻挠之。久而益窘，不得已减值售罗。罗经营改造，土木一新。落成之日，盛筵祭神。纸钱甫燃，忽狂风卷起，着梁上，烈焰骤发，烟煤迸散如雨落。弹指间，寸椽不遗，并其旧庐爇焉。方火起时，众手交救，罗拊膺止之[②]，曰："顷火光中，吾恍惚见贾之亡父。是其怨毒之所为，救无益也。吾悔无及矣。"急呼贾子至，以腴田二十亩，书券赠之。自是改行从善，竟以寿考终。

【注释】

①比：挨着，靠近。

②拊膺（fǔ yīng）：捶胸，表示哀痛或悲愤。

【译文】

罗某和贾某紧邻而居，罗某富而贾某贫。罗某要买贾某的房子，却使劲压价；贾某想要卖给别人，罗某又暗中阻挠。时间长了，贾某更加贫穷，不得已减价卖给了罗某。罗某经营改造，使房子焕然一新。完工那天，罗某大宴宾客，祭祀鬼神。他刚点燃的纸钱，忽然被狂风卷到房梁上，于是烈焰骤起，烧得火星灰尘迸散如下雨。弹指之间，烧得一片灰烬，连他原来的房子也烧了。火刚起来时，大家一起扑火，罗某却捶着胸脯制止，说："刚才在火光中，我恍惚看见了贾某的亡父。这是他因为怨恨我所进行的报复，救也没有用。我后悔也来不及了。"罗某急忙找来贾某，送给他二十亩良田，并写了契约送给他。从此罗某一心向善，竟得以长寿善终。

【原典】

褚寺农家有妇姑同寝者，夜雨墙圮，泥土簌簌下。妇闻声急起，以背负墙，而疾呼姑醒。姑匍匐堕炕下，妇竟压焉，其尸正当姑卧处。是真孝妇，以微贱无人闻于官，久而并佚其姓氏矣。相传妇死之后，姑哭之恸。一日，邻人告其姑曰："夜梦汝妇冠帔来曰[①]：'传语我姑，无哭我。我以代死之故，今已为神矣。'"乡之父老皆曰："吾夜所梦亦如是。"

或曰："妇果为神，何不示梦于其姑？此乡邻欲缓其恸，造是言也。"余谓忠孝节义，殁必为神。天道昭昭，历有证验。此事可以信其有。即曰一人造言，众人附和，"天视自我民视，天听自我民听。"人心以为神，天亦必以为神矣，何必又疑其妄焉。

【注释】

①冠帔（pèi）：古代命妇所穿戴的披在肩背上的服饰。冠，帽子。帔，披肩。

【译文】

褚寺的农家有一个媳妇和她的婆婆在一条炕上睡觉，夜晚下雨，墙壁眼看着将要倒塌了，泥土稀稀拉拉地往下掉。媳妇听见声音急忙起来，用背顶着墙壁而拼命叫醒她的婆婆。她的婆婆躬着身子掉到了炕下，媳妇却被墙壁压死，尸体正巧倒在婆婆躺卧的地方。这真是一个孝妇，可是由于她的出身低贱而没有人报告给官府，时间一长，就连她的姓名也忘记了。相传在她死后，她的婆婆哭得非常伤心。有一天，邻居告诉她的婆婆说："我夜里做梦见到你的儿媳妇戴冠披帔而来，说'请转告我的婆婆，不要再为我哭泣不停。我因为代替我婆婆死去，如今已经被封为神灵了。'"乡里的父老们也都说：

“我在夜里也做了这样的梦。”

有人说：“这个媳妇如果真的成了神灵，她为什么不托梦给她的婆婆呢？可见这是乡亲们为了安慰老人家，就编造出这么一段故事来。”我认为，忠孝节义的人，死去后必定会被封为神灵。天道光明公正，有很多事情都可以证实这一点。因此，可以相信真的有这种事情。即使是由一个人编造出来的，大家都众声附和，也没有什么不可以。《尚书·泰誓》中说：“天所见就是民所见，天所听就是民所听。”人们都从心里认为这个媳妇是神灵，那么上天也必定认为她是神灵。这样又何必去怀疑这个传言是不是真实的呢？

【原典】

长山聂松岩，以篆刻游京师。尝馆余家①，言其乡有与狐友者，每宾朋宴集②，招之同坐。饮食笑语，无异于人，惟闻声而不睹其形耳。或强使相见，曰：“对面不睹，何以为相交？”狐曰：“相交者交以心，

非交以貌也。夫人心叵测[③]，险于山川；机阱万端[④]，由斯隐伏。诸君不见其心，以貌相交，反以为密；于不见貌者，反以为疏。不亦悖乎？”田白岩曰：“此狐之阅世深矣。”

【注释】

①馆：教学的地方，这里指设馆教学。

②宴集：宴饮集会。

③叵测：诡诈莫测。

④机阱：指设有机关的捕兽陷阱，这里比喻害人的圈套。

【译文】

长山聂松岩，以善于雕刻印章谋生，旅居在京城，曾经在我家设馆教学。他说他的家乡有人同狐交友，每当宾客朋友宴会，都会招呼狐仙朋友同坐，饮食谈笑，同常人没有什么两样。但只能听到它的声音而看不见他的身形。有人强烈要求见见它的样子，说：“面对面却看不到，怎么算是相交为友呢？”狐仙说：“相交是以心相交，不是以貌相交。要知道人的心思难以测度，深险过于山川；设置种种机关陷阱坑害人，这些都隐藏在人的仪表之下。诸位没有见到他的真心，以相貌相交，反以为亲密；对于不见相貌的，反以为疏远。岂不荒谬吗？”田白岩说：“这个狐精认识事情真是很深刻。”

【原典】

明器[①]，古之葬礼也，后世复造纸车纸马。孟云卿《古挽歌》曰[②]：“冥冥何所须？尽我生人意。”盖姑以缓恸云耳。然长儿汝佶病革时，其女为焚一纸马，汝佶绝而复苏，曰：“吾魂出门，茫茫然不知所向。遇老仆王连升牵一马来，送我归。恨其足跛，颇颠簸不适。”焚马之奴泫然曰：“是奴罪也。举火时实误折其足。”又，六从舅母常氏弥留时，喃喃自语曰：“适往看新宅颇佳，但东壁损坏，可奈何？”侍疾者往视其棺，果左侧朽穿一小孔，匠与督工者尚均未觉也。

【注释】

①明器：古时人们下葬时带入地下的随葬器物，即冥器。

②孟云卿：唐代诗人，字升之，平昌（今山东德州）人。其诗以朴实无

华语言反映社会现实，为杜甫、元结所推崇。孟云卿与杜甫友谊笃厚。

【译文】

明器，是古代丧葬用的礼器，后来又产生了纸车纸马。唐代孟云卿写的《古挽歌》中说："在冥冥之中还需要什么？只是尽活着的人的心意。"大概是说，这些做法只不过是为了安慰活着的人的悲伤罢了。然而，我的长子汝佶病危时，他的女儿给他烧了一匹纸马，汝佶断了气却又苏醒过来说："我的魂魄出了门口，茫茫然地不知晓要往哪儿去。遇见老仆人王连升牵着一匹马过来，送我走。遗憾的是马跛足，颠簸得很不舒服。"烧纸马的仆人哭着讨饶："这是我的过错，点火的时候一不小心折了一条马腿。"还有我的六堂舅母常氏在弥留之际，喃喃自语道："刚才去看了新房子真的不错，只是东边的墙壁损坏了，可怎么办呢？"守在一旁的人去查视她的棺材，果然左侧坏了，有一个小洞。木匠和监工都未曾发现这个洞。

【原典】

天津孟生文熺，有隽才[①]，张石粼先生最爱之。一日，扫墓归，遇孟于路旁酒肆。见其壁上新写一诗，曰："东风翦翦漾春衣，信步寻芳信步归。红映桃花人一笑，绿遮杨柳燕双飞。徘徊曲径怜香草，惆怅乔林挂落晖。记取今朝延伫处，酒楼西畔是柴扉。"诘其所以，讳不言。固诘之，始云适于道侧见丽女，其容绝代，故坐此冀其再出。张问其处，孟手指之。张大骇曰："是某家坟院，荒废久矣，安得有是？"同往寻之，果马鬣蓬科[②]，杳无人迹。

【注释】

①隽才：出众的才智。

②马鬣（liè）：马颈上的长毛，这里指坟墓封土的形状。蓬科：草丛。

【译文】

天津人孟文熺，有出众的才华，张石粼先生最喜欢他。有一天，张石粼扫墓回来，在路旁的酒店里遇见了孟文熺，看见他在墙上新题了一首诗："东风阵阵荡动春天的衣裳，信步去野外寻芳又信步归来。红花映着桃花般的娇容一笑而去，只见杨柳翠绿之中有燕子双飞。徘徊在曲径上爱怜香草，惆怅地望着夕阳已挂在树枝上。记着今天徘徊的地方，是酒楼西边有柴门的那一家。”张石粼问他写这首诗的原因，他不说。经再三追问，他才说刚才在道旁见了一个美女，漂亮得世上少有，所以坐在这儿等她再出来。张石粼问在哪儿遇见了美女，孟文熺指给他看。张石粼大惊道：“那是某某家的坟地，荒废已久了，哪有什么美女?”两人一起去看，果然坟丘起伏，荒草没径，连个人影也没有。

【原典】

余在乌鲁木齐时，一日，报军校王某差运伊犁军械，其妻独处。今日过午，门不启，呼之不应，当有他故。因檄迪化同知木金泰往勘。破扉而入，则男女二人共枕卧，裸体相抱，皆剖裂其腹死。男子不知何自来，亦无识者。研问邻里，茫无端绪，拟以疑狱结矣。是夕女尸忽呻吟，守者惊视，已复生。越日能言，自供与是人幼相爱，既嫁犹私会。后随夫驻防西域，是人念之不释，复寻访而来；甫至门，即引入室。故邻里皆未觉。虑暂会终离，遂相约同死。受刃时痛极昏迷，倏如梦觉，则魂已离体。急觅是人，不知何往，惟独立沙碛中，白草黄云，四无边际。正彷徨间，为一鬼缚去。至一官府，甚见诘辱。云是虽无耻，命尚未终，叱杖一百，驱之返。杖乃铁铸，不胜楚毒，复晕绝。及渐苏，则回生矣。视其股，果杖痕重叠。驻防大臣巴公曰：“是已受冥罚，奸罪可勿重科矣。”余乌鲁木齐杂诗有曰：“鸳鸯毕竟不双飞，天上人间旧愿违。白草萧萧埋旅榇，一生肠断《华山畿》①。”即咏此事也。

【注释】

①《华山畿》：南朝时流传在长江下游的民歌，写华山附近一对青年男女的殉情悲剧。华山，在今江苏句容市北。畿：山边。

【译文】

我在乌鲁木齐时，有一天，下属来报，军校王某已奉命出差伊犁押运军火，他妻子一人在家。今天已过中午，门还不开，叫了几次，无人应答，恐怕出了事。于是，我命令乌鲁木齐同知木金泰去看看。破门进去，发现两个男女赤身裸体，同床相抱，都已剖腹而死。这男人不知从何地来，也没一人认识他。向邻居打听，也没有头绪。只好打算当作一桩疑案草草了结。当天晚上，女尸突然发出了呻吟声，看守吃惊不小，走近一看，原来女人已经活了过来。第二天，她竟能说话了，经审，她自己供认道，从小与那男子相爱，结婚后两人还私下里幽会。后来，跟随丈夫驻防西域，他仍念念不忘，一路跟踪找过来；他刚到，就把他藏在屋里，所以邻居们都没有发现。一想到相聚是暂时的而分别是永久的，于是相约一起死。自杀时，感到痛苦不堪，接着昏迷过去，忽然好像做了个梦，灵魂脱离躯体而去，急忙去找他，却不知他到哪里去了，只好独自站在沙漠中，只见绿草白云，四周渺无边际。正在彷徨间，被一个鬼绑走了，来到一个官府，受了好一顿严刑拷打，又受到百般盘问和羞辱。最后，官长说我虽然无耻，命却不该终结，喝令打我一百大板，把我赶了回来。那板子都是铁铸的，打在身上，真是痛不欲生，我又昏死过去。等慢慢苏醒过来，我才发现自己又起死回生了。查验了她的腿，果然是伤痕累累，惨不忍睹。驻防大臣巴公说："她已经受到了地府的惩罚，通奸罪我们就不必追究

了。”我的乌鲁木齐杂诗中写道：“鸳鸯终究不双飞，天上人间旧愿违。白草萧萧埋旅榇，一生肠断《华山畿》。”咏唱的正是这件事。

【原典】

三叔父仪南公，有健仆毕四。善弋猎，能挽十石弓[①]，恒捕鹑于野。凡捕鹑者必以夜，先以藁秸插地[②]，如禾陇之状，而布网于上；以牛角作曲管，肖鹑声吹之。鹑既集，先微惊之，使渐次避入藁秸中；然后大声惊之，使群飞突起，则悉触网矣。吹管时，其声凄咽，往往误引鬼物至。故必筑团焦自卫，而携兵仗以备之。

一夜，月明之下，见老叟来作礼曰：“我狐也，儿孙与北村狐搆衅，举族械战。彼阵擒我一女，每战必反接驱出以辱我。我亦阵擒彼一妾，如所施报焉。由此仇益结，约今夜决战于此。闻君义侠，乞助一臂力，则没齿感恩。持铁尺者彼，持刀者我也。”毕放好事，忻然随之往，翳丛薄间。两阵既交，两狐血战不解，至相抱手搏。毕审视既的，控弦一发，射北村狐踣。不虞弓劲矢铦[③]，贯腹而过，并老叟洞腋殪焉。两阵各惶遽，夺尸弃俘囚而遁。毕解二狐之缚，且告之曰：“传语尔族，两家胜败相当，可以解冤矣。”先是北村每夜闻战声，自此遂寂。

此与李冰事相类[④]，然冰战江神为捍灾御患；此狐逞其私愤，两斗不已，卒至两伤，是亦不可以已乎？

【注释】

①石（dàn）：古时市制容量单位，十斗为一石。

②藁（gǎo）：稻、麦等的秆。

③劲（qíng）：强，有力。铦（xiān）：锋利。

④李冰事：指战国时期秦国的蜀郡郡守李冰为民除害，化身为一头巨牛与兴风作浪的江神搏斗，不胜，后选数百名勇猛之士齐心协力把蛟龙射死。

【译文】

三叔仪南公有个很能干的仆人，叫毕四。他善于打猎，能拉动十石拉力的弓。常在野外捕鹌鹑。捕鹌鹑必须在夜里。先把稻麦的秸秆插在地上，布置成像是禾垄的样子，上面张上网；用牛角作成曲管，模仿鹌鹑的叫声轻轻地吹。鹌鹑飞来之后，先稍微地吓吓它们，让它们陆续躲进稻麦秸丛里；然后再大声惊吓，让它们惊飞，就都触到网上了。吹牛角时，声音凄咽，往往误把妖鬼引了来，因此必须建一座茅棚自卫，并带着武器防身。

一天夜里，月光明亮，一个老人来行礼说："我是狐狸，儿孙们和北村的狐狸结下冤仇，全族都参加械斗。混战中，对方捉去我的一个女儿，每次械斗时就把她反绑了拉出来羞辱我。我方也捉了他们的一个妾，也照他们的样子报复。因此双方的仇越结越深，约定今晚在这儿决战。听说你是位义气豪侠，请求你助我一臂之力，那么我这一辈子也不会忘了你的大恩。对方用的武器是铁尺，我方用的武器是刀。"毕四本来就好事，很痛快地跟着老人前去，躲藏在矮树丛中。待两方交兵之后，有两只狐狸血战在一起，以至于相互紧抱着徒手搏斗起来。毕四瞄准了目标，一箭射去，把北村的狐狸射倒了。不料弓力太强，箭头太锋利，竟穿透北村狐狸的腹部，洞穿老人的腋下，两只狐狸都死了。双方各自惊慌失措地抢了尸体，扔下俘虏逃走了。毕四给狐妾和狐女解了绑绳，告诉她们："传话给你们的家族，两家胜败差不多，从此可以解除冤仇了。"在这以前，北村的人每到夜里就听见杀声连天，从这以后就安静下来了。

这事和李冰的故事差不多，不过李冰斗江神，是为了防御灾祸为民除害；这些狐狸却只为了泄私愤而斗个不停，终于两败俱伤，这是不能叫人苟同的啊。

【原典】

佃户曹二妇悍甚，动辄诃詈风雨，诟谇鬼神。乡邻里间，一语不合，即揎袖露臂①，携二捣衣杵，奋呼跳掷如虓虎②。一日，乘阴雨出窃麦，忽风雷大作，巨雹如鹅卵，已中伤仆地。忽风卷一五斗栲栳堕其前③，顶之得不死。岂天亦畏其横欤？或曰："是虽暴戾，而善事其姑。每与人斗，姑叱之，辄弭伏；姑批前颊，亦跪而受。然则遇难不死，有由矣。"孔子曰："夫孝，天之经也，地之义也。"岂不然乎！

【注释】

①揎（xuān）袖露臂：捋起袖子露出胳膊。

②虓（xiāo）虎：怒吼的老虎。

③栲栳（kǎo lǎo）：即由柳条编成的容器，形状像斗，也叫笆斗。

【译文】

佃户曹二的妻子很是凶蛮泼辣，动不动就厉声斥责风雨，辱骂鬼神。邻里乡亲之间，一句话不合，就卷起袖子露出手臂，拿着两根捣衣棒，呼叫跳跃，像咆哮怒吼的老虎。有一天，她乘着阴雨天出去偷窃麦子，忽然风雷大作，巨大的冰雹像鹅蛋，不一会儿，她已经被砸伤倒在地上。忽然间大风卷起一个可以盛五斗粮的笆斗掉落在她的面前，她就靠顶着它得以不被冰雹砸死。难道老天也怕她的蛮横吗？有的说："她虽然凶暴乖张，但善于服侍她的婆婆。每次同人争斗时，婆婆呵斥她，她马上就老实了；婆婆打她耳光，她也跪下挨着。这样说起来，她遇难不死，是有原因的。"孔子说："孝道，是天经地义的事。"难道不是吗？

【原典】

宁津苏子庾言：丁卯夏[①]，张氏姑妇同刈麦。甫收拾成聚，有大旋风从西来，吹之四散。妇怒，以镰掷之，洒血数滴渍地上。方共检寻所失，妇倚树忽似昏醉，魂为人缚至一神祠。神怒叱曰："悍妇乃敢伤我吏，速受杖！"妇性素刚，抗声曰："贫家种麦数亩，资以活命。烈日中妇姑辛苦，刈甫毕，乃为怪风吹散。谓是邪祟，故以镰掷之，不虞伤大王使者。且使者来往，自有官路，何以横经民田，败人麦？以此受杖，实所不甘。"神俯首曰："其词直，可遣去。"妇苏而旋风复至，仍卷其麦为一处。

说是事时，吴桥王仁趾曰："此不知为何神，不曲庇其私昵，谓之正直可矣；先听肤受之诉[②]，使妇几受刑，谓之聪明，则未也。"景州戈荔田曰："妇诉其冤，神即能鉴，是亦聪明矣。倘诉者哀哀，听者愦愦，君更谓之何？"子庾曰："仁趾之责人无已时。荔田言是。"

【注释】

①丁卯：乾隆十二年（1747 年）。

②肤受之诉：有关切身利益的话。

【译文】

宁津的苏子庚说：乾隆丁卯年夏天，张氏婆媳一起割麦。刚把麦子收拢到一处，有一股大旋风从西方刮来，把麦子吹得四处飘散。媳妇恼怒，把镰刀扔了过去，只见风过处洒了几滴血沾染在地上。婆媳二人正在重新拾取被刮散的麦子时，媳妇忽然靠在树上昏昏沉沉地像酒醉一样，觉得自己的魂被人缚住到了一个神祠。那神灵愤怒地呵斥说："泼妇！竟敢伤害我的小吏，快来接受鞭打。"媳妇性格向来刚强，抗议说："穷人家种几亩麦，赖以活命。烈日之下婆媳辛苦割麦，刚刚收拾好，就被怪风吹散。我以为是作祟害人的鬼怪，所以用镰刀掷它，没有想到是伤了大王的使者。而且使者来往，自有官路可走，为什么横着经过民田，糟蹋人家的麦子？如果我为了这个受鞭打，实是心有不甘。"神灵低着头说："她说的有理，让她走吧。"媳妇苏醒后，旋风又刮过来，这回却是将她们的麦子卷在一起。

说这件事时，吴桥的王仁

趾说："这不知道是个什么神，不曲意庇护自己的人，可以说是正直的了；但又先听了手下受伤人的诬告，使媳妇差一点儿受刑，说他聪明就未必了。"景州的戈荔田说："媳妇诉说了她的冤情，神灵就能够审察，这也算是聪明了。倘使诉说的人一味哀求，听的人昏聩糊涂，您还能说他什么呢？"苏子庚说："仁趾对人苛求太甚，荔田的话是对的。"

卷六　滦阳消夏录六

【原典】

宏恩寺僧明心言：上天竺有老僧[1]，尝入冥。见狰狞鬼卒，驱数千人在一大公廨外[2]，皆褫衣反缚。有官南面坐，吏执簿唱名，一一选择精粗，揣量肥脊，若屠肆之鬻羊豕。

意大怪之。见一吏去官稍远，是旧檀越[3]，因合掌问讯："是悉何人?"吏曰："诸天魔众，皆以人为粮。如来运大神力，摄伏魔王，皈依五戒。而部族聚夥，叛服不常，皆曰自无始以来，魔众食人，如人食谷；佛能断人食谷，我即不食人。如是哓哓[4]，即彼魔王亦不能制。佛以孽海洪波，沉伦不返，无间地狱，已不能容。乃牒下阎罗，欲移此狱囚，充彼啖噬；彼腹得果，可免荼毒生灵。十王共议，以民命所关，无如守令，造福最易，造祸亦深。惟是种种冤愆，多非自作，冥司业镜，罪有攸归[5]。其最为民害者，一曰吏，一曰役，一曰官之亲属，一曰官之仆隶。是四种人，无官之责，有官之权。官或自顾考成，彼则惟知牟利，依草附木，怙势作威，足使人敲髓洒膏，吞声泣血。四大洲内[6]，惟此四种恶业至多，是以清我泥犁[7]，供其汤鼎。以白皙者、柔脆者、膏腴者充魔王食，以粗材充众魔食。故先为差别，然后发遣。其间业稍轻者，一经脔割烹炮，即化为乌有。业重者，抛馀残骨，吹以业风，还其本形，再供刀俎。自二三度至千百度不一。业最重者，乃至一日化形数度，封剔燔炙[8]，无已时也。"僧额手曰："诚不如削发出尘，可无此虑。"吏曰："不然。其权可以害人，其力即可以济人。灵山会上[9]，原有宰官；即此四种人，亦未尝无逍遥莲界者也。"语讫忽寤。

僧有侄在一县令署，急驰书促归，劝使改业。此事即僧告其侄，而明心在寺得闻之。虽语颇荒诞，似出寓言；然神道设教，使人知畏，亦警世之苦心，未可绳以妄语戒也。

【注释】

①上天竺：在杭州灵隐寺南，有下天竺、中天竺、上天竺三座古寺，均供奉观音大士。

②公廨（xiè）：官署。

③檀越：施主。

④哓哓（xiāo）：吵嚷。

⑤攸：所。

⑥四大洲：佛教认为在须弥山四周的四大洲，分别为东胜神洲、西牛贺洲、南赡部洲和北俱芦洲。

⑦泥犁：梵语，意谓地狱，其中一切皆无，没有喜乐。

⑧剐：分解骨肉。燔：烧。炙：烤。

⑨灵山：印度佛教圣坛地灵鹫山的简称。

【译文】

宏恩寺的僧人明心说：上天竺有位老僧，曾经一度到了阴曹地府。他见到面目狰狞的鬼卒，驱赶数千鬼囚到了一所大官署外面，都被剥去衣服反捆起来。有位官员面朝南坐着，官员的手下手持名册点名，被点名的鬼囚，要一一接受皮肉精粗的检查和身体肥瘦的揣量，就像屠宰场上买卖猪羊那样。

老僧心里感到很奇怪。见一个属吏站在离主官稍远一点儿的地方，是自己过去相识的施主，就向他施礼问讯说："这都是些什么人？"这个属吏说："诸重天界的魔鬼，都是用人做粮食。如来佛运用巨大的神力，摄伏了魔王，使其皈依了五戒，不再杀生吃人。可是魔王的部族繁多，经常叛乱不服，都说自开天辟地以来，魔鬼就是以吃人为生，就像人吃五谷一样天经地义；如果佛能断绝人不吃五谷，我们魔众就不再吃人。这样乱乱哄哄吵闹不停，即使魔王也管束不了。如来佛考虑孽海洪波，沉沦在孽海中不能转生的鬼囚越来越多，无间地狱已经不能容纳。于是向阎罗殿下了一道文书，打算将这里的狱囚转移过去，供魔众吃；他们吃饱了肚子，就可以避免荼毒生灵了。十殿阎罗王就此召开了一个专门会议，认为与百姓生死关系重大的，没有超过郡守和县令的，这些人造起福来最容易，造起祸来也既深又重。只是他们的种种冤愆大多不是他们直接造成的，用冥司的业镜一照，谁的罪过就都各有所归了。其中对百姓危害最大的是吏、役、官的亲属和官的仆从四种人。这四种人没有官的责任，却有官的权力。官员有时为了政绩考核还有所顾虑，他们却只知道牟取私利，趋炎附势，依仗权势，作威作福，他们的行为，足以使老百姓敲骨出髓，吞声泣血。四大洲内，只有这四种恶业最多，所以现在可以趁机清理阴曹地府，将他们供魔鬼，其中白嫩的、柔脆的、体肥的，供给魔王吃；粗糙体瘦的，供给魔众吃。因此，先要选择一番，作出区别，然后再发遣。这中间罪业稍轻的，一经割肉烹煮之后，就化为乌有消失了。罪业重的，抛除残骨，用业风一吹，还会恢复本形，然后再次被屠宰烹煮。就这样依据罪业程度屠宰，从二三次到千百次不等。业最重的，一天要无数次化形，反复被切割燔炙，永无休止。”老僧听罢，举手加额，庆幸地说：“真不如削发出家，这就可以免除此患。”冥吏说：“这话是不对的。他们既然有权可以害人，也就有力可以帮助人。在灵山大会上，就有生前做官做得很大的；这四种人中，也未尝没有佛家的。”说完，老僧忽然醒了过来。

老僧有一个侄儿当时正在县署听差，于是急忙递送书信敦促其回家，劝其改业。这件事情是由老僧告诉他的侄子，而明心在寺中听到的。事情虽然很荒诞，好像是寓言，但神道设教，使人知道害怕，也是警告世人的一片苦心，因此，不可视为胡言妄语。

【原典】

沧州瞽者刘君瑞[①]，尝以弦索来往余家。言其偶有林姓者，一日薄暮，有人登门来唤曰：“某官舟泊河干，闻汝善弹词，邀往一试，当有厚赉[②]。”即促抱琵琶，牵其竹杖导之往。约四五里，至舟畔，寒温毕[③]，闻主人指挥曰：“舟中炎热，坐岸上奏技，吾倚窗听之可也。”林利其赏，竭力弹唱。约略近三鼓，指痛喉干，求滴水不可得。侧耳听之，四围男女杂坐，笑语喧嚣，觉不似仕宦家，又觉不似在水次，辍弦欲起。众怒曰：“何物盲贼，敢不听使令！”众手交捶，痛不可忍，乃哀乞再奏。久之，闻人声渐散，犹不敢息。忽闻耳畔呼曰：“林先生何故日尚未出，坐乱冢间演技，取树下早凉耶？”矍然惊问，乃其邻人早起贩鬻过此也。知为鬼弄，狼狈而归。林姓素多心计，号曰林鬼。闻者咸笑曰：“今日鬼遇鬼也。”

【注释】

①瞽（gǔ）者：盲人，瞎子。

②赉（lài）：赐予，给予。

③寒温：问候。

【译文】

沧州有位盲人叫刘君瑞，曾经来往于我家弹唱曲子，他说他有一位姓林的伙伴，一天太阳快下山时，有人找上门来叫林盲人，说道："有一位官员船停在河岸边，听说你善于弹词唱曲，邀请你前去试试，会有重赏。"那人当即就催促他拿起琵琶，拉着他的竹杖领他过去。大约走了四五里路，到了船边，寒暄完毕，主人指示说："船里面很热，你坐到岸上弹唱，我靠着窗户听就行了。"林某想得到厚赏，卖力地弹唱。大约快到三更的时候，手指疼痛，喉咙干燥，求对方给点水喝而没有得到。他侧耳细听，只听到四周男男女女混杂在一起，笑语喧哗，感觉到好像不是官宦人家，又觉得好像不是在河边，于是他停止演奏想要起来。那些人就愤怒地叫道："瞎眼贼，你是什么东西，敢不听使唤！"于是众人对他拳打脚踢，林某疼痛难忍，于是哀求让他继续演奏。过了许久，听到人声渐渐离开，林某还不敢停止。忽然听见有人叫："林先生为什么在太阳还没出来时就坐在这乱坟堆中演唱，是因为早晨树下凉快么？"林某吃了一惊，原来是他的邻居清早出去贩卖路过此地。林某知道被鬼耍弄了，狼狈地回去了。林某平时很有心计，外号叫林鬼。听说了这件事的人都取笑说："今天是鬼遇上鬼了。"

【原典】

南皮许南金先生，最有胆，在僧寺读书，与一友共榻[①]。夜半，见北壁燃双炬。谛视，乃一人面出壁中，大如箕[②]，双炬其目光也。友股栗欲死，先生披衣徐起曰："正欲读书，苦烛尽，君来甚善。"乃携一册背之坐，诵声琅琅，未数页目光渐隐，拊壁呼之，不出矣。又一夕如厕，一小童持烛随，此面突自地涌出，对之而笑，童掷烛仆地，先生即拾置怪顶，曰："烛正无台，君来又甚善。"怪仰视不动，先生曰："君何处不可往，乃在此间？海上有逐臭之夫，君其是乎？不可辜君来意。"即以秽纸拭其口，怪大呕吐，狂吼数声，灭烛而没。自是不复见。先生尝曰："鬼魅皆真有之，亦时或见之；惟检点生平，无不可对鬼魅者，则此心自不动耳。”

【注释】

①榻：矮而狭小的床，泛指床。

②箕：用竹篾、柳条等织成的扬去糠麸或清除垃圾的器具。

【译文】

南皮人许南金先生，胆量很大。他在寺院中读书的时候，与一位朋友一同过夜。半夜，见北墙壁上燃起了两支灯炬。仔细一看，原来是一副巨人面孔从墙壁里突出来，像簸箕那样大，两支灯炬就是双目发出的光芒。友人两腿发抖，几乎要被吓死。许先生披上衣服，慢吞吞地起来说：“正想读书，苦于蜡烛已经点完了。你来得正好。”于是拿起一本书，背向墙壁坐好，琅琅吟诵起来。没读完几页，目光就渐渐消失了；他拍着墙壁呼唤，巨人脸再没有出来。还有一天晚上许先生上厕所，一个小童举着蜡烛随往。巨人脸又突然从地上冒出来，对着他们笑。小童吓得扔掉灯烛扑倒在地。许先生拾起蜡烛放在巨面怪的头顶，说：“蜡烛正没有烛台，你来得又很及时。”巨面怪仰视着许先生没有动。许先生说：“你哪里不可以去，偏要在这里？海上有追逐臭味的人，大概你就是吧？那么，不能辜负你的来意。”说罢，就拿起一团厕所的秽纸朝巨面怪的嘴擦去。巨面怪呕吐起来，狂吼了几声，就熄灭蜡烛消失了。从此，再也没出现。许南金先生曾说：“鬼魅都是确实存在的，也时而亲眼见过。但检点生平，没有做过不可面对鬼魅的恶事，所以我心中无愧，一点儿也不害怕。”

【原典】

先祖有庄，曰厂里，今分属从弟东白家。闻未析箸时[①]，场中一柴垛，有年矣，云狐居其中，人不敢犯。偶佃户某醉卧其侧，同辈戒勿触仙家怒。某不听，反肆詈。忽闻人语曰：“汝醉，吾不较。且归家睡可也。”次日，诣园守瓜。其妇担饭来馌[②]，遥望团焦中[③]，一红衫女子与夫坐。见妇惊起，仓卒逾垣去。妇故妒悍，以为夫有外遇也，愤不可忍，遽以担痛击。某百口不能自明，大受箠楚。妇手倦稍息，犹喃喃毒詈。忽闻树梢大笑声，方知狐戏报之也。

【注释】

①析箸（zhù）：分家。箸，筷子。

②馌（yè）：给在田间耕作的人送饭。

③团焦：圆形的草屋。

【译文】

已故祖父有个庄园叫厂里，现今分派给了堂弟东白家。听说没有分家时，场院里一个柴垛，有些年头了，说是狐精居住在里面，人不敢侵犯。偶然有个佃户某人醉了，睡在柴垛旁边，其他佃户提醒他不要触怒仙家。某人不听，反而肆意责骂。忽然听到有人说话道："你醉了，我不计较，姑且回家去睡吧。"第二天，那个佃户到园地里看守瓜田，他的妻子挑着担子来给他送饭，远远地望见圆形瓜棚中一个红衣衫的女子同丈夫坐在一起。见到妇人吃惊地起身，急忙跳过矮墙离去了。佃户的妻子原本妒忌凶悍，以为丈夫有了外遇，气愤得不可忍耐，立即操起扁担痛打。那个佃户有一百张嘴也辩白不清，挨了一顿饱打。妇人打累了歇下来，嘴里还喃喃地毒骂。忽然听到树梢头的大笑声，方才知道是狐精戏弄报复他。

【原典】

南宫鲍敬之先生言：其乡有陈生，读书神祠。夏夜袒裼睡庑下[1]，梦神召至座前，诃责甚厉。陈辩曰："殿上先有贩夫数人睡，某避于庑下，何反获愆？"神曰："贩夫则可，汝则不可。彼蠢蠢如鹿豕，何足与较？汝读书而不知礼乎？"盖《春秋》责备贤者，理如是矣。故君子之于世也，可随俗者随，不必苟异；不可随俗者不随，亦不苟同。世于违礼之事，动曰某某曾为之。夫不论事之是非，但论事之有无，自古以来，何事不曾有人为之，可一一据以借口乎？

【注释】

①袒：脱去上衣，露出身体的一部分。庑（wǔ）：堂下周围的走廊、廊屋。

【译文】

南宫的鲍敬之先生说：他家乡有位姓陈的书生，在神庙读书。一个夏夜，陈生脱衣露体地睡在廊庑下，梦见神将他召至座前严厉斥责。陈生辩解说：“殿上先有几个贩夫睡了，我回避在廊庑下，为什么反而受到责备?”神说：“贩夫可以睡，而你就不可以。他们像禽兽一样愚蠢无知，你怎么能跟他们比呢?你是读书人，难道也不懂礼节吗?”《春秋》挑剔贤者，就是这个道理。因此，君子处世，可以随俗就随俗，不必搞特殊；不可随俗就不随，也不必去苟同。世俗中对于违背礼数的事，动不动就说某某人曾经做过。不说这样做是否正确，只说事情是否已有先例。从古至今，什么事情不曾有人做过，难道可以一一拿来作借口吗?

【原典】

先四叔父栗甫公，一日往河城探友。见一骑飞驰向东北，突挂柳枝而堕。众趋视之，气绝矣。食顷，一妇号泣来，曰：“姑病无药饵，步行一昼夜，向母家借得衣饰数事，不料为骑马贼所夺。”众引视堕马者，时已复苏。妇呼曰：“正是人也。”其袱掷于道旁①，问袱中衣饰之数，堕马者不能答；妇所言，启视一合。堕马者乃伏罪。众以白昼劫夺，罪当缳首②，将执送官。堕马者叩首乞命，愿以怀中数十金，予妇自赎。妇以姑病危急，亦不愿涉讼庭，乃取其金而纵之去。叔父曰：“果报之速，无速于此事者矣。每一念及，觉在在处处有鬼神。”

【注释】

①袱：用布包成的包裹。

②缳（huán）首：绞刑。

【译文】

过世的四叔栗甫公，有一天前往河城去拜访朋友。途中见一人骑马向东北奔驰，突然被柳枝挂下马来。众人跑过去看，已经断气了。过了大约一顿饭的时间，一个妇女哭喊着过来，说：“婆婆生病，没钱买药，我徒步走了一天一夜，向娘家借了一点儿衣服首饰，打算换钱为婆母买药，不想被骑马贼夺走了。”众人带她来看坠马的人，当时坠马的人已经醒过来了。妇人呼喊说：“正是这个人。”包袱就丢在了路边。人们问坠马人包袱中衣物首饰的数目，坠马的人不能回答；妇人所说的数字，与包袱被打开后检得的数字完全一致。坠马人不得不低头承认抢劫之罪。众人认为白天抢劫，罪该绞死，要把他捆起来送往官府。坠马人叩头请求饶命，表示愿把身上带的几十两银子送给妇人用来赎罪。妇人因婆母病情危急，也不愿到公堂打官司，于是接受了坠马人的银子，放他走了。叔父说："因果报应的迅速，没有比这件事更迅速的了。每次一想到这事，就觉得随时随地都有鬼神。"

【原典】

齐舜庭，前所记剧盗齐大之族也。最剽悍，能以绳系刀柄，掷伤人于两三丈外。其党号之曰飞刀。其邻曰张七，舜庭故奴视之，强售其住屋广马厩，且使其党恐之曰："不速迁，祸立至矣。"张不得已，携妻女仓皇出，莫知所适，乃诣神祠祷曰："小人不幸为剧盗逼，穷迫无路。"敬植杖神前，视所向而往。杖仆向东北，乃迤逦行乞至天津[1]。以女嫁灶丁[2]，助之晒盐，粗能自给。三四载后，舜庭劫饷事发，官兵围捕，黑夜乘风雨脱免。念其党有在商舶者，将投之泛海去。昼伏夜行，窃瓜果为粮，幸无觉者。一夕，饥渴交迫，遥望一灯荧然。试叩门，一少妇凝视久之，忽呼曰："齐舜庭在此。"盖追缉之牒，已急递至天津，立赏格募捕矣。众丁闻声毕集，舜庭手无寸刃，乃弭首就擒[3]。少妇即张七之女也。使不迫逐七至是，则舜庭已变服，人无识者；地距海口仅数里，竟扬帆去矣。

【注释】

①迤逦：缓行的样子。

②灶丁：旧称煮盐工。

③弭首：俯首，降服。

【译文】

齐舜庭是前面所讲过的大盗贼齐大的同族。他长得剽肥粗悍，用绳子系住刀把，在两三丈远之外就能投刀伤人，他的同伙称他为"飞刀"。他的邻居叫张七，齐舜庭一向把他当作奴仆看，强迫他把住房卖给自己，以扩宽马厩，并且指使自己的同伙威吓他："你如果不赶快走，立即就有大祸临头。"张七迫不得已，带着妻子儿女仓皇地逃出家门。到了一个不知名的地方，才来到神祠默默地祷告："小人不幸，被恶毒的强盗所逼迫，已经穷困交加，饥寒交

迫，无路可走了。”然后恭恭敬敬把一根木杖立在神灵面前，看那木杖倒向何方就往何方走。结果那木杖倒向东北方，于是张七带着一家人沿途乞讨到了天津。在天津把女儿嫁给了一个盐丁，帮助他晒盐，勉强能维持生计。三四年之后，齐舜庭打劫饷粮的事情败露了，官兵围捕他。在一个漆黑的夜晚，又刮风又下雨，他于是乘着风雨逃脱了。考虑到他的同伙中有在商船上的，他就去投奔这个同伙，想偷渡逃走。于是他白天躲藏起来晚上赶路，偷来瓜果充饥，幸亏没被人发现。一天晚上，他又饥又渴，远远的看见有一盏昏黄的灯光。他走过去试着敲了敲门，一个少妇出来久久地盯着他看，忽然大声叫道：“齐舜庭在这里！”大概追捕他的公文，已经迅速地送到了天津，并悬赏捉拿他。众多的盐丁们听到叫喊声马上集合来对付他，齐舜庭手无寸铁，只好束手就擒。这个叫喊的少妇就是张七的女儿。假如不是把张七逼迫到这里来，而齐舜庭又变换了装束，根本无人认识他；而这里离出海口又只有几里路，他就会扬帆出海逃脱了。

【原典】

余次女适长山袁氏，所居曰焦家桥。今岁归宁，言：距所居二三里许，有农家女归宁[①]，其父送之还夫家。中途入墓林便旋，良久乃出。父怪其形神稍异，听其语音亦不同，心窃有疑，然无以发也。至家后，其夫私告父母曰：“新妇相安久矣，今见之心悸，何也？”父母斥其妄，强使归寝。所居与父母隔一墙。夜忽闻颠扑膈膈声，惊起窃听，乃闻子大号呼。家众破扉入，则一物如黑驴冲人出，火光爆射，一跃而逝。视其子，惟馀残血。天曙，往觅其妇，竟不可得。疑亦为所啖矣[②]。此与《太平广记》所载罗刹鬼事全相似，殆亦是鬼欤！观此知佛典不全诬，小说稗官，亦不全出虚构。

【注释】

①归宁：古时旧俗，指新婚夫妻在结婚的第三天，携礼前往女方家里省

亲、探访。

②啖：吃，咬着吃硬的或囫囵吞整的食物。

【译文】

我的次女嫁到长山袁家，居住的地方叫焦家桥。今年她回娘家探亲，讲了这样一件事：距焦家桥二三里路的地方，有位农家女回娘家探望父母，由父亲送她返回夫家。途中农家女进入乱坟堆的树林里小便，很长时间才出来。出来后形貌和神色稍微有了一点变化，说话的语音也不一样了。父亲感到奇怪，心里暗暗怀疑，但又说不出来到底是哪里不一样。到夫家后，丈夫私下告诉自己的父母说："我与新娘相爱相安已有好长一段时间，今天见到她却心中恐惧，这是什么原因呢？"父母训斥他胡说，逼他回到自己的房间就寝。小夫妻居住的房间，与父母只隔着一堵墙。夜里，父母忽然听到隔壁有扑打的声音，惊讶地起来偷听，才听见儿子大声号呼。家人们破门而入，见有一个如同黑驴的怪物，冲开人群跑出屋来，火光爆射，一跃就不见了。再看他们的儿子，仅剩下一点残血。天亮后，到处寻找新娘，始终没有找到。怀疑也是被怪物吞吃了。这与《太平广记》所记载的罗刹鬼事特别相似，大概也是鬼吧！通过这件事，可见佛经并不全是胡言妄语，小说里写的，也不都是虚构出来的。

【原典】

孙虚船先生言：其友尝患寒疾，昏瞆中觉魂气飞越，随风飘荡。至一官署，谛视门内皆鬼神，知为冥府。见有人自侧门入，试随之行，无呵禁者。又随众坐庑下，亦无诘问者。窃睨堂上，讼者如织。冥王左检籍，右执笔，有一两言决者，有数十言数百言乃决者，与人世刑曹无少异。琅珰引下，皆帖伏无后言。忽见前辈某公盛服入，冥王延坐，问讼何事。则诉门生故吏之辜恩，所举凡数十人，意颇恨恨。冥王颜色似不谓然，俟其语竟，拱手曰："此辈奔竞排挤，机械万端，天道昭昭，终罹冥谪。然神殛之则可，公责之则不可。种桃李者得其实，种蒺藜者得其刺，公不闻乎？公所赏鉴，大抵附势之流，势去之后，乃责之以道义，是凿冰而求火也。公则左矣，何暇尤人？"某公怃然久之，逡巡竟退。友故与相识，欲近前问讯。忽闻背后叱叱声，一回顾间，悚然已醒。

【译文】

孙虚船先生说：他的朋友曾经患了寒病，昏昏沉沉中只觉得灵魂飞了出去，随着风到处漂荡。他来到了一个官府前，仔细地观看，只发现门里面都是一些鬼神，才知道这是阴间。他看见有人从侧门进入，就试着跟随着走，也没人呵斥阻止他。他又跟随着别人一起坐在廊庑下，也没人责问他。他偷偷地看了一眼公堂上，告状的人穿梭如织。阎王左手拿着案卷，右手拿着笔，有的案件一两句话就判决了，有的讲了十几句或几百句才解决，这与人间审理案件没什么差别。判决后，罪犯们被戴上脚镣手铐给带下去，都服服帖帖，没说二话。忽然他看见一位前辈穿戴整齐地进来了，阎王招呼他坐下，问他要告什么案子。他说要告他的门生和旧时的小官吏忘恩负义，所列举的有几十个人，看样子他很气愤。然而阎王的脸色似乎不以为然，等他说完了之后，便拱拱手说："这些人倾轧排挤，狡诈万端，天道昭昭，他们终究要受到阴间的惩罚。但是鬼神处罚他们可以，而你责骂他们就不行。种植桃李者得到果实，种植蒺藜的得到它的刺，你难道没听说过吗？你所赏识的，大都是一些趋炎附势的人，你大势已去，就责怪他们，并且还用道义的原则要求他们，这就好像是凿冰求火。你自己错了，为什么还要埋怨别人呢？"某公于是怅然若失了好久，迟疑不决地退下去了。孙虚船的朋友与某公是老相识，想上去问候一下。忽然听见背后有人在呵斥他，他回头去看的时候，猛地惊醒了。

卷七　如是我闻一

【原典】

曩撰《滦阳消夏录》，属草未定，遽为书肆所窃刊，非所愿也。然博雅君子，或不以为纰缪，且有以新续告者，因补缀旧闻，又成四卷。欧阳公曰[①]："物尝聚于所好。"岂不信哉！缘是知一有偏嗜，必有浸淫而不自已者。天下事往往如斯，亦可以深长思也。辛亥七月二十一日题[②]。

【注释】

①欧阳公：欧阳修（1007—1072），字永叔，号醉翁，晚号"六一居士"。

②辛亥：指乾隆五十六年（1791 年）。

【译文】

以前我撰写过一本《滦阳消夏录》，还没定搞就被书坊偷印了，其实这不是出于我的愿望。但那些博学多知的文人，有的并不认为这部书稿有什么错漏，并且劝我续写一本，因此我根据自己的旧闻又补写了四卷。欧阳修说过："物往往都聚集在爱好的人那儿。"难道不是这样的么。由此可知一个人一旦有了偏爱，就会沉浸其中不能自已。天下的事往往是这样，这也是应该去加以深思的。乾隆五十六年七月二十一日题。

【原典】

太原折生遇兰言：其乡有扶乩者，降坛大书一诗曰："一代英雄付逝波，壮怀空握鲁阳戈[①]。庙堂有策军书急，天地无情战骨多。故垒春滋新草木，游魂夜览旧山河。陈涛十郡良家子，杜老酸吟意若何？"署名曰"柿园败将[②]"。皆悚然知为白谷孙公也[③]。柿园之役，败于中旨之促战，罪不在公。诗乃以房琯车战自比[④]，引为已过。正人君子之用心，视王化贞辈偾辕误国[⑤]，犹百计卸责于人者，真三光之于九泉矣。大同杜生宜滋，亦录有此诗，"空握"作"辜负"，"春滋"作"春添"，"意若何"作"竟若何"，凡四字不同。盖传写偶异，大旨则无殊也。

【注释】

①鲁阳戈：比喻力挽危局的手段或力量。

②柿园败将：明孙传庭主张镇压李自成农民起义，崇祯十五年（1642 年）在河南郏县被起义军所败，故称。

③白谷孙公：孙传庭（1593—1643），字伯雅，又字百谷，一字白谷。

④房琯车战：唐肃宗至德元年（756 年），房琯任招讨节度使，与叛将安守忠战于陈涛，大败。

⑤王化贞：明天启年间任广宁（今辽宁北镇）巡抚，骄傲轻敌，不听熊廷弼的调度，被后金（清）军所败。偾（fèn）辕：翻车，比喻覆败。

【译文】

太原书生折遇兰说：他的家乡有人扶乩，降临乩坛的神仙用大字写诗道："一代英雄付逝波，壮怀空握鲁阳戈。庙堂有策军书急，天地无情战骨多。故垒春滋新草木，游魂夜览旧山河。陈涛十郡良家子，杜老酸吟意若何？"署名叫"柿园败将"。乩坛旁的人都肃然起敬，知道是孙传庭显灵。柿园的这一次战役，失败的原因是朝中催促作战的旨意，罪责不在孙公。诗中以房琯的车战来自比，引为自己的过错。看看正人君子的用心，再看王化贞之流的覆败误国，还千方百计把责任推卸给别人，差距真好比日月星之光和九泉的阴幽了。大同书生杜宜滋也抄录有这首诗，只是"空握"写作"辜负"，"春滋"写作"春添"，"意若何"作"竟若何"，共有四个字不同。大概传写中偶有差异，但大意是一致的。

【原典】

先叔仪南公，有质库在西城[①]。客作陈忠，主买菜蔬。侪辈皆谓其近多馀润，宜餕众，忠讳无有。次日，箧钥不启，而所蓄钱数千，惟存九百。楼上故有狐，恒隔窗与人语，疑所为，试往扣之，果朗然应曰："九百钱是汝雇值，分所应得，吾不敢取，其馀皆日日所干没，原非汝物。今日端阳，已为汝买粽若干，买酒若干，买肉若干，买鸡鱼及瓜菜果实各若干，并泛酒雄黄，亦为买得，皆在楼下空屋中。汝宜早烹炮，迟则天暑，恐腐败。"启户视之，累累具在。无可消纳，竟与众共餐。此狐可谓恶作剧，然亦颇快意人也。

【注释】

①质库：当铺。

【译文】

先叔父仪南公在西城开有一个当铺。由佣人陈忠负责购买蔬菜。他的同伴们说他近来得了不少外快，应该请客，陈忠死不承认。第二天，陈忠发现，自己的钱箱并没有打开过，而积蓄的数千钱仅剩下九百。听说有个狐仙住在楼上，经常隔窗和人说话，陈忠怀疑是它所为，就试着去敲门询问。狐仙果然高声回答说："箱子里的那九百钱是你应得的工钱，我不敢拿，其余的钱都是你每天采购私吞的，原本不属于你。今天是端午节，我已经替你买了若干粽子，若干酒、肉、鸡、鱼及瓜果蔬菜，另外还买了雄黄酒，都放在楼下那间空房里。你还是早点做出来给大家吃吧，迟了就会因天热而腐坏变质的。"陈忠打开空房子门一看，果然食物全都放在屋里。他一个人吃不了，只好与大家一起分享了。这个狐仙真会恶作剧，不过倒是大快人心。

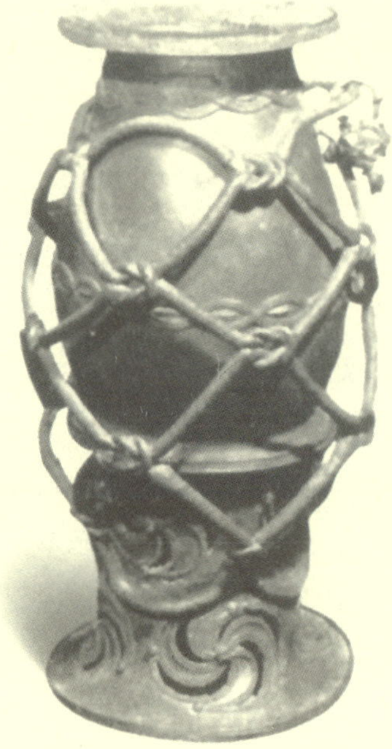

【原典】

史太常松涛言：初官户部主事时，居安南营，与一孀妇邻。一夕盗入孀妇家，穴壁已穿矣，忽大呼曰："有鬼！"狼狈越墙去。迄不知其何所见也。岂神亦哀其茕独，阴相之欤？又戈东长前辈一日饭罢，坐阶下看菊，忽闻大呼曰："有贼！"其声喑呜，如牛鸣盎中，举家骇异。俄连呼不已，谛听乃在庑下炉坑内。急邀逻者来，启视，则儽然一饿夫[①]，昂首长跪。自言前两夕乘累阑入，伏匿此坑，冀夜深出窃。不虞二更微雨，夫人命移腌虀两瓮置坑板上[②]，遂不能出。尚冀雨霁移下，乃两日不移。饥不可忍，自思出而被执，罪不过杖；不出则终为饿鬼，故反作声自呼耳。其事极奇，而实为情理所必至。录之亦足资一粲也。

【注释】

①儽（léi）然：疲惫、颓丧的样子。

②虀（jī）：同"齑"，细碎的咸菜。

【译文】

太常寺卿史松涛说：刚开始担任户部主事时，住在安南营，与一个寡妇相邻。一天晚上，盗贼进入寡妇家，房屋的墙已经凿穿了，忽然大叫道：“有鬼!”狼狈地跳过墙头跑了。至今也不知道他见到了什么。难道神也哀怜寡妇的无依无靠，在暗中佑助她吗？又听戈东长前辈说，有一天吃完饭，坐在阶下赏看菊花。忽然听到大声呼叫道：“有贼!”那声音悲咽，就像牛在瓮中鸣叫，全家异常惊异。过一会儿，又连叫不停，仔细一听，这呼声出自廊屋下的炉坑里。赶紧叫巡逻的人来察看，打开一看，原来是一个疲困的饿汉子，抬头跪在地上。自己说前两天乘暗私自闯入，伏藏在这个坑里，企图夜深的时候出来偷东西。不料二更天下起小雨，夫人让人搬来两瓮腌菜放在坑板上，于是不能出来。还希望雨止天晴会把腌菜搬下去，过了两天也没有搬。饿得受不了，想想出来而被抓住，罪不过遭棒打；不出来，则要成为饿鬼了。所以反而出声自己呼叫捉贼。这事情很离奇，而事实又在情理之中。记录下来，也足以作一笑料了。

【原典】

从兄坦居言：昔闻刘馨亭谈二事。其一，有农家子为狐媚，延术士劾治。狐就擒，将烹诸油釜①。农家子叩额乞免，乃纵去。后思之成疾，医不能疗。狐一日复来，相见悲喜。狐意殊落落②，谓农家子曰：“君苦相忆，止为悦我色耳，不知是我幻相也。见我本形，则骇避不遑矣③。”欻然扑地④，苍毛修尾，鼻息咻咻，目睒睒如炬，跳掷上屋，长嗥数声而去。农家子自是病痊。此狐可谓能报德。其一亦农家子为狐媚，延术士劾治。法不验，符箓皆为狐所裂。将上坛殴击，一老媪似是狐母，止之曰：“物惜其群，人庇其党。此术士道虽浅，创之过甚，恐他术士来报复。不如且就尔婿眠，听其逃避。”此狐可谓能虑远。

【注释】

①釜：锅。

②殊：很，非常。落落：冷淡的样子。

③不遑（huáng）：没有时间。遑，空闲，闲暇。

④数（xū）然：迅疾的样子。

【译文】

我的堂兄坦居说：曾经听过刘馨亭讲过两个故事。一个故事讲的是有位农家子弟，因为被狐仙媚惑，家人请来一个道士捉拿。狐仙被捉住后，道士正要把她放到油锅里煎死，农家子弟叩头求情，于是道士把狐仙放了。后来，由于农家子想念狐仙得了病，医治无效。一天，狐仙又来了，农家子悲喜交集，但狐仙态度冷漠，它对农家子说：“你对我苦苦相思，喜欢的只是我的容貌而已，但不知道这容貌是我的幻相。如果你看见我的本来面貌的话，就会害怕得躲避都来不及。”只见它突然扑倒在地，长尾巴、苍灰色毛，鼻孔气息咻咻，一双眼睛像燃烧着的火，它跳到屋顶上，长叫了数声就离去了。农家子弟从此病就好了。这个狐仙可算是能够以德报德的。还有一个故事，讲的也是一位农家子被狐仙所媚惑，家人于是请术士惩治。而法术不灵，连符都被狐仙弄破了。狐仙正要上法坛去殴打术士，一个像狐母的老妇人制止了它，说：“动物要保护自己的同伴，人也庇护他们的同类。这位术士法术虽浅，如果对他伤害过分，恐怕其他术士要来报复。你不如暂且到你夫婿那里睡一觉，让术士逃了吧。”这个狐仙可谓是深谋远虑。

【原典】

先姚安公言：雍正初，李家洼佃户董某父死，遗一牛，老且跛，将鬻于屠肆。牛逸，至其父墓前，伏地僵卧，牵挽鞭箠皆不起，惟掉尾长鸣①。村人闻是事，络绎来视。忽邻叟刘某愤然至，以杖击牛曰：“渠父堕河，何预于汝？使随波漂没，充鱼鳖食，岂不大善？汝无故多事，引之使出，多活十馀年。致渠生奉养，病医药，死棺敛，且留此一坟，岁需祭扫，为董氏子孙无穷累。汝罪大矣，就死汝分，牟牟者何为？”盖其父尝堕深水中，牛随之跃入，牵其尾得出也。董初不知此事，闻之大惭，自批其颊曰：“我乃非人！”急引归。数月后，病死，泣而埋之。此叟殊有滑稽风，与东方朔救汉武帝乳母事，竟暗合也。

【注释】

①掉尾：摇尾。

【译文】

先父姚安公说：雍正初年，李家洼佃户董某的父亲死了，遗留下一头又老又跛的牛，董某打算将它卖给屠宰场。半路上牛逃到他父亲的墓前，伏地僵卧，牵拉鞭打都不起来，只是摇尾长叫。村里人听说了这件事，络绎不绝地前往观看。忽然邻居刘老头儿愤然走上前，用拐杖击打牛说道："他的父亲坠入河里，与你有何关系？假如让他随波漂流，充做鱼鳖食物，岂不更好？你无故多此一举，救他上岸，让他多活了十几年，致使他的儿子对父亲生则奉养，病则医治，死则入殓，而且留下这个坟冢，每年需要祭扫，成为董氏子孙的无穷牵累。你的罪过太大了，让你死是应当的，你还乱叫什么？"原来董某的父亲曾经掉入深水中，牛跟着也跳入，董某的父亲拉着牛尾才得以生还。董某一开始不知道这件事，听说后感到非常惭愧，自己打着嘴巴说："我简直不是人！"急忙拉着牛回家了。数月后牛病死了，董某哭着把它埋了。这老头儿很有些滑稽风格，与东方朔救汉武帝乳母的故事竟然无意中相合。

【原典】

王菊庄言：有书生夜泊鄱阳湖。步月纳凉，至一酒肆，遇数人，各道姓名，云皆乡里。因沽酒小饮，笑言既洽，相与说鬼。搜异抽新，多出意表。

一人曰："是固皆奇，然莫奇于吾所见矣。曩在京师，避嚣寓丰台花匠家，邂逅一士共谈。吾言此地花事殊胜，惟墟墓间多鬼可憎。士曰：'鬼亦有雅俗，未可概弃。吾曩游西山，遇一人论诗，殊多精诣，自诵所作，有曰"深山迟见日，古寺早生秋"，又曰"钟声散墟落，灯火见人家"，又曰"猿声临水断，人语入烟深"，又曰"林梢明远水，楼角挂斜阳"，又曰"苔痕侵病榻，雨气入昏灯"，又曰"鸺鹠岁久能人语[①]，魍魉山深每昼行"，又曰"空江照影芙蓉泪，废苑寻春蛱蝶魂"，皆楚楚有致。方拟问其居停，忽有铃驮琅琅，欻然灭迹。此鬼宁复可憎耶？'吾爱其脱洒，欲留共饮。其人振衣起曰：'得免君憎，已为大幸，宁敢再入郇厨[②]？'一笑而隐。方知说鬼者即鬼也。"

书生因戏曰："此诚实奇艳，古所未闻。然阳羡鹅笼[③]，幻中出幻，乃辗转相生，安知说此鬼者，不又即鬼耶？"数人一时变色，微风飒起，灯光黯然，并化为薄雾轻烟，濛濛四散。

【注释】

①鸺鹠（xiū liú）：鸱鸮的一种，俗称小猫头鹰，捕食鼠、兔等，对农耕有益，但在古书中却常常被视为不祥之鸟。

②郇（xún）厨：唐代韦陟袭封郇国公，饮食特别奢靡，时人号之为郇公厨，后人便以"郇厨"作为饮食精美、奢华的代称。

③阳羡鹅笼：南朝梁吴均《续齐谐记》载：阳羡许彦负鹅笼而行，遇一书生以脚痛求寄笼中。至一树下书生出从口中吐出器具肴馔，与彦共饮，并吐一女子共坐。书生醉卧，女子吐一少年与彦畅叙。女子醉卧，少年复吐一女子共酌。书生欲觉，女子又吐锦帐遮掩书生即入内共眠。少年另吐一女子酌戏。后次第各吞所吐，书生以铜盘一赠彦而去。故事情节乃据《旧杂譬喻经》改编而成，后用作幻中生幻、变化无常之典。

【译文】

听王菊庄说：有位书生夜里在鄱阳湖泊船，他在月下散步纳凉，不知不觉来到了一家酒店前，碰到几个人，他们各自说了自己的姓名，一经介绍后，才知道彼此都是同乡。于是他们买酒小酌，谈笑融洽，一起讲起鬼故事来。他们各自搜罗奇闻怪事，多数都在意料之外。

一个人说："这些怪异之事固然新奇，然而其中没有比我所见到的更奇异。从前，我在京师丰台的一个花匠家住，碰到一位读书人，彼此闲谈起来。我说，这里的花养得很好，只是坟墓间有鬼，太可恨了。读书人说："鬼也有雅俗之分，不可一概否定"。我从前游西山时，碰到一个人正在谈论诗文，他有很多精辟的见解。他吟诵自己的诗，如"深山迟见日，古寺早生秋"，"钟声散墟落，灯火见人家"，"猿声临水断，人语入烟深"，"林梢明远水，楼角挂斜阳"，"苔痕侵病榻，雨气入昏灯"，"鸺鹠岁久能人语，魍魉山深每昼行"，"空江照影芙蓉泪，废苑寻春蛱蝶魂"等诗句，都很有情致。我正想问他住在哪里，忽然听到驮铃"琅琅"作响，这人忽然就不见了。这鬼难道可恨吗？'我就喜欢这位读书人的洒脱，想留他共饮。那人抖抖衣服站了起来说：'能不令您憎恶已是大幸了，怎么敢麻烦您下厨呢！'说着一笑就不见了。我才知道那个说鬼的人原来也是鬼。"

书生听了后开玩笑说："这些奇异的事前所未闻。然而，正如阳羡的鹅笼，幻中生幻，能辗转相生，怎么知道你这个说鬼的人，就不是鬼呢！"一听到这里，大家都变了脸色。这时候起了一阵风，灯光也变得昏暗些，那些喝酒的人都化作薄雾轻烟，随风散去了。

【原典】

舅氏张公梦征言：儿时闻沧州有太学生，居河干。一夜，有吏持名刺叩门①，言新太守过此，闻为此地巨室②，邀至舟相见。适主人以会葬宿姻家，相距十馀里。阍者持刺奔告③，亟命驾返，则舟已行。乃饬车马，具贽币④，沿岸急追。昼夜驰二百馀里，已至山东德州界。逢人询问，非惟无此官，并无此舟，乃狼狈而归。惘惘如梦者数日。或疑其家多赀，劫盗欲诱而执之，以他出幸免。又疑其视贫亲友如仇，而不惜多金结权贵，近村故有狐魅，特恶而戏之。皆无左证。然乡党喧传，咸曰："某太学遇鬼。"先外祖雪峰公曰："是非狐非鬼亦非盗，即贫亲友所为也。"斯言近之矣。

【注释】

①名刺：又称"名帖"，清代官员在相互交际拜访时通姓名用的名片。

②巨室：世家大族。

③阍（hūn）者：守门的人。

④贽（zhì）币：古代初次拜见尊长所送的礼物。

【译文】

舅舅张梦征说：小时候听说沧州有一个太学生，住在河边。一天晚上，有一小吏持名帖叩门，说新太守路过此地，听说这家是本地豪族，邀主人到舟中相见。恰逢太学生因参加葬礼住在姻亲家，离家有十余里地。看门人手持名帖奔往通报，太学生急忙命人驾车返回，但船已经开走了。于是太学生又叫人准备了厚礼，沿着河岸急追。一昼夜奔跑了二百多里，已经到山东德州地界。逢人便问询，结果不但没人知道这个新太守，而且连船也没看见，于是狼狈而归。他好几天迷迷惘惘如做梦一般。有人怀疑，是因为太学生家有钱财，盗贼想诱他出来劫持他，因为他出门在外而幸免。又有人怀疑，是他视贫穷亲友如仇人，却不惜重金结交权贵，村中原来就有狐仙，因为厌恶这些而戏弄他。这些都没有证据。然而乡亲们都传言："太学生遇到鬼了。"我过世的外祖父张雪峰先生说："这不是狐仙不是鬼魅，更不是强盗，而是他贫穷的亲友们干的。"这种说法比较符合实际。

【原典】

陈竹吟尝馆一富室。有小女奴，闻其母行乞于道，饿垂毙①，阴盗钱三千与之。为侪辈所发，鞭箠甚苦。富室一楼，有狐借居，数十年未尝为祟。是日女奴受鞭时，忽楼上哭声鼎沸。怪而仰问，同声应曰："吾辈虽异类，亦具人心。悲此女年未十岁，而为母受箠，不觉失声。非敢相扰也。"主人投鞭于地，面无人色者数日。

【注释】

①垂毙：快要死去。

【译文】

陈竹吟曾经在一个富人家教书。这家有一个小女奴听到她的母亲沿街行乞，快饿死了，就暗地里偷了三千钱给她。结果被同伴们揭发，主人把她鞭打得很苦。富人家的一间楼房，有狐精在上面借住了几十年，从来没有为祸作祟。这一天，小女奴受鞭打时，忽然楼上哭声嘈杂如同开了锅。主人感到奇怪因而抬头询问，只听上面齐声回答说："我辈虽然异于人类，也具有人心。哀痛这个女孩年纪还不到十岁，就为了母亲受鞭打，觉得伤心，不觉失声哭泣。不是故意前来打扰你。"主人把鞭子丢在地上，一连有好几天都面无人色。

【原典】

一宦家子，资巨万。诸无赖伪相亲昵，诱之冶游①，饮博歌舞。不数载，炊烟竟绝，颇颔以终②。病革时③，语其妻曰："吾为人蛊惑以至此，必讼诸地下。"越半载，见梦于妻曰："讼不胜也。冥官谓妖童娼女，本捐弃廉耻，借声色以养生；其媚人取财，如虎豹之食人，鲸鲵之吞舟也④。然人不入山，虎豹乌能食？舟不航海，鲸鲵乌能吞？汝自就彼，彼何尤焉？惟淫朋狎客，如设阱以待兽，不入不止；悬饵以钓鱼，不得不休。是宜阳有明刑，阴有业报耳。"

又闻有书生昵一狐女，病瘵死⑤。家人清明上冢，见少妇奠酒焚楮钱⑥，伏哭甚哀。其妻识是狐女，遥詈曰："死魅害人，雷行且诛汝，尚假慈悲耶？"狐女敛衽徐对曰："凡我辈女求男者，是为采补；杀人过多，天理不容也。男求女者，是为情感；耽玩过度，以致伤生。正如夫妇相悦，成疾夭折，事由自取。鬼神不追理其衽席也⑦，姊何责耶？"此二事足相发明也。

【注释】

①冶游：嫖妓。

②颇颔（kǎn hàn）：形容因为饥饿而面黄肌瘦的样子。

③病革：病重，病势危急。

④鲸鲵：海里的巨鱼，形容凶恶的敌人。

⑤瘵（zhài）：病，多指痨病。

⑥楮（chǔ）钱：旧时祭祀时焚化的纸钱。

⑦衽席：古代人起居跪坐的席子，这里借指男女色欲之事。

【译文】

从前有一个官宦子弟，家里十分富有。一帮无赖之徒就假装与他亲近友好，并诱引他到青楼妓院中玩乐，喝酒赌博，迷恋歌舞，无所不为。没到几年，他的家产耗尽，穷得揭不开锅，最后饿死了。在他临死之前，对他妻子说："我被人迷惑到了这样的地步，到地府后，一定要去控告他们。"过了半年后，他托梦给他的妻子，说："我败诉了。判官说，那些妖童娼女，本来就是不要廉耻的人，他们依靠声色来求取生存，他们像虎豹吃人、鲸鲵吞舟那样，获取别人钱财。然而，人不进入山中，虎豹怎么会吃你？船不到海中去航行，又怎么会被鲸鲵吞掉呢？你自己走到那个地步的，关他们什么事呢？只是那些狐朋狗友，如设陷阱来等待野兽，野兽不上套是不会停止的；这又像悬饵钓鱼，鱼不上钩是不罢休的。因此阳间有明确的刑律，阴间有报应，这些人是逃不脱的。"

又听说，有一个书生因为跟一个狐女非常亲昵，最后得了痨病去世。清明时，他家人去给他上坟，看见一个少妇在坟上浇酒祭奠，焚烧纸钱，趴在坟上痛哭不已。他妻子认出就是那个狐女，站在远处骂道："你这个死妖精，害人不浅，雷公早晚会劈死你的，你还假慈悲吗？"狐女听后，整整衣服，慢慢地说："我们这些狐女去追求男子，都是为了采补阳气；如果杀人过多的话，天理就不容。而男子来追求女子，为的是情感；因耽色过度就伤害了自己的生命。这就像夫妻之间相爱，因为过分沉溺其中而夭折一样。事情的后果都是他们自己造成的。鬼神都不责备他们毫无节制，你又何必责备我呢！"这两件事足以互相启发了。

【原典】

有游士借居万柳堂[①]。夏日，湘帘棐几[②]，列古砚七八，古玉器、铜器、磁器十许，古书册画卷又十许，笔床、水注、酒盏、茶瓯、纸扇、棕拂之类[③]，皆极精致。壁上所粘，亦皆名士笔迹。焚香宴坐[④]，琴声铿然，人望之若神仙。非高轩驷马，不能登其堂也。一日，有道士二人，相携游览，偶过所居。且行且言曰："前辈有及见杜工部者，形状殆如村翁。吾曩在汴京[⑤]，见山谷、东坡，亦都似措大风味[⑥]。不及近日名流，有许多家事。"朱导江时偶同行，闻之怪讶，窃随其后，至马车丛杂处，红尘涨合，倏已不见。竟不知是鬼是仙。

【注释】

①万柳堂：是屡见于记载的古代北京别墅名。最早是元代右丞相廉希宪在右安门外草桥建的一处别墅。后清初大学士冯溥慕其名，在广渠门内建别墅，也取名万柳堂，后归属石文桂。

②湘帘：指用湘妃竹做的帘子。棐（fěi）几：用榧木做的几桌，泛指几桌。棐，通“榧”，木名。

③笔床：用来放置毛笔的文具。水注：用来给砚注水的文具。

④宴坐：指修行者静坐、闲坐。

⑤曩（nǎng）：从前，以往。

⑥措大：指贫寒失意的读书人。

【译文】

有位游士借居在万柳堂。夏天，门上挂起了湘妃竹帘，室内摆着香榧木制成的几案，案上陈列着七八方古砚，十多件古代玉器、铜器、瓷器，还有十多种古书册和古画卷，其他诸如笔床、水注、酒盏、茶杯、纸扇、棕拂之类的器物，也都极其精致。室内墙壁上张贴的也都是名人字画。游士每天焚香，安静地坐着弹琴，琴声响亮，看上去就和神仙一样。不是乘坐高车骏马的高贵人物，是不能登门拜访，跨进他的厅堂的。有一天，两个道士共同游览，偶然路过游士所住

的地方。他们一边走一边谈论说："我们的前辈有曾见过杜甫的，那形貌几乎就像一个乡下老头儿。我从前在宋代的京城汴梁，见到过黄庭坚、苏东坡，也都一副穷书生模样。他们都赶不上现在的名流，拥有这么多的家当。"当时朱导江偶尔和道士走在一起，听到他们的议论感到很奇怪，便偷偷尾随在他们身后，想看个究竟。可是，走到车马混乱的闹市，尘土飞扬，两个道士突然就不见了。到底还是没搞清他们是鬼还是神仙。

【原典】

理所必无者，事或竟有；然究亦理之所有也，执理者自太固耳[①]。献县近岁有二事：一为韩守立妻俞氏，事祖姑至孝，乾隆庚辰[②]，祖姑失明，百计医祷，皆无验。有黠者绐以刲肉燃灯，祈神佑，则可速愈。妇不知其绐也，竟刲肉燃之。越十馀日，祖姑目竟复明。夫受绐亦愚矣，然惟愚故诚，惟诚故鬼神为之格。此无理而有至理也。一为丐者王希圣，足双挛[③]，以股代足，以肘撑之行。一日，于路得遗金二百，移橐匿草间，坐守以待觅者。俄商家主人张际飞仓皇寻至，叩之。语相符，举以还之。际飞请分取，不受。延至家，议养赡终其身。希圣曰："吾形残废，天所罚也。违天坐食，将必有大咎。"毅然竟去。后困卧裴圣公祠下，（裴圣公不知何时人，志乘亦不能详。士人云，祈雨时有验。）忽有醉人曳其足，痛不可忍。醉人去后，足已伸矣，由是遂能行。至乾隆己卯乃卒[④]。际飞故先祖门客，余犹及见。自述此事甚详。盖希圣为善宜受报，而以命自安，不受人报，故神代报焉。非似无理而亦有至理乎！

戈芥舟前辈尝载此二事于县志，讲学家颇病其语怪。余谓芥舟此志，惟乩仙联句及王生殇子二条，偶不割爱耳。全书皆体例谨严，具有史法。其载此二事，正以见匹夫匹妇，足感神明，用以激发善心，砥砺薄俗，非以小说家言滥登舆记也。汉建安中，河间太守刘照妻葳蕤锁事，载《录异传》[⑤]；晋武帝时，河间女子剖棺再活事，载《搜神记》。皆献邑故实，何尝不删薙其文哉[⑥]！

【注释】

①固：墨守成规。

②乾隆庚辰：乾隆二十五年（1760 年）。

③挛：手脚蜷曲伸不开。

④乾隆己卯：乾隆二十四年（1759 年）。

⑤《录异传》：南朝宋时的志怪传奇小说，作者佚名。

⑥删薙（tì）：删除。

【译文】

按情理必定不存在的，事实上有时竟产生了；但探究下去还是能找出情理来的，只是因为执着情理的人过于顽固罢了。献县最近有两件事：一件是韩守立的妻子俞氏，侍奉祖婆婆尽孝。乾隆二十五年，祖婆婆失明，俞氏千方百计为她医治、祈祷，都不见效果。有个奸黠的人欺哄她，说割下自己的肉点灯，祈神保佑，就可以速愈。俞氏不知道这是在欺哄她，竟真的割肉燃灯。过了十多天，祖婆婆的眼镜竟然复明。受欺哄是愚蠢的，然而正是由于愚蠢所以才真诚，因为真诚鬼神才被感动而显灵。这是看上去没有道理的事，却又最有道理。另一件事是乞丐王希圣，他的双足蜷曲不能伸直，以大腿代替脚，以胳膊撑地行走。有一天，他在路上拾得别人丢失的二百两银子，便把钱袋藏在干草中，坐等丢钱的人。一会儿，商家主人张际飞仓皇地找来，叩问王希圣。王希圣听他说的钱数符合，便把钱还给了他。张际飞要把银子分给他一半，王希圣不收。张际飞请他到家中，要为他养老。王希圣说："我身体残废，是上天的惩罚。违背天意吃闲饭，将要有大祸。"说完毅然离去。后来他倒在裴圣公祠下走不了，（裴公不知道是什么时候的人，当地的史料里也没有记载。当地人说，向他祈雨有时灵验。）忽然有一醉酒之人拽他的脚，痛不可忍。醉人离开后，他的腿已能伸直，从此就能行走了。王希圣到乾隆二十四年死去。张际飞过去是我先祖的门客，我还见过他。他讲述此事很详细。王希圣做善事应该受好报，却安身知命，不受人报，所以神灵代为报答他。这不是看似无理却又很有道理吗？

前辈戈芥舟曾在县志中记载了这两件事，讲学家们责备他记载这种怪事。我认为芥舟修的县志，惟有乩仙联句及王生亡子这两条是他不肯割爱的。全书体例谨严，具有史学家的笔法。书中记载的这两件事，正好说明匹夫匹妇的行为足以感动神明，这可以用来激发善心，砥砺薄情的风俗，不是小说家的胡编乱造。汉代建安年间，河间太守刘照的妻子赠太守葳蕤锁的故事，记录在《录异传》中；晋武帝时，河间女子开棺复活的事，载于《搜神记》。这两个故事都发生在献县，不也没有删除这些文字。

卷八　如是我闻二

【原典】

从兄旭升言：有丐妇甚孝其姑，尝饥踣于路，而手一盂饭不肯释，曰："姑未食也。"自云初仅随姑乞食，听指挥而已。一日，同栖古庙，夜闻殿上厉声曰："尔何不避孝妇，使受阴气发寒热？"一人称手捧急檄，仓卒未及睹。又闻叱责曰："忠臣孝子，顶上神光照数尺。尔岂盲耶？"俄闻鞭箠呼号声，久之乃寂。次日至村中，果闻一妇馌田，为旋风所扑，患头痛。问其行事，果以孝称。自是感动，事姑恒恐不至云。

【译文】

堂兄旭升说：有个要饭的女乞丐，对婆婆很孝顺，曾饿倒在路旁，手里捧着一碗饭，却决不肯吃一口，说："婆母还没有吃呢。"她说，当初是跟婆婆一起讨饭的，只是听婆婆的吩咐行事。一天，她们一起住在一座古庙里，半夜时分，忽然听见殿堂之上有人厉声说："你为什么不避开孝妇，让她受了阴气得了病？"另一人说我手里拿着紧急檄文，仓促间没有看见她。又听到斥责道："忠臣孝子，头顶上必定有数尺高的神光照耀。你难道是瞎子，没有看见吗？"不一会儿，便传来棍棒打在人身上的声音和呼号喊痛的声音，好久才安静下来。第二天，她们进了村，果然听说有个女子到田里送饭时被旋风吹着了，患了头痛病。问及她的日常为人，果真是以孝著称。要饭的女乞丐为此深深感动，更加精心地侍奉婆婆，常恐照顾不周。

【原典】

西城将军教场一宅，周兰坡学士尝居之。夜或闻楼上吟哦声，知为狐，弗讶也。及兰坡移家，狐亦他徙。后田白岩僦居，数月狐乃复归。白岩祭以酒脯，并陈祝词于几曰："闻此蜗庐[①]，曾停鹤驭[②]。复闻飘然远引，似桑下浮图[③]。鄙人匏系一官，萍飘十载，拮据称贷，卜此一廛。数夕来欬笑微闻，似仙舆复返。岂鄙人德薄，故尔见侵？抑夙有因缘，来兹聚处欤？既承惠顾，敢拒嘉宾！惟冀各守门庭，使幽明异路，庶均归宁谧，异苔不害于同岑。敬布腹心，伏惟鉴烛。"

次日楼前飘堕一帖云："仆虽异类，颇悦诗书雅，不欲与俗客伍。此宅数十年皆词人栖息，惬所素好，故挈族安居。自兰坡先生翛然舍我[④]，后来居者，目不胜驵侩之容⑤，耳不胜歌吹之音，鼻不胜酒肉之气。迫于无奈，窜迹山林。今闻先生山蘿之季子⑥，文章必有渊源，故望影来归，非期相扰。自今以往，或检书獭祭，偶动芸签⑦；借笔鸦涂，暂磨鸜眼⑧。此外如一毫陵犯，任先生诉诸明神。愿廓清襟，勿相疑贰。"末题"康默顿首顿首"。从此声息不闻矣。白岩尝以此帖示客，斜行淡墨，似匆匆所书。

或曰："白岩托迹微官，滑稽玩世，故作此以寄诙嘲。寓言十九，是或然欤?"然此与李庆子遇狐叟事大旨相类，不应俗人雅魅，叠见一时，又同出于山左。或李因田事而附会，或田因李事而推演？均未可知。传闻异词，姑存其砭世之意而已。

【注释】

①蜗庐：蜗牛居住的房子，比喻房间极为狭小。

②鹤驭：仙人多骑鹤，这里以狐为仙，是对狐仙的敬称。

③桑下浮图：原意指佛不在同一棵桑树下连宿三个夜晚，不然会因时日既久而心生留恋。这里指漂移不定。

④恝（jiá）然：指淡然，无动于衷。

⑤驵（zǎng）侩：旧时马匹交易的经纪人，泛指市场经纪人。

⑥季：兄弟姐妹排行最小的。

⑦芸签：指图书。

⑧鸜（qú）眼：安徽的名砚。鸜，一种鸟，羽毛美丽，羽长，嘴短而尖。

【译文】

在西城将军教场中有一所住宅，周兰坡学士曾经居住过。夜里有时听到楼上吟诵的声音，他知道是狐仙，并不惊讶。等到周兰坡搬家，狐仙也搬往别处。后来田白岩租下这处住房，住了几个月，狐仙也重新回来了。田白岩用酒和干肉祭祀，并且在几桌上陈列祝词说："我听说在这简陋的庐舍，曾经停留过仙人的车驾。又听说飘然远去，似是沙门佛子云游四方。鄙人微末一官，就像浮萍的飘泊，到现在已经十年，手头拮据，向人借贷，才租了这一处住房。几个晚上以来，微微听到咳嗽和笑声，似乎仙人的车驾回来了。难道是鄙人的德行浅薄，使您受到侵扰？或者是过去有缘分，来这里相聚呢？既然承蒙惠顾，怎敢拒绝嘉宾！只是希望各守门庭，使得阴阳两界能够相安无事，就像不同种类的苔藓并不妨碍同在一山生长。恭敬地陈述心腹之言，请予明察。"

第二天，楼前飘落下来一张帖子说："在下虽然异于人类，却很喜爱诗书，不愿同俗客为伍。这所宅子几十年来都是文人雅士寄居之所，同我素来所爱好的相投合，所以携带家族安然住下。自从兰坡先生舍我而去，后来居住的人，我实在是眼中不能承受他们市侩的容貌，耳内不能承受他们唱歌吹奏吵闹的声音，鼻内不能承受他们酒肉污浊的气息。迫于无奈，遁迹到了山林里。现今听得先生是山薑先生的小儿子，您的文章必然有师承，所以望影归来，不是有意相扰。从今以后，可能有时会翻检您的书稿，偶尔抽动书签；也许借您的笔墨纸砚写写画画。除此之外，如果有一丝一毫的侵犯，任凭先生诉之于神明。我的心愿已表白清楚，恳请不要猜忌疑心。"末了题"康默顿首顿首"。从此不再听到声音了。田白岩曾经把这张帖子给客人看，上面字行倾斜，墨色浅淡，像是匆匆所书写的。

有人说："田白岩寄身于微末的官职，滑稽玩世，故意编造此事用来诙谐嘲弄。这十有八九是寓言，是这样吧？"然而这件事同李庆子遇狐叟的事情大意相类似，不愿与尘俗之士为伍的风雅精怪，几乎同时出现，又同出于山东。

是李因田的事情而附会，还是田因为李的事情而推演？都不可知。传闻中总会有不同的说法，姑且保存它针砭世事的意思而已。

【原典】

族兄次辰言：其同年康熙甲午孝廉某[1]，尝游嵩山，见女子汲溪水。试求饮，欣然与一瓢；试问路，亦欣然指示。因共坐树下语，似颇涉翰墨，不类田家妇。疑为狐魅，爱其娟秀，且相款洽[2]。女子忽振衣起曰："危乎哉！吾几败。"怪而诘之。赧然曰[3]："吾从师学道百馀年，自谓此心如止水。师曰：'汝能不起妄念耳，妄念故在也。不见可欲故不乱，见则乱矣。平沙万顷中，留一粒草子，见雨即芽。汝魔障将至，明日试之，当自知。'今果遇君，问答留连，已微动一念；再片刻则不自持矣。危乎哉！吾几败。"踊身一跃，直上木杪[4]，瞥如飞鸟而去。

【注释】

①康熙甲午：康熙五十三年（1714 年）。

②款洽：亲切，亲密。

③赧（nǎn）然：羞愧难为情的样子。

④木杪：树梢。

【译文】

族兄次辰说：有一个与他同在康熙五十三年被举为孝廉的人，这人曾经游历嵩山，看见一个女子正在溪边打水。就试探着向她讨水喝，那女子很痛快地给了他一瓢；又试着问路，她也爽快地予以指示。于是他和她坐在树下谈话，那女子似乎很有些修养，绝非农家女子。他疑心是狐魅，却又爱恋她俏丽风雅，与她渐渐谈得融洽。忽然女子拂衣而起，说："太危险了！我几乎前功尽弃！"他有些奇怪，问她怎么了。女子羞红了脸说："我随师父学道已有一百多年了，自以为心如止水。师父说：'你不起邪念，可邪念仍在你心里。只是看不到你想要的，心才不乱，等你看到了，心也就乱了。就像万顷平沙之中留下一粒草籽，有雨水便会发芽。你的魔障将至，明天检验一下，你自己就会明白的。'今天果然遇见你，问答间已有所留恋，心神也微微动摇了；再过片刻，恐怕就不能自持了。真是太危险了，我差点儿坏事！"言毕便纵身一跃，直上树梢，转眼间已如飞鸟般远去了。

【原典】

道士王昆霞言：昔游嘉禾，新秋爽朗，散步湖滨。去人稍远，偶遇宦家废圃。丛篁老木，寂无人踪。徙倚其间，不觉昼寝。

梦古衣冠人长揖曰："岑寂荒林，罕逢嘉宾；既见君子，实慰素心。幸勿以异物见摈。"心知是鬼，诘所从来。曰："仆耒阳张湜①，元季流寓此邦，殁而旅葬。爱其风土，无复归思。园林凡易十馀主，栖迟未能去也。"问："人皆畏死乐生，何独耽鬼趣？"曰："死生虽殊，性灵不改，境界亦不改。山川风月，人见之，鬼亦见之；登临吟咏，人有之，鬼亦有之。鬼何不如人？且幽深险阻之胜，人所不至，鬼得以魂游；萧寥清绝之景，人所不睹，鬼得以夜赏。人且有时不如鬼。彼夫畏死而乐生者，由嗜欲撄心，妻孥结恋，一旦舍之入冥漠②，如高官解组③，息迹林泉，势不能不戚戚。不知本住林泉者，耕田凿井，恬熙相安，原无所戚戚于中也。"问："六道轮回，事有主者，何以竟得自由？"曰："求生者如求官，惟人所命。不求生者如逃名，惟己所为。苟不求生，神不强也。"又问："寄怀既远，吟咏必多。"曰："兴之所至，或得一联一句，率不成篇。境过即忘，亦不复追索。偶然记忆，可质高贤者，才三五章耳。"因朗吟曰："残照下空山，暝色苍然合。"昆霞击节。又吟曰："黄叶——"

甫得二字，忽闻噪叫声，霍然而寤。则渔艇打桨相呼也。再倚柱瞑坐，不复成梦矣。

【注释】

①耒（lěi）阳：位于今湖南衡阳东南部。

②冥漠：指阴间。

③解组：解绶，辞免官职。

【译文】

道士王昆霞说：昔日游历嘉禾，正值新秋，天气爽朗，便在湖滨散步。走到稍稍僻远的地方，偶尔进到了一处官宦人家的废园。园中草木丛生，荒寂无人。逛着逛着便找了个地方休息，打了个盹。

梦中看见一个身着古时衣装的人，作了一个长揖，说道："在静僻荒芜的园林，难得遇见您这样的贵宾；今天见到君子，实在满足了我的心愿。请不要因为我是异类而排拒我"。王昆霞知道对方是鬼，便问他的来历。那人说："我本是耒阳县的张湜，元末流落至此，死后便葬在这里。因为深爱此地的风土，就不想再回去了。这个园林曾先后换过十几位主人，可我仍旧迟迟不肯离去。"王昆霞问："人都是怕死而喜欢活着的，你却为何喜爱鬼界呢？"他答："对于一个人来说，生死虽不同，但性情却不会改变，精神境界也不会改变。山川风月，人能见，鬼也能见；登高远望吟诵，人可以，鬼也可以。鬼又为何不如人呢？况且幽深险阻的胜境，人到不了，但鬼却可以去游历；寂寥清绝的佳景，人看不到，而鬼却可以深夜赏玩。有时，人还是不如鬼的。那些怕死乐生的人，因嗜欲而乱了心神，又眷恋妻儿，一旦抛舍这些，进入冥冥之中，便如同为官者被罢职，隐遁山林，势必心中凄然。他们并不知道本来住在山林之中的人，平素耕田凿井，恬淡安适，心中原本就没有什么忧伤。"王昆霞又问："世间六道轮回，其中各有主事的神明，你又怎么竟得以如此逍遥自在呢？"他回答说："求生就如同求官，只好听从别人的命运。不求生的就像逃避名声，可以听凭自己所为。假若真不想转生，神明也不会强求。"王昆霞又问："既然足下的胸襟如此高远，那吟咏之作一定很多了。"他回答说："兴之所至，也偶得一联半句，但大都不成篇幅。境过就忘，也就不再刻意追忆了。偶然记得可供您这样的高贤品评的，也只是三五章而已。"继而朗声吟道："残照下空山，暝色苍然合。"王昆霞击节称赞，他又吟："黄叶——"

刚吟了这两字，忽然响起吵闹吆喝声，王昆霞霍然惊醒，原来是渔父划着小船互相呼唤的声音。等到他再倚偎着树闭眼打盹时，却再不能入梦了。

【原典】

伊犁城中无井，皆出汲于河。一佐领曰："戈壁皆积沙无水，故草木不生。今城中多老树，苟其下无水，树安得活。"乃拔木就根下凿井，果皆得泉，特汲须修绠耳[①]。知古称雍州厚土水深，灼然不谬[②]。徐舍人蒸远曾预斯役，尝为余言。此佐领可云格物。蒸远能举其名，惜忘之矣。后乌鲁木齐筑

城时，鉴伊犁之无水，乃卜地通津以就流水。余作是地杂诗，有曰：“半城高阜半城低，城内清泉尽向西。金井银床无用处[③]，随心引取到花畦。”记其实也。然或雪消水涨，则南门为之不开。

又北山支麓，逼近谯楼，登冈顶关帝祠戏楼，则城中纤微皆见。故余诗又曰：“山围芳草翠烟平，迢递新城接旧城[④]。行到丛祠歌舞处，绿氍毹上看棋枰[⑤]。”巴公彦弼镇守时，参将海起云请于山麓坚筑小堡，为犄角之势。巴公曰：“汝但能野战，殊不知兵。北山虽俯瞰城中，然敌或结棚，可筑炮台仰击。火性炎上，势便而利，地势逼近，取准亦不难。彼决不能屯聚也。如筑小堡于上，兵多则地狭不能容，兵少则力弱不能守。为敌所据，反资以保障矣。”诸将莫不叹服。因记伊犁凿井事，并附录之。

【注释】

①修绠（gěng）：汲水用的绳子。

②灼然：明显、显然。

③金井银床：指井栏。

④迢递：邈远的样子。

⑤氍毹（qú shū）：用毛织成的地毯。棋枰：棋盘，棋局。

【译文】

伊犁城里没有水井，人们都出城到河里面汲水。有一个佐领说：“戈壁都是堆积的沙子，没有水，所以草木不生。现今城里有许多老树，假如下面没有水，树怎么能活？”于是拔起老树，就它的树根往下凿井，果然都挖到了泉水，只是汲水的绳索要用长一点儿的罢了。因此知道古代称雍州土厚水深，显然是不错的。舍人徐蒸远曾经参与这件事，有一次对我说起过。这个佐领可以说是能够推究事物的原理。徐蒸远能说出他的姓名，可惜我已经忘记了。后来乌鲁木齐修筑城池时，鉴于伊犁以前没有水，于是选择通向湿润的地方以接近流水。我的乌鲁木齐杂诗中有道：“半城高阜半城低，城内清泉尽向西。金井银床无用处，随心引取到花畦。”记载的是当时的实情。然而如果雪消水涨，城的南门就不能开了。

此外，北山旁支山脚逼近城门的瞭望楼，登上山冈顶上的关帝祠戏楼，城里的一切都看得清清楚楚。所以我的乌鲁木齐杂诗中又说：“山围芳草翠烟平，迢递新城接旧城。行到丛祠歌舞处，绿氍毹上看棋枰。”巴彦弼公镇守这里时，参将海起云请求在山脚下修筑一个坚固的堡垒，成为互相声援的犄角之势。巴公说：“你只擅长在旷野里交战，实在不知道兵法。这座山虽然可以俯视城中，但是敌人如果在山上构结栅栏，就可以筑起炮台仰击。火性向上燃烧，地形对我方有利，地势逼近，瞄准也不难，他们决不能屯结聚集。如果修筑一个小的堡垒在上面，兵多了则地方狭小不能容纳，兵少了则力量薄弱不能守卫。如果被敌人所占据，反而为他们提供了一个据点。”众将领无不感叹佩服。于是记伊犁凿井的事情，一并把这件事附带记录了下来。

【原典】

老儒刘挺生言，东城有猎者，夜半睡醒，闻窗纸淅淅作响。俄又闻窗下窸窣声，披衣叱问，忽答曰：“我鬼也。有事求君，君勿怖。”问其何事。曰：“狐与鬼自古不并居，狐所窟穴之墓，皆无鬼之墓也。我墓在村北三里许，狐乘我他往，聚族据之，反驱我不得入。欲与斗，则我本文士，必不胜。欲讼诸土神，即幸而得申，彼终亦报复，又必不胜。惟得君等行猎时，或绕道半里，数过其地，则彼必恐怖而他徙矣。然倘有所遇，勿遽殪获[①]，恐事机或泄，彼又修怨于我也。”猎者如是言。后梦其来谢。夫鹊巢鸠据，事理本直。然力不足以胜之，则避而不争；力足以胜之，又长虑深思而不尽其力。不求幸胜，不求过胜，此其所以终胜欤！孱弱者遇强暴，如此鬼可矣。

【注释】

①殪（yì）获：捕杀。

【译文】

老儒刘挺生说：东城有个猎户，半夜里醒来，听见窗纸淅淅作响。过了一会儿，又听到窗下有窸窸窣窣的响声，便披衣起来，大声呵问来者何人。只听到外面回答道："我是一个鬼，有事向您求助，请您千万不要害怕。"猎人问他有什么事。鬼说："狐与鬼自古不住在一屋，狐狸住的墓穴都是没有鬼的。我的坟在村北三里多地外，狐狸趁我不在，就聚族而居，反而把我驱赶出来。本想与之争斗，可我是个儒生，一定打不赢的。又想诉诸土神，即便幸而得以申冤，它们终究还要报复，最终等于没打赢。只希望您在打猎时，或者能绕道半里，从那里经过几次，它们就必定惊恐，搬到别处去。但是，倘若您遇到它们，请不要立时捕杀。恐怕泄露了消息，它们又要怨恨我。"猎户按他的话办了。后来又梦见他来道谢。像这种鹊巢鸠据的事情，是非曲直本来很明显。然而，在他无力战胜对方时，就退避不与之争斗；在有力量战胜对方时，又深思熟虑而不赶尽杀绝。他不追求侥幸制胜，也不希求过分的胜利，这就是那鬼最终得胜的原因。弱者遇到强暴时，像这鬼一样做就可以了。

【原典】

族祖黄图公言：顺治康熙间，天下初定，人心未一。某甲阴为吴三桂谍，以某乙骁健有心计，引与同谋。既而枭獍伏诛[①]，鲸鲵就筑[②]，亦既洗心悔祸，无复逆萌。而来往秘札，多在乙处。书中故无乙名，乙胁以讦发，罪且族灭。不得已以女归乙，赘于家。乙得志益骄，无复人理，迫淫其妇女殆遍，乃至女之母不免；女之幼弟才十三四，亦不免。皆饮泣受污，惴惴然恐失其意。甲抑郁不自聊，恒避于外。一日，散步田间，遇老父对语，怪附近村落无此人。老父曰："不相欺，我天狐也。君固有罪，然乙逼君亦太甚，吾窃不平。今盗君秘札奉还。彼无所挟，不驱自去矣。"因出十馀纸付甲。甲验之良是，即毁裂吞之，归而以实告乙。乙防甲女窃取，密以铁瓶瘗他处[③]。潜往检视，果已无存。乃踉跄引女去。女日与诟谇，旋亦仳离[④]。后其事渐露，两家皆不齿于乡党，各携家远遁。

夫明季之乱极矣，圣朝荡涤洪炉，拯民水火。甲食毛践土已三十馀年[5]，当吴三桂拒命之时，彼已手戮桂王[6]，断不得称楚之三户[7]。则甲阴通三桂，亦不能称殷之顽民。即阖门骈戮，亦不为冤。乙从而污其闺帏，较诸荼毒善良，其罪似应未减，然乙初本同谋，罪原相埒；又操戈挟制，肆厥凶淫，罪实当加甲一等。虽后来食报，无可证明，天道昭昭，谅必无幸免之理也。

【注释】

①枭獍（jìng）：传说中吞吃亲鸟、亲兽的禽和兽，这里指不孝之人。

②鲸鲵：原指鲸鱼，这里指凶恶的敌人。就：走进，靠近。筑：捣土的杵，棍棒。

③瘗（yì）：埋藏。

④仳（pǐ）离：夫妻离散，特指妻子被遗弃而离去。

⑤食毛践土：指吃的事物和居住的土地都是国君所有。

⑥桂王：朱由榔（1623—1662），南明最后一个皇帝，被清军逼到缅甸，被缅甸王收留。

⑦楚之三户：典出《史记·项羽本纪》："楚虽三户，亡秦必楚。"后指决心复仇报国的人。

【译文】

族祖黄图公说：顺治、康熙年间，天下初定，民心还没安定下来。有位某甲暗中给吴三桂做间谍，他觉得某乙强健勇敢又很有谋略，就招某乙做了同谋。不久，吴三桂遭到诛杀，他手下的干将们也全部落网处死。某甲决定洗心革面，不再谋逆朝廷。可是，他与某乙的往来密信，很多都在某乙那里。密信中没有乙的姓名，乙用这些密信威胁要告发甲，如果真要告发，甲的罪行是要灭族的。甲迫不得已，将自己的女儿许配给了乙，把乙赘入家中养起来。乙春风得意，日益骄横，根本不遵行伦理人道，胁迫奸淫甲家的女性，所有妇女几乎被他淫遍，连岳母也没有幸免，甚至连才十三四岁的妻弟也遭到乙的奸淫。全家老幼都饮泪受辱，还每日惴惴不安，唯恐他不顺心。甲抑郁忧闷，实在过不下去，常一人躲避出去。有一天，他在田间散步，遇到一位老翁和他交谈。他见老翁从没在附近村落中出现过，感到很奇怪。老翁说："实不相瞒，我是天界的狐仙。先生固然有罪，然而乙也逼人太甚了，我心中很不平。现在把密信盗来，奉还给你。他失去威胁的根据，就会不驱自逃了。”说完，拿出十几张纸交给甲。甲一看，正是他给乙所写的密信，立即撕碎，吞入腹中。甲回家后，将事情真相直接了当地告诉了乙。原来，乙为了防止甲女盗取密信，已经把密信藏在铁瓶中，埋在了一个没人知道的隐避地方。听甲这样说，不大相信，自己偷偷前去检查，密信果然已经没有了。于是慌慌张张地带着甲的女儿离开了甲家。甲的女儿天天和乙争吵辱骂，很快就离开了乙。后来，甲乙的事情逐渐泄露出去，两家场被乡亲们看不起，都各自携家远逃外地。

明朝末年的混乱达到极点，圣明的大清朝平定乱世，把百姓从水深火热中拯救出来。甲蒙受君恩已经三十多年，吴三桂抗拒朝命时反戈杀了桂王，绝对称不上是秦朝热爱故国的楚之三户。甲暗通吴三桂，也称不上周代留恋故国的殷之顽民。甲就是全家伏诛，也不算是冤枉。乙乘机污辱甲家全家每一个人，罪恶似乎并不应该轻于祸害善良人家；可是，乙当初本就是甲的同谋，罪恶与甲是相等的；乙又捏着把柄挟制甲，放肆奸淫，罪恶实际上应该加甲一等。虽然乙后来得到什么恶报还不清楚，但是天道昭昭，谅他必定不会有幸免遭报的道理。

【原典】

昌吉遣犯彭杞，一女年十七，与其妻皆病瘵。妻先殁，女亦垂尽。彭有官田耕作，不能顾女，乃弃置林中，听其生死。呻吟凄楚，见者心恻。同遣者杨熺语彭曰：“君大残忍，世宁有是事！我愿舁归疗治[①]，死则我葬，生则为我妻。”彭曰：“大善。”即书券付之。越半载，竟不起。临殁，语杨曰：“蒙君高义，感沁心脾。缘伉俪之盟，老亲慨诺，故饮食寝处，不畏嫌疑；搔仰抚摩，都无避忌。然病骸憔悴，迄今未能一荐枕衾，实多愧负。若殁而无鬼，夫复何言；若魂魄有知，当必有以奉报。”呜咽而终。杨涕泣葬之。葬后，夜夜梦女来，狎昵欢好，一若生人；醒则无所睹。夜中呼之，终不出；才一交睫，即弛服横陈矣。往来既久，梦中亦知是梦，诘以不肯现形之由。曰：“吾闻诸鬼云：人阳而鬼阴，以阴侵阳，必为人害。惟睡则敛阳而入阴，可以与鬼相见。神虽遇而形不接，乃无害也。”此丁亥春事[②]，至辛卯春四年矣③。余归之后，不知其究竟如何。

夫卢充金碗④，于古尝闻；宋玉瑶姬⑤，偶然一见。至于日日相觌，皆在梦中，则载籍之所希睹也。

【注释】

①舁（yú）：抬。

②丁亥：乾隆三十二年（1767年）。

③辛卯：乾隆三十六年（1771年）。

④卢充金碗：据晋朝干宝《搜神记》卷十六载：范阳卢充与崔少府女幽婚。别后四年，三月三日，充于水旁遇二犊车，见崔氏女与三岁男共载。女抱儿还充，又与金碗，并赠诗曰："……何以赠余亲？金碗可颐儿。"后因以借指殉葬的器物。

⑤瑶姬：中国古代神话中的巫山女神，也称巫山之女，传说为天帝之女。一说为王母娘娘之女，本名瑶姬，在消灭十二恶龙之后又助大禹治水，而又更怜惜百姓而化作神女峰守护大地。二说为炎帝（赤帝）之女，本名瑶姬（也写作"姚姬"），未嫁而死，葬于巫山之阳，因而为神。

【译文】

昌吉的流放犯彭杞，有个十七岁的女儿，这个女儿与她母亲都得了痨病，她母亲先去世，她也性命垂危。彭杞自己需要耕种官田，不能照顾女儿，竟然把她抛弃在林中，任其生死。彭女痛苦呻吟，凄惨悲凉，见的人心里都很难过。同时被流放的犯人杨熺对彭杞说："你为人父，太残忍了，世间哪有这样的事！我愿意把她抬回去治病，如果死了就由我埋葬，如果治好了我就娶她为妻。"彭杞说："那就太好了。"于是当场书写字据，交给杨熺。杨熺将彭女接回去，治疗了半年，到底还是没能挽救她的生命。彭女临终前对杨熺深情地说："承蒙郎君的高义厚恩，我的感激之情已经沁透心脾。由于结了伉俪盟约，老父亲口许诺我为你的妻子，所以半年来饮食就寝没有避嫌，抚摩搔痒都不避忌。可是，因我得病的身体憔悴不堪，至今还没对郎君尽一次床席上的为妻义务，实在是惭愧地负了郎君太多。如果人死后不存在鬼魂，也就罢了；如果有灵魂，我必定前来奉报郎君。"说完呜咽着去世了。杨熺也很伤心，流着泪埋葬了她。从此以后，他每夜都梦见彭女前来，与他亲密合欢，就像活人一样；醒来以后，却什么都看不见。他夜间呼唤彭女，彭女始终不出现；才一闭眼入睡，彭女就宽衣解带躺在身边。时间一长，梦中的杨熺也知道自己是在做梦了，于是就在梦中问她不肯现形的原因。彭女说："我听冥间的许多鬼魂对我说：人属于阳气，鬼属于阴气，用阴气侵凌阳气，必定给人造成祸害。只有人在入睡的时候，才收敛起阳气，进入阴气状态，可以与鬼魂相见。这时人的灵魂与鬼的灵魂接触，但身体不接触，对人没有害处。"这是丁亥年春天的事，到辛卯年春已经四年。我返回京城后，就不知后来怎么样了。

卢充金碗的故事，在古代曾有传闻；宋玉瑶姬，也只是偶然一见。至于日日相逢，皆在梦中，这在文献记载中也是很少有的。

卷九　如是我闻三

【原典】

诸桐屿言：其乡旧家有书楼，恒镢钥[①]。每启视，必见凝尘之上有女子足迹，纤削仅二寸有奇，知为鬼魅。然数十年寂无形声，不知何怪也。里人刘生，性轻脱，妄冀有王轩之遇[②]。祈于主人，独宿楼上。具茗果酒肴，焚香切祝[③]，明烛就寝。屏息以伺，亦无所见闻，惟渐觉阴森之气砭入肌骨，目能视，耳能听，而口不能言，四肢不能动。久而寒沁肺腑，如卧层冰积雪中，苦不可忍。至天晓，乃能出语，犹若冻僵。至是无敢复下榻者。此怪形踪可云隐秀，即其料理刘生，不动声色，亦有雅人深致也矣。

【注释】

①镢钥（jué yuè）：锁和钥匙。

②王轩：字公远，文宗大和时登进士第，曾为幕府从事，颇有才思，少即能诗，尤善题咏，尝游苧萝山，题诗西施石，据传曾经与西施邂逅。

③切祝：恳切祝祷。

【译文】

诸桐屿说：他的家乡某个大户人家有一座藏书楼，经常锁着门。每次打开进去，都会看到积尘上有女子的脚印，纤细瘦削，只有二寸多长，人们知道屋里有鬼怪。但几十年来从未现形出声，也不清楚到底是什么鬼怪。村里有个刘生，为人轻佻放荡，妄想有王轩那样的艳遇。他请求主人让他独自住在书楼上。刘生备好茶果酒菜，焚香认真祷告，然后不熄灯烛就躺下。屏着呼吸等鬼来，但他什么也没看到，什么也没听到，只是渐渐觉得有阴森之气直刺肌骨，眼睛能看，耳朵能听，但嘴不能说话，四肢不能动。时间长了，觉得寒气渗透肺腑，好像躺在层冰积雪之中，痛苦得难以忍受。直到天亮，刘生才能说话，但已经像是冻僵了一般。从此就再没有人敢在书楼睡觉了。这个鬼的行踪称得上是幽雅含蓄，从她不动声色地处置刘生看，还真有雅人的风致啊！

【原典】

先师赵横山先生，少年读书于西湖，以寺楼幽静，设榻其上。夜闻室中窸窣声，似有人行，叱问："是鬼是狐？何故扰我？"徐闻嗫嚅而对曰："我亦鬼亦狐。”又问：“鬼则鬼，狐则狐耳，何亦鬼亦狐也？”良久，复对曰：“我本数百岁狐，内丹已成，不幸为同类所搤杀，盗我丹去。幽魂沉滞，今为狐之鬼。”问：“何不诉诸地下？”曰：“凡丹由吐纳导引而成者，如血气附形，融合为一，不自外来，人勿能盗也；其由采补而成者，如劫夺之财，本非己物，故人可杀而吸取之。吾媚人取精，所伤害多矣。杀人者死，死当其罪，虽诉神，神不理也。故宁郁郁居此耳。”问：“汝居此楼，作何究竟？”曰：“本匿影韬声，修太阴炼形之法。以公阳光薰铄，阴魄不宁，故出而乞哀，求幽明各适。”言讫，惟闻搏颡声①，问之不复再答。先生次日即移出。尝举以告门人曰：“取非所有者，终不能有，且适以自戕也。可畏哉！”

【注释】

①搏颡（sǎng）：磕头，扣头。

【译文】

我已故的老师赵横山先生，年轻时在西湖边读书。因寺院楼上幽静，就在楼上安置了床铺。夜里听到室内有窸窸窣窣的声音，像是有人走动，就厉声喝问道：“是鬼还是狐？为什么来骚扰我？”慢慢听到轻声而迟疑的回答：“我既是鬼，又是狐。”又问道：“鬼就是鬼，狐就是狐，怎么会又是鬼又是狐呢？”过了好久，才又回答说：“我原是几百年的老狐，内丹已经炼成，不幸被我的同类扼死，盗走了我的丹。我的灵魂滞留在这里，就成狐狸界的鬼了。”又问道：“为何不到阴司告状呢？”答道：“凡是通过吐纳导引而炼成的丹，就如血、气附着于人身一样，融合为一体，不是外来之物，别人是盗不走的；而通过采补之术炼成的丹，就像抢劫来的财宝，本来就不是自己的东西，所以别人可以杀死你而把丹吸走。我媚惑人而取其精气，被我伤害的人很多。杀人者该杀，我的死是罪有应得，即使向神明告状，神明也不会审理的。因此宁可悲悲切切地住在这里。”又问道：“你住在这楼上，有什么打算？”答道：“本打算销声匿迹，修炼太阴炼形之法。因为您阳气很盛，熏烤得我阴魂不宁，所以出来向您哀求，请让我们各自到适合自己的地方吧。”说完，只听到磕头的声音，再问它就不再回答了。先生第二天就搬了出来。他曾举这件事为例，告诫学生道：“谋取不该属于你的东西，最终还是得不到的，而且刚巧是自己害了自己。多么可怕啊！”

【原典】

沧州刘太史果实，襟怀夷旷，有晋人风。与饴山老人、莲洋山人皆友善[①]，而意趣各殊。晚岁家居，以授徒自给。然必孤贫之士，乃容执贽。脩脯皆无几[②]，箪瓢屡空[③]，晏如也。尝买米斗馀，贮罂中，食月馀不尽，意甚怪之。忽闻檐际语曰：“仆是天狐，慕公雅操，日日私益耳，勿讶也。”刘诘曰：“君意诚善。然君必不能耕，此粟何来？吾不能饮盗泉也[④]，后勿复尔。”狐叹息而去。

【注释】

①饴山老人：赵执信（1662—1744），字伸符，号秋谷，晚号饴山老人、知如老人，清代诗人、诗论家、书法家。莲洋山人：吴雯（1644—1704），字天章，号莲洋，清代诗人，著有《莲洋集》。

②脩（xiū）脯：旧时称送给老师的礼物或酬金。

③箪瓢：指剩饭食的箪和盛饮料的瓢，亦借指饮食。

④盗泉：古泉名，在今山东泗水县东北。据说县内共有泉水87处，惟有盗泉不流，其余都汇入泗河。古籍中记载："（孔子）过于盗泉，渴矣而不饮，恶其名也。"《淮南子》说："曾子立廉，不饮盗泉。"后遂称不义之财为"盗泉"，以不饮盗泉表示清廉自守，不苟取也不苟得。

【译文】

沧州太史刘果实，胸怀旷达，有晋人风度。和饴山老人、莲洋山人都是好朋友，但他们的性格兴趣却各不相同。晚年住在家里，靠教授学生养活自己。然而必须是孤苦贫穷的人，他才肯收作学生。学生送来的学费、礼物都不多，所以他时常粮米不继，但他却安然处之。曾经买了一斗多米，放在瓦罐里，吃了一个多月也没有吃光，心里觉得非常奇怪。忽然听到屋檐上有声音说道："我是天狐，尊敬您高尚的品德，就每天给您偷偷地加了一些米，您不必惊讶。"刘果实反问道："你的用意是好的。但你肯定不会耕作，这米是从哪里来的呢？我不能饮盗泉之水，以后不要再这样做了。"天狐叹息而去。

【原典】

福州学使署，本前明税珰署也[①]。奄人暴横[②]，多潜杀不辜，故至今犹往往见变怪。余督闽学时，奴辈每夜惊。甲申夏[③]，先姚安公至署，闻某室有鬼，辄移榻其中，竟夕晏然。昀尝乘间微谏，请勿以千金之躯与鬼角。因诲昀曰："儒者论无鬼，迂论也，亦强词也。然鬼必畏人，阴不胜阳也；其或侵人，必阳不足以胜阴也。夫阳之盛也，岂恃血气之壮与性情之悍哉？人之一心，慈祥者为阳，惨毒者为阴；坦白者为阳，深险者为阴；公直者为阳，私曲者为阴。故易象以阳为君子，阴为小人。苟立心正大，则其气纯乎阳刚，虽有邪魅，如幽室之中鼓洪炉而炽烈焰，冱冻自消。汝读书亦颇多，曾见史传中有端人硕士为鬼所击者耶？"昀再拜受教。至今每忆庭训[④]，辄悚然如侍左右也。

【注释】

①税珰署：宦官掌管税收的官署。珰，宦官的代称。

②奄人：古代称被阉割的男人，特指宦官。奄，同"阉"。

③甲申：乾隆二十九年。

④庭训：指接受父辈的教导。

【译文】

福州学使的官署，本来是明朝掌管税收的太监的官署。当年太监残酷专横，暗中在这里杀害了许多无辜的百姓，所以这个官署直到现在还常常出现怪异的事。我任福建学使时，仆人们常在夜里被鬼惊吓。乾隆二十九年夏天，先父姚安公到官署来，听到某个房间闹鬼，就把床搬进去睡，第一夜安然无事。我曾找机会劝告他，希望他不要拿宝贵的生命去和鬼作较量。先父教诲我说："儒家认为没有鬼神，这是迂腐的论调，也是强词夺理。但是鬼肯定怕人，因为阴不能胜阳。有的鬼能侵害人，是因为那人的阳气不足以抵御阴气。但所谓阳气昌盛，仅是靠身体的壮实和性格的强悍吗？人的心地，慈祥的为阳，惨毒的为阴；坦诚的为阳，阴险的为阴；公正刚直的为阳，自私卑鄙的为阴。所以《易经》以阳为君子，阴为小人。只要一个人心地光明正大，光明磊落，那么他就有纯粹的阳刚之气，即便有妖邪鬼魅，也如同在暗冷的房子里生起大炉子，燃起烈火，阴冷之气自然会消失。你读了那么多书，可曾见过史传中有品行端正的人被鬼怪所侵害的记载吗？"我深深下拜，领受教诲。时至今日，每每回忆起先父的教训就受到震动，就好像我依然站在他身旁一样。

【原典】

东州邵氏子，性佻荡。闻淮镇古墓有狐女甚丽，时往伺之。一日，见其坐田塍上，方欲就通款曲①，狐女正色曰："吾服气炼形②，已二百馀岁，誓不媚一人。汝勿生妄念。且彼媚人之辈，岂果相悦哉？特摄其精耳，精竭则人亡，遇之未有能免者。汝何必自投陷阱也！"举袖一挥，凄风飒然，飞尘眯目，已失所在矣。先姚安公闻之，曰："此狐乃能作此语，吾断其后必生天。"

【注释】

①款曲：殷勤。

②服气：道家养生延年之术，也称"吐纳"。炼形：道家中修炼形体。

【译文】

柬州邵家的公子行为放荡。他听说淮镇古墓中有很漂亮的狐女，就经常去悄悄等着。一天，他看见一个狐女坐在田埂上，正想过去搭话，狐女严正地说：“我服气炼形，已经二百多年了，发誓不媚惑一个人。你不要心生妄想。何况那些媚惑人的狐精，果真是出于相爱吗？不过是摄取你的精气罢了，精气衰竭，人就得死，遇上它们没有能幸免的。你又何必自投陷阱呢？”说完一挥袖子，凄风扑面，飞尘迷眼，狐女已不知去向。先父姚安公听了这个故事，说：“这个狐女能说出这种话，我断定她日后一定能升天。”

【原典】

献县李金梁、李金桂兄弟，皆剧盗也。一夕，金梁梦其父语曰：“夫盗有败有不败，汝知之耶？贪官墨吏，刑求威胁之财；神奸巨蠹，豪夺巧取之财；父子兄弟，隐匿偏得之财；朋友亲戚，强求诱诈之财；黠奴干役，侵渔干没之财；巨商富室，重息剥削之财；以及一切刻薄计较、损人利己之财，是取之无害。罪恶重者，虽至杀人亦无害。其人本天道之所恶也。若夫人本善良，财由义取，是天道之所福也；如干犯之，是为悖天，悖天者终必败。汝兄弟前劫一节妇，使母子冤号，鬼神怒视，如不悛改，祸不远矣。”后岁馀，果并伏法。

金梁就狱时，自知不免，为刑房吏史真儒述之。真儒余里人也，尝举以告姚安公，谓盗亦有道。又述巨盗李志鸿之言曰：“吾鸣骹跃马三十年[①]，所劫夺多矣，见人劫夺亦多矣；盖败者十之二三，不败者十之七八。若一污人妇女，屈指计之，从无一人不败者。”故恒以自戒其徒。盖天道祸淫，理固不爽云。

【注释】

①鸣骹（xiāo）：响箭。

【译文】

献县李金梁、李金桂两兄弟都是江洋大盗。一天晚上，李金梁梦见他的父亲对他说：“做强盗的人有的被捕，有的没有被捕，你知道这是为什么吗？凡是贪官污吏通过刑罚威逼得来的钱财；老奸巨猾的人通过巧取豪夺得来的钱财；父子兄弟通过隐瞒藏匿得来的钱财；朋友亲戚之间通过强求诈骗得来的钱财；狡猾的奴仆役官通过侵吞渔利得来的钱财；大商人和富足人家通过加重利息剥削得来的钱财；以及一切刻薄计较、损人利己的钱财，你可以放心去取而不必担心有什么祸害。那些罪恶深重的人，就算杀了他们也没什么大事。因为他们本来就是上天所厌恶的人。如果一个人本来很善良，钱财也是通过正当的方法而得的，是上天所保的；如果你侵犯了他，就是违背了天理，违背了天理就一定会失败。你们兄弟前不久抢劫了一个节妇，使得她们母子不停冤哭，鬼怪震怒，如果不思悔改，那么灾祸不久便会降临。”过了一年多，他们兄弟二人果然被抓处死了。

李金梁入狱后，自知不能被赦免，就对刑房吏史真儒讲述了这件事。史真儒是我的同乡，曾经把这件事告诉过姚安公，说强盗也有强盗必须遵循的规矩。又讲述了大盗李志鸿的话：“我做盗匪三十年，所抢劫的东西算多的，看别人抢劫的事也算多的；大概失败的有十分之二三，成功的有十分之七八。假若一旦污辱了妇女，仔细数来，没有一件不失败的。”所以他常用此来训戒他的手下。大概上天惩罚淫乱的人，这些按道理来说是不错的。

【原典】

胥魁有善博者[①]，取人财犹探物于囊，犹不持兵而劫夺也。其徒党密相羽翼，意喻色授，机械百出，犹臂指之相使，犹呼吸之相通也。騃竖多财者[②]，则犹鱼吞饵，犹雉遇媒耳。如是近十年，橐金巨万，俾其子贾于长芦，规什一之利。子亦狡黠，然冶荡好渔色。有堕其术而破家者，衔之次骨，乃乞与偕往，而阴导之为北里游。舞衫歌扇，耽玩忘归，耗其资十之九。胥魁微有所闻，自往检校，已不可收拾矣。论者谓是虽人谋，亦有天道：仇者之动此念，殆神启其心欤？不然，何前愚而后智也！

【注释】

①胥魁：官府差役的头目。

②騃（ái）竖：笨蛋，傻瓜。

【译文】

有个官府差役的头目擅长赌博，赢别人的钱就好像到自己口袋里取东西，就像不持兵器的抢劫。他和下属同党私下相互勾结，在赌场上暗示授意，狡诈万端，配合得就像指挥自己的手臂手指，就像呼吸相通。那些头脑蠢笨的有钱人，就像鱼吞食诱饵，野鸡遇上猎人用来诱引的鸡。这样干了近十年，他积累了成千上万的资金，于是派儿子去长芦做买卖，当商人。他的儿子也很狡猾，不过淫荡贪色。有个曾堕入他们的圈套而破产的人，对他们有刻骨的仇恨，于是请求和他一同前去，而暗地里带他去妓院。那里满眼舞衫歌扇，令他沉溺其中不想回家；他的资财竟耗费了十分之九。他的父亲稍稍听到了一些传闻，亲自去查看，事情已经不可收拾了。人们评论说，这事虽然是人谋，但也有天意：报仇的人动这个念头，大概是神的启发吧。不然的话，为什么他从前那么傻而后来那么精呢？

【原典】

先母张太夫人，尝雇一张媪司炊，房山人也，居西山深处。言其乡有贫极弃家觅食者，素未出外，行半日即迷路。石径崎岖，云阴晦暗，莫知所适。姑枯坐树下，俟天明辨南北。忽一人自林中出，三四人随之，并狰狞伟岸，有异常人，心知非山灵即妖魅，度不能隐避，乃投身叩拜，泣诉所苦。其人恻然曰："尔勿怖，不害汝也。我是虎神，今为诸虎配食料。待虎食人，尔收其衣物，足自活矣。"因引至一处。嗷然长啸，众虎坌集。其人举手指挥，语啁哳不可辨[①]。俄俱散去，惟一虎留伏丛莽。俄有荷担度岭者，虎跃起欲搏，忽避易而退。少顷，一妇人至，乃搏食之。捡其衣带，得数金，取以付之，且告曰："虎不食人，惟食禽兽。其食人者，人而禽兽者耳。大抵人天良未泯者，其顶上必有灵光，虎见之即避；其天良澌灭者[②]，灵光全息，与禽兽无异，虎乃得而食之。顷前一男子，凶暴无人理，然攘夺所得，犹恤其寡嫂孤侄，使不饥寒。以是一念，灵光煜煜如弹丸，故虎不敢食。后一妇人，弃其夫而私嫁，又虐其前妻之子，身无完肤，更盗后夫之金，以贻前夫之女，即怀中所携是也。以是诸恶，灵光消尽，虎视之，非复人身，故为所啖。尔今得遇我，亦以善事继母，辍妻子之食以养，顶上灵光高尺许。故我得而佑之，非以尔叩拜求哀也。勉修善业，当尚有后福。"因指示归路，越一日夜得至家。

张媪之父与是人为亲串，故得其详。时家奴之妇，有虐使其七岁孤侄者，闻张媪言，为之少戢[③]。圣人以神道设教，信有以夫。

【注释】

①啁哳（zhāo zhā）：形容声音繁杂而细碎。

②澌（sī）灭：消失，消亡。

③少戢（jí）：收敛，收藏。

【译文】

先母张太夫人，曾经雇了一位姓张的老太太做饭，她是房山人，住在西山深处。她说她乡里有个极穷的人离家外出去找活计，因为没出过门，走了半天便迷了路。那石子小路曲折崎岖，乌云遮天，隐晦不明，他不知该往哪儿走。他就坐在一棵枯树底下，等天亮了认清方向再说。忽然一个人从林子里出来，身后有三四个人跟随着，这些人全都相貌狰狞、身材高大，和平常人不同。他知道这些人不是山神就是妖魅，估计自己不能避让躲藏，就躬身下拜，哭诉他的苦处。那人同情地说："你不要害怕，我不会伤害你。我是虎神，今天来给老虎们分配吃的。等虎吃了人，你把人的衣物收起来，就可以养活自己了。”于是把他引到一个地方。虎神高声长啸，众虎便从各处汇集到了一起。虎神抬手指挥，发出啁唽的声音，人听不懂。一会儿群虎散去，只有一只老虎留下来，伏在草丛里。不一会儿有个挑担子的人来到了林中，老虎跳起来正要扑他，可忽又避开退下。过一会儿又来了一个妇人，老虎便捉住她吃了。虎神捡起妇人的衣物，里面有几两银子，取了递给他，并且告诉他说：“老虎不吃人，只吃禽兽。那些被吃的人，是人中的禽兽。天良未泯的人，头上一定有灵光，老虎见了就避开了；那些丧尽天良的人，灵光全消失了，和禽兽没什么差别，老虎便抓来吃了。刚才那个男子，虽然凶暴没有人性，但是抢夺到东西，还用来抚恤他的寡嫂和孤侄，使他们不受寒挨饿。因此他的灵光莹莹像弹丸一样，老虎不敢吃。后来的那个妇人，抛弃了丈夫私自再嫁，还虐待他后夫前妻的孩子，打得他体无完肤，又偷后夫的钱给前夫的女儿，就是她怀中携带的那些银子。因为这些罪恶，她的灵光消尽，虎所见的她不再是人，所以就吃了她。你今天能遇到我，也是因为你能很好地侍奉继母，省下妻子的饭来养活她，头顶上的灵光有一尺多高，所以我叫老虎来帮助你，并不是因为你叩拜我求我的缘故。好好做善事，还会有后福。”说完指示方向告诉

他回家的路。他走了一天一夜才到了家。

张老太太的父亲和这个人是亲戚，所以知道这件事情。当时一个家奴的妻子虐待她七岁的孤侄，听了张老太太的话，行为有些收敛。圣人通过神道来教化世人，相信有他们的道理。

【原典】

田氏媪诡言其家事狐神，妇女多焚香问休咎[①]，颇获利。俄而群狐大集，需索酒食，罄所获不足供。乃被击破瓮盎，烧损衣物，哀乞不能遣，怖而他投。濒行时，闻屋上大笑曰："尔还敢假名敛财否？"自是遂寂，亦遂不徙。然并其先有之资，耗大半矣。此余幼时闻先太夫人说。

又有道士称奉王灵官[②]，掷钱卜事，时有验，祈祷亦盛。偶恶少数辈，挟妓入庙，为所阻。乃阴从伶人假灵官鬼卒衣冠，乘其夜醮，突自屋脊跃下，据坐诃责其惑众，命鬼卒缚之，持铁蒺藜拷问[③]。道士惶怖伏罪，具陈虚诳取钱状。乃哄堂一笑，脱衣冠高唱而出。次日，觅道士，则已窜矣。此雍正甲寅七月事[④]。余随姚安公宿沙河桥，闻逆旅主人说。

【注释】

①休咎：吉凶。

②王灵官：道教的护法镇山神将，与佛教的韦驮相似。镇守道观山门的灵官一般就指这位王灵官。

③铁蒺藜：古代一种军用的铁质尖刺的撒布障碍物，亦称蒺藜。这里指刑具。

④雍正甲寅：雍正十二年（1734 年）。

【译文】

有位姓田的老太太骗人说她家奉着狐仙，许多妇女都去烧香问吉凶因果，老太太借机得了不少钱。不久，来了一大群狐狸聚集，要吃要喝，老太太花尽了赚来的钱也不够供应。结果被狐狸打破盆罐，烧坏衣物，田老太太哀求，狐狸也不走。老太太害怕要投奔他处时，听到屋上大笑说："你还敢借我们的名声收取钱财吗？"从此狐狸再没来，田老太太也就不搬走了。但是连她原有的财产，也损失了一大半。这是我小时听先母张太夫人讲的。

还有一个道士声称供奉王灵官，用钱占卜，常有灵验，去祈祷的人也就多起来。有一次，几个恶少带着妓女进庙，被他给挡住了。于是恶少们就暗中向戏子借来王灵官和鬼卒的衣装，趁这道士夜间做道场时，突然从房梁上跳下来，坐在祭坛上责骂他迷惑百姓，命鬼卒绑起他，拿来铁蒺藜要拷问他。道士恐惧得连忙认罪，把他虚骗诳人的真相全说了出来，大家轰然一笑，脱下衣帽高唱着走了出去。第二天去找道士，他已经逃走了。这是雍正十二年七月的事。这是我和先父姚安公在沙河桥过夜时，听旅店主人说的。

【原典】

释明玉言：西山有僧，见游女踏青，偶动一念。方徙倚凝想间，有少妇忽与目成，渐相软语[①]，云："家去此不远，夫久外出。今夕当以一灯在林外相引。"叮咛而别。僧如期往，果荧荧一灯，相距不半里。穿林渡涧，随之以行，终不能追及。既而或隐或见[②]，倏左倏右，奔驰转辗，道路遂迷。困不能行，踣卧老树之下。天晓谛观，仍在故处。再往林中，则苍藓绿莎，履痕重叠。乃悟彻夜绕此树旁，如牛旋磨也。自知心动生魔，急投本师忏悔。后亦无他。

又言：山东一僧，恒见经阁上有艳女下窥，心知是魅，然思念魅亦良得，径往就之，则一无所睹，呼之亦不出。如是者凡百度，遂惘惘得心疾，以至于死。临死乃自言之。此或夙世冤愆，借以索命欤？然二僧究皆自败，非魔与魅败之也。

【注释】

①软语：体贴温柔的话。

②见：同"现"。

【译文】

释明玉说：西山有个僧人，看见游女春游，偶然动了俗念。他正徘徊凝想的时候，一个少妇忽然向他目送秋波，并逐渐语气温柔地和他说起话来。少妇说："我家离这里不远，丈夫久出不归。今天晚上我用一盏灯在林外相候，引你前往我家。"并一再叮嘱之后才与他告别。到了晚上，僧人遵嘱前往，果然在林中有一盏灯荧荧发光，相距不过半里路。他穿过树林，渡过溪涧，跟着灯光行走，始终没能追上。后来，那灯光时隐时现，忽左忽右，他辗转奔走，于是就迷失了道路。因疲乏得不能再走，便倒在一棵老树下。天亮后，他仔细看，发现自己仍在原来的地方。再看树林里，苍绿的苔藓上，重重叠叠布满了自己的足迹。这才悟出原来自己像牛转磨一样，绕着老树走了一夜。他自知心生妄念，才导致魔障，急忙奔回去向师傅忏悔。后来也没其他事发生。

释明玉又说：山东有个僧人，常常看见藏经阁上有个美艳女子向下窥视，心知她是鬼魅；可是，他暗想这样的鬼魅也不错，便径自前去寻找。上阁以后，一无所见，呼唤她也不露面。这个僧人仍不甘心，上来下去找了一百多次，迷迷糊糊地成了心病，以至于病亡了。临死时，他才说出了这件事。这或许是前世冤家，这样来索命吧？不过，上述两个僧人归根结底都是自己害自己，并不是妖魔和鬼魅要害他们。

卷十　如是我闻四

【原典】

沧州插花庙老尼董氏言：尝夜半睡醒，闻佛殿磬声铿然，如有人礼拜者。次日，告其徒。曰："师耳鸣也。"至夜复然，乃潜起蹑足窥之。佛光青荧，依稀辨物，见击磬者乃其亡师。一少妇对佛长跪，喁喁絮祝[①]。回面向内，不识为谁。细听所祝，则为夫病求福也。恐怖失措，触朱槅有声。阴气冥濛，灯光骤暗。再明，则已无睹矣。先外祖雪峰张公曰："此少妇已入黄泉，犹忧夫病，闻之使人增伉俪之情。"

董尼有言：近一卖花媪，夜经某氏墓，突见某夫人魂立树下，以手招之。无路可避，因战栗拜谒。某夫人曰："吾夜夜在此，待一相识人寄信，望眼几穿，今乃见尔。归告我女我婿，一切阴谋，鬼神皆已全知，无更枉抛心力。吾在冥府，大受鞭笞；地下先亡，更人人唾詈。无地自容，日惟避此树边，苦雨凄风，酸辛万状。尚不知沉沦几载，得付转轮。似闻须所夺小郎赀财，耗散都尽，始冀有生路也。又婿有密札数纸，病中置螺甸小箧中②。嘱其检出毁灭，免为他日口实。”丁宁再三，呜咽而灭。媪潜告其女，女怒曰：“为小郎游说耶！”迨于箧中见前札③，乃始悚然。后女家日渐消败。亲串中知其事者，皆合掌曰：“某夫人生路近矣。”

【注释】

①喁喁：形容说话低声柔和细嫩。

②螺甸：也叫“螺钿”，一种手工艺品，将螺蛳壳或贝壳镶嵌在漆器、硬木家具或碉楼器物的表面，形成装饰。

③迨：等到。

【译文】

沧州插花庙里的老尼姑董氏说：她曾在半夜醒来，听到佛殿中敲磬的声音铿锵作响，就像有人在拜佛。第二天，她把这事告诉了徒弟们。徒弟们说：“师傅耳鸣了吧。”到了夜里，她又听到了那声音，便悄悄起来，蹑手蹑脚向佛殿里偷看。佛灯闪着荧荧青光，殿中景物依稀可见，敲磬的人正是董尼的亡师。一位少妇对佛长跪，口中念念有词祷告着。因为她脸向里面，看不出是谁。细听她所祷告之词，是为她病重的丈夫求福。董尼一时惊恐失措，碰响了朱红槅扇。一声响动后，只见殿堂内阴气弥漫，灯光骤暗。等室内光线再转明时，亡师和少妇已经不见了。先外祖父张雪峰先生说：“这位少妇已经命归黄泉，但仍忧虑着丈夫的病。听了这个故事，更使人感念夫妻恩爱之情。”

董尼又说：附近的一位卖花老太婆夜里经过某氏家的墓地，突然看见这家夫人的亡灵站在树下，向她招手。卖花婆没有地方可以躲避，于是就浑身颤抖着上前拜见。某夫人说：“我夜夜在这里等，等一位相识的人可以给家里带个信儿，可真是望眼欲穿，今天才见到了你。你回去告诉我的女儿和女婿：一切阴谋诡计，鬼神都已经知道了，叫他们不要再枉费心机了。我在阴间已经受到鞭笞的惩罚；地下的先祖们，更是人人唾骂我。我无地自容，只好天天躲在这棵树下，经受着苦雨凄风，无比辛酸。不知还要沉沦多久，才得以轮回转生。好像听说要等到我女婿侵夺小兄弟的财产消耗尽时，我才有转生的希望。还有，我女婿有几张密信，我病中给他藏在镶着贝雕的小竹箱里。嘱咐他找出来毁掉，免得以后成为别人的把柄。”某夫人叮嘱再三，呜咽着消失了。卖花婆悄悄将这些告诉了某夫人的女儿，她女儿却发怒道：“这是帮我家小叔子游说吧！”等她找到了小箱中的密信，才感到害怕起来。后来，这个女儿家境日渐败落。知道这事的亲戚都合掌祷告说：“某夫人快要转生了。”

【原典】

沧州瞽者蔡某，每过南川楼下，即有一叟邀之弹唱，且对饮。渐相狎，亦时到蔡家共酌。自云姓蒲，江西人，因贩磁到此。久而觉其为狐，然契分甚深，狐不讳，蔡亦不畏也。

会有以闺阃蜚语涉讼者[①]，众议不一。偶与狐言及，曰：“君既通灵，必知其审。”狐艴然曰：“我辈修道人，岂干预人家琐事？夫房帏秘地，男女幽期，暧昧难明，嫌疑易起。一犬吠影，每至于百犬吠声。即使果真，何关外人之事？乃快一时之口，为人子孙数世之羞，斯已伤天地之和，召鬼神之忌矣。况杯弓蛇影[②]，恍惚无凭，而点缀铺张，宛如目睹。使人忍之不可，辨之不能，往往致抑郁难言，含冤毕命。其怨毒之气，尤历劫难消。苟有幽灵，岂无业报？恐刀山剑树之上[③]，不能不为是人设一坐也。汝素朴诚，闻此事自当掩耳，乃考求真伪，意欲何为？岂以失明不足，尚欲犁舌乎？”投杯径去，从此遂绝。蔡愧悔，自批其颊，恒述以戒人，不自隐匿也。

【注释】

①闺阃（kǔn）：内室，指妇女的居室。

②杯弓蛇影：将映在酒杯里的弓影误认为是蛇，比喻因疑神疑鬼而引起恐惧。

③刀山剑树：佛教所说的地狱之刑，也用来形容极其残酷的刑罚。

【译文】

沧州有个盲艺人蔡某，每次经过南川楼下，就有一老者请他弹唱，并且一起喝酒。两人渐渐熟识起来，那个老者也经常到蔡家对酌。老者自称姓蒲，江西人，因贩卖磁器来到这里。时间长了，蔡某察觉他是个狐仙，但交情已经很深，狐仙不隐讳，蔡某也不惧怕。

当时有人因为男女情事流言而打官司，人们议论纷纷。蔡某偶尔与狐仙谈及此事，说：“你既然能通灵，肯定知道其实情。”狐仙不高兴地说：“我辈是修道的人，怎么能干预别人的家庭琐事？内室秘地，男女幽会，本来就是暧昧不明的，容易产生嫌疑。一只狗看到影子而吠，常常引得百只狗听了狗叫声而一起吠。即使真有其事，和外人又有什么相干？图一时之快意而说出来，使别人子孙几代蒙羞，这已经有伤天地之间的和气，招来鬼神的嫉恨了。何况杯弓蛇影，毫无凭据，却添油加醋，好像是亲眼目睹一样。使别人既无可忍受，又不能辩解，往往导致抑郁难言，含冤丧命。这怨恨之气，更是过了几辈子也难消除。如果地下有灵，怎能不图报复呢？恐怕在阴间的刀山剑树上，不会不为这种人留下一个地方啊。你向来质朴诚实，听到这种事本该掩耳避开，却还要查问真伪，你想要干什么？难道是因为失明还觉不够，还想被割掉舌头吗？”狐仙说罢，扔下杯子就离去了，从此再也不与蔡某往来。蔡某又惭愧又悔恨，自己打自己的耳光，此后常讲狐仙的这番话告诫别人，而没有将此事隐瞒。

【原典】

舅氏张公梦征言：所居吴家庄西，一丐者死于路，所畜犬守之不去。夜有狼来啖其尸，犬奋啮不使前；俄诸狼大集，犬力尽踣，遂并为所啖。惟存其首，尚双目怒张，眦如欲裂[①]。有佃户守瓜田者亲见之。又程易门在乌鲁木齐，一夕，有盗入室，已逾垣将出，所畜犬追啮其足。盗抽刃斫之，至死啮终不释，因就擒。时易门有仆，曰龚起龙，方负心反噬。皆曰程太守家有二异：一人面兽心，一兽面人心。

【注释】

①眦（zì）：眼角，上下眼睑的接合处。

【译文】

舅舅张梦征先生讲：他居住的吴家庄西，有一个乞丐死在路上，乞丐养的那条狗守着他的尸体不离开。夜晚有只狼过来要吃乞丐的尸体，狗奋力拼咬使狼不能近前；一会儿，群狼聚集而至，狗筋疲力尽，最终倒在地上，连同乞丐一起被狼吃掉了，只剩下一个头，仍然双眼怒睁欲裂。有个守瓜田的佃户亲眼看见了。又有，程易门在乌鲁木齐时，一天晚上，有个强盗进了他的住所。跳墙将要出去时，被程家养的狗追上去咬住了脚。强盗抽刀砍狗，

狗直到被砍死也没松口，于是这个强盗被捉住了。当时，程易门家有个叫龚起龙的仆人，正忘恩负义地反咬主家。人们都说程太守家有两怪：一个是人面兽心，一个是兽面人心。

【原典】

飞万又言：一书生最有胆，每求见鬼不可得。一夕，雨霁月明，命小奴携罂酒诣丛冢间，四顾呼曰：“良夜独游，殊为寂寞。泉下诸友，有肯来共酌者乎？”俄见磷光荧荧，出没草际。再呼之，呜呜环集，相距丈许，皆止不进。数其影约十馀，以巨杯挹酒洒之[①]，皆俯嗅其气。有一鬼称酒绝佳，请再赐。因且洒且问曰：“公等何故不轮回？”曰：“善根在者转生矣，恶贯盈者堕狱矣。我辈十三人，罪根未满，待轮回者四；业报沉沦，不得轮回者九也。”问：“何不忏悔求解脱？”曰：“忏悔须及未死时，死后无着力处矣。”洒酒既尽，举罂示之，各踉跄去。

中一鬼回首丁宁曰："饿魂得沃壶觞②，无以报德。谨以一语奉赠，忏悔须及未死时也。"

【注释】

①挹（yì）酒：舀酒。

②沃：饮，喝。壶觞（shāng）：酒器，这里指代酒。

【译文】

刁飞万又说：有一位书生最大胆，经常想见见鬼，可总没见到。一天晚上，雨停了，明月高挂，书生命令小仆人带一坛酒来到坟地中，环顾四周大声喊道："如此良宵，我独自一个非常寂寞，九泉之下的各位朋友，有愿意来与我共饮的吗？"一会儿，只见磷火荧荧闪烁，在草丛间出没。再呼喊，在相距一丈来远的地方发出"呜呜"的鬼声。数了一下大概有十几个黑影，停在那里不肯近前来，书生便用大杯盛满酒向他们洒去，众鬼都俯身去闻酒香气。有一个鬼称赞酒非常好，请求再赏一些。书生一边洒酒一边问道："你们为什么不投胎转生呢？"鬼回答说："那些心地善良的已经转生了，恶贯满盈的下地狱去了。我们这十三个鬼，服罪期还没有满，等待轮回转生的有四个；被判决沉入地狱、不得轮回转生的有九个。"书生问："那你们为什么不忏悔以求解脱呢？"鬼回答说："忏悔必须在未死之前，死后就没有用处了。"酒已经洒光了，书生举起酒坛给鬼看，众鬼踉踉跄跄地离去了。其中一个鬼回头叮嘱说："我们这些饿死鬼得到您的酒喝，没有什么可以拿来报恩的，只有一句话敬奉给您：要忏悔的话须在没有死的时候。"

【原典】

刘香畹言：曩客山西时，闻有老儒经古冢，同行者言中有狐。老儒詈之，亦无他异。老儒故善治生，冬不裘，夏不絺①，食不肴，饮不茶②，妻子不宿饱。铢积锱累，得四十金，镕为四铤，秘缄之。而对人自诉无担石。自詈狐后，所储金或忽置屋颠树杪，使梯而取；或忽在淤泥浅水，使濡而求；甚或忽投圊溷③，使探而濯；或移易其地，大索乃得；或失去数日，从空自堕；或与客对坐，忽纳于帽檐；或对人拱揖，忽铿然脱袖。千变万化，不可思议。一日，忽四铤跃掷空中，如蛱蝶飞翔，弹丸击触，渐高渐远，势将飞去。不得已，焚香拜祝，始自投于怀。自是不复相媾，而讲学之气焰已索然尽矣。说是事时，一友曰：“吾闻以德胜妖，不闻以詈胜妖也。其及也固宜。”一友曰：“使周、张、程、朱詈[4]，妖必不兴。惜其古貌不古心也。”一友曰：“周、张、程、朱必不轻詈。惟其不足于中，故悻悻于外耳。”香畹首肯曰：“斯言洞见症结矣。”

【注释】

①絺（chī）：细麻布。

②荈（chuǎn）：茶的老叶，即粗茶。

③圊溷（qīng hùn）：厕所。

④周、张、程、朱：指宋代学者周敦颐、张载、程氏兄弟、朱熹。

【译文】

刘香畹说：他从前客居山西时，听说有个老儒赶路经过古墓，同行的人说墓里面有狐精。老儒就大骂了狐精一通，当时也没有什么怪异出现。老儒向来善于过日子，冬天不穿裘衣，夏天不穿精细的葛布，吃饭不吃荤菜，平时也不饮茶，妻儿经常饿着肚子过夜。他一厘一毫地积累，存了四十两银子，铸成四个大元宝，偷偷藏起来。他却对人说自己家里穷得快要没饭吃了。自从骂了狐精后，他藏起来的元宝忽然被放在屋顶树梢上，要搬梯子去取；有时忽然被放到了淤泥浅水里，要沾湿衣服才能拿到；甚至有时忽然掉进厕所里，要取出来洗干净；有时被放到了其他地方，费好大的劲儿才能找到；有时消失了好几天，又自己从空中掉了下来；有时老儒正和客人坐着说话，元宝忽然塞在了他的帽檐里；有时老儒正在对别人作揖，元宝忽然“咣啷”一声从袖子里掉出来。千变万化，不可思议。一天，四个元宝忽然跳起来飞上了空中，像蝴蝶一样旋舞，又像弹弓打出的弹丸，越来越高，越来越远，眼看就要飞走不再回来了。老儒实在没办法，只好焚香拜祷，元宝这才又飞回来掉到他的怀中。从此以后，狐精就不再戏弄他，但他讲学的气势一下子跌落了。刘香畹讲述这件事时，一位友人说：“我常听说能以德行战胜妖魔，没听说过能以叱骂战胜妖魔。这个老儒受到狐精戏弄，是理所当然的。”另一位友人说：“假如是周敦颐、张载、程氏兄弟、朱熹叱骂，狐精肯定不敢作祟。可惜这个老儒貌似不俗，其实内心庸俗得很。”还有一位友人说：“周敦颐、张载、程氏兄弟、朱熹等人肯定不会随便骂人。正是因为此人内心修养不够，所以才会整天一副气哼哼的样子。”刘香畹点头称是，说：“这话说得一针见血。”

【原典】

任子田言：其乡有人夜行，月下见墓道松柏间，有两人并坐。一男子年约十六七，韶秀可爱；一妇人白发垂项，佝偻携杖[1]，似七八十以上人。倚肩笑语，意若甚相悦。窃讶何物淫妪，乃与少年狎昵。行稍近，冉冉而灭。次日，询是谁家冢，始知某早年夭折，其妇孀守五十馀年，殁而合窆于是也[2]。《诗》曰：“穀则异室，死则同穴[3]。”情之至也。《礼》曰：“殷人之祔也离之[4]；周人之祔也合之。善夫！”圣人通幽明之礼，故能以人情知鬼神之情也。不近人情，又乌知《礼》意哉！

【注释】

①佝偻（gōu lóu）：脊背向前弯曲。

②合窆（biǎn）：合葬。窆，墓穴，坟茔。

③穀（gǔ）则异室，死则同穴：出自《诗经·王风·大车》。指活着不能生活在一起，死后同穴而葬。通常是丈夫先逝，等妻子亡故之时，将先前丈夫的坟墓掘开，另置棺椁葬妻。

④祔：合葬。离：两个棺材之间隔一物。

【译文】

任子田说：他们乡里有一个人走夜路，月光下看到墓道的松柏之间有两个人并肩坐着。一个男子年纪在十六七岁，清秀可爱；另一个妇人白发垂到脖子，驼着背拿着拐杖，年纪好像在七八十岁以上。他们挨着谈笑，看上去很亲热。那人十分奇怪，哪来的淫荡老太婆，和少年这么热乎。他悄悄走近了些，两人便慢慢消失了。第二天，他打听是谁家的墓地，这才知道那位少年早年夭折，他的媳妇守寡五十多年，死后合葬在这里。《诗经》中说：“活着各住各的房，死后同埋一个穴”。这是感情深到极致的话。《礼记》中说：“殷人夫妇合葬，两棺之间有东西隔开；周人夫妇合葬，两棺之间不隔开。这样好啊。”圣人理解阴阳间的礼仪，所以能通过人情了解鬼的情感。不近人

情，又怎么能理解《礼记》的意思呢？

【原典】

族侄肇先言：有书生读书僧寺，遇放焰口。见其威仪整肃，指挥号令，若可驱役鬼神。喟然曰："冥司之敬彼教，乃过于儒。"灯影朦胧间，一叟在旁语曰："经纶宇宙，惟赖圣贤，彼仙佛特以神道补所不及耳。故冥司之重圣贤，在仙佛上，然所重者真圣贤。若伪圣伪贤，则阴干天怒，罪亦在伪仙伪佛上。古风淳朴，此类差稀。四五百年以来，累囚日众，已别增一狱矣。盖释道之徒，不过巧陈罪福，诱人施舍。自妖党聚徒谋为不轨外，其伪称我仙我佛者，千万中无一。儒则自命圣贤者，比比皆是。民听可惑，神理难诬。是以生拥皋比[①]，殁沉阿鼻，以其贻害人心，为圣贤所恶故也。"书生骇愕，问："此地府事，公何由知？"一弹指间，已无所睹矣。

【注释】

①皋（gāo）比：用虎皮铺的座椅。古代将帅军帐、儒师讲堂、文人书斋中常用之。这里指学堂里师父的坐席。

【译文】

我的本家侄子肇先说：有个书生在寺院读书，正巧遇上寺里放焰口。他看见仪式威严整肃，僧人指挥号令，好像真可以驱使鬼神，不禁喟然感叹地说："阴间敬重佛教，竟胜过了儒教。"灯影朦胧中，有一个老翁在旁边说道："治理天下大事，只能依赖圣贤，那些仙佛不过以神道来补充圣贤顾及不到的地方罢了。所以阴司敬重圣贤，在仙佛之上，但所敬重的是真圣贤。如果是伪圣伪贤，就是暗暗触犯天怒，其罪过也在伪仙伪佛之上。古代风俗淳朴，这类人很少。近四五百年以来，拘押的犯人一天比一天多，已经另外增加一所地狱了。因为和尚道士之流，不过是花言巧语说祸说福，诱人施舍。除了妖党聚众、图谋不轨以外，假称我是仙我是佛的人，千万人中没有一个。儒士中自命圣贤的人，则比比皆是。老百姓可以被迷惑，神却难以被骗。因此活着的时候高坐讲学，死后却沉入阿鼻地狱，都是因为他贻害人心，被圣贤所嫌恶的缘故。"书生惊愕地问："这是地府里的事，你怎么会知道？"弹指之间，那老翁已经看不见了。

【原典】

甲乙有夙怨，乙日夜谋倾甲。甲知之，乃阴使其党某以他途入乙家，凡为乙谋，皆算无遗策；凡乙有所为，皆以甲财密助其费，费省而功倍。越一两岁，大见信，素所倚任者皆退听。乃乘间说乙曰："甲昔阴调我妇，讳弗敢言，然衔之实刺骨。以力弗敌，弗敢婴。闻君亦有仇于甲，故效犬马于门下。所以尽心于君者，固以报知遇，亦为是谋也。今有隙可抵，盍图之。"乙大喜过望，出多金使谋甲。某乃以乙金为甲行赂，无所不曲到。阱既成，伪造甲恶迹及证佐姓名以报乙，使具牒。比庭鞫，则事皆子虚乌有，证佐亦莫不倒戈，遂一败涂地，坐诬论戍。愤恚甚，以昵某久，平生阴事皆在其手，不敢再举，竟气结死。死时誓诉于地下，然越数十年卒无报。论者谓难端发自乙，甲势不两立，乃铤而走险，不过自救之兵，其罪不在甲。某本为甲反间，各忠其所事，于乙不为负心，亦不能甚加以罪。故鬼神弗理也。此事在康熙末年。《越绝书》载子贡谓越王曰[①]："夫有谋人之心，而使人知之者，危也。"岂不信哉！

【注释】

①《越绝书》：一部记载我国早期吴越历史的重要典籍，相传为东汉人袁康所著。

【译文】

甲乙二人之间积怨很久了，乙日夜都想害甲。甲知道了，便暗中派他的亲信某人，从其他途径进入乙家，凡是他为乙谋划的事，某人都算计得没有疏漏；凡是乙要干什么，某人都利用甲的钱暗中加以资助，这样，乙没费多少钱而功效倍增。过了一两年，某人极得乙的信任，乙平素所倚重的人都排到他后边了。于是某人趁机对乙说："甲过去曾暗中调戏我的妻子，我不敢说，但刻骨地恨他。因为力量敌不过，所以不敢和他斗。听说你和甲也有仇，所以我到你门下效犬马之劳。我尽心尽力为你办事，一方面是报答你的知遇之恩，同时也是为了报复甲。现在有了机会，咱们一起对付他吧。"乙大喜过望，拿出许多钱财让某人来算计甲。某人却用这些钱为甲疏通关系，各个关节都打通了。布置好了圈套，某人便伪造甲的恶劣行径和证人姓名告诉了乙，让乙写状子上告。等到在法庭上审问时，所有的事情都是没影的事，证人们也都不认账，乙一败涂地，因为犯了诬陷罪被判戍边发配。乙又气又恨，但因为和某人关系长期以来很亲密，平生的隐私都被他掌握着，因此不敢上告，竟然气闷郁结而死。死时发誓要告到地下，可是过了几十年，还是没有报应。人们议论这件事，认为是乙首先发难，甲才与乙势不两立，这才铤而走险，这不过是为了自救，罪过不在甲。某人本来就是为甲使反间计，忠于他的职责，对乙也不算负心，不能把罪名加给他。所以鬼神也不管这事。这事发生在康熙末年。《越绝书》中记载子贡对越王说："有害人的心思，而叫别人知道，这就危险了。"这话实在叫人心服口服。

【原典】

里人范鸿禧，与一狐友昵。狐善饮，范亦善饮，约为兄弟，恒相对醉眠。忽久不至，一日遇于秫田中，问："何忽见弃？"狐掉头曰："亲兄弟尚相残，何有于义兄弟耶？"不顾而去。盖范方与弟讼也。杨铁崖《白头吟》曰①："买妾千黄金，许身不许心；使君自有妇，夜夜白头吟。"与此狐所见正同。

【注释】

①杨铁崖：杨维桢（1296—1370），元末明初著名诗人、文学家、书画家和戏曲家，字廉夫，号铁崖，与陆居仁、钱惟善合称为“元末三高士”。

【译文】

乡里有个叫范鸿禧的人，与一位狐仙相处友好。狐仙善饮酒，范鸿禧也很能喝，两人相约为兄弟，常常相对饮醉睡在一起。后来狐仙很久没来找范鸿禧，一天他们偶尔在高粱地相遇，范鸿禧问狐仙：“为什么忽然不理我了？”狐仙掉转头去说：“亲兄弟还手足相残呢，何况我这结义兄弟！”说完连头也没回就走了。原来当时范鸿禧正与弟弟打官司。杨铁崖的《白头吟》中说：“买妾千黄金，许身不许心；使君自有妇，夜夜白头吟。”与这位狐仙的见解恰好相同。

【原典】

裘文达公赐第，在宣武门内石虎衚衕[①]。文达之前，为右翼宗学。宗学之前，为吴额驸府。吴额驸之前，为前明大学士周延儒第。越年既久，又窈窕闳深[②]，故不免时有变怪，然不为人害也。厅事西小屋两楹，曰好春轩，为文达燕见宾客地。北壁一门，又横通小屋两楹。僮仆夜宿其中，睡后多为魅异出。不知是鬼是狐，故无敢下榻其中者。琴师钱生独不畏，亦竟无他异。钱面有癜风，状极老丑。蒋春农戏曰：“是尊容更胜于鬼，鬼怖而逃耳。”一日，键户外出[③]，归而几上得一雨缨帽[④]，制作绝佳，新如未试。互相传视，莫不骇笑。由此知是狐非鬼，然无敢取者。钱生曰：“老病龙钟，多逢厌贱。自司空以外，（文达公时为工部尚书。）怜念者曾不数人，我冠诚敝，此狐哀我贫也。”欣然取着，狐亦不复摄去。其果赠钱生耶？赠钱生者又何意耶？斯真不可解矣。

【注释】

①衚衕（hú tòng）：即胡同，北方对小街小巷的通称。

②窈窕：深远、秘奥的样子。

③键户：关门。

④雨缨帽：清代的礼帽，帽子后缀有帽缨。

【译文】

皇上赐给裘文达公的宅第，在宣武门内的石虎胡同。文达公宅第的前身，是右翼宗学。宗学之前，是吴驸马的府第。吴驸马的府第之前，是明朝大学士周延儒的府第。这处宅院因为年代久远，又宏丽幽深，所以难免时常有怪异之事，但是都没有害人。厅堂西侧有两间小屋，名为“好春轩”，是文达会见宾客的地方。北墙有一扇门，又横着通往另两间小屋。僮仆夜里睡在这屋内，睡着后都会被鬼怪抬出来。但不知道是鬼还是狐，所以没有人再敢到里面去睡觉。只有琴师钱生不怕，而且从来没遇到什么怪异的事。钱生脸上有白癜风，样子又老又丑。蒋春农向他开玩笑说：“他的这副尊容更胜于鬼，所以鬼都被吓跑了。”一天，钱生锁了房门外出，回来时桌上多了一顶雨缨帽，制作精美，而且崭新得好像还没有戴过。大家互相传看，都觉得惊讶又好笑。由此知道是狐而不是鬼，但没人敢拿走这帽子。钱生说：“我老病龙钟，总遭到嫌弃鄙视。除司空（文达公当时为工部尚书）外，同情我的没有几个人。我的帽子确实是破旧得不像话，这个狐仙也同情我贫穷呀。”于是欣然取了帽子戴上，狐仙也不再拿回去。帽子真的是狐仙送给钱生的吗？又为什么要送给钱生呢？真是让人难以理解。

卷十一　槐西杂志一

【原典】

余再掌乌台[1]，每有法司会谳事，故寓直西苑之日多。借得袁氏婿数楹，榜曰“槐西老屋”。公馀退食，辄憩息其间。距城数十里，自僚属白事外，宾客殊稀。昼长多暇，晏坐而已。旧有《滦阳消夏录》、《如是我闻》二书，为书肆所刊刻。缘是友朋聚集，多以异闻相告。因置一册于是地，遇轮直则忆而杂书之，非轮直之日则已。其不能尽忆则亦已。岁月骎寻[2]，不觉又得四卷，孙树馨录为一帙，题曰《槐西杂志》，其体例则犹之前二书耳。自今以往，或竟懒而辍笔欤，则以为《挥麈》之三录可也[3]；或老不能闲，又有所缀欤，则以为《夷坚》之丙志亦可也[4]。壬子六月[5]，观弈道人识。

【注释】

①乌台：指御史台，汉代时御史台外柏树很多，上有很多乌鸦，所以人称御史台为“乌台”。这里指都察院。

②骎（qīn）寻：渐进的样子。骎，形容马跑得很快的样子。

③《挥麈（zhǔ）》：指《挥麈录》，宋代笔记，为王明清

所撰。

④《夷坚》：指南宋洪迈所撰的《夷坚志》，多记神怪故事。

⑤壬子：指乾隆五十七年（1792年）。

【译文】

我因为再次担任御史台这个官职，经常遇到一些案件需要和同事聚在一起研究审理，所以，我住在西苑的时候要多一些。后来，又借了袁家女婿家里的几间屋子，匾额上写着“槐西老屋”四个大字。工作结束后，我就到老屋里吃饭、休息。这里离京城有几十里地，除了所属官员到这里回禀公事以外，其他宾客就很少了。夏日，白天很长，有很多富裕时间，我经常闲坐着消磨时光。我过去写的《滦阳消夏录》和《如是我闻》两卷书，已经被书店刊印成册。因此亲朋好友聚到一起时，彼此之间经常谈论一些异闻轶事告诉我。所以，就在这里放了一个记事本，每当轮到值班住下的时候，就回忆大家谈论过的事情，并信笔把它们记录下来；如果不值班，就暂时搁笔。有些事情回忆不起来，也就算了。岁月飞快地流逝，不知不觉中又写了四卷，孙树馨抄录了其中的一册，书名叫作《槐西杂志》，这册书的体例与前两册大体相同。从现在追溯到过去，有时候是因为懒惰而停笔，所写的内容，我觉得像《挥麈录》之三记载还算说得过去；有时候又觉得虽然年迈但不能闲散，于是又提笔写了一些，我以为像《夷坚志》篇里的第三章也是可以的。乾隆五十七年六月，观弈道人记。

【原典】

江宁王金英，字菊庄，余壬午分校所取士也①。喜为诗，才力稍弱，然秀削不俗，颇近宋末四灵②。尝画艺菊小照，余戏仿其体格题之，有“以菊为名字，随花入画图”句，菊庄大喜。则所尚可知矣。撰有诗话数卷，尚未成书，霜雕夏绿，其稿不知流落何所。犹记其中一条云：江宁一废宅，壁上微有字迹。拂尘谛视，乃绝句五首。其一曰：“新绿渐长残红稀，美人清泪沾罗衣。蝴蝶不管春归否，只趁菜花黄处飞。”其二曰：“六朝燕子年年来③，朱雀桥圮花不开④。未须惆怅问王谢⑤，刘郎一去何曾回⑥。”其三曰：“荒池废馆芳草多，踏青年少时行歌。谯楼鼓动人去后，回风袅袅吹女萝⑦。”其四曰：

"土花漠漠围颓垣，中有桃叶桃根魂。夜深踏遍阶下月，可怜罗袜终无痕。"其五曰："清明处处啼黄鹂，春风不上枯柳枝。惟应夹戺双石兽[8]，记汝曾挂黄金丝。"字极怪伟，不著姓名，不知为人语鬼语。余谓此福王破灭以后前明故老之词也[9]。

【注释】

①壬午：乾隆二十七年（1762 年）。

②四灵：也称"永嘉四灵"，指南宋四位诗人徐照、徐玑、翁卷、赵师秀，四人都是浙江永嘉人，故称。

③六朝：金陵，即南京。因吴、东晋、宋、齐、梁、陈，都建都于此，故称。

④朱雀桥：即朱雀桁，为东晋时建在秦淮河上的一座浮桥。

⑤王谢：魏晋南北朝望族琅琊王氏与陈郡谢氏的合称，后成为显赫世家大族的代名词。晋永嘉之乱后，琅琊王氏和陈郡谢氏族人，从北方南迁会稽（今绍兴），后因王谢两家之王导、谢安及其后继者们权倾朝野、文采风流、功业显著，为后人所嫉羡，故有"王谢"之合称。

⑥刘郎：指南朝宋武帝刘裕。

⑦女萝：即松萝，一种植物，多附生在松树上，呈丝状下垂。

⑧戺（shì）：堂前阶石的两侧。

⑨福王：朱常洵（1586—1641），明神宗朱翊钧第三子，亦称福忠王，俗称老福王。崇祯十四年（1641 年），李自成攻克洛阳，被执杀。

【译文】

江宁人王金英，字菊庄，是乾隆壬午年间我任同考官时所录取的举人。他喜欢做诗，但才气稍弱，不过诗风清秀挺拔，不落俗套，与宋末的永嘉四灵很相近。他曾画过一幅种菊花的画像，我有意模仿他的风格题辞在画上，其中有"以菊为名字，随花入画图"的句子，王金英很高兴。由此，他的爱好就可想而知了。他写过几卷诗话，还没有成书，可惜他英年早逝，现在书稿也不知流落到何方了。我还记得其中有一条说：江宁有一间废弃的宅院，墙壁上隐隐约约有字迹。扫去上面的灰尘，仔细辨认，原来是五首绝句。第一首："新绿渐长残红稀，美人清泪沾罗衣。蝴蝶不管春归否，只趁菜花黄处飞。”第二首：“六朝燕子年年来，朱雀桥圮花不开。未须惆怅问王谢，刘郎一去何曾回。”第三首：“荒池废馆芳草多，踏青年少时行歌。谯楼鼓动人去后，回风袅袅吹女萝。”第四首：“土花漠漠围颓垣，中有桃叶桃根魂。夜深踏遍阶下月，可怜罗袜终无痕。”第五首：“清明处处啼黄鹂，春风不上枯柳枝。惟应夹陀双石兽，记汝曾挂黄金丝。”字迹雄健怪异，没有写上作者姓名，不知道是人的诗还是鬼的诗。在我看来，这可能是福王被歼灭之后，明朝遗老所写的诗。

【原典】

从孙树森言：晋人有以赀产托其弟而行商于外者。客中纳妇，生一子。越十馀年，妇病卒，乃携子归。弟恐其索还赀产也，诬其子抱养异姓，不得承父业。纠纷不决，竟鸣于官。官故愦愦，不牒其商所问真赝，而依古法滴血试。幸血相合，乃笞逐其弟。弟殊不信滴血事，自有一子，刺血验之，果不合，遂执以上诉，谓县令所断不足据。乡人恶其贪媢无人理[①]，佥曰[②]：“其妇夙与其私昵，子非其子，血宜不合。”众口分明，具有征验，卒证实奸状。拘妇所欢鞫之，亦俯首引伏。弟愧不自容，竟出妇逐子，窜身逃去，赀产反尽归其兄。闻者快之。

按，陈业滴血[③]，见《汝南先贤传》[④]，则自汉已有此说。然余闻诸老吏曰：“骨肉滴血必相合，论其常也。或冬月以器置冰雪上，冻使极冷；或夏月以盐醋拭器，使有酸咸之味，则所滴之血，入器即凝，虽至亲亦不合。故滴血不足成信谳。”然此令不刺血，则商之弟不上诉，商之弟不上诉，则其妇之野合生子亦无从而败。此殆若或使之，未可全咎此令之泥古矣。

【注释】

①媢（mào）：妒忌。

②佥（qiān）：全，都。

③陈业滴血：陈业的兄长渡海殒命，同船死了五六十人，因为尸身腐烂无法辨认，陈业仰天痛哭，后想起了“吾闻亲者血气相通”的古话，便将自己的血滴到他认为是兄长的尸骨上，血很快沁入骨内，据此兄尸遂得以辨认，其他遇难家属纷纷效仿。

④《汝南先贤传》：东汉人周斐撰。

【译文】

我的堂孙纪树森说：山西有个人把家产都托付给弟弟后，就出外经商去了。他旅居在外乡时，娶了妻子，生了一个儿子。过了十多年，妻子有病去世了，商人就带着儿子返回老家。他的弟弟害怕他讨还资产，就诬告说哥哥带回来的孩子是抱养的，不能继承父亲的家产。兄弟俩为此闹得不可开交，只得告到官府。县令是个昏庸的官，他没有仔细审问哥哥外出经商一应事由的真假，而是依据传统的滴血法来验证。幸好父子的血相合，县令便把商人的弟弟打了一顿板子，赶走了。商人的弟弟不相信滴血的事，他也有一个儿子，便刺血相验，果然他与儿子的血不相合。于是，他就以此作为证据，说县令的判断是不足为凭的。乡里人都厌恶他贪婪、嫉妒、没有人性，便向官府作证说："他妻子以前跟某人相好，那个儿子根本不是他的，因此血不合。"众口一词说得很明白，而且也有证据，奸情确凿，拘来他妻子的相好一审，对方也低头认罪。商人的弟弟羞愧得无地自容，竟然休了妻子赶走了儿子，自己也弃家外逃，连他的那份家产也一同归了他的哥哥。听说此事的人无不称快。

据考，陈业滴血辨认兄长骸骨的故事，见于《汝南先贤传》，可见从汉朝以来就有用滴血法辨认血缘关系的说法。然而我听一位老吏说："亲骨肉的血必能相互融合，这是就一般情况而言。如果在冬天把验血的容器放在冰雪上，把它冻得极凉；或者在夏天用盐醋擦拭容器，使容器有酸咸的味道，那么所滴的血一接触容器，就会马上凝结，即使是骨肉至亲的血也不会相合。所以用滴血验亲法断案，并不能断得完全正确。"但是这位县官如果不使用滴血法，那么商人的弟弟就不会上诉，商人的弟弟不上诉，他妻子跟别人私通生孩子的事就不会败露。也许有什么神秘的原因驱使，不可完全责备这位县官拘泥于古法。

【原典】

某公纳一姬，姿采秀艳，言笑亦婉媚，善得人意。然独坐则凝然若有思。习见亦不讶也。一日，称有疾，键户昼卧。某公穴窗纸窥之，则涂脂傅粉，钗钏衫裙，一一整饬，然后陈设酒果，若有所祀者。排闼入问[①]，姬蹙然敛衽跪曰："妾故某翰林之宠婢也。翰林将歿，度夫人必不相容，虑或鬻入青楼，乃先遣出。临别，切切私嘱曰：'汝嫁我不恨，嫁而得所我更慰。惟逢我忌日，汝必于密室靓妆私祭我。我魂若来，以香烟绕汝为验也。'"某公曰："徐铉不负李后主[②]，宋主弗罪也。吾何妨听汝。"姬再拜炷香，泪落入俎。烟果袅袅然三绕其颊，渐蜿蜒绕至足。温庭筠《达摩支曲》曰[③]："捣麝成尘香不灭，拗莲作寸丝难绝。"此之谓欤！虽琵琶别抱，已负旧恩，然身去而心留，不犹愈于同床各梦哉。

【注释】

①排闼（tà）：撞开门，推开门。

②徐铉（916—991）：五代宋初文学家、书法家。

③温庭筠（约812—866）：唐代诗人、词人，本名岐，字飞卿，太原祁（今山西祁县）人，精通音律，工诗，与李商隐齐名，时称"温李"。

【译文】

某公纳了一个小妾，不但姿貌秀丽，连言谈举止也温婉妩媚，十分善解人意。可是，每当她独自静坐时，就会凝神发呆，若有所思。某公见惯了，也没感到惊讶。一天，她自称有病，大白天关起门户来说要睡觉。某公在室外挖破窗纸向室内窥视，见她涂脂敷粉，戴好钗钏，穿上盛装，周身上下一一精心打扮妥当，然后陈设酒果，似乎要祭祀什么人的亡灵。某公推门而入，盘问她要干什么。她神色悲哀地整了整衣襟跪在地上说："妾身原来是某位翰林宠爱的丫鬟。翰林临终前，揣度自己死后夫人必定不会容我，担心我会被卖入青楼，就提前安排我出了府门。临别时，他情恳意切地悄悄嘱咐我说：'你嫁人我毫无怨恨，嫁得其所更是我的欣慰。只是希望每逢我的忌日，你一定要在密室中靓妆悄悄祭祀我。我的灵魂如果前来，就用香烟缠绕在你的周围作为验证。'"某公说："徐铉不负李后主，宋朝的君王都没有怪罪他。我成全你又有何妨。"于是，她烧香再拜，想起翰林的深情厚爱，不禁泪水纷纷落到了供桌上。果然，袅袅香烟围着她的面颊绕了三周，并逐渐蜿蜒向下，一直缠绕到双脚。温庭筠的《达摩支曲》说："捣麝成尘香不灭，拗莲作寸丝难绝。"描写的就是这种情况呀！虽然这女子另嫁他人，已经辜负了亡夫的旧恩，但是她身体虽然离去，感情长久保留，不胜于同床异梦的夫妻吗？

【原典】

景州申谦居先生，讳诩，姚安公癸巳同年也[①]。天性和易，平生未尝有忤色[②]，而孤高特立，一介不取，有古狷者风[③]。衣必缊袍[④]，食必粗粝。偶门人馈祭肉，持至市中易豆腐，曰："非好苟异，实食之不惯也。"尝从河间岁试归，使童子控一驴。童子行倦，则使骑而自控之。薄暮遇雨，投宿破神祠中。祠止一楹，中无一物，而地下芜秽不可坐。乃摘板扉一扇，横卧户前。夜半睡醒，闻祠中小声曰："欲出避公，公当户不得出。"先生曰："尔自在户内，我自在户外，两不相害，何必避？"久之，又小声曰："男女有别，公宜放我出。"先生曰："户内户外即是别，出反无别。"转身酣睡。至晓，有村民见之，骇曰："此中有狐，尝出媚少年人，入祠辄被瓦砾击。公何晏然也[⑤]？"后偶与姚安公语及，掀髯笑曰[⑥]："乃有狐欲媚申谦居，亦大异事。"姚安公戏曰："狐虽媚尽天下人，亦断不到君。当是诡状奇形，狐所未睹，不知是何怪物，故惊怖欲逃耳。"可想见先生之为人矣。

【注释】

①癸巳：康熙五十二年（1713 年）。

②忤（wǔ）色：怨怒之色。

③狷（juàn）：清介，洁身自守。

④缊（yùn）袍：用乱麻、旧絮做的袍子，为贫寒人所穿。

⑤晏：平安。

⑥掀髯（rán）：笑的时候启口张须的样子。

【译文】

景州人申谦居先生，名诩，与我父亲姚安公同在康熙五十二年中的举人。申先生性情平易近人，一生没有发过脾气，但是他孤高自赏，一尘不染，具有古君子之风。他穿的一定是粗麻袍子，吃的一定是粗茶淡饭。偶尔他的学生把祭祀用过的肉送给他，他却把肉拿到集市上去换豆腐，他说："不是我喜欢与众不同，实在是吃不惯这些东西。"一次他从河间参加岁试归来，叫小童牵着驴。小童走累了，他就让小童骑驴，自己牵着走。天色将晚，又下起雨来，他们只好投宿在一所破庙里。这座破庙里只一间房子，屋里什么也没有，地面上污秽不堪，连坐都不能坐。他摘下一扇门板，横躺在门前。半夜醒来，他听到庙里有人轻声说："我想出去回避您，可您在门口挡着，出不去。"申先生说："你在屋里，我在屋外，互不影响，何必回避呢？"待了一会儿，又听到屋里小声说："男女有别，还请您放我出去。"申先生说："一个在屋里，一个在屋外，已经是男女有别了，出来反而不方便。"说完翻个身又酣睡起来。天亮后，村民发现申先生睡在这儿，吃惊地说："这儿有狐精，经常出来迷惑少年，进庙就会遭到砖头瓦块的袭击。您为什么平安无事呢？"后来他偶然和姚安公谈起这件事，笑得胡子都翘了起来，道："狐精要迷惑我申谦居，可是一件大奇闻！"姚安公开玩笑说："狐精即便媚遍了天下人，也轮不到你申谦居。您这副诡状奇形，狐仙恐怕没有见过，弄不清你到底是什么怪物，所以都害怕得想要逃跑。"由此可见申谦居先生的为人了。

【原典】

房师孙端人先生，文章淹雅[①]，而性嗜酒。醉后所作，与醒时无异。馆阁诸公，以为斗酒百篇之亚也[②]。督学云南时，月夜独饮竹丛下，恍惚见一人注视壶盏，状若朵颐[③]。心知鬼物，亦不恐怖，但以手按盏曰："今日酒无多，不能相让。"其人瑟缩而隐。醒而悔之，曰："能来猎酒，定非俗鬼。肯向我猎酒，视我亦不薄。奈何辜其相访意！"市佳酿三巨碗，夜以小几陈竹间。次日视之，酒如故。叹曰："此公非但风雅，兼亦狷介。稍与相戏，便涓滴不尝。"幕客或曰："鬼神但歆其气，岂能真饮？"先生慨然曰："然则饮酒宜及未为鬼时，勿将来徒歆其气。"先生侄渔珊，在福建学幕，为余述之。觉魏晋诸贤，去人不远也。

【注释】

①淹雅：宽宏儒雅。

②斗酒百篇：唐诗人杜甫《饮中八仙歌》："李白斗酒诗百篇，长安市上酒家眠。"

③朵颐：鼓动两颊，大口咀嚼食物的样子。

【译文】

房师孙端人先生，文章写得含蓄典雅，天性喜欢饮酒。醉后写的作品，与醒时所作的没有差别。翰林院诸公，都认为他是继李白之后的第二个斗酒百篇的大家。孙先生督学云南时，一次在月夜的竹丛下独自饮酒，恍惚见一人注视酒壶酒杯，嘴巴一动一动的。先生心里明白这是鬼魂，也不恐惧，只是用手按住酒杯说道："今天酒不多，不能相让。"这人一听，就退缩着消失了。孙先生酒醒后很后悔，说："能来讨酒喝的，肯定不是俗鬼。肯向我讨酒，是看得起我。怎么当时就辜负了他前来相访的好意呢！"于是买来三大碗好酒，夜晚用小桌陈放在竹丛下。第二天一看，酒丝毫也没动用。于是叹息说："这位先生非但风雅，也很耿直清正。稍微和他开了一个玩笑，他便一滴酒都不肯尝了。"有个幕客说："鬼神只会歆享酒食的气，哪里能真的喝？"孙先生一听，又感慨地说："由此看来，应该在做鬼以前抓紧时间痛饮，不要等将来做了鬼后空闻酒气。"孙先生的侄子渔珊在福建学署做幕僚时对我讲了这件事。我认为魏晋时期的诸位贤士，与孙先生比较起来，相差不远。

【原典】

霍丈易书言：闻诸海大司农曰："有世家子，读书坟园。园外居民数十家，皆巨室之守墓者也。一日，于墙缺见丽女露半面。方欲注视，已避去。越数日，见于墙外采野花，时时凝睇望墙内。或竟登墙缺，露其半身，以为东家之窥宋玉也①，颇萦梦想。而私念居此地者皆粗材，不应有此艳质；又所见皆荆布，不应此女独靓妆，心疑为狐鬼。故虽流目送盼，而未通一词。一夕，独立树下，闻墙外二女私语。一女曰：'汝意中人方步月，何不就之？'一女曰：'彼方疑我为狐鬼，何必徒使惊怖！'一女又曰：'青天白日，安有狐鬼？痴儿不解事至此。'世家子闻之窃喜，褰衣欲出②，忽猛省曰：'自称非狐鬼，其为狐鬼也确矣。天下小人未有自称小人者，岂惟不自称，且无不痛诋小人以自明非小人者。此魅用此术也。'掉臂竟返。次日密访之，果无此二女。此二女亦不再来。"

【注释】

①东家之窥宋玉：东家之子是个美女，传说她登墙窥探宋玉三年，但是

宋玉毫不动心。

②褰（qiān）衣：撩起衣服。

【译文】

霍易书老先生说：户部尚书海先生曾告诉他：“有个官宦子弟在坟园里念书。园外住着几十户人家，都是为有身份、有地位的人家看坟的。有一天，他在围墙缺口处看见一个美女，露出半张脸来。他刚要仔细看，女子已经避开了。过了几天，看到这个女子在墙外采野花，并时时往墙里看。有一回竟然爬上围墙缺口，露出上半身。他以为这美女对自己有意，心里很是牵挂。但他转念一想，居住在这里的都是些粗俗之人，哪来这么漂亮的女人？而且这里的女人都是布衣荆钗，没有人像这样浓妆艳抹，便疑心是狐鬼。所以她虽然眉目传情，他始终没搭一句话。一天晚上，他独自站在树下，听到墙外两个女人窃窃私语。一个女人说：‘你的意中人正在月下散步，还不快点儿找他去。’另一个女人说：‘他正疑心我是狐仙鬼怪，何必让他担惊受怕。’一个又说：‘青天白日的，哪来的狐仙鬼怪？这家伙怎么傻到这个份儿上。’他听了这话暗自高兴，提了提衣服就要出去，忽然又猛地醒悟：‘她们自称不是狐仙鬼怪，就一定是狐仙鬼怪了。天下的小人没有自称是小人的，不但不自称是小人，还都痛骂小人，以表明自己不是小人。这两个狐狸精玩的也是这套把戏。’他一甩胳膊竟回去了。第二天，他暗地里查访，果然没有这样两个女人，这两个女人也再没出现过。”

【原典】

吴林塘言：曩游秦陇，闻有猎者在少华山麓，见二人傫然卧树下①。呼之犹能强起，问：“何困踬于此②？”其一曰：“吾等皆为狐魅者也。初，我夜行失道，投宿一山家。有少女绝妍丽，伺隙调我。我意不自持，即相媟狎。为其父母所窥，甚见詈辱。我拜跪，始免箠挞。既而闻其父母絮絮语，若有所议者。次日，竟纳我为婿，惟约山上有主人，女须更番执役，五日一上直，五日乃返。我亦安之。半载后，病瘵，夜嗽不能寝，散步林下。闻有笑语声，偶往寻视。见屋数楹，有人拥我妇坐石看月。不胜恚忿，力疾欲与角。其人亦怒曰：‘鼠辈乃敢瞰我妇！’亦奋起相搏。幸其亦病惫，相牵并仆。妇安坐石上，嬉笑曰：‘尔辈勿斗，吾明告尔，吾实往来于两家，皆托云上直，使尔辈休息五日，蓄精以供采补耳。今吾事已露，尔辈精亦竭，无所用尔辈。吾去矣。’奄忽不见。两人迷不能出，故饿踣于此[3]，幸遇君等得拯也。”其一人语亦同。

猎者食以干糒[4]，稍能举步，使引视其处。二人共诧曰：“向者墙垣故土，梁柱故木，门故可开合，窗故可启闭，皆确有形质，非幻影也，今何皆土窟耶？院中地平如砥，净如拭，今何土窟以外[5]，崎岖不容足耶？窟广不数尺，狐自容可矣，何以容我二人？岂我二人之形亦为所幻化耶？”一人见对面崖上有破磁，曰：“此我持以登楼失手所碎，今峭壁无路，当时何以上下耶？”四顾徘徊，皆惘惘如梦。二人恨狐女甚，请猎者入山捕之。猎者曰：“邂逅相遇，便成佳偶，世无此便宜事。事太便宜，必有不便宜者存。鱼吞钩，贪饵故也；猩猩刺血，嗜酒故也。尔二人宜自恨，亦何恨于狐？”二人乃悯默而止。

【注释】

①儽（léi）然：疲惫、颓丧的样子。

②困踬（zhì）：困顿窘迫。

③踣（bó）：倒毙，僵死。

④干糒（bèi）：干粮。

⑤土窟：土穴。

【译文】

吴林塘说：以前在秦陇一带游历，听说有一个猎人，在少华山的山脚下，看见有两个人虚弱疲惫地躺在树下。猎人叫醒他们，还能勉强坐起来。猎人问：“你们怎么会困在这里？”其中一个人说：“我们都是被狐狸精迷惑的人。当初，我晚上赶路，走错了路口，到一户山民家里借宿。这家有一个很漂亮的姑娘，找机会悄悄地和我调情。我把持不住，就和她相好亲昵起来。这件事被她父母发现，大骂一顿。我跪下求饶，才免得挨打。接着就听到她的父母窃窃私语，好像商量着什么。第二天，居然招我做女婿，只是约定山上还有主人，姑娘要轮番去做工，五天当班，五天在家里。我也答应了。过了半年，我得了痨病，晚上咳嗽得不能睡觉，就起来到树林里去散步。我听到那

边有谈笑说话的声音，便走过去看，发现几间屋子，有一个人正抱着我妻子坐在石头上赏月。我很愤怒，想要痛打那人一顿。那个人也很生气，说：'你这等鼠辈竟敢偷看我老婆！'也愤然而起和我打起来。幸而那个人也是病得有气无力，我们相互拉扯，都倒在地下。那个女人却安安稳稳地坐在石头上，笑嘻嘻地说：'你们两个不要打了，我明白告诉你们吧，我实际上来往于你们两个人之间，都是借口当班，让你们各自有五天休息，养精蓄锐，便于我采补罢了。今天我的行为已经败露了，你们的精气也已经枯竭，用不着你们了。我走了！'一下子就不见了。我们两人找不到路，走不出山，又饿又累，所以躺在这里。幸好碰到你，我们有救了。"另外一个人讲的也一样。

猎人给他们吃了干粮，他们勉强能行走了。叫他们带路到原来住的地方。两个人都很奇怪，说："以前这里的墙壁是土墙，屋梁屋柱是木头的，大门和窗户都可开可关，都是实实在在的，并非虚幻的影子，现在怎么都成了土洞呢？原来院子地面平坦，干净得像洗擦过一样，现在怎么在土洞之外，坑坑洼洼的，连站都站不住呢？土洞不过几尺大小，狐狸自己躲藏没问题，又怎么能容纳得下我们两个人呢？难道我们两个的形体也被狐狸精变化了吗？”其中一个人看见对面山崖上有几片破磁片，说：“这是我上楼时失手跌碎的碗，现在悬崖峭壁，路都没有，当时怎能上上下下呢？”他们四处张望，走来走去，觉得迷迷糊糊，像做了一场梦。这两个人恨透了那个狐狸精，请求猎人上山追捕。猎人说：“意外的相逢，就结成好夫妻，世界上没有这样便宜的事。事情太便宜了，一定有不便宜的东西在里面。鱼吞食钓钩，是贪吃鱼饵的缘故；猩猩被捉拿放血，是贪喝酒的缘故。你们两个应该悔恨自己，又怎能憎恨狐狸精呢！”两个人才一脸愁苦忧伤，不说什么了。

【原典】

李庆子言：山东民家，有狐居其屋数世矣。不见其形，亦不闻其语；或夜有火烛盗贼，则击扉撼窗，使主人知觉而已。屋或漏损，则有银钱铿然坠几上。即为修葺，计所给恒浮所费十之二，若相酬者。岁时必有小馈遗置窗外。或以食物答之，置其窗下，转瞬即不见矣。从不出嬲人，儿童或反嬲之，戏以瓦砾掷窗内，仍自窗还掷出。或欲观其掷出，投之不已，亦掷出不已，终不怒也。一日，忽檐际语曰：“君虽农家，而子孝弟友，妇姑娣姒皆婉顺[1]，恒为善神所护，故久住君家避雷劫。今大劫已过，敬谢主人，吾去矣。”自此遂绝。从来狐居人家，无如是之谨饬者，其有得于老氏“和光”之旨欤[2]！卒以谨饬自全，不遭劾治之祸，其所见加人一等矣。

【注释】

①娣姒：妯娌。

②和光：指把光荣和尘土同等看待。

【译文】

李庆子说：山东有家百姓，一连几代都有狐仙居住在他家。狐仙平常不见身形，也听不见声音；有时夜间如果有火灾或者盗贼，狐仙就敲门摇窗，让主人知道。屋子有了漏损，就有银钱“当啷”一声落到几案上。用这些银钱修缮房屋，费用总是能富裕十分之二，好像是对主人的酬谢。到了过年时，狐仙必定赠送些小礼品，放在窗外。主人有时以食物答谢，放在狐仙所住屋子的窗外，转眼就不见了。狐仙从来不扰人，有时候小孩子去惹狐仙，往里抛掷砖头瓦块，狐仙也只是再从窗户扔出来。有时小孩子要看里面怎么往外扔，便不停地往里投，狐仙不过不停地往外扔，始终不发怒。有一天，忽然听到房檐上有声音说："您虽说是农家，但是儿女孝敬，兄弟友爱，婆媳、妯娌和睦，常被神保护着，所以我长期居住在您家里，以避雷劫。如今大劫已过，敬谢主人，告辞了。"此后，再也没有狐仙了。狐仙居住在人家，从来也没有这么小心谨慎、自我约束的，大概他们是懂得了老子关于"和光同尘"的要旨了吧。他们终于因小心谨慎、自我约束保全了自己，避开了被符咒法术制服的祸患，他们的见识可以说高人一等了。

卷十二　槐西杂志二

【原典】

安中宽言：有人独行林莽间，遇二人，似是文士，吟哦而行。一人怀中落一书册，此人拾得。字甚拙涩，波磔皆不甚具①，仅可辨识。其中或符箓、或药方、或人家春联，纷糅无绪，亦间有经书古文诗句。展阅未竟，二人遽追来夺去，倏忽不见。疑其狐魅也，一纸条飞落草间，俟其去远，觅得之。上有字曰："《诗经》'於'字皆音'乌'，《易经》'睟'字左边无点。"

余谓此借言粗材之好讲文艺者也。然能刻意于是，不愈于饮博游冶乎？使读书人能奖励之，其中必有所成就。乃薄而挥之，斥而笑之，是未思圣人之待互乡、阙党二童子也②。讲学家崖岸过峻③，使人甘于自暴弃，皆自沽已名，视世道人心如膜外耳。

【注释】

①波磔（zhé）：书法以左撇为波，右捺为磔。

②互乡：古地名，传说中人们交互为恶的地方。阙党：指阙里，据说是孔子居住

的地方。

③讲学家：指专门向生徒传授儒学为生的人。

【译文】

安中宽说：有个人独自在密林草丛中行走，碰上了两个人，像是书生，一边走一边吟诵诗文。一个人的怀里掉下一本书，被赶路的人拾起。书中的文字十分拙笨，撇捺都不太齐全，勉强能辨认出来。其中有抄录道士的符咒、药方、有家用的春联，显纷乱混杂，毫无头绪，还夹杂着经书、古文、诗词的句子。没等赶路人看完，那两个人急忙追上来把书夺去，转眼就不见了。赶路人怀疑他们是狐仙。有一张纸条飘落到草丛里，等那两个人走远后，他才拣起来。上面写着："《诗经》中的'於'字都读作'乌'，《易经》中的'睟'字左边没有点。"

我认为这是借此讽刺那些才疏学浅而又喜欢谈论学问的人。然而能在这方面专心一意，岂不胜过只知道饮酒赌博、拈花惹草的人吗？假如这些人都能受到称赞和勉励，那么其中有些人一定会学有所成。如果鄙视他们、斥责他们、嘲笑他们，这就忘记了圣人是如何一视同仁对待互乡、阙党两个小孩的了。那些讲学家过于高傲，让人甘心自暴自弃，而他们自己只是沽名钓誉，把社会风气和人们的愿望都看作是与己无关的事。

【原典】

冯平宇言：有张四喜者，家贫佣作[①]。流转至万全山中，遇翁媪留治圃。爱其勤苦，以女赘之。越数岁，翁媪言往塞外省长女，四喜亦挈妇他适。久而渐觉其为狐，耻与异类偶，伺其独立，潜弯弧射之，中左股。狐女以手拔矢，一跃直至四喜前，持矢数之曰："君太负心，殊使人恨！虽然，他狐媚人，苟且野合耳。我则父母所命，以礼结婚，有夫妇之义焉。三纲所系，不敢仇君；君既见弃，亦不敢强住聒君。"握四喜之手痛哭，逾数刻，乃蹶然逝。四喜归，越数载，病死，无棺以敛。狐女忽自外哭入，拜谒姑舅，具述始末。且曰："儿未嫁，故敢来也。"其母感之，詈四喜无良。狐女俯不语，邻妇不平，亦助之詈。狐女瞋视曰："父母詈儿，无不可者。汝奈何对人之妇，詈人之夫！"振衣竟出[②]，莫知所往。去后，于四喜尸旁得白金五两，因得成葬。后四喜父母贫困，往往于盎中箧内无意得钱米，盖亦狐女所致也。皆谓此狐非惟形化人，心亦化人矣。或又谓狐虽知礼，不至此。殆平宇故撰此事，以愧人之不如者。姚安公曰："平宇虽村叟，而立心笃实，平生无一字虚妄。与之谈，讷讷不出口[3]，非能造作语言者也。"

【注释】

①佣作：受雇为别人劳作。

②振衣：整理衣服。

③讷讷（nè）：说话迟钝。

【译文】

冯平宇说：有个叫张四喜的人，家境贫穷，靠给人打工为生。辗转到了万全山中，被一对老夫妇收留，在他们的菜园做活。老夫妇喜欢他的勤劳刻苦，将女儿嫁给他，招他做了入赘女婿。过了几年，老夫妇说要去塞外看望长女，四喜也带着他的妻子另谋出路。过了几年，张四喜逐渐发现他妻子原来是狐精，感到以异类为配偶很羞耻，趁她单独站在某处时，偷偷地弯弓搭箭，射中了她的左腿。狐女用手拔出箭，一下子跳到四喜面前，拿箭指着他责备说："你太无情，真让人痛恨。尽管这样，别的狐狸媚人，都是苟且野合的。我则是受父母之命，按照礼仪与你结婚的，有夫妇之义。由于三纲的约束，我不敢仇恨你；你既然嫌弃我，我也不愿勉强住下去招你讨厌。"说完握着四喜的手痛哭，过了一会儿，突然消逝了。四喜回到家中，过了几年病死了，穷得连殓葬的棺材也没有。忽然，狐女从外面哭着进来，拜见公婆，向他们详细诉说了经过。又说："我未再嫁，所以敢来探望。"四喜的母亲非常感动，痛骂四喜没有良心。狐女低着头不说话。有一个邻居的女人感到不平，也跟着骂。狐女瞪着眼睛对她说："父母骂儿子，没什么不可以的。你怎么能当着人家的妻子的面，骂人家的丈夫！"怒冲冲地抖抖衣服就走了，不知去了哪里。她离开后，家人在四喜的尸身旁边发现五两银子，用它才得以安葬四喜。后来四喜父母很贫穷，但常常能在箱子或盆盆罐罐中意外地发现钱米，大概也是狐女所给的。听到这个故事的人都说这个狐女不但身形化作人，心灵也已经化作人了。有人又说，狐精即使知礼，恐怕还到不了这种地步，很可能是冯平宇故意编造一个故事，用来羞辱那些连狐女都不如的人。姚安公说："平宇虽然是个乡下老汉，但内心诚笃忠实，平生没说过一句虚妄不实的话。与他谈话，他讷讷迟钝，不是能够编造故事的人啊。"

【原典】

侍姬沈氏，余字之曰明玕。其祖长洲人，流寓河间，其父因家焉。生二女，姬其次也，神思朗彻[①]，殊不类小家女。常私语其姊曰："我不能为田家妇，高门华族，又必不以我为妇。庶几其贵家媵乎？"其母微闻之，竟如其志。性慧黠，平生未尝忤一人。初归余时，拜见马夫人。马夫人曰："闻汝自愿为人媵，媵亦殊不易为。"敛衽对曰："惟不愿为媵，故媵难为耳。既愿为媵，则媵亦何难！"故马夫人始终爱之如娇女。尝语余曰："女子当以四十以前死，人犹悼惜。青裙白发，作孤雏腐鼠，吾不愿也。"亦竟如其志，以辛亥四月二十五日卒[②]，年仅三十。初仅识字，随余检点图籍，久遂粗知文义，亦能以浅语成诗。临终，以小照付其女，口诵一诗，请余书之，曰："三十年来梦一场，遗容手付女收藏。他

时话我生平事，认取姑苏沈五娘。”泊然而逝③。方病剧时，余以侍值圆明园，宿海淀槐西老屋。一夕，恍惚两梦之，以为结念所致耳。既而知其是夕晕绝，移二时乃苏。语其母曰：“适梦至海淀寓所，有大声如雷霆，因而惊醒。”余忆是夕，果壁上挂瓶绳断堕地，始悟其生魂果至矣。故题其遗照有曰：“几分相似几分非，可是香魂月下归？春梦无痕时一瞥，最关情处在依稀。”又曰：“到死春蚕尚有丝，离魂倩女不须疑。一声惊破梨花梦，恰记铜瓶坠地时。”即记此事也。

【注释】

①朗彻：爽朗舒适。

②辛亥：乾隆五十六年（1791 年）。

③泊然：安安静静的样子。

【译文】

我的侍妾沈氏，我为她取名为明玕。她的祖先是长洲人，后来流落到河间县，她的父亲就把家安置在那里了。她父母生了两个女儿，沈氏排行老二。她聪敏灵巧，一点儿也不像小家小户的女子。她曾经私下对姐姐说：“我不能作种田人家的媳妇，而高门大户又肯定不会娶我为夫人。将来我也许会成为显贵人家的妾吧？”她母亲隐约听说了她的想法，竟然也满足了她的愿望。她生性乖巧伶俐，一辈子不曾得罪过一个人。当初嫁给我时，去拜见马夫人。马夫人说：“听说你自愿做妾，妾也是很不容易做的呢。”沈氏收敛好衣裙恭敬地回答说：“只因为不愿意做妾，故而妾才难做。既然情愿去做妾，那妾又有什么难做的呢！”因此马夫人始终像对待娇宠的女儿一样善爱她。沈氏曾经对我说：“女子应该在四十岁以前死，这样人们还会追念她、怜惜她。假如活到身穿黑裙、满头白发时，像孤独的小鸡和腐烂的老鼠那样被人嫌弃，我实在不愿意。”后来也终于遂了她的心愿。她在乾隆五十六年四月二十五日去世，年仅三十岁。起初，她只认得几个字，之后跟随我核查校对图书，时间长了，于是就能粗通文章的意思，也能用浅显的语言写诗了。临死前，她把自己的一幅小像交给女儿，嘴里朗诵着一首诗，请我书写下来，诗中写道：“三十年来梦一场，遗容手付女收藏。他时话我生平事，认取姑苏沈五娘。”之后，平静地去世了。在她病重的时候，我在圆明园值班，住在海淀槐西老屋。一天夜里，我恍恍惚惚两次梦见她，以为是自己一心挂念她才梦见的。后来才知道她在这天夜里曾经昏厥过，过了两个时辰才苏醒过来。她对她母亲说："刚才我梦见自己到了海淀的寓所，听见像打雷一样的巨响，就被吓醒了。"我追忆那天晚上发生的事，确实墙上的挂瓶因绳子断了摔在地上，我这才领悟到她的魂到过槐西老屋。因此我就在她的遗像上题写了诗句："几分相似几分非，可是香魂月下归？春梦无痕时一瞥，最关情处在依稀。"另一首写道："到死春蚕尚有丝，离魂倩女不须疑。一声惊破梨花梦，恰记铜瓶坠地时。"这两首诗记述的就是这件事。

【原典】

余督学闽中时，院吏言：雍正中，学使有一姬堕楼死，不闻有他故，以为偶失足也；久而有泄其事者，曰姬本山东人，年十四五，嫁一窭人子[①]。数月矣，夫妇甚相得，形影不离。会岁饥，不能自活，其姑卖诸贩鬻妇女者。与其夫相抱，泣彻夜，啮臂为志而别。夫念之不置[②]，沿途乞食，兼程追及贩鬻者，潜随至京师。时于车中一觌面，幼年怯懦，惧遭诃詈，不敢近，相视挥涕而已。既入官媒家，时时候于门侧，偶得一睹，彼此约勿死，冀天上人间，终一相见也。后闻为学使所纳，因投身为其幕友仆，共至闽中。然内外隔绝，无由通问，其妇不知也。一日病死，妇闻婢媪道其姓名、籍贯、形状、年齿，始知之。时方坐笔捧楼上，凝立良久，忽对众备言始末，长号数声，奋身投下死。学使讳言之，故其事不传。然实无可讳也。

大抵女子殉夫，其故有二：一则搘柱纲常[③]，宁死不辱。此本乎礼教者也，一则忍耻偷生，苟延一息，冀乐昌破镜，再得重圆；至望绝势穷，然后一死以明志。此生于情感者也。此女不死于贩鬻之手，不死于媒氏之家，至玉玷花残，得故夫凶问而后死，诚为太晚。然其死志则久定矣，特私爱缠绵，不能自割。彼其意中，固不以当死不死为负夫之恩，直以可待不待为辜夫之望。哀其遇，悲其志，惜其用情之误，则可矣；必执《春秋》大义，责不读书之儿女，岂与人为善之道哉！

【注释】

①窭（jù）人：贫寒穷苦的人。

②不置：舍不得。

③搘（zhī）柱：支撑，支持。

【译文】

我在福建担任督学时，听学院的管理说：雍正年间，此地学使有一个姬妾从楼上坠落摔死，没有听说其他原因，都以为是偶然失足所致。过了一段时间，有人泄露了事情真相，据说这个妾本来是山东人，十四五岁时嫁给一个贫家子。嫁后几个月中，夫妇感情很好，形影不离。恰值当时出现荒年，无法生活，她的婆婆就把她卖给专门买卖妇女的人贩子。她与丈夫两人拥抱着啼泣了一夜，最后在臂膀上咬出齿痕做记号而分别。她的丈夫放心不下，沿途讨饭，兼程赶上买走她的人贩子，偷偷跟随着到了京城。一路上常在她坐的车上看到她，但因为年幼胆小，怕受到呵斥责骂，不敢挨近，只是相互看着挥泪而已。其后，她被送到官媒家中，丈夫还常常在门边等候，偶然见到一面，彼此相约都不要寻死，希望将来天上人间，总有再见面的时候。后来她的丈夫听说她被学使纳为姬妾，就投身学使的幕僚手下做了仆人，一同到了福建。但他们两人内外隔绝，无法通音讯，妻子并不知道丈夫已经到了福建。有一天，丈夫因病去世，妻子听婢女们说起他的姓名、籍贯、形貌和年龄，这才知道。她当时正坐在笔捧楼上，听到丈夫的死讯后，凝立了许久，忽然对众人详细诉说了事情始末，大哭几声，奋身跳下楼而死。学使对此很忌讳，不让人家讲这件事，所以没有传扬开来。但是这件事其实没有什么可忌讳的。

大抵女子殉夫而死，有两种情况：一是为了坚持纲常礼教，宁死不受污辱，这是恪守礼教；是忍辱偷生，苟延生命，希望与所爱之人破镜重圆；到了完全绝望的时候，这才一死以表明心志。这是发自情感。这里所说的这个女子，不死于人贩子之手，不死在官媒之家，就像一块美玉被玷污、一朵鲜花被摧残，得到前夫的凶讯而后自尽，确实死得太晚了。但是她以死相从的心愿早已确定了，只不过由于缠绵的情爱，使她难以割舍而已。在她的意识里，本来就没有将应当死而不死看作是辜负了丈夫的恩爱，而是将能够等待重聚而没有等待才当成是辜负了丈夫的期望。我们哀挽她的遭遇，悲悼她的志向，可惜她专情中的错误，是应该的；非要举出《春秋》里的大道理，以贞节等礼教来要求未读过书的青年男女，这难道就是与人为善之道吗？

【原典】

田白岩说一事曰：某继室少艾[1]，为狐所媚，劾治无验。后有高行道士，檄神将缚至坛，责令供状。佥闻狐语曰："我豫产也，偶挞妇，妇潜窜至此，与某昵。我衔之次骨，是以报。"某忆幼时果有此，然十馀年矣。道士曰："结恨既深，自宜即报，何迟迟至今？得无刺知此事，假借藉口耶？"曰："彼前妇贞女也，惧于天罚，不敢近。此妇轻佻，乃得诱狎。因果相偿，鬼神弗罪，师又何责焉？"道士沉思良久，曰："某昵尔妇几日？"曰："一年馀。""尔昵此妇几日？"曰："三年馀。"道士怒曰："报之过当，曲又在尔，不去，且檄尔付雷部！"狐乃服罪去。清远先生（蒙泉之父）曰："此可见邪正之念，妖魅皆得知。报施之理，鬼神弗能夺也。"

【注释】

①艾：美丽，漂亮。

【译文】

田白岩讲了一件事，他说：某人娶了个年轻漂亮的小妾，但她被狐狸精迷惑住了，请人镇治也无济于事。后来有一位操行高尚的道士，命令神将把妖狐捆到法坛前，责令他从实招供。在场的人听狐狸说：“我出生在河南，有一次偶尔把妻子打了一顿，她就偷偷逃到这里，与某人相好了。我恨之入骨，因此来报复。”某人想起来自己年轻时的确有这么一回事，但事情已经过去十多年了。道人说：“既然怨恨结得那么深，理应当时就报复，你为什么迟迟不报复？该不是你从哪儿打听到有这么一回事，以此为借口吧？”狐狸说：“某人的前妻是位有贞操的女子，我害怕受到上天的惩罚，因此不敢接近她。而这个女人轻薄放荡，这才引诱她上了钩。因果报应，就连鬼神都不加惩罚，尊师何必指责我呢？”道士沉思了很长时间，问道：“某人和你的妻子相好了多长时间？”回答说：“有一年多时间。”“那么你和这个女人又相好了多长时间？”回答说：“有三年多时间。”道士大怒道：“你的报复过了头，理屈的又在你，你要是再不走的话，我就将你押送到雷神那里去！”狐狸认罪后离开了。蒙泉的父亲清远先生说：“由此可见，邪恶与正直的观念，连妖精们都知道。因果报应的道理，即便是鬼神也不能阻拦。”

【原典】

舅氏安公介然言：有柳某者，与一狐友，甚昵。柳故贫，狐恒周其衣食。又负巨室钱，欲质其女。狐为盗其券，事乃已。时来其家，妻子皆与相问答，但惟柳见其形耳。狐媚一富室女，符箓不能遣，募能劾治者予百金。柳夫妇素知其事，妇利多金，怂恿柳伺隙杀狐。柳以负心为歉。妇谇曰[①]：“彼能媚某家女，不能媚汝女耶？昨以五金为汝女制冬衣，其意恐有在。此患不可不除也！”柳乃阴市砒霜，沽酒以待。狐已知之。会柳与乡邻数人坐，狐于檐际呼柳名，先叙相契之深[②]，次陈相周之久，次乃一一发其阴谋。曰：“吾非不能为尔祸，然周旋已久，宁忍便作寇仇[③]！”又以布一匹、棉一束自檐掷下，曰：“昨尔幼儿号寒苦，许为作被，不可失信于孺子矣。”众意不平，咸诮让柳。狐曰：“交不择人，亦吾之过。世情如是，亦何足深尤？吾姑使知之耳。”太息而去。柳自是不齿于乡党，亦无肯资济升斗者。挈家夜遁，竟莫知所终。

【注释】

①谇（suì）：辱骂。

②相契：交情深厚。

③寇仇：仇人。

【译文】

我舅舅安介然说：有个姓柳的人和一个狐精交朋友，关系非常亲密。柳某一向很穷，那个狐友就常常救济他。柳某欠一个大户的钱，大户想让柳某的女儿去抵债。狐友替他从大户家偷出了借钱的字据，了结了这件事。狐友经常到柳家去，柳某的妻子儿女全都和狐友说话，但只有柳某能看到狐友的形状。后来这位狐友媚惑了一个富家女，用符也赶不走，富家就用一百两银子招募能制伏狐精的人。柳某夫妇一向了解狐友的情况，柳某的妻子贪图赏金，就怂恿柳某找机会杀死狐狸。柳某觉得那样做背弃友情，对不住狐友。妻子骂道："那狐精能勾引某家的女儿，就不能勾引你的女儿吗？昨天他还用五两银子为女儿做了一身棉衣，恐怕他有这种心思吧。这个祸害非除掉不可！"柳某于是暗地里买了砒霜，打了酒等狐友来喝。狐友已经知道了柳家夫妇的歹心，趁柳某和几个乡邻在一起的时候，就在房檐上叫柳某的名字，先叙往日交情的深厚，然后又述说周济柳某家已有很长的时间，之后

一一揭发他们夫妇商定的阴谋。他说："我并不是不能给你家带来灾祸，只是我们交往时间长了，不能忍心与你们为敌！"说完，又把一匹布、一束棉花从房檐上扔下来，说："昨天你的小儿子哭着喊冷，我答应为他弄条被子，我不能对小孩子失信。"大伙听了狐精的话，都愤愤不平，一起谴责柳某。狐精说："我交友没有选对人，这是我的过失。世态人情就是这样，你们又何必过多地指责他呢？我姑且让他心里明白就是了。"狐精说完，叹着气离去了。从此以后，柳某就被乡人看不起，也没有人肯资助、救济他了。他只得带一家老小连夜逃走，不知道上哪里去了。

卷十三　槐西杂志三

【原典】

古者大夫祭五祀[①]，今人家惟祭灶神。若门神、若井神、若厕神、若中霤神[②]，或祭或不祭矣。但不识天下一灶神欤？一城一乡一灶神欤？抑一家一灶神欤？如天下一灶神，如火神之类，必在祀典，今无此祀典也。如一城一乡一灶神，如城隍社公之类，必有专祠，今未见处处有专祠也。然则一家一灶神耳，又不识天下人家，如恒河沙数，天下灶神，亦当如恒河沙数？此恒河沙数之灶神，何人为之？何人命之？神不太多耶？人家迁徙不常，兴废亦不常，灶神之闲旷者何所归？灶神之新增者何自来？日日铨除移改[③]，神不又太烦耶？此诚不可以理解。然而遇灶神者，乃时有之。余小时，见外祖雪峰张公家一司爨姬[④]，好以秽物扫入灶。夜梦乌衣人呵之，且批其颊。觉而颊肿成痈，数日巨如杯，脓液内溃，从口吐出；稍一呼吸，辄入喉，呕哕欲死。立誓虔祷，乃愈。是又何说欤？或曰："人家立一祀，必有一鬼凭之。祀在则神在，祀废则神废，不必一一帝所命也。"是或然矣。

【注释】

①五祀：原指古代祭祀名，即禘、郊、宗、祖、报。

②中霤（liù）神：古代传说中管中堂起居的神，地位比灶神高。

③铨（quán）除：选授。

④爨（cuàn）：烧火做饭。

【译文】

古代的士大夫祭祀五神，现在的人们只祭灶神。像门神、井神、厕神、中霤神等，就有的祭，有的不祭了。只是不知天下只有一个灶神呢？还是每一城每一乡有一个灶神？或者是每一家就有一个灶神？如果天下只有一个灶神，像火神那样，必定有一定的礼仪和制度，但现在没有这种仪式和规定。如果每一城每一乡就有一个灶神，像城隍和土地那样，必定有城隍庙和土地庙一样的专祠，但现在也不是处处有祭祀灶神的专祠。假如说每一家就有一个灶神，那么天下人家，像恒河沙那样多，不知天下灶神，是否也应该像恒河沙那样多？如此众多的灶神，是什么人担任？又是什么人任命的？神似乎太多了吧？人的家庭迁移无常，兴废无常，留下的那些无事可做的灶神去了哪里？新增加的灶神又从哪里来？灶神每天都要任免迁移，不是又太烦乱了吗？这些问题真难以理解。但是遇到灶神的事，又经常发生。我小时候，看到外祖父张雪峰家中有一个做饭的老婆子，喜欢把脏东西扫进灶膛。有天夜里，她梦见一个穿黑衣服的人呵骂她，而且打她的嘴巴。睡醒后，她的脸颊肿起了一个肿包，几天就长得像杯子那样大，肿包往口腔里面溃烂，从嘴里吐出脓液；有时随着呼吸流到喉咙里，恶心呕吐，难受得要死。后来她对灶神立下誓言，虔诚地祈祷，才痊愈。这又怎么解释呢？有人说："人在家中每立一个神龛，必然就有一个鬼来依附。祭祀的地方存在，神就存在；祭祀的地方废弃了，神也就消失了，不一定是天神一一任命的。"也许是这样吧。

【原典】

朱定远言：一士人夜坐纳凉，忽闻屋上有噪声。骇而起视，则两女自檐际格斗堕，厉声问曰："先生是读书人，姊妹共一婿，有是礼耶？"士人噤不敢语。女又促问，战栗嗫嚅曰："仆是人，仅知人礼。鬼有鬼礼，狐有狐礼，非仆之所知也。"二女唾曰："此人模棱不了事，当别问能了事人耳。"仍纠结而去。苏味道模棱[①]，诚自全之善计也。然以推诿偾事，获谴者亦在在有之。盖世故太深，自谋太巧，恒并其不必避者而亦避，遂于其必当为者而亦不为，往往坐失事机，留为祸本，决裂有不可收拾者。此士人见诮于狐[②]，其小焉者耳。

【注释】

①苏味道（648—705）：唐代政治家、文学家，因武则天时政治环境复

杂，常常采取明哲保身的态度，处事模棱两可，故又有“苏模棱”之称。

②诮（qiào）：责备。

【译文】

朱定远说：有个士人夜晚坐在院子里乘凉，忽然听见房顶上有吵闹声。他惊骇地站起身向屋顶上看，只见两个女子在房檐上打架，掉了下来，这两个女子厉声说：“先生是读书人，请问姊妹共有一位丈夫，有这个礼法吗？”士人吓得不敢说话。女人又催问，士人战栗着小声说：“我是人，只知道人礼。鬼有鬼的礼制，狐有狐的礼制，不是我所能知道的。”两个女人唾了他一口，说：“这人模棱两可，应当问一个明白人。”于是相互拉扯着走了。苏味道办事模棱两可。这倒是一种自我保全的妙计。然而因为推诿责任而遭到惩罚的人，也到处都有。因为太老于世故、算计得太巧妙的人，不应回避的事也回避了，应当做的也不做。所以往往坐失机会，留下祸根，到了祸殃爆发，已不可收拾了。这士人受到狐仙的讥笑，还是小事。

【原典】

奴子王敬，王连升之子也。余旧有质库在崔庄，从官久，折阅都尽，群从鸠赀复设之[1]，召敬司夜焉。一夕，自经于楼上，虽其母其弟莫测何故也。客作胡兴文，居于楼侧，其妻病剧，敬魂忽附之语，数其母弟之失，曰：“我自以博负死，奈何多索主人棺敛费，使我负心！此来明非我志也。”或问：“尔怨索负者乎？”曰：“不怨也。使彼负我，我能无索乎？”又问：“然则怨诱博者乎？”曰：“亦不怨也。手本我手，我不博，彼能握我手博乎？我安意候代而已。”初附语时，人以为病者瞀乱耳；既而序述生平、寒温故旧，语音宛然敬也。皆叹曰：“此鬼不昧本心，必不终沦于鬼趣。”

【注释】

①鸠赀：筹措资金。

【译文】

奴仆王敬是王连升的儿子。过去我在崔庄开有当铺，在外做官时间长了，当铺差不多折光了，我的堂亲们又集资把当铺办了起来，叫王敬夜里值更。一天夜里，王敬在楼上上吊死了，他的母亲和弟弟也不知死因。打工的胡兴文住在当铺隔壁，妻子病重时，王敬的灵魂忽然附在她身上，数落他母亲和弟弟的过失，说："我因为赌博输了钱而死，你们为何向主人索要那么多丧葬费，使我有愧于心！今天来声明这不是我的本意。"有人问："你不恨向你要债的人？"他说："不恨。如果你欠了我的钱，我能不要吗？"又问："你不恨引诱你赌博的人？"他说："也不恨。手是我的手，我不赌，别人能拉着我的手去赌吗？我现在只是安心地等待替身而已。"刚附体时，人们以为是病人说胡话，然而一一历述生平往事以及亲朋故旧的事，言语声调都跟王敬一模一样。人们都说："这鬼不昧良心，肯定不会沦入鬼界的。"

【原典】

董秋原言：东昌一书生，夜行郊外。忽见甲第甚宏壮，私念此某氏墓，安有是宅，殆狐魅所化欤？稔闻《聊斋志异》青凤、水仙诸事①，冀有所遇，踯躅不行。俄有车马从西来，服饰甚华，一中年妇女揭帏指生曰："此郎即大佳，可延入。"生视车后一幼女，妙丽如神仙，大喜过望。既入门，即有二婢出邀。生既审为狐，不问氏族，随之入。亦不见主人出，但供张甚盛，饮馔丰美而已。生候合卺，心摇摇如悬旌。至夕，箫鼓喧阗，一老翁搴帘揖曰："新婿入赘，已到门。先生文士，定习婚仪，敢屈为傧相，三党有光②。"生大失望，然原未议婚，无可复语；又饫其酒食③，难以遽辞。草草为成礼，不别而归。家人以失生一昼夜，方四出觅访。生愤愤道所遇，闻者莫不拊掌曰："非狐戏君，乃君自戏也。"

余因言有李二混者，贫不自存，赴京师谋食。途遇一少妇骑驴，李趁与语，微相调谑。少妇不答亦不嗔。次日，又相遇，少妇掷一帕与之，鞭驴径去，回顾曰："吾今日宿固安也。"李启其帕，乃银簪珥数事。适资斧竭，持诣质库。正质库昨夜所失，大受拷掠，竟自诬为盗。是乃真为狐戏矣。秋原曰："不调少妇，何缘致此？仍谓之自戏可也。"

【注释】

①《聊斋志异》：简称《聊斋》，俗名《鬼狐传》，清代蒲松龄著。

②三党：指父族、母族、妻族。

③饫（yù）：饱食。

【译文】

董秋原说：东昌有一个书生，晚上在郊外赶路。忽然看见一所大宅子十分高大华丽，心想这是某某家的墓地，怎么会有这所大宅子？大概是狐精变化出来的吧？他听了《聊斋志异》中青凤、水仙一类的故事，希望自己也有这种机遇，就在附近徘徊不去。不久，有马匹车辆从西边过来，车马上人们的服饰都很华丽，其中一个中年妇女揭开车帘，指着书生说："这位郎君就很好，可以请他进去。"书生看到车子后面坐着一位少女，美丽得像天仙似的，高兴得不得了。车子进了宅子大门之后，就有两个婢女走出来邀请书生。书生既然已经知道是狐精，也不再问姓氏门第，就跟着进了门。也不见主人出来见面，只是陈设豪华，酒菜十分丰盛而已。书生等着做新郎，心神早已飘摇不定。到了晚上，音乐声响十分热闹，有一个老头掀开门帘走进来作了一个揖，说："新姑爷入赘，现在已经到门口了。先生是读书人，一定熟悉结婚仪式，委屈你做傧相，是我们三族莫大的荣幸。"书生大失所望，但是本来也没有人和他议过婚事，现在就没话好说了；又吃过人家的酒菜，很难再推辞。于是只好马马虎虎地做一回婚礼傧相，然后不辞而别，回到家里。家里人因为书生失踪了一天一夜，正四处寻找。书生愤愤不平地把自己的遭遇讲了出来，听到的人都拍手大笑，说："这不是狐精戏弄你，是你自己戏弄自己啊。"

接着，我也说了个故事：有个叫李二混的人，穷得活不下去了，就到京城谋生。路上碰到一位骑驴的少妇，李二混趁着同她说话时，悄悄地跟她调笑。少妇不回答，也不生气。第二天，两人又碰到了，少妇抛了个手帕包给李二混，打着驴子自己先走，还回头说道："我今天在固安住宿。"李二混打开手帕包，里面有几件银首饰。他正缺盘缠，就拿银首饰到当铺去当。这些银首饰恰好是当铺昨夜失窃的东西，李二混受尽拷打，只好屈打成招，自认是盗贼。这才真的是被狐精戏弄了。董秋原说："他不去调戏少妇，怎么会落到这个地步呢？这仍然可以说是自己戏弄自己啊！"

【原典】

沧州有一游方尼，即前为某夫人解说因缘者也。不许妇女至其寺，而肯至人家。虽小家以粗粝为供，亦欣然往。不劝妇女布施，惟劝之存善心，作善事。外祖雪峰张公家，一范姓仆妇，施布一匹。尼合掌谢讫，置几上片刻，仍举付此妇曰："檀越功德，佛已鉴照矣。既蒙见施，布即我布。今已九月，顷见尊姑犹单衫。谨以奉赠，为尊姑制一絮衣可乎?"仆妇踧踖无一词①，惟面赪汗下。姚安公曰："此尼乃深得佛心。"惜闺阁多传其轶事，竟无人能举其名。

【注释】

①踧踖（cù jí）：恭敬而不安的样子。

【译文】

沧州有个游历四方的尼姑，就是我前边说过的那位给某位夫人解说因缘的人。她不让妇女们到她住的寺里去，却肯到人家里去。即便是小家小户用粗茶淡饭招待，她也高高兴兴地去。她不劝说妇女们布施财物，只劝她们存善心，做善事。外祖父张雪峰先生家里有一个姓范的仆妇，捐献一匹布料。尼姑双掌合十表示感谢后，把布料放在桌上，过一会儿又拿起来交还给这个仆妇，说："施主的功德，佛已经知道了。既然承蒙你捐献，这布料就是我的了。现在已经到了九月，刚才看见你婆婆还穿着单薄的衣裳。我把这些布送给你，给你婆婆做一件棉衣，怎么样?"仆妇局促不安地说不出一句话，只是满脸通红，汗流不止。先父姚安公说："这个尼姑才是深刻领会了佛家的精髓。"妇女中关于她的轶事流传不少，竟然没有人能说出她的名字。

【原典】

先师陈文勤公言：有一同乡，不欲著其名，平生亦无大过恶，惟事事欲利归于己，害归于人，是其本志耳。一岁，北上公车，与数友投逆旅。雨暴作，屋尽漏。初觉漏时，惟北壁数尺无渍痕。此人忽称感寒，就是榻蒙被取汗。众知其诈病，而无词以移之也。雨弥甚，众坐屋内如露宿，而此人独酣卧。俄北壁颓圮，众未睡皆急奔出；此人正压其下，额破血流，一足一臂并折伤，竟舁而归[①]。此足为有机心者戒矣。因忆奴子于禄，性至狡。从余往乌鲁木齐，一日早发，阴云四合。度天欲雨，乃尽置其衣装于车箱，以余衣装覆其上。行十馀里，天竟放晴，而车陷于淖[②]，水从下入，反尽濡焉。其事亦与此类。信巧者造物之所忌也。

【注释】

①舁（yú）：抬。

②淖（nào）：烂泥，泥沼。

【译文】

我的老师陈文勤先生说：他有一个同乡，这里不便说出他的名字，一生没什么大的过错，就是事事都要把利益好处归自己，坏处归别人，这是他为人处世的一个原则。有一年，他北上京城参加科举考试，和几个朋友投宿在旅店。突然下起大雨，屋子到处都在漏雨。开始时，只有紧靠北墙的几尺地方没有水痕。这人忽然说感染了风寒，便躺在北墙根的床上蒙被发汗。大家知道他是装病，但没有什么理由让他移开。雨越下越大，大家坐在屋内就像在露天一样，而这个人却独自酣睡。不一会儿，北墙倒塌，众人没睡，都急忙跑了出去；这个人正好被压在墙下，砸得头破血流，一条腿一只胳膊都被压断了，竟被抬了回去。这件事足以让有机诈心的人引为借鉴。由此我想起奴仆于禄。他为人十分狡诈。他跟随我去乌鲁木齐，一天早晨出发后，阴云四合。他估计天将下雨，就把自己的衣服行李全都放在车箱里，而把我的衣服行李盖在上面。走了十几里，天气忽然放晴，但车轮陷在泥坑里，泥水从车下渗进来，反而把他的衣服全都浸湿了。这件事和上面那件事相似。可见机心巧诈是上天所嫉恨的。

【原典】

舅祖陈公德音家，有婢恶猫窃食，见则挞之。猫闻其欬笑，即窜避。一日，舅祖母郭太安人，使守屋。闭户聊寝，醒则盘中失数梨，旁无他人，猫犬又无食梨理，无以自明，竟大受箠楚。至晚，忽得于灶中，大以为怪。验之，一一有猫爪齿痕。乃悟猫故衔去，使亦以窃食受挞也。蜂虿有毒，信哉。婢愤恚[①]，欲再挞猫。郭太安人曰："断无纵汝杀猫理。猫既被杀，恐冤冤相报，不知出何变怪矣。"此婢自此不挞猫，猫见此婢亦不复窜避[②]。

【注释】

①愤恚（huì）：怨恨。

②窜避：逃窜，逃亡。

【译文】

我的舅爷爷陈德音先生家有个婢女，很讨厌猫偷吃食物，见了猫就打。猫一听到她咳嗽说笑的声音就逃。一天，舅奶奶郭太安人派她看守房屋。她关好门窗后睡觉，醒来发现盘子里的几个梨不见了，旁边没有其他人，猫狗也不可能吃梨。婢女说不清，挨了一顿打。到了晚上，忽然在灶里找到了梨，她非常奇怪。拿出来查看，每一个上面都有猫爪子、猫齿的痕迹。这才明白是猫故意将梨叼走，让婢女也因偷吃东西挨打。蜂虿有毒，确实如此啊。婢女非常气愤，要再打猫。舅奶奶说："绝对没有让你杀猫的道理。猫如果被打死，恐怕会冤冤相报，不知道会出现什么变故。"婢女从此不再打猫，猫见到婢女也不再逃跑躲避了。

【原典】

李应弦言，甲与乙邻居世好，幼同嬉戏，长同砚席[①]，相契如兄弟。两家男女时往来，虽隔墙犹一宅也。或为甲妇造谤，谓私其表弟，甲侦无迹，然疑不释，密以情告乙，祈代侦之，乙故谨密畏事，谢不能。甲私念不侦而谢不能，是知其事而不肯侦也，遂不再问，亦不明言。然由是不答其妇。妇无以自明，竟郁郁死。死而附魂于乙，曰："莫亲于夫妇，夫妇之事，乃密祈汝侦，此其信汝何如也。使汝力白我冤，甲疑必释，或阳许侦而徐告以无据，甲疑亦必释，汝乃虑脱侦得实，不告则负甲，告则汝将任怨也。遂置身事外，恝然自全[②]，致我赍恨于泉壤[③]，是杀人而不操兵也。今日诉汝于冥王，汝其往质。”竟颠痫数日死。甲亦曰：“所以需朋友，为其缓急相资也，此事可欺我，岂能欺人。人疏者或可欺，岂能欺汝，我以心腹托汝，无则当言无，直词责我勿以浮言间夫妇；有则宜密告我，使善为计，勿以秽声累子孙。乃视若路人，以推诿启疑窦，何贵有此朋友哉。”遂亦与绝。死竟不吊焉。乙岂真欲杀人哉？世故太深，则趋避太巧耳。然畏小怨，致大怨；畏一人之怨，致两人之怨，卒杀人而以身偿，其巧安在乎？故曰，非极聪明人，不能作极懵懂事。

【注释】

①砚席：砚台和坐席，指学习。

②恝（jiá）然：漠不关心，冷淡的样子。

③赍（jī）恨：抱恨。泉壤：泉下，指阴间。

【译文】

李应弦说，甲和乙是上辈人就友好的邻居，从小一起玩耍嬉戏，长大一起上学，性情相投如同兄弟一般。两家的男男女女时常来往，虽然隔着一道墙，却像是一家人。有人给甲的妻子造谣，说她和表弟私通。甲调查没有证据，可是疑虑没有消除，私下里把此事告诉了乙，求乙来帮他调查。乙向来谨慎怕事，推辞说办不了。甲心想，没有侦察就推辞办不了，明明是知道这回事，所以不肯相助调查，就不再追问，也不明说，但从此不再和妻子说话。他妻子没有办法证明自己，竟然忧郁而死。死后鬼魂附在乙的身上，说：“再没有比夫妻更亲密的，夫妻之间的事，却秘密地求你侦察，可见信任你到了什么程度。假使你尽量洗刷我的冤枉，甲的疑心一定消除；就是你表面上答应侦察，然后再告诉他没有证据，甲的疑心也一定会消除。你却顾虑如果侦察出实情，不说就辜负了甲，说了你就要受埋怨。于是置身事外，小心翼翼地保全自己，致使我怨恨死去，你这是杀人不用刀子呀！今天在阎王那里控告了你，跟我去对质吧。”乙竟发了几天疯去世了。甲也说：“人之所以需要朋友，是为了有急难的时候互相帮助。这件事可以瞒得过我，怎么能瞒得过别人？关系疏远的人或者可以瞒着我，怎么能瞒得了你？我把心腹之事托付给你，没有就该说没有，你可以直言责备我不能因为流言蜚语损害夫妻感情；

如果有就该暗中告诉我，让我好想办法，不因臭名声连累子孙。你却把我看成过路的人，用推诿让我有了疑心，我又何必重视这样的朋友呢？”于是也和乙绝交了，乙死了也不去吊唁。乙难道真的想杀人吗？只是他过于精通世故人情，趋利避害过于机巧罢了。可是害怕小的怨恨，却招致大的怨恨；担心一个人怨恨，却招致两个人的怨恨。结果害死了人，把自己的命也搭上了，他的巧妙又在哪里呢？所以说，不是绝顶的聪明人，不会做出绝顶的糊涂事。

【原典】

临清李名儒言，其乡屠者买一牛。牛知为屠也，缒不肯前，鞭之则横逸，气力殆竭，始强曳以行。牛过一钱肆①，忽向门屈两膝跪，泪涔涔下，钱肆悯之，问知价钱八千，如数乞赎，屠者恨其犷，坚不肯卖。加以子钱，亦不许。曰：“此牛可恶，必剚刃而甘心②，虽万贯不易也。”牛闻是言，蹶然自起，随之去。屠者煮其肉于釜，然后就寝。五更自起开釜，妻子怪不回，疑而趋视，则已自投釜中，腰以上与牛俱糜矣。凡属含生，无不畏死，不以其畏而悯恻，反以其畏而恚愤，牛之怨毒，加寻常数等矣。厉气所凭，报不旋踵③，宜哉。先叔仪南公，尝见屠者许学牵一牛，牛见先叔跪不起，先叔赎之，以与佃户张存，存豢之数年。其驾耒服辕④，力作较他牛为倍。然则恩怨之间，物犹如此，人可不深长思哉。

【注释】

①钱肆：钱庄。

②剚（zì）刃：用刀剑刺杀。

③旋踵：调转脚跟，形容时间很短。

④驾耒（lěi）服辕：指耕地驾车。

【译文】

临清人李名儒说：他的家乡有个屠户买了一头牛。那牛知道自己将要被屠宰了，怎样拉缰绳也不肯往前走，屠户鞭打它，它则向侧面躲，一直闹到精疲力竭时，才勉强被拉着往前走。走到一家钱庄门前，那牛突然前腿一屈，对着大门跪下了，眼泪涔涔地流下来。钱庄老板可怜它，问明牛价是八千钱，便与屠户商议，愿按这个价钱买下此牛。屠户憎恶牛的犟脾气，就坚持不肯卖，钱庄的人给他再高的价钱也不卖，并说："这头牛太可恨了，我非要宰了它不可，就是你给我一万贯钱我也不卖。"那牛听他说完这话，猛然间自己站起来，跟着屠户走了。屠户把牛杀了后，放进大锅里煮，然后就去睡觉了。五更的时候，他从床上起来去开锅捞肉，他的妻子奇怪他为什么好长时间不回来，便也起来去煮牛肉的地方看，才发现屠户头下脚上地投到锅里，上半身已经跟牛肉一起被煮烂了。凡是有生命的，没有不怕死的。不但不因为牛怕死而产生怜悯之心，反而因为它怕死而产生愤恨，这就使牛的怨恨，远远超过常情多少倍了。凭着一股报复的戾气，使屠户转眼之间遭到报应，也是必然的。我的先叔父仪南公，曾遇见屠户许学牵着一头牛。那头牛看见他就跪地不起。仪南公就把这头牛买过来，交给佃户张存使用。在张存饲养它的几年中，它拼命耕地驾车，干活比别的牛都卖力气。恩怨之间，畜类也如此分明，怎么能不令人深思呢！

卷十四　槐西杂志四

【原典】

林教谕清标言：曩馆崇安①，传有士人居武夷山麓，闻采茶者言，某岩月夜有歌吹声，遥望皆天女也。士人故佻达②，乃借宿山家，月出辄往，数夕无所遇。山家亦言有是事，但恒在月望，岁或一两闻，不常出也。士人托言习静，留待旬馀。一夕，隐隐似有声，乃潜踪急往，伏匿丛薄间。果见数女皆殊绝，一女方拈笛欲吹，瞥见人影，以笛指之，遽僵如束缚，然耳目犹能视听。俄清响透云，曼声动魄，不觉自赞曰："虽遭禁制，然妙音媚态，已具赏矣。"语未竟，突一帕飞蒙其首，遂如梦魇，无闻无见，似睡似醒。迷惘约数刻，渐似苏息。诸女叱群婢曳出，谯呵曰③："痴儿无状，乃窥伺天上花耶？"趣折修篁，欲行棰楚。士人苦自申理，言性耽音律，冀窃听幔亭法曲，如李謩之傍宫墙④，实不敢别有他肠，希彩鸾甲帐。一女微哂曰："悯汝至诚，有小婢亦解横吹，姑以赐汝。"士人匐匍叩谢，举头已杳。回顾其婢，广颡巨目，短发鬔鬙⑤，腰腹彭亨，气咻咻如喘。惊骇懊恼，避欲却走。婢固引与狎，捉搦不释。愤击仆地，化一豕嗥叫去。岩下乐声，自此遂绝。观是婢，殆是妖，非仙矣。或曰："仙借豕化婢戏之也。"倘或然欤。

【注释】

①曩：曾经，从前。

②佻（tiāo）达：放荡轻浮。

③谯呵：呵斥。

④李謩（mó）：相传唐朝开元年间教坊里的首席吹笛手。

⑤鬔鬙（péng sēng）：毛发散乱的样子。

【译文】

教谕林清标说：过去，他在福建崇安县教书，传说有个住在武夷山麓的读书人听采茶人说，在一座山岩上，月明之夜常有歌唱和吹奏声，远远望去，都是些天上的仙女。这个读书人本就放荡轻薄，于是借宿在山里人家，每到月出就到山岩上去，一连几个夜晚，什么都没遇见。山里人也说有这回事，但通常在每月十五时出现，一年也就能听到一两次，不是经常出现。读书人借故说自己喜欢清静，留下来又住了十余天。一天晚上，他隐隐约约听到好像有乐声，于是急忙悄悄地前往，躲藏在密草丛中。果然看见几个女子，个个绝色艳丽。其中一个女子刚刚拈起笛子要吹，瞥见有人影，就用笛子一指，那读书人顿时周身僵木，如同被绳索捆住一样，但他的耳朵仍能听见，眼睛也能看见。一会儿，清越的笛声响彻云霄，悠长的乐曲动人心魄，读书人不觉赞叹道："虽然我身遭禁锢，但是仙女美妙的音乐、曼妙的舞姿已经全都欣赏了。"话没说完，突然一块手帕飞来蒙在他头上。于是他就像梦魇了似的，听不见看不见，好像睡着了又好像醒着。迷迷糊糊了有几刻钟，才渐渐苏醒过来。众女子叫几个婢女将他拉出来，呵斥说："你这没德性的傻小子，行为太不检点了，竟敢偷窥仙家姐妹！"众女子让婢女折来长竹条，准备抽打他。读书人苦苦申辩说自己生性喜好音乐，只是想暗中领教仙家法曲，就像唐代书生李謩倚靠宫墙偷听皇宫中乐曲一样，实在不敢有其他念头，不是企图有所艳遇。一个女子微微冷笑讥讽道："我同情你的至诚，我有一个小婢女也很会吹奏乐曲，姑且把她赏给你吧。"读书人趴在地上磕头致谢，等他抬起头来，仙女们已经不知去向。回头看那婢女，宽脑门儿大眼珠，发髻蓬松杂乱，粗腰大肚，呼吸就

像喘气一般。他惊骇懊恼，想转身躲避。婢女强拉硬拽，一意求欢，死抓着不放。他愤怒地一拳将她打倒在地，她变成了一头猪，嗥嗥叫着跑了。山崖下的乐曲声从此就再也听不到了。从这个婢女来看，大概那些女人都是妖魅而不是仙女。也有人说："是仙女把一头猪变成婢女来戏弄他。"也许是这样吧。

【原典】

舅氏健亭张公言：读书野云亭时，诸同学修禊佟氏园①。偶扶乩召仙，共请姓名。乩题曰："偶携女伴偶闲行，词客何劳问姓名？记否瑶台明月夜，有人嗔唤许飞琼②。"再请下坛诗。乩又题曰："三面纱窗对水开，佟园还是旧楼台。东风吹绿池塘草，我到人间又一回。"众窃议诗情凄婉，恐是才女香魂。然近无此闺秀，无乃炼形拜月之仙姬乎？众情颠倒，或凝思伫立，或微詞通词。乩忽奋迅大书曰："衰翁憔悴雪盈颠，傅粉熏香看少年。偶遣诸郎作痴梦，可怜真拜小婵娟。"复大书一"笑"字而去。此不知何代诗魂，作此狡狯；要亦轻薄之意，有以召之。

【注释】

①修禊（xì）：古代的一种民俗，于农历三月上旬的巳日（魏晋以后固定为三月初三）到水边嬉戏采兰，以驱除不详。

②许飞琼：传说中的仙女名，为西王母娘娘的侍女。

【译文】

舅舅张健亭先生说：在野云亭读书时，同学们在佟氏花园里举行修禊活动。有人扶乩请仙，大家请问仙人姓名。乩仙题词说："偶携女伴偶闲行，词客何劳问姓名？记否瑶台明月夜，有人嗔唤许飞琼。"同学再请仙人题下坛诗。乩仙又写道："三面纱窗对水开，佟园还是旧楼台。东风吹绿池塘草，我到人间又一回。"大家窃窃私语，认为诗歌的感情凄凉动人，恐怕是才女的幽魂来了。不过，附近没有这样一个大家闺秀，难道是在这里炼形拜月的仙女吗？大家都动情了，有人站立沉思，有人略带调戏地搭话。乩坛上忽然挥动木笔写出大字道："衰翁憔悴雪盈颠，傅粉熏香看少年。偶遣诸郎作痴梦，可怜直拜小婵娟。"后面又写了一个大大的"笑"字，乩仙就回去了。这不知是哪个朝代的诗人鬼魂，这样捉弄人。大概也是因为众人轻薄的态度，所以才会召来这样的仙。

【原典】

小人之计万变，每乘机而肆其巧。小时，闻村民夜中闻履声，以为盗，秉炬搜捕，了无形迹。知为魅也，不复问。既而胠箧者知其事[①]，乘夜而往。家人仍以为魅，偃息弗省[②]，遂饱所欲去。此犹因而用之地。邑有令，颇讲学，恶僧如仇。一日，僧以被盗告。庭斥之曰："尔佛无灵，何以庙食？尔佛有灵，岂不能示报于盗，而转渎官长耶？"挥之使去，语人曰："使天下守令用此法，僧不沙汰而自散也[③]。"僧固黠甚，乃阳与其徒修忏祝佛，而阴赂丐者，使捧衣物跪门外，状若痴者。皆曰佛有灵，檀施转盛。此更反而用之，使厄我者助我也。人情如是，而区区执一理与之角，乌有幸哉！

【注释】

①胠箧（qū qiè）者：胠箧，指撬开箱箧；胠箧者，指小偷。

②偃息：休息。

③沙汰：淘汰。

【译文】

小人的计谋诡变多端，常常一有可乘之机就施行巧计。小时候，听说村里有户人家半夜听到脚步声，以为是强盗，就举着火把到处搜捕，却又不见踪迹。大家知道是妖怪，也就不再理会了。不久，小偷知道了这件事，晚上就去这户人家偷窃。这户人家还以为是妖怪，就只顾睡觉，不去理睬，小偷就心满意足放手偷了一番。这件事是利用人们的心理趁机而做的。这县有个县令，相信理学，憎恨僧人像仇人一样。有一天，僧人报告官府说被盗了。县令当堂训斥道："你供奉的佛不灵验的话，凭什么还要得到供养？你的佛灵验的话，难道不会让盗贼得到报应，却反过来要麻烦长官吗？"说罢，摆了摆手就让人赶僧人离开，还对人说："假使天下的太守县令都用我这办法，僧人不用淘汰，就会自动解散了！"僧人也十分狡猾，表面上和徒弟们做佛事祈祷，暗地里收买了一个要饭的人，让他捧着衣物跪在寺门外，看上去就像痴呆一样。大家都说这寺里佛法灵验，百姓们的布施越来越丰盛。这是反用计谋，使害我的人变成助我的人。人情都是这样，仅仅依仗一种道理而和小人争斗，哪有什么好结果呢！

【原典】

一恶少感寒疾，昏愦中魂已出舍，伥伥无所适。见有人来往，随之同行。不觉至冥司，遇一吏，其故人也。为检籍良久，蹙额曰："君多忤父母，于法当付镬汤狱。今寿尚未终，可且反，寿终再来受报可也。"恶少惶怖，叩首求解脱。吏摇首曰："此罪至重，微我难解脱，即释迦牟尼亦无能为力也。"恶少泣涕求不已。吏沉思曰："有一故事，君知乎？一禅师登座，问：'虎颔下铃，何人能解？'众未及对，一沙弥曰：'何不令系铃人解。'得罪父母，还向父母忏悔，或希冀可免乎！"少年虑罪业深重，非一时所可忏悔。吏笑曰："又有一故事，君不闻杀猪王屠，放下屠刀，立地成佛乎？"遣一鬼送之归，霍然遂愈。自是洗心涤虑，转为父母所爱怜。后年七十馀乃终。虽不知其果免地狱否，然观其得寿如是，似已许忏悔矣。

【译文】

有一个品行恶劣的年轻人患了伤寒病，昏迷中灵魂离开了肉体，茫茫然不知往哪里去。见有人来来往往，便跟着一起走。不知不觉到了阴曹地府。遇见一个小吏，正好是他的熟人。小吏替他翻生死簿查阅了很久，皱着眉头说："你太不孝顺父母，按律条应当下油锅。现在你寿命还没完结，可以先回去，寿命完结了再来受报应吧。"这个年轻人吓坏了，向他磕头请求解救的办法。小吏摇摇头说："这种罪过很重，不但我解救不了，就是释迦牟尼也无能为力。"年轻人痛哭流涕哀求不止。小吏想了一会儿说："有一个故事，你知道吗？一个禅师登上法座问：'老虎脖子上的铃铛，谁能解下来？'大家还没有来得及回答，一个小和尚说：'为什么不叫系铃人去解。'得罪了父母，还得向父母悔罪。或许有希望免罪吧！"年轻人担心罪恶太重，不是一时忏悔就能有效的。小吏笑着说："还有一个故事，你没听说过杀猪的王屠户，放下屠刀，立刻成了佛吗？"地府派一名鬼卒送他回去，他的病一下子就好了。从此他洗心革面，反而得到了父母的怜爱，后来活到七十多岁才死。虽然不知道他是否免除了地狱的报应，但从他的寿命来看，似乎冥司已经接受他的忏悔了。

【原典】

陈瑞庵言：献县城外诸邱阜，相传皆汉冢也。有耕者误犁一冢，归而寒热谵语①，责以触犯。时瑞庵偶至，问："汝何人？"曰："汉朝人。"又问："汉朝何处人？"曰："我即汉朝献县人，故冢在此，何必问也？"又问："此地汉即名献县耶？"曰："然。"问："此地汉为河间国，县曰乐成。金始改献州，明乃改献县，汉朝安得有此名？"鬼不语。再问之，则耕者苏矣。盖传为汉冢，鬼亦习闻，故依托以求食，而不虞适以是败也②。

【注释】

①谵（zhān）语：说胡话。

②不虞：没有料到。

【译文】

陈瑞庵先生说：献县城外有许多土丘，相传都是汉代的坟墓。有一位耕地的农夫，不小心犁到一座坟，回家后发冷发热说胡话，责难他触犯了古人。这时陈瑞庵先生碰巧遇上，就问："你是什么人？"回答说："汉朝人。"又问他："是汉朝什么地方的人？"回答说："我就是汉朝献县人，所以坟墓就在这里，这又何必问。"又问他："这个地方汉朝时就叫献县吗？"回答说："是。"陈瑞庵问："这地方汉朝时是河间国封地，这个县叫乐城。金朝时改为献州，明朝时才改为献县，汉朝时怎么会叫献县？"鬼不说话。再问时，那个农夫已经苏醒了。因为传说是汉代的坟墓，鬼也听习惯了，所以假冒汉鬼来讹诈人们供奉酒食，却不料恰恰因为这个而败露了。

【原典】

毛其人言：有耿某者，勇而悍。山行遇虎，奋一梃与斗，虎竟避去，自以为中黄、佽飞之流也[①]。偶闻某寺后多鬼，时嬲醉人，愤往驱逐。有好事者数人随之往。至则日薄暮，乃纵饮至夜，坐后垣上待其来。二鼓后，隐隐闻啸声，乃大呼曰："耿某在此！"倏人影无数，涌而至，皆吃吃笑曰："是尔耶，易也耳。"耿怒跃下，则鸟兽散去，遥呼其名而詈之，东逐则在西，西逐则在东，此没彼出，倏忽千变。耿旋转如风轮，终不见一鬼，疲极欲返，则嘲笑以激之，渐引渐远。突一奇鬼当路立，锯牙电目，张爪欲搏。急奋拳一击，忽噭然自仆，指已折，掌已裂矣，乃误击墓碑上也。群鬼合声曰："勇哉！"瞥然俱杳。诸壁上观者闻耿呼痛，共持炬舁归。卧数日，乃能起，右手遂废。从此猛气都尽，竟唾面自干焉[②]。夫能与虓虎敌，而不能不为鬼所困，虎斗力，鬼斗智也。以有限之力，欲胜无穷之变幻，非天下之痴人乎？然一惩即戒，毅然自返，虽谓之大智慧人，亦可也。

【注释】

①中黄：亦称"中黄伯"，古代勇士。佽（cì）飞：即佽非，春秋时期楚国勇士，力能斩蛟。

②唾面自干：别人朝自己脸上吐口水，也不擦掉，让口水自己干。比喻受到侮辱也能忍受。

【译文】

毛其人说：有个姓耿的人，勇敢凶狠。走山路时碰上老虎，抓起一根木棒就和老虎相斗，老虎竟然躲开逃走了，他自认为属于中黄、佽飞一类的勇士。有一次，偶尔听说某寺院后面有许多鬼，时常作弄喝醉的人，耿某很生气，就要去驱逐那些鬼。有几个喜欢看热闹的人跟着耿某前去。到那寺院时，已是日暮黄昏，大家痛饮到夜晚，然后坐在寺庙后面的墙上等群鬼出现。二更天后，隐隐约约听到呼啸声，耿某就大声喊道："耿某在此！"一下子无数人影，汹涌而至，都吃吃地笑道："是你呀！好对付！"耿某愤怒地跳下墙头，人影就作鸟兽一般散开，还远远地喊耿某的名字骂他。耿某追到东面，他们就跑到西面；追到西面，他们又跑到东面，在这儿消失又在那儿出现，转眼间千变万化。耿某像风车一样团团转，始终见不到一个鬼，疲倦极了，就想回去，那些鬼又发出嘲笑声来刺激他，渐渐把耿某引得越来越远。突然，耿某看见一个奇怪的鬼站在路中间，牙齿像锯子，目光像闪电，张牙舞爪，想和耿某搏斗。耿某急忙用力一拳打过去，突然自己大喊一声倒在地上，手指骨头都断了，手掌也裂开了，原来是错打在墓碑上。群鬼一起喊道："真勇敢啊！"一转眼都不见了。在墙头上观看的人听到耿某痛苦的叫喊，一起举着火把，把耿某抬回家去。躺了几天，他才能起床，但右手就此残废了。从此，耿某的刚猛之气再也没有了，受到屈辱竟然也能自己忍受。他可以与咆哮的猛虎对敌，却不能不被鬼所围困，虎是以力气相斗，鬼是以智谋相斗的。用有限的力气，想要战胜无穷的变幻，这难道不是天下的痴呆人吗？不过，如此惩戒就让他明白过来，毅然回头，如果称他是有大智慧的人，也是可以的。

【原典】

同年邹道峰言：有韩生者，丁卯夏读书山中[①]。窗外为悬崖，崖下为涧。涧绝陡，两岸虽近，然可望而不可至也。月明之夕，每见对岸有人影，虽知为鬼，度其不能越，亦不甚怖。久而见惯，试呼与语。亦响应，自言是堕涧鬼，在此待替。戏以馀酒凭窗洒涧内，鬼下就饮，亦极感谢。自此遂为谈友，诵肄之暇[②]，颇消岑寂。

一日试问："人言鬼前知。吾今岁应举，汝知我得失否？"鬼曰："神不检籍，亦不能前知，何况于鬼。鬼但能以阳气之盛衰，知人年运；以神光之明晦，知人邪正耳。若夫禄命，则冥官执役之鬼，或旁窥窃听而知之；城市之鬼，或辗转相传而闻之；山野之鬼勿能也。城市之中，亦必捷巧之鬼乃闻之，钝鬼亦弗能也。譬君静坐此山，即官府之事不得知，况朝廷之机密乎！"一夕，闻隔涧呼曰："与君送喜，顷城隍巡山，与社公相语，似言今科解元是君也[③]。"生亦窃自贺。及榜发，解元乃韩作霖，鬼但闻其姓同耳。生太息曰：

"乡中人传官里事，果若斯乎!"

【注释】

①丁卯：乾隆十二年（1747年）。

②诵肄：读书修业。

③解元：科举考试中，乡试第一名称"解元"。唐制，举进士者均由地方解送入京，后世相沿，故称。

【译文】

与我同年考上举人的邹道峰说：有一个姓韩的书生，于乾隆丁卯年夏天在山中读书。他的窗外就是万丈悬崖，悬崖下面是山涧。山涧十分陡峭，与对面峭壁虽相距不远，却只能相望而不能即。每当月明之夜，书生常常能看见对岸有人影晃动，虽然知道那一定是鬼，但书生心中估计他过不到这边来，所以也不怎么害怕。时间一长，渐渐习惯了，就试着与他对话。那边也有回声，自称是坠入山涧摔死的鬼，在这里等着找替身。书生开玩笑地把喝剩下的酒隔着窗子洒到山涧内，鬼急忙扬脖接着喝了，并表示了谢意。从此后，他与鬼成了聊天的朋友，在读书闲暇时，很能消愁解闷。

一天，书生试探地问："人都说鬼有先知。我今年要去应举，你可知道我考中了没有?"鬼说："神仙要是不查阅簿册，也做不到先知，何况鬼呢？鬼只能通过阳气的盛衰，测知人的寿命与命运；根据神光的明朗与晦暗，探得人是正直还是邪恶。至于官场前途、富贵贫贱之类的事，对于在阴间当差役的鬼来说，也只能通过偷听才能得知；城市里的鬼，也是辗转道听途说而已；而山野之鬼，就更不能得知了。在城市里的鬼魂，也得是机灵乖巧的鬼才能听得到，至于愚钝笨拙的鬼，照样是什么消息也得不到。就如同你独自住在山里，官府中的事尚且不知道，何况朝廷中机密的事情呢?"一天夜里，书生听见那鬼隔着山涧喊他，说："我给你送喜讯来了。刚才城隍爷到这里巡山，和这里的土地爷说话时，好像是说，今年的解元正是你。"书生心中暗自高兴。等到发榜的那天，那上面写的解元竟然是一个叫韩作霖的人。原来，鬼仅仅听到了一个同姓的人罢了。书生叹息道："乡里的人传说官府事务，就像这样吧。"

【原典】

大同宋中书瑞言：昔在家中戏扶乩，乩动，请问仙号。即书曰："我本住深山，来往白云里。天风忽飒然[1]，云动如流水。我偶随之游，飘飘因至此。荒村茅舍静，小坐亦可喜。莫问我姓名，我忘已久矣。且问此门前，去山凡几里？"书讫，乩遂不动。或者此乃真仙欤？

【注释】

①飒然：清凉的样子。

【译文】

大同人中书宋瑞说：以前他在家里扶乩取乐，乩动起来的时候，他请问仙人法号。乩坛上即写道："我本住深山，来往白云里。天风忽飒然，云动如流水。我偶随之游，飘飘因至此。荒村茅舍静，小坐亦可喜。莫问我姓名，我忘已久矣。且问此门前，去山凡几里？"写完，乩就不动了。或许这是真仙吧？

【原典】

吴惠叔携一小幅挂轴，纸色似百年外物，云得之长椿寺市上。笔墨草略，半以淡墨扫烟霭，半作水纹，中惟一小舟，一女子坐篷下，一女子摇橹而已。右角浓墨写一诗曰："沙鸥同住水云乡，不记荷花几度香。颇怪麻姑太多事[①]，犹知人世有沧桑。"款曰："画中人自画并题。"无年月，无印记。或以为仙笔，然女仙手迹，人何自得之？或以为游女，又不应作此世外语。疑是明末女冠[②]，避兵于渔庄蟹舍，自作此图。无旧人跋语，亦难确信。惠叔索题，余无从着笔，置数日还之。惠叔殁于蜀中，此画不知今在否也。

【注释】

①麻姑：传说中的仙女。

②女冠：亦称"女道士"、"女黄冠"、"道姑"，因唐代俗女子本无冠，而女道士皆戴黄冠，故名。

【译文】

吴惠叔带来一幅挂轴小画，从纸的颜色上可以看出，这幅画少说也有一百年了，吴惠叔说，他是从长椿寺的集市上买来的。画的笔墨潦草，一半是用淡墨烘成的烟雾，一半是水纹，只有中间部分画着一只小船，一位女子坐在船篷下，另一位女子在船头摇橹。画的右上角是用浓墨题的一首诗："沙鸥同住水云乡，不记荷花几度香。颇怪麻姑太多事，犹知人世有沧桑。"落款写道："画中人自画并题。"画上没有题年月日，没有盖印章。有人认为，这幅画出自仙女手笔，但是仙女的手迹，俗人怎么能得到呢？也有人认为，这幅画是沦落飘游的女子所作，但是，这种女子又不可能讲出这样超脱世俗的语语。我怀疑是明朝末年的女道士，因逃避兵乱，住在渔村，自己画了这幅画以寄托情思。但由于画面上没有前人的跋语，所以，这个猜测也就无法确定。吴惠叔请我在这幅画上题词，我无从落笔，在案头放了几天，又还给了他。后来，惠叔死于蜀地，不知道这幅画如今还在不在了。

卷十五　姑妄听之一

【原典】

乌鲁木齐参将德君楞额言[1]：向在甘州[2]，见互控于张掖令者。甲云造言污蔑，乙云事有实证。讯其事，则二人本中表，甲携妻出塞，乙亦同行。至甘州东数十里，夜失道。遇一人似贵家仆，言此僻径少人，我主人去此不远，不如投止一宿，明日指路上官道。随行三四里，果有小堡。其人入，良久出，招手曰："官唤汝等入。"进门数重，见一人坐堂上，问姓名籍贯，指挥曰："夜深无宿饭，只可留宿。门侧小屋，可容二人；女子令与媪婢睡可也。"二人就寝后，似隐隐闻妇唤声。暗中出视，摸索不得门。唤声亦寂，误以为耳偶鸣也。比睡醒，则在旷野中。急觅妇，则在半里外树下，裸体反接，鬓乱钗横，衣裳挂在高枝上。言一婢持灯导至此，有华屋数楹，婢媪数人。俄主人随至，逼同坐。拒不肯，则婢媪合手抱持，解衣缚臂置榻上。大呼无应者，遂受其污。天欲明，主人以二物置颈旁，屋宇顿失，身已卧沙石上矣。视颈旁物，乃银二铤，各镌重五十两[3]，其年号则崇祯，其县名则榆次。土蚀黑黯，真百年以外铸也。甲戒乙勿言，约均分。后违约，乙怒诟争，其事乃泄。甲夫妇虽坚不承，然诘银所自，则云拾得；又诘妇缚伤，则云搔破。其词闪烁，疑乙语未必诬也。令笑遣甲曰：于律得遗失物当入官。姑念尔贫，可将去。"又瞋视乙曰："尔所告如虚，则同拾得，当同送官，于尔无分；所告如实，则此为鬼以酬甲妇，于尔更无分。再多言，且笞尔。"并驱之出。以不理理之，可谓善矣。

此与拾麦妇女事相类：一以巧诱而以财移其心，一以强胁而以财消其怒；其揣度人情，投其所好，伎俩亦略相等。

【注释】

①参将：明朝设置，清朝沿用的武官名，俗称参戎，即镇守边区的统兵官，位次于总兵、副总兵、副将。

②甘州：即甘肃张掖。

③镌：雕刻。

【译文】

乌鲁木齐参将德楞额说：从前他在甘州府时，有两个人互相控告闹到张掖县令那儿。甲说对方造谣，乙说有事实有证据。县令询问这件事，原来这两人是表兄弟，甲带妻子到塞外，乙也同行。到了甘州东几十里的地方迷路了。遇见一个像是富贵人家的仆人，说这里偏僻人少，我的主人家离这儿不远，不如去住一宿，明天我给你们指路，告诉你们怎么走大道。他们三个便跟着这个家仆走了三四里路，果然看见有个小堡。仆人进去，好一会儿才出来招手说：“主人叫你们进来。”走过好几道门，看见一个人坐在堂上，问了他们的姓名籍贯，便说：“夜深了不能预备饭，只能留你们住。门边的小屋，只能睡两人；妇女可以和婢女老妈子一起睡。”甲和乙就寝后，似乎隐隐听见甲妻的叫喊声。黑暗中出来看，却找不到门。叫喊声也停止了，以为是错觉。睡醒后，发觉躺在旷野之中。两人急忙去找甲妻，发现在半里之外的树下赤裸着被反绑了两手，鬓发散乱，衣服挂在高高的树枝上。她说，有一个婢女拿着灯笼带她到这里，这里有几间漂亮的房子，有几个婢女和老妈子。不一会儿主人也来了，逼着和他一起坐。抗拒不肯，婢女、老妈子们一起抱着，解开衣服，绑了胳膊，放在床上。

大喊也没有人听见，便被他奸污了。天快亮时，主人把两件东西放在她脖子旁，房屋顿时不见了，而自己则躺在沙石上。甲乙查看扔在脖子旁的东西，却是两锭银子，各刻着重五十两，年号是明代崇祯，县名却是榆次。银子黯淡无光，确实是一百年前铸造的。甲告诫乙不要说出去，约定均分银子。后来甲违约，乙与之争吵，这事才泄露了。甲夫妇坚决不承认，问银子从哪儿来的，说是捡到的；又问甲妻身上的伤是怎么回事，说是挠破的。甲夫妇的回答支支吾吾，县令猜测乙的话未必是假。县令笑着打发甲说："按照律法，捡到的东西一律须交给官府，考虑到你贫困，就让你带回去吧！"然后又怒视乙说："你告的如果有假，那么捡到了东西就应当一起交官，你也分不到什么；你告的如果是实，则那是鬼给甲妻的报酬，更没有你的份。再多话就打你。"于是把两人都轰了出去。县令不按常理来处理这事，可以说是上策。

这件事与拾麦妇女的事差不多：一个是施巧诱骗用财利打动女人的心，一个是强迫威胁，最后又用钱财打消女人的愤怒；这些鬼怪揣摸人心，投其所好，伎俩都差不多。

【原典】

金重牛鱼，即沈阳鲟鳇鱼①，今尚重之。又重天鹅，今则不重矣。辽重毗离，亦曰毗令邦，即宣化黄鼠，明人尚重之，今亦不重矣。明重消熊栈鹿②，栈鹿当是以栈饲养，今尚重之；消熊则不知为何物，虽极富贵家，问此名亦云未睹。盖物之轻重，各以其时之好尚，无定准也。

记余幼时，人参、珊瑚、青金石价皆不贵③，今则日昂。绿松石、碧鸦犀价皆至贵，今则日减。云南翡翠玉，当时不以玉视之，不过如蓝田乾黄，强名以玉耳；今则以为珍玩，价远出真玉上矣。又灰鼠旧贵白，今贵黑。貂旧贵长毳，故曰丰貂，今贵短毳④。银鼠旧比灰鼠价略贵，远不及天马，今则贵几如貂。珊瑚旧贵鲜红如榴花，今则贵淡红如樱桃，且有以白类车渠为至贵者⑤。盖相距五六十年，物价不同已如此，况隔越数百年乎！儒者读《周礼》蚳酱⑥，窃窃疑之，由未达古今异尚耳。

【注释】

①鲟鳇（xún huáng）鱼：鲟鱼和达氏鳇两种鱼类的总称，成年鱼体重可

达1000公斤，是我国淡水鱼类中体重最大的鱼类。

②消熊：肥熊。

③青金石：一种像玉的石头，清朝四品官员用此石作为顶饰。

④毳（cuì）：鸟兽的细毛。

⑤车渠：一种蚌类，壳内色白，像玉一样，清朝时将其切磨后作为顶珠。

⑥蚳（chí）酱：古人用白色的蚁卵做酱，供食用。蚳，指蚁卵。

【译文】

金朝人喜欢吃牛鱼，也就是沈阳的鲟鳇鱼，现在的人也以它为珍贵的食品。金朝人又喜欢吃天鹅肉，现在的人则不爱吃了。辽代人爱吃毗离，也称作毗令邦，也就是宣化黄鼠，明代人也爱吃，现在的人也不爱吃了。明代人看重消熊、栈鹿，栈鹿应该是用畜栏饲养的，在当今仍受到珍视；至于消熊，则不晓得是什么东西，即便是极富贵的人家，提到这个名字，也都说从未见过。说起东西的贵贱，是随着当时人的爱好而变更的，没有一定的标准。

记得我小时候，人参、珊瑚、青金石都不贵，现在的价格却越来越高。而绿松石、碧鸦犀的价格当时很贵，现在却越来越便宜了。云南翡翠玉，当时没人以它为玉，是与蓝田乾黄一样的东西，只不过勉强用了一个玉的美名；现在却被人当作珍贵的玩物，价格远远超过真玉。再如灰鼠皮，过去白的贵，现在黑的贵。貂皮以前长毛的价格高，称作丰貂，如今短毛的价格高。早先，银鼠皮的价钱比灰鼠皮略贵，远不如天马皮，而今，几乎与貂皮同价了。至于珊瑚，过去的人喜欢石榴花一样鲜红色的，现在人却喜欢樱桃般淡红色的，还有人把像车渠石一样白色的视为珍宝。从我小时到现在，不过相隔五六十年，物价的变更已如此明显，何况隔了数百年呢。儒生读《周礼》，见到食蚁酱的说法，心中很是疑惑，这是因为不明白古今风俗不断变迁的缘故啊。

【原典】

舅氏安公介然言：曩随高阳刘伯丝先生官瑞州，闻城西土神祠有一泥鬼忽仆地，又一青面赤发鬼，衣装面貌与泥鬼相同，压于其下。视之，则里中少年某，伪为鬼状也，已断脊死矣。众相骇怪，莫明其故。久而有知其事者曰：“某邻妇少艾，挑之，为所詈。妇是日往母家，度必夜归过祠前。祠去人

稍远，乃伪为鬼状伏像后，待其至而突掩之，将乘其惊怖昏仆，以图一逞。不虞神之见谴也。”盖其妇弟预是谋，初不敢告人，事定后，乃稍稍泄之云。介然公又言：有狂童荡妇，相遇于河间文庙前，调谑无所避忌。忽飞瓦破其脑，莫知所自来也。

夫圣人道德侔乎天地①，岂如二氏之教，必假灵异而始信，必待护法而始尊哉！然神鬼㧑呵②，则理所应有。必谓朱锦作会元③，由于前世修文庙，视圣人太小矣；必谓数仞宫墙，竟无灵卫，是又儒者之迂也。

【注释】

①侔（móu）：相等，齐。

②㧑（huī）呵：卫护。

③朱锦作会元：据汪讱庵的《上海笔记》记载，从前有个叫朱锦的人，为了报答恩人，在科举中试后修葺文庙。后来，又有一个朱锦，在顺治己亥年（1659 年）被录取为会元。这个朱锦去世时，前一个朱锦修葺过的文庙崩塌，于是人们认为后一个朱锦是前一个朱锦的后身。

【译文】

舅父安介然先生说：以前他

曾随高阳人刘伯丝先生到瑞州做官，有一天，听说城西土地庙里，有一个泥塑的鬼像忽然倒了，另外有一个衣着面貌与泥鬼相同的青面赤发鬼，被压在泥像下面。众人赶到这里，仔细一看，被压在下面的青面赤发鬼，是本村一个青年装扮的，已经被砸断脊椎死去了。众人惊骇异常，不知是何缘故。很长时间以后，一位知道内情的人透露说："那个年轻人的邻居家有位少妇，生得十分美貌，他曾挑逗人家，被骂了一顿。这一天，少妇回娘家，年轻人估量她夜里回来时一定会路过土地庙。土地庙离住户较远，年轻人就装成恶鬼藏在泥像后面，准备等少妇来时突然扑上去，乘她惊恐昏倒之际达到自己的图谋。没想到被神明惩治了。"这位年轻人的内弟事前知道这个阴谋，开始不敢说出来，等事情平定以后，才渐渐吐出了真相。安介然先生又说：一个狂徒和一个荡妇在河间文庙前碰上了，二人相互调情，毫无顾忌。忽然，飞来的瓦块打破了他们的头，可始终不知道那瓦块来自何方。

圣人的道德与天地等同，哪像佛道二教，必须借助于灵异的显现才能使人相信，必须有神灵护法才能显出尊严呢！然而鬼神惩恶扶弱，是理所当然的。如果一定要把朱锦考中会元说成是因为前生修了文庙的缘故，这就是把圣人看得太渺小了；但是，如果一定要说高墙之内的文庙没有神灵护卫，恐怕又是儒生的迂腐之见了。

【原典】

吴僧慧贞言：有浙僧立志精进，誓愿坚苦，胁未尝至席。一夜，有艳女窥户。心知魔至，如不见闻。女蛊惑万状，终不能近禅榻。后夜夜必至，亦终不能使起一念。女技穷，遥语曰："师定力如斯，我固宜断绝妄想。虽然，师忉利天中人也[①]，知近我则必败道，故畏我如虎狼。即努力得到非非想天[②]，亦不过柔肌着体，如抱冰雪；媚姿到眼，如见尘𡋯[③]，不能离乎色相也。如心到四禅天[④]，则花自照镜，镜不知花；月自映水，水不知月，乃离色相矣。再到诸菩萨天，则花亦无花，镜亦无镜，月亦无月，水亦无水，乃无色无相，无离不离，为自在神通，不可思议。师如敢容我一近，而真空不染，则摩登伽一意皈依，不复再扰阿难矣[⑤]。"僧自揣道力足以胜魔，坦然许之。偎倚抚摩，竟毁戒体。懊丧失志，侘傺以终[⑥]。

夫“磨而不磷，涅而不缁”，惟圣人能之，大贤以下弗能也。此僧中于一激，遂开门揖盗。天下自恃可为，遂为人所不敢为，卒至溃败决裂者，皆此僧也哉！

【注释】

①忉利天：又称“三十三天”，是梵文的音译，佛教宇宙观用语。据佛教理论，忉利天处在须弥山顶，中央为帝释天所居，四面各有八天，总共三十三天。

②非非想天：佛教语，佛教中无色界第四天，指非一般想象可理解的世界。

③尘壒（ài）：尘埃，尘土。

④四禅天：佛教语。指修习禅定所能达到的色界四重天（初重天至第四重天），分别为初禅天、二禅天、三禅天、四禅天。初禅天为大梵天之类、二禅天为光音天之类、三禅天为遍净天之类、四禅天为色究竟天之类。色究竟天为色界的极处。到了这个境界人就没有淫欲心了。

⑤摩登伽：摩登伽女本是首陀罗种姓的女奴，爱上了阿难。佛陀说，道行与阿难相当，才能和阿难结婚。摩登伽女于是高高兴兴出家，每天精进修道，最终醒悟忏悔，发愿服膺佛陀的教法。阿难：又称“阿难侘”，王舍城人，佛陀释迦牟尼十大弟子之一。阿难容貌俊秀，屡遭女性诱惑，但自始至终志操坚固，保全道行。

⑥侘傺（chà chì）：失意而不得志的样子。

【译文】

吴地的僧人慧贞说：有一个浙江僧人立志修行成佛，志向坚定，刻苦修炼，从来没有躺下来两胁靠着席子睡过觉。一天晚上，有个美女在窗口窥视他。僧人心里明白，这是妖魔到了，但装得好像没看到没听到一样。那女子千方百计诱惑，怎么也靠近不了他所坐的蒲团。此后每天晚上都来，也终究不能使僧人生起一丝欲念。女子的伎俩用尽了，于是远远地对僧人说：“师父坚守自己意志的能力到了这种地步，我确实应该断绝妄想了。不过，您还只是佛教所说的‘忉利天’这一层境界中的人物，知道一旦靠近我，就会败坏自己的道行，所以怕我像害怕虎狼一样。即使您进一步努力修行，得以达到

‘非非想天’，也不过只能做到女人柔软的肌肤靠着自己的身体，就像抱着冰雪；美女娇媚的姿态呈现在眼前，就像见到的是灰尘而已，还是不能摆脱色相。如果您的心灵达到了‘四禅天’，就能不再受到任何外在物相的影响，就像花自然映照在镜子里，镜子并不知道有花；月亮自然映照在水中，水也并不知道有月亮，这就是摆脱色相了。再进一步达到‘诸菩萨天’，那么花也无所谓花，镜子也无所谓镜子，月亮也无所谓月亮，水也无所谓水，没有颜色也没有物相，也无所谓离，也无所谓不离，这便是佛的自在神通，进入一种不可思议的神妙境界了。您如果能让我靠近一下，而本心不受影响，我将一心一意敬服您，就像当初摩登伽女敬服佛祖的大弟子阿难一样，一心一意皈依，再也不来干扰您了。”僧人揣度自己的道行法力足以战胜魔女的诱惑，于是很坦然地答应了。那女子偎依在僧人怀中，百般抚摸挑逗，这僧人终于控制不住欲念，损坏了自己修行的清净身体。僧人事后悔恨不已，最终落魄而死。

所谓“经过碾磨也不变成粉末，放在黑水中也不变成黑色”，经受这

种考验而不改变心志，只有圣人才能做到，大贤人以下的人都做不到。这个僧人中了魔女的激将法，便开门把强盗请进门来。天下凡以为自己能做到某种境界，于是就去做人们不敢做的事，结果一败涂地的，都是属于这个僧人一类的人。

【原典】

季沧洲言：有狐居某氏书楼中数十年矣，为整理卷轴，驱逐虫鼠，善藏弆者不及也[①]。能与人语，而终不见其形。宾客宴集，或虚置一席，亦出相酬酢，词气恬雅，而谈言微中，往往倾其座人。一日，酒纠宣觞政[②]，约各言所畏，无理者罚，非所独畏者亦罚。有云畏讲学者，有云畏名士者，有云畏富人者，有云畏贵官者，有云畏善谀者，有云畏过谦者，有云畏礼法周密者，有云畏缄默慎重、欲言不言者。最后问狐，则曰："吾畏狐。"众哗笑曰："人畏狐可也，君为同类，何所畏？请浮大白。"狐哂曰："天下惟同类可畏也，夫瓯、越之人[③]，与奚、狄不争地[④]；江海之人，与车马不争路。类不同也。凡争产者，必同父之子；凡争宠者，必同夫之妻；凡争权者，必同官之士；凡争利者，必同市之贾。势近则相碍，相碍则相轧耳。且射雉者媒以雉，不媒以鸡鹜，捕鹿者由以鹿，不由以羊豕。凡反间内应，亦必以同类；非其同类，不能投其好而入，伺其隙而抵也。由是以思，狐安得不畏狐乎？"座有经历险阻者，多称其中理。独一客酌酒狐前曰："君言诚确。然此天下所同畏，非君所独畏。仍宜浮大白。"乃一笑而散。

余谓狐之罚觞，应减其半。盖相碍相轧，天下皆知之；至伏肘腋之间[⑤]，而为心腹之大患，托水乳之契，而藏钩距之深谋[⑥]，则不知者或多矣。

【注释】

①弆（jǔ）：收藏。

②觞政：指酒令。

③瓯、越：地名，瓯在今浙江温州、永嘉及临近福建一带，越在今浙东地区。

④奚、狄：奚，古国名，曾于公元1123年短暂存在五到八个月。狄，古族名，因族人主要居住于北方，故又通称"北狄"。

⑤肘腋之间：比喻近身要害的地方。肘腋，胳膊肘和胳肢窝。

⑥钩距：盘问人的一种方法，这里指计谋。

【译文】

季沧州说：有个狐精，住在某家的书楼上已经几十年了，它为主人整理书籍卷轴，驱除虫鼠，收藏管理图书的本领，使那些收藏家望尘莫及。它能与人对话，但一直看不见它的样子。主人宴请宾客时，有时为它留出一个位置，它也匿形出来应酬。它谈吐文雅，妙语连珠，常常令在座之人佩服。有一天，在宴席上，大家行酒令取乐，令官宣布酒令规则，约定在座之人各说出自己所畏惧的，而且要合乎情理，否则须受罚；如果说的不止是自己一个人畏惧的，也要受罚。于是，有的说怕道貌岸然的讲学家，有的说怕卖弄风雅的名士，有的说怕为富不仁的阔老儿，有的说怕给官吏拍马屁的人，有的说怕精通逢迎之道的人，有的说怕过分谦虚的人，有的说怕礼法太多的人，有的说怕谨小慎微、有了话想说又不说的人。最后问狐精，它说："我最怕狐。"众人轰然笑道："要说人怕狐，还差不多；您亦属狐类，有什么可怕呢？讲得没道理，该罚一大杯。"狐精冷笑着说："天下只有同类是最可怕的。南方的瓯、越之人，不会与北方的奚、狄之人争夺土地；生活在江海中的渔民，不会与车夫争夺陆路。这是因为他们不是同类之人。凡是争夺遗产的，必是同父之子；凡是争宠的，必是同夫之妻；凡是争权的，必定是同朝之官；凡是争利的，必定是同一集市上的买卖人。势力接近就会相互妨碍，相互妨碍就要彼此倾轧了。猎人射野鸡时，要以野鸡做诱物，而不用野鸭；捕鹿时则以鹿为诱物，而不用猪羊。凡施用反间计做内应的，也必定是同类人；不是同类人，就不能投其所好、伺机而进。由此可以想见，狐怎能不怕狐呢？"在座的一些历经坎坷的人，都称赞狐精的话入情入理。只有一位客人不以为然，他斟了一杯酒，敬到狐精座前说："您的话确有道理。不过，狐仙也是天下人都畏惧的，并非是您一人所惧怕的，因此，还是要罚您一大杯。"众人一笑而散。

我认为，罚狐的酒，应该减半。因为相互妨碍相互倾轧之事，尽人皆知；至于那种潜伏在身边而将来可能成为心腹大患的，那种借水乳之情却包藏祸心的，不知道的人可就多了。

【原典】

蒋心馀言[①]：有客赴人游湖约。至则画船箫鼓，红裙而侑酒者，谛视乃其妇也。去家二千里，不知何流落到此。惧为辱，噤不敢言。妇乃若不相识，无恐怖意，亦无惭愧意，调丝度曲，引袖飞觞，恬如也。惟声音不相似。又妇笑好掩口，此妓不然，亦不相似。而右腕红痣如粟颗，乃复宛然。大惑不解，草草终筵，将治装为归计。俄得家书，妇半载前死矣，疑为见鬼，亦不复深求。所亲见其意态殊常，密诘再三，始知其故，咸以为貌偶同也。

后闻一游士来往吴越间，不事干谒[②]，不通交游，亦无所经营贸易，惟携姬媵数辈闭门居；或时出一二人，属媒媪卖之而已。以为贩鬻妇女者，无与人事，莫或过问也。一日，意甚匆遽，急买舟欲赴天目山，求高行僧作道场，僧以其疏语掩抑支离，不知何事；又有“本是佛传，当求佛佑，仰借慈云之庇[③]，庶宽雷部之刑”语。疑有别故，还其衬施，谢遣之。至中途，果殒于雷。后从者微泄其事，曰：“此人从一红衣番僧受异术，能持咒摄取新敛女子尸，又摄取妖狐淫鬼，附其尸以生，即以自侍。再有新者，即以旧者转售人，获利无算。因梦神责以恶贯将满，当伏天诛，故忏悔以求免，竟不能也。”疑此客之妇，即为此人所摄矣。理藩院尚书留公亦言，红教喇嘛有摄召妇女术[4]，故黄教斥以为魔云。

【注释】

①蒋心馀：蒋士铨（1725—1784），字心馀、苕生，号藏园，又号清容居士，晚号定甫。清代戏曲家，文学家，与袁枚、赵翼合称“江右三大家”。

②干谒：为了某种目的，有所求而请见。

③慈云：比喻佛之慈心广大，犹如大云覆盖世界众生。

④理藩院：清朝统治蒙古、回部及西藏等少数民族的最高权力机构，也负责处理对俄罗斯的外交事务。

【译文】

蒋心馀说：有位客人应邀去游湖赏玩。到了那里，只见华丽的船上有歌舞表演，有个穿红裙的女人前来陪酒，仔细一看竟是他的妻子。但此处离家有两千多里，不知她怎么流落到这儿。这个客人担心朋友羞辱自己，不敢作声。红裙女子好像不认识他，并没有害怕惭愧的意思，她调弦奏曲、推杯换盏，从容不迫。只是她的声音和妻子不一样，而且妻子笑的时候喜欢掩着嘴巴，这个红裙女子不这样，动作也不像。但她右腕有颗像粟粒那么大的红痣，则与妻子一样。客人大惑不解，草草应酬了几杯，打算整顿行装回家。不久收到家里来信，说他妻子半年前去世了。他又怀疑在席上见的是鬼，但也没有去深究。他的朋友见他神情反常，再三悄悄追问，才知道了其中原因，大家都认为是相貌偶然相同而已。

后来听说，一个游人来往于吴越之间，不求官职，也不和别人交往，也不经商贸易，只是领着几个姬妾，整日闭门不出；有时则通过中间人，卖掉一两个姬妾。人们以为他是专门买卖妇女的人贩子，因为他不妨害别人的事，也就没有人去管他。有一天，这个游人极为匆忙地租船要到天目山去，临行前请高僧做道场。高僧因这人话语支支吾吾、掖掖藏藏，不知做道场为的是什么事；还说“本来是佛祖的后裔，应当求佛祖保佑。希望得到佛祖的庇护，宽免雷神的惩罚”之类的话。高僧不知他作道场为什么事，怀疑他有别的缘故，把他的布施退还回去，打发他走了。这个游人走到半道，果然被雷劈死了。后来他的随从泄露了其中秘密，说："这人跟红衣喇嘛学得异术，能念咒摄取刚刚入殓的女人尸体，又摄来妖狐淫鬼的魂附在女尸上复活，用来侍候自己。等有了新的，再把旧的转卖给人，不知获了多少利。他因梦见神斥责他恶贯满盈，将受到上天的诛杀，所以想通过忏悔请求免死，却没能奏效。"估计客人的妻子，就是被他摄来的。理藩院尚书留公也说，红教喇嘛有摄召妇女之术，所以被黄教斥之为魔教。

【原典】

魂与魄交而成梦，究不能明其所以然。先兄晴湖，尝咏高唐神女事曰："他人梦见我，我固不得知；我梦见他人，人又乌知之？孱王自幻想，神女宁幽期？如何巫山上，云雨今犹疑。"足为瑶姬雪谤①。

然实有见人之梦者。奴子李星，尝月夜村外纳凉，遥见邻家少妇掩映枣林间。以为守圃防盗，恐其翁姑及夫或同在，不敢呼与语。俄见其循塍西行半里许，入秫丛中。疑其有所期会，益不敢近，仅远望之。俄见穿秫丛出行数步，阻水而返。痴立良久，又循水北行百馀步，阻泥泞又返，折而东北入豆田。诘屈行，颠踬者再。知其迷路，乃遥呼曰："几嫂深夜往何处？迤北更无路，且陷淖中矣。"妇回头应曰："我不能出，几郎可领我还。"急赴之，已无睹矣。知为遇鬼，心惊骨栗，狂奔归家。乃见妇与其母，坐门外墙下。言适纺倦睡去，梦至林野中，迷不能出，闻几郎在后唤我，乃霍然醒。与星所见，一一相符。盖疲苶之极②，神不守舍，真阳飞越③，遂至离魂。魄与形离，是即鬼类，与神识起灭自生幻象者不同，故人或得而见之。独孤生之梦游④，正此类耳。

【注释】

①瑶姬：相传是炎帝的三女儿，未婚夭亡。雪谤：洗清冤情。

②疲苶（nié）：疲惫不堪。苶，疲倦的样子。

③真阳：中医学用语，肾阳，元阳，人体热能的源泉。

④独孤生之梦游：出自唐代薛渔思的《河东记》。贞元年间，独孤遐叔出游剑南，两年余始归。归家途中，遐叔夜宿金光门外佛堂，见其妻被迫与人

宴饮，愤而一大砖击座上，顿时悄然无所见，仓皇至家，得知妻子同夜梦中寻夫，原来当夜所见是妻子梦中之身。

【译文】

魂和魄相互交合便形成梦，但这个说法我还是没有推究出个所以然来。先兄晴湖曾做诗咏高唐神女的事，诗道：“别人梦见我，我自然不知道；我梦见别人，别人又怎能知道？那软弱的楚王不过是幻想，神女怎能和他幽会？说什么在巫山云上神女行云布雨，至今还是值得怀疑。”这也足以为瑶姬澄清诽谤了。

不过还真有人见过别人的梦。我的奴仆李星，曾在一个月夜在村外纳凉，远远地望见邻居少妇在枣林里忽隐忽现。李星以为她在看守园子防小偷，可能她的公公、丈夫都在，所以不敢和她打招呼。不一会儿见她沿着田埂往西走了半里左右，进到高粱地里。李星怀疑她有幽会，更不敢靠近了，只是远远地望着。不一会儿，又看见她穿过高粱地出来走了几步，到河边遇到水流又返了回来。她呆立了好久，又沿着河水往北走了一百多步，因为道路泥泞又返了回来，之后折向东北进入豆子地里。她绕着弯艰难地走着，跌倒了两次。李星知道她迷了路，便在远处呼喊道："嫂子深夜往哪儿去？往北去更没有路，要陷进泥潭中了。"少妇回头说："我出不来了，兄弟来领我回去。"李星急忙奔过去，少妇却不见了。他心想遇见了鬼，心惊肉跳，狂奔回家。却看见少妇和她母亲坐在门外墙下，说刚才纺线困倦睡去，梦见到了树林田野中，迷路出不来，听见某某兄弟在身后唤我，才一下醒了过来。这和李星所见到的一一相符。她可能是过于疲劳，神不守舍，真阳飞跃出去，以至离了魂。魂与形体相离，这就是鬼一类的了。这与人的意识自生自灭而形成的幻象不同，所以人有时还能看见。相传独孤生所遇见的梦游，正是属于这一类。

卷十六　姑妄听之二

【原典】

天下事，情理而已，然情理有时而互妨。里有姑虐其养媳者，惨酷无人理，遁归母家。母怜而匿别所，诡言未见，因涉讼。姑以朱老与比邻，当见其来往，引为证。朱私念言女已归，则驱人就死；言女未归，则助人离婚。疑不能决，乞签于神。举筒屡摇，签不出。奋力再摇，签乃全出。是神亦不能决也。辛彤甫先生闻之曰："神殊愦愦[①]！十岁幼女，而日日加炮烙，恩义绝矣。听其逃死不为过。"

【注释】

①愦愦：昏庸，糊涂。

【译文】

天下的事情，无非是情理为上，然而依情理行事，也有相互矛盾的时候。我们乡里有一个当婆婆的，总是虐待她家的童养媳，手段可谓惨无人道，童养媳受不了，偷偷跑回了娘家。母亲可怜女儿，就把她藏到了别的地方，谎称没见到，于是婆家告了官，两家打起了官司。有个姓朱的老头儿与童养媳的娘家是邻居，婆婆认定他知道真情，想请他出庭作证。朱老头暗想，把童养媳回娘家的事说出来，等于置人于死地；谎称她没回来，又等于助人离婚。犹豫不决，就去向神明求签。他举着签筒摇了半天，一根也没甩出来。用力再摇，所有的签全甩了出来。看来，神明对此事也难于决断。辛彤甫先生听到此事后说："这个神也太糊涂了！一个十岁的幼女，天天受酷刑，与婆家的恩情已经断绝。听任她逃命，也不算过分。"

【原典】

戈孝廉仲坊，丁酉乡试后[①]，梦至一处，见屏上书绝句数首。醒而记其两句曰："知是蓬莱第一仙，因何清浅几多年？"壬子春[②]，在河间见景州李生，偶话其事。李骇曰："此余族弟屏上近人题梅花作也。句殊不工，不知何以入君梦？"前无因缘，后无征验，《周官》六梦[③]，竟何所属乎？

【注释】

①丁酉：乾隆四十二年（1777 年）。

②壬子：乾隆五十七年（1792 年）。

③《周官》：即《周礼》，相传为周公所作。六梦：古代把梦分为六种，据日月星辰占其吉凶，即正梦、噩梦、思梦、寤梦、喜梦、惧梦。

【译文】

举人戈仲坊在乾隆四十二年参加乡试后，梦中到了一个地方，见屏风上题写了几首绝句。醒来还记得其中两句："知是蓬莱第一仙，因何清浅几多年？"乾隆五十七年春天，他在河间遇见景州人李某，偶然说起这件事。李某惊道："这是一个亲戚给我堂弟家的屏风上题写的咏梅诗。诗句并不出色，不知为什么入了你的梦？"这件事之前没有什么因缘，后来也没有什么应验，《周官》中讲了六种梦，不知这个梦属于其中的哪一种？

【原典】

余十一二岁时，闻从叔灿若公言：里有齐某者，以罪戍黑龙江，殁数年矣。其子稍长，欲归其骨，而贫不能往，恒蹙然如抱深忧。一日，偶得豆数升，乃屑以为末，水抟成丸[①]；衣以赭土，诈为卖药者以往，姑以给取数文钱供口食耳。乃沿途买其药者，虽危症亦立愈。转相告语，颇得善价。竟借是达戍所，得父骨，以箧负归。归途于窝集遇三盗[②]，急弃其资斧，负箧奔。盗追及，开箧见骨，怪问其故。涕泣陈述。共悯而释之，转赠以金。方拜谢间，一盗忽擗踊大恸曰③：“此人孱弱如是，尚数千里外求父骨。我堂堂丈夫，自命豪杰，顾乃不能耶？诸君好住，吾今往肃州矣。”语讫，挥手西行。其徒呼使别妻子，终不反顾，盖所感者深矣。惜人往风微，无传于世。余作《滦阳消夏录》诸书，亦竟忘之。癸丑三月三日④，宿海淀直庐，偶然忆及，因录以补志乘之遗。倘亦潜德未彰，幽灵不泯，有以默启余衷乎！

【注释】

①抟（tuán）：把东西揉成圆球形。

②窝集：指吉林、黑龙江一带的原始森林。

③擗踊（pǐ yǒng）：形容嫉妒悲哀。擗，捶胸。踊，以脚顿地跳起来。

④癸丑：乾隆五十八年（1793 年）。

【译文】

我十一二岁的时候，听堂叔灿若公说：老家有个姓齐的人，因为犯了罪，充军到黑龙江戍守边关，已经死在那里几年了。他的儿子长大后，想把父亲的遗骨迁回老家，可是因为家境贫寒，不能如愿，为此他终日忧愁不已。一天，他偶然得到了几升豆子，就把豆子研成细末，用水做成丸子，再在外面裹一层红土，装成卖药的奔赴黑龙江，一路上，就靠卖药丸骗几文钱糊口。可是沿途的病人凡吃了他药的，即便是重病也会立即痊愈。于是人们争相转告，使他的药卖出了好价钱。终于，他靠着卖药的钱到了父亲充军的地方，找到了父亲的遗骨，然后背着装遗骨的匣子踏上归程。归途中，他在丛林里碰上了三个强盗，慌忙之中，他丢弃了行李盘缠，只背着骨匣飞跑。强盗以为匣子里装有宝物，就追上去抓住了他，等打开匣子见到骨骸，感到十分奇怪，就问他是怎么回事。他哭着把事情经过说了一遍，强盗听了都很受感动，不仅放了他，还送了他一些钱。他急忙拜谢，忽然，一个强盗顿足大哭道：“这个人如此孱弱，尚能历尽艰辛，到千里之外寻找父亲的遗骨。我这个堂堂男子汉，自命英雄豪杰，反而做不到吗？诸位保重，我也要到甘肃去收父亲的遗骨了。”说完，他挥了挥手，奔西方而去。他的同伙叫他回家与妻子告别，他连头也没回，这是被齐某儿子的行为深深感动的结果。可惜，事过境迁，齐某儿子的义行未能流传开来。我曾作《滦阳消夏录》各书，也忘记收录了。乾隆五十八年三月三日，我在海淀值班的地方，偶然想起了这件事，便记录下来，以补充地方志记载中的遗漏。这或许是因为孝子的美德没有得到彰扬，齐某的幽灵还没有泯灭，所以来暗中启示我吧！

【原典】

文水李秀升言①：其乡有少年山行，遇少妇独骑一驴。红裙蓝帔，貌颇娴雅，屡以目侧睨。少年故谨厚，虑或招嫌，恒在其后数十步，俯首未尝一视。至林谷深处，妇忽按辔不行，待其追及，语之曰：“君秉心端正，大不易得，我不欲害君。此非往某处路，君误随行。可于某树下绕向某方，斜行三四里即得路矣。”语讫，自驴背一跃，直上木杪，其身渐渐长丈馀。俄风起叶飞，瞥然已逝。再视其驴，乃一狐也。少年悸几失魂。殆飞天野叉之类欤？使稍与狎昵，不知作何变怪矣。

【注释】

①文水：地名，在今山西吕梁境内。

【译文】

文水县的李秀升说：在他的家乡有个少年在山里赶路，遇见一个少妇独自骑着毛驴。她穿着红裙子、披着蓝披肩，容貌很娴雅，老是斜着眼睛瞅他。这少年性情谨慎敦厚，怕招惹是非，便在她身后离开几十步远，低着头一眼也不看少妇。走到林中深处，少妇忽然停下不走了，等这少年跟上来，对他说：“你居心端正，真是难得，我不想害你。这不是往某某处去的路，你跟着我走错了。在某棵树下绕向某某方向，斜着走三四里，就找到你应该要走的那条路了。”说完，少妇从驴背上一跃，直飞上了树梢，她的身形渐渐幻化成一丈多长。不一会儿大风卷起，树叶飘飞，她转眼不见了。再看那头驴，竟然是一只狐狸。少年吓得差点丢了魂。莫非这是所谓飞天野叉之类的妖怪？假如少年稍稍和她亲近，不知道要闹出什么怪事来。

【原典】

沧州南一寺临河干，山门圮于河，二石兽并沉焉。阅十馀岁，僧募金重修，求二石兽于水中，竟不可得，以为顺流下矣。棹数小舟，曳铁钯，寻十馀里无迹。

一讲学家设帐寺中，闻之笑曰："尔辈不能究物理。是非木柿[1]，岂能为暴涨携之去？乃石性坚重，沙性松浮，湮于沙上，渐沉渐深耳。沿河求之，不亦颠乎？"众服为确论，一老河兵闻之，又笑曰："凡河中失石，当求之于上流。盖石性坚重，沙性松浮，水不能冲石，其反激之力，必于石下迎水处啮沙为坎穴[2]。渐激渐深，至石之半，石必倒掷坎穴中。如是再啮，石又再转。转转不已，遂反溯流逆上矣。求之下流，固颠；求之地中，不更颠乎？"如其言，果得于数里外。然则天下之事，但知其一、不知其二者多矣，可据理臆断欤！

【注释】

①木柿：木屑，木片。

②坎穴：坑穴。

【译文】

沧州南面有座临河的寺庙，山门倒塌到河里，两个石兽也沉入水中。过了十多年，和尚募捐重修寺庙，到水里找两个石兽，却没有找到。大家以为石兽被水冲到下游去了，便驾着几条小船，拖着铁钯在水中寻找，找出十多里还是没有发现踪迹。

有一个道学家在寺里讲学，听了后就笑道："你们这些人不懂其中的道理。石兽又不是木屑，怎么可能因为河水暴涨而被冲走呢？石头又硬又重，沙土松浮，石兽压在沙土上，会越沉越深。你们沿河去找，不是太荒谬了么？"大家认为他说的有理。一个护河的老兵听了，又笑道："凡河里丢了石头，应当到上游去找。因为石头又硬又沉，沙土松浮，水冲不动石头，它的反作用力，必定把石头下迎水那一面的沙土冲出坑来。越冲越深，等到沙坑有石头的一半大小时，石头必定翻倒在沙坑中。水再冲，石头又翻倒。如此翻倒不已，石头便逆流而上了。到下游找，当然不对，到地下找，更错了。"按老兵的话到上游找，果然在几里之外的地方找到了。由此可见，人们对天下之事，只知其一、不知其二的多了，怎么能凭借主观臆断就下结论呢？

【原典】

交河及友声言：有农家子，颇轻佻。路逢邻村一妇，伫目睨视。方微笑挑之，适有馌者同行，遂各散去。阅日，又遇诸途，妇骑一乌牸牛[1]，似相顾盼。农家子大喜，随之。时霖雨之后，野水纵横，牛行沮洳中甚速。沾体濡足，颠蹶者屡，比至其门，气殆不属。及妇下牛，觉形忽不类；谛视之，乃一老翁。恍惚惊疑，有如梦寐。翁讶其痴立，问："到此何为?"无可置词，诡以迷路对，踉跄而归。

次日，门前老柳削去木皮三尺馀，大书其上曰："私窥贞妇，罚行泥泞十里。"乃知为魅所戏也。邻里怪问，不能自掩，为其父箠几殆。自是愧悔，竟以改行。此魅虽恶作剧，即谓之善知识可矣。

友声又言：一人见狐睡树下，以片瓦掷之。不中，瓦碎有声，狐惊跃去。归甫入门，突见其妇缢树上，大骇呼救。其妇狂奔而出，树上缢者已不见。但闻檐际大笑曰："亦还汝一惊。"此亦足为佻达者戒也。

【注释】

①牸（zì）：雌性牲畜。

【译文】

交河人及友声说：有个农家子，颇为轻薄。有一次，他在路上遇到了邻村的一位女子，就站住傻呆呆地盯着人家。嬉皮笑脸地打算上前挑逗，正巧，有几位到田间送饭的人约那女子一同回家，他只好作罢。过了几天，他又在路上与那女子相遇，女子骑在一头黑母牛背上，好像在向他递眼色。农家子惊喜万分，急忙尾随而行。当时刚下过小雨，地面泥水横流，母牛却在泥泞中行走如飞。农家子浑身上下沾满了泥水，一路磕磕绊绊，好不容易到了那女子的家门外，他累得几乎快要喘不上气来了。等到女子从牛背上下来，农家子忽然觉得她模样有些不对劲儿；仔细一看，原来是个老头子。他惊疑不定，恍恍惚惚仿佛是在梦中。那老头子见他在一旁呆立，奇怪地问："你来这里干什么？"他无言以对，只好谎称迷了路，踉踉跄跄逃回了家。

第二天，他家门前的一棵老柳树，被削去了三尺多长的一块树皮，上面写着几个大字道："私窥贞妇，罚行泥泞十里。"他这才知道，自己是被鬼魅戏弄了。邻居们对此事感到奇怪，一再追问，他瞒不住，差点儿被父亲打死。他悔恨不已，从此竟改邪归正了。虽然是鬼魅的恶作剧，却说它有见识也未尝不可。

友声又说：有个人看见一只狐狸睡在树下，就扔瓦片打它。没有打中。瓦片掉在地上，狐狸被瓦片摔碎的声音惊醒，跳起来逃走了。这个人向家中走去，一进院门，忽然发现自己的媳妇吊在树上，他惊恐万分，大声呼救。他媳妇从屋里狂奔而出，而树上吊着的那个却不见了。只听屋檐上有人大笑道："让你也吓一跳。"这个故事，足以使那些轻佻之徒引以为戒了。

【原典】

里有少年，无故自掘其妻墓，几见棺矣。时耕者满野，见其且詈且掘，疑为颠痫，群起阻之。诘其故，坚不肯吐；然为众手所牵制，不能复掘，荷锺恨恨去。皆莫测其所以然也。越日，一牧者忽至墓下，发狂自挝曰："汝播弄是非，间人骨肉多矣。今乃诬及黄泉耶？吾得请于神，不汝贷也。"因缕陈始末，自啮其舌死。盖少年恃其刚悍，顾盼自雄，视乡党如无物。牧者惎焉[①]，因为造谤曰："或谓某帷薄不修[②]，吾固未信也。昨偶夜行，过其妻墓，闻林中鸣鸣有声，惧不敢前，伏草间窃视。月明之下，见七八黑影，至墓前与其妻杂坐调谑，媟声艳语，一一分明。人言其殆不诬耶？"有闻之者，以告少年。少年为其所中，遽有是举。方窃幸得计，不虞鬼之有灵也。小人狙诈，自及也宜哉。然亦少年意气凭陵，乃招是忌。故曰："君子不欲多上人。"

【注释】

①惎（jì）：憎恨，嫉恨。

②帷薄不修：指男女不分，家庭生活淫乱。

【译文】

村子里有个年轻人，无缘无故自掘妻子的坟墓，几乎要挖到棺材了。当时地里有许多耕种的人，见他一边骂一边挖，以为他发了疯，便都来劝阻。问是怎么了，他什么也不说；但被大家拉着不能再挖了，便恨恨地扛着锄头走了。大家都猜不出什么原因。第二天，一个放牧人忽然来到墓前，发疯地打着自己的嘴巴道："你搬弄是非，离间了许多人家的至亲骨肉。如今还要诬陷黄泉之下的人。我已经得到神的允许，饶不了你。"于是他详细讲述事情始末，咬断舌头死了。原来那个年轻人倚仗自己刚强勇猛，自以为了不起，把乡亲们看得一钱不值。放牧的人气不过，便大肆造谣说："有人说某某家门风不正，我本来还不信。昨天夜里偶然路过某某妻的坟地，听见树林里'呜呜'有声，我害怕不敢向前，便藏在草丛里偷看。只见月光下有七八个黑影来到墓前，和某某的妻子坐在一起调情说笑，淫声浪语，听得极真切。可见人们说的一点不错啊。"有人听到了，告诉了那个年轻人。这个年轻人信以为真，便有了挖墓那一幕。放牧的正暗中庆幸以为得计，不料鬼神有灵，小人奸诈自取祸，也是罪有应得。但也是因为那个年轻人太盛气凌人，才招致别人的嫉恨。所以说，"君子不要把自己凌驾于别人之上"。

【原典】

周密庵言：其族有孀妇，抚一子，十五六矣。偶见老父携幼女，饥寒困惫，踣不能行，言愿与人为养媳。女故端丽，孀妇以千钱聘之。手书婚帖，留一宿而去。女虽孱弱，而善操作，井臼皆能任，又工针黹[①]，家借以小康。事姑先意承志，无所不至。饮食起居，皆经营周至，一夜往往三四起，遇疾病，日侍榻旁，经旬月目不交睫。姑爱之乃过于子。姑病卒，出数十金与其夫使治棺衾。夫诘所自来，女低回良久曰："实告君，我狐之避雷劫者也。凡狐遇雷劫，惟德重禄重者庇之可免。然猝不易逢，逢之又皆为鬼神所呵护，猝不能近。此外惟早修善业，亦可以免，然善业不易修，修小善业亦不足度大劫。因化身为君妇，黾勉事姑。今借姑之庇，得免天刑，故厚营葬礼以申报，君何疑焉！"子故孱弱，闻之惊怖，竟不敢同居，女乃泣涕别去。后遇祭扫之期，其姑墓上必先有焚楮酹酒迹，疑亦女所为也。是特巧于逭死[2]，非真有爱于其姑。然有为为之，犹邀神福。信孝为德之至矣。

【注释】

①针黹（zhǐ）：指缝纫、刺绣等针线活儿。

②逭（huàn）：逃避，避开。

【译文】

周密庵说：他的本家中有个寡妇，抚养的儿子已经十五六岁了。一天，见一个老父亲带着个女儿，又冷又饿累得不行了，再也走不动了，老父亲说愿意把女儿送给人做童养媳。见那女孩长得端端正正，寡妇便用一千文钱聘了下来。双方写好婚约，那老父亲住了一晚便走了。女孩虽瘦弱，但善于料理家务，打水舂米样样都能干，针线活又好，寡妇家靠她过上了小康生活。她侍候婆婆十分尽心，凡是婆婆想的事情，她总是不等吩咐就做了。她照料婆婆的饮食起居，也十分周到，一夜往往要起来三四次。遇上婆婆生病，她天天守护在床头，十天半月不合眼。婆婆喜欢她超过自己的儿子。婆婆得病去世后，她拿出几十两银子给丈夫，让丈夫买棺材做寿衣。丈夫问她钱是从哪里来的，她低头犹豫了好久，才说："实话告诉你，我是一只躲避雷击的狐狸精。凡是狐精将受到雷击，只有得到品德高尚地位显赫的人庇护才能避免。然而一时间很难遇到这样的人，遇到了他们，周围又往往有鬼神保护着，不能马上就靠近。除此之外，只有早早行善，积下功德，也可以避免。然而行善积德不容易，积点小小的善德也不足以度过大的劫难。因此，我变为你的妻子，勤勤恳恳侍候婆婆。现在靠婆婆的庇佑，我得以免遭上天的惩罚，所以要厚葬婆婆，来报答她的恩情，你还要怀疑什么呢？"她的丈夫本是个懦弱的人，听了这话又惊又怕，竟然不敢再与她住在一起，她只好哭着离去。以后每逢祭祀扫墓的日子，婆婆坟上必定先有烧过纸钱浇过酒的痕迹，怀疑也是狐女做的。这个狐女只是善于利用人来逃避死亡，并不是真心爱戴婆婆。

然而尽管是出于个人目的而敬爱婆婆，仍然得到了神灵的宽恕。可见孝道是至高无上的美德啊。

【原典】

朱子颖运使言①：昔官叙永同知时②，由成都回署，偶遇茂林，停舆小憩。遥见万峰之顶，似有人家；而削立千仞，实非人迹所到。适携西洋远镜，试以窥之，见草屋三楹，向阳启户。有老翁倚松立，一幼女坐檐下，手有所持，似俯首缝补；柱屋似有对联，望不了了。俄云气滃郁③，遂不复睹。后重过其地，林麓依然，再以远镜窥之，空山而已。其仙灵之宅，误为人见，遂更移居欤？

【注释】

①运使：漕运使、盐运使、转运使的简称。

②同知：官名，各官衙长官的辅佐官，即副长官。

③滃郁：指云烟弥漫。滃，云气腾涌的样子。

【译文】

转运使朱子颖说：过去任叙永县同知时，从成都回叙永的衙署，偶然路过一片茂密的树林，便停车休息。远远望见连绵的山峰顶上好像有人家；但这些山峰陡峭险峻，实在不是人所能上去的。恰好他带着西洋望远镜，便仔细观察。只见有三间草房，向阳开门。有个老翁倚着松树站立，一个女孩子坐在房檐下，手里拿着什么，好像在低头缝织；屋柱上好像有对联，但看不清楚。不久云气弥漫，就看不见了。后来他又路过此地，树林山峰依然如故，再用望远镜观察，却只是一座空山而已。也许那是仙人的住宅，因误被凡人瞧见而迁居别处了么？

卷十七　姑妄听之三

【原典】

族侄竹汀言：文安有佣工古北口外者，久无音问。其父母值岁荒，亦就食口外，且觅子，亦久无音问。后乃有人见之泰山下。言昔至密云东北，日已暮，风云并作。遥见山谷有灯光，漫往投止。至则土屋数楹，围以秫篱，有老妪应门，问其里贯，入以告。又遣问姓名年岁，并问："曾有子出口否？子何名？年几何岁？"具以实对。忽有女子整衣出，延入上坐，拜而侍立；促老妪督婢治酒肴，意甚亲昵。莫测其由，起而固诘。则失声伏地曰："儿不敢欺翁姑。儿狐女也，尝与翁姑之子为夫妇。本出相悦，无相媚意。不虞其爱恋过度，竟以瘵亡。心恒愧悔，故誓不别适，依其墓以居。今无意与翁姑遇，幸勿他往，儿尚能养翁姑。"初甚骇怖，既而见其意真切，相持涕泣，留共居。狐女奉事无不至，转胜于有子。如是六七年，狐女忽遣老妪市一棺，且具锸畚。怪问其故，欣然曰："翁姑宜贺儿。儿奉事翁姑，自追念逝者，聊尽寸心耳，不期感动土神，闻于岳帝。岳帝悯之，许不待丹成，解形证果。今以遗蜕合窆，表同穴意也。"引至侧室，果一黑狐卧榻上，毛光如漆；举之轻如叶，扣之乃作金石声。信其真仙矣。葬事毕，又启曰："今隶碧霞元君为女官[①]，当往泰山。请共往。"故相偕至此，僦屋与土人杂居。狐女惟不使人见形，其供养仍如初也。后不知其所终。此与前所记狐女略相近，然彼有所为而为，故仅得逭诛[②]；此无所为而为，故竟能成道。天上无不忠不孝之神仙，斯言谅哉。

【注释】

①碧霞元君：这里指神仙。

② 逭（huàn）诛：逃避

诛罚。

【译文】

堂侄竹汀说：文安县有一个人到古北口外当雇工，好长时间没有消息。他的父母因年成不好，也到口外谋生，同时寻觅儿子，也一去久无音信。后来有人在泰山下见到了老两口。他们说当初到了密云县东北时，天色已晚。冷风吹来，阴云渐浓。远远看见山谷中有灯光，便投奔过去。到了跟前，看到几间土房，围着高粱秸秆的篱笆，有个老妈子出来，问了他们的籍贯乡里，进去通告。老妈子又出来问姓名年龄，并问道："有没有儿子到口外去？儿子叫什么？多大了？"老两口都照实说了。忽然有个女子衣履整齐迎了出来，请老两口坐上座，她拜见之后，侍立一旁，叫老妈子催促婢女准备酒菜，态度极为亲热。老两口不知是怎么回事，站起来再三追问。女子失声痛哭，趴在地上说："我不敢骗公婆。我是狐女，曾和您的儿子结为夫妻。我本来出于爱慕，并没有媚惑他的意思。不料他竟因爱恋过度，因为精气枯竭而得痨病死了。我心里时常悔恨，所以发誓不再嫁，就在他的墓旁住着。如今无意间遇见了公婆，希望不要到别处了，我还能赡养公婆。"老两口开始时极为害怕，随后见她情真意切，便相互拉着手哭了一场，于是就留了下来。狐女侍奉公婆无所不至，反而胜过儿子。这么过了六七年，狐女忽然打发老妈子去买来一具棺材，而且准备铁锹簸箕之类。老两口问她这是干什么，狐女高兴地说："公婆应该祝贺我。我侍奉公婆，不过是为追念死去的丈夫，以尽我的心意，不料却感动了土神，报告了东岳帝。东岳帝同情我，准许我不用等修炼成功，即可脱形成正果。如今要把我的遗蜕和我丈夫葬在一起，以体现死则同穴的意思。"说罢把老两口带到旁边的屋子里，那儿果然有一只黑色狐狸躺在榻上，毛色如黑漆；举起来轻得像树叶，一敲则发出金石的响声。这才相信她是真仙。安葬完毕，她又对公婆说："如今我隶属碧霞元君为女官，应该到泰山去。请公婆和我一起走。"于是一起到了泰山，租了房子和当地人杂居在一块儿。狐女只是不叫人看见她的形体，还像以前那样奉养公婆。后来就不知他们怎样了。这个故事和前面所记叙的狐女大致相同，不过前一个狐女是有目的地供养婆婆，所以仅仅免于天诛；这个狐女不是有所求而奉养公婆，所以能修炼成仙。天上没有不忠不孝的神仙，这话一点儿不假。

【原典】

李义山诗[①]："空闻子夜鬼悲歌"，用晋时鬼歌子夜事也。李昌谷诗[②]："秋坟鬼唱鲍家诗"，则以鲍参军有《蒿里行》[③]，幻窅其词耳[④]。然世固往往有是事。田香沁言：尝读书别业，一夕，风静月明，闻有度昆曲者。亮折清圆，凄心动魄。谛审之，乃《牡丹亭》"叫画"一出也。忘其所以，静听至终。忽省墙外皆断港荒陂[⑤]，人迹罕至，此曲自何而来？开户视之，惟芦荻瑟瑟而已。

【注释】

①李义山：李商隐（约813—约858），字义山，号玉溪生，又号樊南生，唐代著名诗人，和杜牧合称"小李杜"，与温庭筠合称为"温李"。其诗构思新奇，风格秾丽，尤其是一些爱情诗和无题诗写得缠绵悱恻，优美动人，广为传诵。

②李昌谷：李贺（约791—约817），字长吉，别号李昌谷，人称"诗鬼"，是与"诗圣"杜甫、"诗仙"李白、"诗佛"王维齐名的唐代著名诗人。

③鲍参军：鲍照（约415—466），字明远，曾任前军参军，故称。南朝宋文学家，与颜延之、谢灵运合称"元嘉三大家"，长于乐府诗，著有《鲍参军集》。

④窅（yǎo）：幽深。

⑤陂：水边，池边。

【译文】

李商隐的诗中有"空闻半夜鬼悲歌"的句子，用的是晋时传说鬼在半夜唱歌的故事。李贺诗中有"秋坟鬼唱鲍家诗"句，则因鲍照写有《蒿里行》一诗，他加以想象发挥。然而世上往往有这种事。田香沁说，他曾在别墅中读书。一天晚上，风静月明，听见有人在唱昆曲。歌声宏亮曲折，清丽圆润，听来叫人伤心动魄。细细一听，原来是《牡丹亭》的"叫画"那一出。他听得入神，忘了身边的一切，一直听到完。忽然记起墙外都是荒废的水岸码头，人迹罕至，这歌声是从哪儿来的？开门一看，唯见芦苇在秋风中瑟瑟摇动。

【原典】

又，舅氏安公五占，居县东留福庄。其邻家二犬，一夕吠甚急。邻妇出视无一人，惟闻屋上语曰："汝家犬太恶，我不敢下。有逃婢匿汝家灶内，烦以烟熏之，当自出。"妇大骇，入视灶内，果嘤嘤有泣声。问是何物，何以至此。灶内小语曰："我名绿云，狐家婢也。不胜鞭箠，逃匿于此，冀少缓须臾死，惟娘子哀之。"妇故长斋礼佛，意颇怜悯，向屋仰语曰："渠畏怖不出，我亦实不忍火攻。苟无大罪，乞仙家舍之。"里俗呼狐曰仙家。屋上应曰："我二千钱新买得，那能即舍？"妇曰："二千钱赎之，可乎？"良久乃应曰："是或尚可。"妇以钱掷于屋上，遂不闻声。妇扣灶呼曰："绿云可出，我已赎得汝。汝主去矣。"灶内应曰："感活命恩，今便随娘子驱使。"妇曰："人那可蓄狐婢，汝且自去；恐惊骇小儿女，亦慎勿露形。"果似有黑物瞥然逝。后每逢元旦，辄闻窗外呼曰："绿云叩头。"

【译文】

我的舅舅安五占先生，家住本县东留福庄。他的邻居家有两只狗，一天晚上，两只狗突然拼命大叫起来。邻居女人出外查看，连个人影也没看到，只听见屋顶上有人说："你家的狗太凶，我不敢下去。我有个丫环逃进你们家的灶洞里了，麻烦你用烟熏一熏，她自然会出来的。"这个女人吓坏了，连忙回到屋内向灶洞里看，果然听到里面有"嘤嘤"的哭泣声。她问是什么东西，怎么到这儿来了。灶洞里有人小声说："我叫绿云，是狐仙家的丫环。因为忍受不了主人的鞭打，才逃到这里，或许能多活几天，只求娘子可怜我。"这个女人一向吃斋念佛，可谓心地善良，很可怜狐婢，于是走到屋外，仰脸向屋顶上说："她怕得要命，不敢出来，我也实在不忍心点火烧她。如果她没犯什么大罪，求仙家放了她吧。"乡里人习惯称狐狸为仙家。屋顶上的狐仙应声道："我刚用二千钱买了她，哪能轻易放走呢？"女人问："我用二千钱赎她，行不行？"过了半天，那狐仙才回答道："就这么办吧。"女人把钱扔到了屋顶上，上面没有动静了。女人回到灶边，敲着灶台说："绿云，可以出来了，我已经拿钱赎了你。你家主人已经走了。"灶洞里应声道："感谢您的救命之恩，从现在开始，我就听从您的使唤了。"女人说："人的家里怎么能养着狐婢呢，你赶紧走吧，随便去哪儿；走时千万别现出原形，别吓着孩子。"果然，灶洞里钻出了一个黑乎乎的东西，转眼间不见了。后来每逢大年初一夜晚，这位女人总能听见窗外有声音说：“绿云给您叩头！”

【原典】

蒙古以羊骨卜，烧而观其坼兆，犹蛮峒鸡卜也①。霍丈易书在葵苏图军台时，有老妇解此术。使卜归期，妇侧睨良久，曰：“马未鞍，人未冠，是不行也；然鞍与冠皆已具，行有兆矣。”越数月，又使卜。妇一视即拜曰：“马已鞍，人已冠矣，公不久其归乎！”既而果赐环。又，大学士温公言：曩征乌什，俘回部十馀人，禁地窖中。一日，指口诉饥。投以杏，众分食讫，一年老者握其核，喃喃密祝，掷于地上，观其纵横奇偶，忽失声哭。其党环视，亦皆哭。既而骈诛之牒至，疑其法如《火珠林》钱卜也②。是与蓍龟虽不同，然以骨取象者，龟之变；以物取数者，蓍之变。其借人精神以有灵，理则一耳。

【注释】

①蛮峒：旧时对我国贵州、广西境内等少数民族的泛称。。

②《火珠林》：相传为麻衣道人所著的占卜之书。

【译文】

蒙古人用羊骨占卦，即用火烧羊骨头，从裂开的纹路来预测吉凶，就像侗族人用鸡骨头占卜一样。霍易书在葵苏图的驿站时，有个老妇人懂得这种占卜术。霍易书让她为自己卜问归期，老妇斜着眼把烧过的骨头端详了好久，说："马没备鞍，人没戴帽，还回不去。如果马鞍和帽子都有了，就有回去的征兆了。"过了几个月，霍易书又叫老妇人为他占卜。她一看羊骨就叩头祝贺说："马已备鞍，人也戴了帽子，您不久就要回去了！"不久果然有让他班师回朝的公文。此外，大学士温公说：以前他征乌什时，俘虏了回部十多个人，把他们关押在地窖里。一天，他们指着嘴巴示意肚子饿了。他就扔给他们一些杏子，众人分吃完后，有一个年老者拿着杏核，喃喃地悄悄念咒，然后把杏核丢到地上，观察它们的纵横奇偶。忽然，他失声痛哭起来。其他人都围过去看，也都哭起来。不久，处死他们的公文就到了。我猜想这种占卜法同《火珠林》中所记的钱卜法相似。这同古代的蓍草、龟甲占卜虽然不同，但是观察骨头裂纹形状的方法是由龟甲占卜的方法演变来的；而观察东西的奇偶数字等情况的方法是由蓍草占卜的方法演变来的。这些占卜法，主要是依靠人的主观意识加以解释，这一点是一致的。

【原典】

唐宋人最重通犀①，所云种种人物，形至奇巧者。唐武后之笏，作双龙对立状。宋孝宗之带，作南极老人扶杖像②，见于诸书者不一，当非妄语。今惟有黑白二色，未闻有肖人物形者，此何以故欤？惟大理石往往似画，至今尚然。尝见梁少司马铁幢家一插屏，作一鹰立老树斜柯上，觜距翼尾，一一酷似；侧身旁睨，似欲下搏，神气亦极生动。朱运使子颖，尝以大理石镇纸赠亡儿汝佶，长约二寸，广约一寸，厚约五六分。一面悬崖对峙，中有二人乘一舟顺流下；一面作双松欹立，针鬣分明，下有水纹，一月在松梢，一月在水，宛然两水墨小幅。上有刻字，一题曰"轻舟出峡"，一题曰"松溪印月"，左侧题"十岳山人"，字皆八分书。盖明王寅故物也③。汝佶以献余，余于器玩不甚留意，后为人取去。烟云过眼矣，偶然忆及，因并记之。

【注释】

①通犀：又叫"通天犀"，一种上下贯通的犀牛角。

②南极老人：星名，即南极星。古时人们认为此星主寿，故常用于祝寿时称主人。

③王寅：明代人，字仲房，一字亮卿，自号十岳山人。

【译文】

唐宋时的人最看重犀牛角中的通天犀，据说通天犀上面有种种人或物的图案，形状极为奇特巧妙。唐代武则天的犀角简上有两条龙对立的图案。宋孝宗的犀角带结上有南极老人拄着拐杖的像。这类情况各种书里都有记载，应该不是胡说。现在的犀牛角只有黑白两种颜色，没听说有人或物的图形的，这是什么缘故呢？唯有大理石往往有像画一样的图案，现在还能见到。我曾经见过兵部侍郎梁铁幢家有块插屏，上面有一只老鹰立在老树斜枝上的图案，嘴、爪、翅、尾都一一酷似；侧身斜视，好像是要飞下搏击的样子，神态也极为生动。运使朱子颖曾经将一块大理石镇纸送给我已死去的大儿子汝佶，长约二寸，宽约一寸，厚约五六分。一面是悬崖两边对峙，中间有两个人乘一只船顺流驶下；另一面是两棵松树斜立，连松针也清晰可见，下面有水波纹，一个月亮在松树枝头，一个月亮在水中，很像两小幅水墨画。上面刻有字，一面题的是“轻舟出峡”，一面题的是“松溪印月”，左侧署名“十岳山人”，字都是隶书。看来是明代王寅的旧东西。汝佶把它献给我，我历来对这类器物玩意儿不大感兴趣，后来就被人拿走了。这些东西对我来说都是过眼烟云，现在偶然回忆起，便都记了下来。

卷十八　姑妄听之四

【原典】

马德重言：沧州城南，盗劫一富室，已破扉入，主人夫妇并被执，众莫敢谁何。有妾居东厢，变服逃匿厨下，私语灶婢曰："主人在盗手，是不敢与斗。渠辈屋脊各有人，以防救应，然不能见檐下。汝扶后窗循檐出，密告诸仆：各乘马执械，四面伏三五里外。盗四更后必出。四更不出，则天晓不能归巢也。出必挟主人送。苟无人阻，则行一二里必释；不释恐见其去向也。俟其释主人，急负还而相率随其后，相去务在半里内。彼如返斗即奔还，彼止亦止，彼行又随行。再返斗仍奔，再止仍止，再行仍随行。如此数四，彼不返斗则随之，得其巢。彼返斗则既不得战，又不得遁，逮至天明，无一人得脱矣。"婢冒死出告，众以为中理①，如其言，果并就擒。重赏灶婢。妾与嫡故不甚协，至是亦相睦。后问妾何以办此，泫然曰："吾故盗魁某甲女。父在时，尝言行劫所畏惟此法，然未见有用之者。今事急姑试，竟侥幸验也。"故曰，用兵者务得敌之情，又曰，以贼攻贼。

【注释】

①中理：合理。

【译文】

马德重说：在沧州城南，强盗抢劫一家富户，已经破门而入，主人夫妇都被捆了起来，全家人谁也不敢反抗。有个小妾居住在东厢房里，换了一身衣服逃到厨房藏了起来，悄悄对烧饭丫头说："主人落在强盗手里，所以不敢和他们斗。房顶上到处都是他们的人，以防止有人来救，但他们却看不到房檐下的动静。你快从后面的窗户逃出去，悄悄告诉其他仆人，叫他们都骑马拿上武器，四面埋伏在三五里之外的地方。强盗在四更天时肯定撤走。如果四更天他们还不走，那么天一亮就不能回他们的巢穴了。他们撤走时肯定要挟持着主人送他们。如果没人阻拦，走一二里地就会放了主人；如果不放，他们怕主人知道他们的去向。等他们放了主人，赶紧派人把主人送回家，然后跟在强盗的后面，距离必须在半里之内。如果强盗反追，你们就往回跑；如果他们停下来，我们也停下来；他们走，我们也跟着走。他们再回身杀来，我们还跑；他们再停下，我们也停；他们走，我们也随着。这么反复几次，他们不再返身杀来，就跟着他们，弄清楚他们的巢穴。他们回身杀来却近不了我们，又摆脱不了我们，这么相持到天亮，就一个也跑不了了。"那丫头照着她的话去做，果然将强盗们抓获。于是主人重赏了做饭的丫头。小妾和正妻的关系一直不大和，至此关系也和睦起来。后来正妻问妾怎么会想出这种高招来，小妾流泪道："我是过去某某强盗头子的女儿。父亲在时，曾说去打劫就怕对方用这个办法，但是没见有人用过。当时在危急之中，试着用用，竟然侥幸奏效。"所以说，用兵的人须得了解敌人的情形。这就叫做以贼攻贼。

【原典】

张太守墨谷言：德、景间有富室，恒积谷而不积金，防劫盗也。康熙、雍正间，岁频歉，米价昂。闭廪不肯粜升谷，冀价再增。乡人病之，而无如何。有角妓号玉面狐者曰："是易与，第备钱以待可耳。"乃自诣其家曰："我为鸨母钱树，鸨母顾虐我。昨与勃豀[1]，约我以千金自赎。我亦厌倦风尘，愿得一忠厚长者托终身，念无如公者。公能捐千金，则终身执巾栉。闻公不喜积金，即钱二千贯亦足抵。昨有木商闻此事，已回天津取赀。计其到，当在半月外，我不愿随此庸奴。公能于十日内先定，则受德多矣。”张故惑此妓，闻之惊喜，急出谷贱售。廪已开，买者坌至[2]，不能复闭，遂空其所积，米价大平。谷尽之日，妓遣谢富室曰：“鸨母养我久，一时负气相诟，致有是议。今悔过挽留，义不可负心。所言姑俟诸异日。”富室原与私约，无媒无证，无一钱聘定，竟无如何也。此事李露园亦言之，当非虚谬。闻此妓年甫十六七，遽能办此，亦女侠哉！

【注释】

①勃谿（xī）：吵架，闹矛盾。

②坌（bèn）：聚集，集合。

【译文】

知府张墨谷说：在德州、景州相邻处有个富户，总是囤积粮食而不攒钱，为的是防备强盗偷取。康熙、雍正年间，连年歉收，米价极贵。这个富户却关着粮仓一升也不肯卖，希望米价再涨。同乡的人对他很不满，但也无可奈何。有位外号叫玉面狐的艺妓，说：“这事容易得很，你们准备好了钱等着就行了。”她亲自找到富户说：“我是鸨母的摇钱树，鸨母却对我很不好。昨天我和她吵起来，她叫我拿出一千两银子来赎身。我在风月场中也厌倦了，愿意投靠一位忠厚长者托付终身，再三思量，没有能比得上您的。如您能拿出一千两银子来，那么我终生侍奉您。听说您不喜欢攒钱，那么有二千贯铜钱也就凑合了。昨天有个木柴商听说了这件事，已经回天津取钱去了。计算一下，估计在半月左右就能回来。我不愿跟着这个庸俗的家伙。您如果能在十天之内先凑够了钱，我就更加感念您的恩德了。”这个富户一直迷恋着玉面狐，听了这番话，又惊又喜，急忙压低了价卖粮。粮仓打开了，买粮的蜂拥而来，就再也关不上了，他的存粮都卖光了，于是米价平定下来。卖完粮食那天，玉面狐打发人辞谢富户道：“鸨母养我很久了，我一时负气和她吵起来，以致有了自赎的打算。如今她后悔挽留我，我也不能负心。我跟您的事以后再考虑吧。”富户与玉面狐的赎身之议原本就是私下里商定的，没有媒人也没有证人，也没有一分钱的聘礼，富户竟然无可奈何。这个故事李露园也跟我说过，应该不会是假的。听说这个艺妓才十六七岁，仓促之间就能做得如此干脆利落，也是一位女侠啊。

【原典】

多小山言：尝于景州见扶乩者，召仙不至。再焚符，乩摇撼良久，书一诗曰："薄命轻如叶，残魂转似蓬[1]。练拖三尺白，花谢一枝红。云雨期虽久，烟波路不通。秋坟空鬼唱，遗恨宋家东。"知为缢鬼。姑问姓名，又书曰："妾系本吴门，家侨楚泽。偶业缘之相凑，宛转通词；讵好梦之未成，仓皇就死。律以圣贤之礼，君子应讥；谅其儿女之情，才人或悯。聊抒哀怨，莫问姓名。"此才不减李清照；其"圣贤""儿女"一联，自评亦确也。

【注释】

①蓬：指蓬草。

【译文】

多小山说：他曾经在景州见到有人扶乩，召请乩仙，乩仙不下坛。那人再次焚符召请，只见乩盘震动摇荡了半天，写下一首诗道："薄命轻如叶，残魂转似蓬。练拖三尺白，花谢一枝红。云雨期虽久，烟波路不通。秋坟空鬼唱，遗恨宋家东。"看诗的意思，知道乩仙是个女吊死鬼。有人请教乩仙姓名，乩仙又写道："妾本是江苏吴县人，全家侨居楚地。因为前世缘分，与情郎得以相近，相互倾诉美好的心曲；然而好梦不长，就仓促含恨上吊自杀。如果按圣贤礼仪来看待，我会受到正人君子的讥讽；如果能原谅这种儿女私情，或许会受到才子的怜悯。面对诸位，我不过聊以抒发心中的哀怨，请不要再问我的姓名。"这位乩仙的才情不亚于李清照；其中"圣贤""儿女"一联，作为对自己的评价也是很准确的。

【原典】

蛇能报冤，古记有之，他毒物则不能也。然闻故老之言曰："凡遇毒物，无杀害心，则终不遭螫；或见即杀害，必有一日受其毒。"验之颇信。是非物之知报，气机相感耳。狗见屠狗者群吠，非识其人，亦感其气也。又有生啖毒虫者，云能益力。毒虫中人或至死，全贮其毒于腹中，乃反无恙，此又何理欤？崔庄一无赖少年习此术，尝见其握一赤练蛇，断其首而生啖，如有馀味。殆其刚悍鸷忍之气足以胜之乎[1]？力何必益？即益力方药亦颇多，又何

必是也？

【注释】

①鸷（zhì）：凶猛。

【译文】

蛇能报仇，古书中早有记载，其他有毒的动物则没有这种能力。然而我听老人们说：“凡是遇上有毒的动物，你不去伤害它，它就绝不会来螫咬你；如果你一见到就杀掉它们，早晚有一天会遭到报复。”验证下来，老人们的话十分可信。其实，这并不是因为动物会报仇，而是因为气息相互感应的缘故。狗一见到宰狗的人就群起而吠之，并不是认识他这个人，而是因为感受到他身上的气息了。世上有一种专吃毒虫的人，据他们说，吃了毒虫可以补益气力。一般人被毒虫咬伤，往往可以致死，而吃毒虫的人把毒全吞到了肚子里，却反而平安无事，这又是什么道理呢？崔庄有个无赖少年专练这种吞吃毒虫的功夫，我曾见他手握一条赤练蛇，把蛇头砍断后大吃起来，似乎回味无穷。大概是他那强悍残忍的气势足以战胜蛇毒吧？人的气力为什么非要得到补益呢？即便需要补益，这方面的药物也很多，何必非要用这种方法呢？

【原典】

门人郝瑗，孟县人，余己卯典试所取士也[1]。成进士，授进贤令。菲衣恶食[②]，视民事如家事。仓库出入，月月造一册。预储归途舟车费，扃一笥中[③]，虽窘急不用铢两。囊箧皆结束室中，如治装状，盖无日不为去官计。人见其日日可去官，亦无如之何。后患病乞归，不名一钱，以授徒终于家。

闻其少时，值春社，游人如织。见一媪将二女，村妆野服，而姿致天然，瑷与同行，未尝侧盼。忽见妪与二女，踏乱石横行至绝涧，鹄立树下。怪其不由人径，若有所避，转凝睇视之。媪从容前致词曰："节物暄妍，率儿辈踏青，各觅眷属。以公正人不敢近，亦乞公毋近儿辈，使剌促不宁。"瑷悟为狐魅，掉臂去之。然则花月之妖，为人心自召明矣。

【注释】

①己卯：乾隆二十四年（1759 年）。

②菲衣恶食：穿戴平常，以粗茶淡饭为食。

③扃（jiōng）：关闭。

【译文】

我的门生郝瑗，孟县人，是我在乾隆二十四年录取的举人。后来他中了进士，被任为进贤县令。他穿着普通的衣服，粗茶淡饭，把百姓的事当作自家的事。仓库物品的进出，他每个月都登记造册。他预先准备了回家的车马船费，锁在一个箱子里，即使生活窘迫时也不动用一文钱。他的行李包裹都捆扎好放在屋里，好像是打点行李准备上路一样，看来他没有一天不为自己被罢官时着想。人们见他天天打算着离任而去，对他也没办法。后来他得病了，请求辞官回家，他一个钱也没有带回来，靠教书了其终生。

听说他年轻时，有一年的春社日，游人如织。他看见一个老太太领着两个女子，虽然是一身村野打扮，穿得很随意，但天生丽质，郝瑗和她们一路走，目不斜视。忽然老太太和两个女子踏着乱石横着穿越到了绝壁涧水之上，站在树下张望。郝瑗奇怪她们不走现成的道路，好像躲避什么，便转头去查看。老太太从容地来到他面前说："春光明媚，我领着女儿出来踏青，并各自寻找配偶。因为你是正人君子，所以不敢靠近你，也请你不要靠近她们，以免她们恐惧不安。"郝瑗这才知道她们是狐狸精，便转身离开了她们。由此可见，花月之妖，很明显都是由人心自己召来的。

【原典】

木兰伐官木者，遥见对山有数虎。悬崖削壁，非迂回数里不能至；人不畏虎，虎亦不畏人也。俄见别队伐木者，冲虎径过。众顿足危栗。然人如不见虎，虎如不见人也。数日后，相晤话及。别队者曰："是日亦遥见众人，亦似遥闻呼噪声，然所见乃数巨石，无一虎也。"是殆命不遭咥乎[①]？然命何能使虎化石，其必有司命者矣。司命者空虚无朕，冥漠无知，又何能使虎化石？其必天与鬼神矣。天与鬼神能司命，而顾谓天即理也，鬼神二气之良能也[②]。然则理气浑沦，一屈一伸，偶遇斯人，怒而搏者，遂峙而嶙峋乎？吾无以测之矣。

【注释】

①咥（dié）：咬，狼吞虎咽的样子。

②良能：天赋为善的能力。

【译文】

在木兰围场为官府砍伐木材的人，远远看见对面山上有几只老虎。因为中间隔着悬崖峭壁，不绕行几里根本到不了那里；所以，工人们不怕老虎过来，老虎自然也不怕人过去。过了一会儿，忽然看到另外一支伐木队，在对面山上直向老虎走去。这边的工人吓得直跺脚。然而，对面山上的伐木工人好像根本没见到老虎，老虎也仿佛没见到这些工人。过了几天，两支伐木队相遇了，大家谈起了那天的事。那边的那些伐木工人说："那天我们也远远看到了你们，并听见了你们的呐喊声，可是，我们只看见了几块大石头，并没有看到有什么老虎啊。"这大概是他们命不该绝于虎口啊。然而，命运怎么会把老虎变成石头呢？其间肯定有主宰命运的神了。司命神空虚无形，冥漠无知，又如何能使猛虎化为巨石？看来，其间必有天与鬼神控制着。既然天与鬼神能操纵命运，那么可以说天就是"理"，鬼神就是阴阳二气相互作用的产物。如果是这样，那么"理"和"气"浑然一体，屈伸之间，就会有所改变，倘若虎遇到这样的人，想要捕捉，因而化作嶙峋的巨石峙立在路边吗？这我就无法猜测了。

【原典】

奴子傅显，喜读书，颇知文义，亦稍知医药。性情迂缓，望之如偃蹇老儒。一日，雅步行市上，逢人辄问："见魏三兄否?"（奴子魏藻，行三也。）或指所在，复雅步以往。比相见，喘息良久。魏问相见何意？曰："适在苦水井前，遇见三嫂在树下作针黹[①]，倦而假寐。小儿嬉戏井旁，相距三五尺耳，似乎可虑。男女有别，不便呼三嫂使醒，故走觅兄。"魏大骇，奔往，则妇已俯井哭子矣。夫僮仆读书，可云佳事。然读书以明理，明理以致用也。食而不化，至昏愦僻谬，贻害无穷，亦何贵此儒者哉！

【注释】

①针黹（zhǐ）：缝纫、刺绣等针线活。

【译文】

家奴傅显喜欢读书，颇懂得一点儿文章义理，还稍懂医药。他的性情迂腐迟缓，看起来像是上了年岁的老儒生。有一天，他迈着四方步走在集市上，逢人便问："见了魏三兄没有?"（仆人魏藻，排行第三。）有人告诉他在什么地方，他又不紧不慢地走去。等见了面，他喘息了好一会儿。魏三问他来找自己干什么。他才说："我刚才在苦水井前头，遇见三嫂在树下作针线活，疲乏了闭眼休息。你家小儿子在井旁玩耍，离井只有三五尺远，很叫人担心。但男女有别，我不便把三嫂叫醒，所以跑来找你。"魏三大惊，急忙奔向井台，而妻子已经趴在井旁哭儿子了。做奴仆的喜欢读书，可以说是好事。但读书的目的是为了明白道理，明白道理的目的是为了实际应用。学了而不吸收有用的，以致糊涂荒谬，反而贻害无穷，这样的儒生有什么用呢？

【原典】

武强一大姓，夜有劫盗，群起捕逐。盗逸去[①]，众合力穷追。盗奔其祖茔松柏中，林深月黑，人不敢入，盗亦不敢出。相持之际，树内旋飚四起，砂砾乱飞，人皆眯目不相见，盗乘间突围得脱。众相诧异，先灵何反助盗耶？主人夜梦其祖曰："盗劫财不能不捕，官捕得而伏法，盗亦不能怨主人。若未得财，可勿追也；追而及，盗还斗伤人，所失不大乎？即众力足殪盗，盗殪则必告官，官或不谅，坐以擅杀，所失不更大乎？且我众乌合，盗皆死党；

盗可夜夜伺我，我不能夜夜备盗也。一与为仇，隐忧方大，可不深长思乎？旋风我所为，解此结也，尔又何尤焉！”主人醒而喟然曰：“吾乃知老成远虑，胜少年盛气多矣。”

【注释】

①逸：逃跑、逃逸。

【译文】

武强县有一个大户人家，夜里有小偷前去偷东西，众人便群起追捕。小偷逃走后，大家合力穷追。小偷逃到大户祖坟所在的松柏林里，林中阴森森的没有月光，大家一时都不敢进去，小偷也不敢出来。正在相持不下，树林里忽然刮起了旋风，飞沙走石，人们被迷得睁不开眼，小偷借这个机会突围逃走了。大家都感到惊讶，先人的亡灵为什么反而会帮助小偷呢？主人夜里梦见先祖说：“小偷偷东西，不能不抓，如果官府捉到小偷加以惩罚，小偷也不能怨恨主人。但如果没有偷走东西，就不要穷追不舍；追上了，如果双方斗殴起来就会伤人，损失不是更大吗？即使大家能够杀了小偷，也必须向官府汇报，如果官府追究说你们擅自杀人，那损失不更大吗？何况大家是些乌合之众，而小偷们则是些死党；他们可以夜夜伺机来下手偷东西，我们却无法夜夜防备他们。一旦和他们结了仇，隐患就大了，能不从长计议么？旋风是我为了解开这个仇结刮起来的，你们又有什么好埋怨的呢！”主人醒来后惊叹道：“我今天才真正明白，老成持重的人有远虑，这要比年轻人凭冲动办事强多了。”

卷十九　滦阳续录一

【原典】

景薄桑榆[①]，精神日减，无复著书之志，惟时作杂记，聊以消闲。《滦阳消夏录》等四种，皆弄笔遣日者也。年来并此懒为，或时有异闻，偶题片纸；或忽忆旧事，拟补前编。又率不甚收拾，如云烟之过眼，故久未成书。今岁五月，扈从滦阳[②]。退直之馀[③]，昼长多暇，乃连缀成书命曰《滦阳续录》。缮写既完，因题数语，以志缘起。若夫立言之意，则前四书之序详矣，兹不复衍焉。嘉庆戊午七夕后三日[④]，观奕道人书于礼部直庐，时年七十有五。

【注释】

①景薄桑榆：太阳接近桑榆树梢，意谓年近暮年。景，通“影”，日影。薄，靠近，接近。

②扈从：随伺皇帝出行的人。扈，随从，护卫。

③退直：意谓公务之余。

④戊午：嘉庆三年（1798 年）。

【译文】

如同日已西斜、景入桑榆一样，我的精神越来越差，再没有著书的兴致了，只是有时作点杂记，借以消闲解闷。《滦阳消夏录》等四本书，都属于随意拈笔的消遣之作。近年以来，连这种杂记也懒得写了，有时听到点儿奇闻异事，偶然写到一张纸片上；有时忽然想起往事，打算补充到前面的几卷书里。可又往往不注意整理，就像过眼云烟，所以久久没能成书。今年五月，我陪皇上到滦阳。值班之余，白天有很多闲暇，于是串连起来编成了书，命名为《滦阳续录》。书稿全部写完之后，顺便题写几句话，说明写作原由。至于写此类东西的本意，前四本书的序言已经说得很详细了，这里不再赘述。嘉庆三年七夕后三天，观弈道人写于礼部值班房，时年七十五岁。

【原典】

吴茂邻，姚安公门客也。见二童互詈，因举一事曰：交河有人，尝于途中遇一叟，泥滑失足，挤此人几仆。此人故暴横，遂辱詈叟母。叟怒，欲与角，忽俯首沉思，揖而谢罪，且叩其名姓居址，至歧路别去。此人至家，其母白昼闭房门，呼之不应，而喘息声颇异，疑有他故。穴窗窥之，则其母裸无寸丝，昏昏如醉，一人据而淫之。谛视[①]，即所遇叟也。愤激叫呶，欲入捕捉，而门窗俱坚固不可破。乃急取鸟铳自棂外击之，噭然而仆，乃一老狐也。邻里聚观，莫不骇笑。此人詈狐之母，特托空言，竟致此狐实报之，可以为善詈者戒。此狐快一朝之愤，反以陨身，亦足为睚眦必报者戒也。

【注释】

①谛：详细，仔细。

【译文】

吴茂邻是姚安公的门客。看见两个孩子互相吵骂，就讲了一个故事：交河有一个人，曾在路上遇到一个老头，老头因为泥滑跌倒，把这人差点儿挤倒了。这人本来就横暴，于是辱骂老头的娘。老头发怒，想要和这人打架，忽又低头沉思，拱手赔不是，并小心地询问这个人的姓名住址，走到岔路口，老头告别走了。这人到了家，他的母亲大白天关着房门。叫也叫不应，而里面的喘息声很奇怪，他怀疑出了什么事。便把窗纸捅了个眼往里面看，只见他母亲全身一丝不挂，昏昏然像醉了酒，有一个人正在奸污她。仔细一看，就是路上遇到的那个老头。这人愤怒叫嚷，想要进去抓人，但是门窗都很坚固，打不破。他急忙拿来一支鸟枪，从窗外射击，老人叫了一声倒下了，原来是一只老狐狸。邻居们围观，都又惊又笑。这人骂狐狸的娘，只是一句空话，竟招致狐狸用事实来报复，这可以使喜欢骂人的人引以为戒。这只狐狸只图一时泄愤，反而丧命，也足以让为一点小事就要予以报复的人警醒。

【原典】

诚谋英勇公言：畅春苑前有小溪，直夜内侍，每云阴月黑，辄见空中朗然悬一星。共相诧异，辗转寻视，乃见光自溪中出。知为宝气，画计取之。得一蚌，横径四五寸。剖视得二珠，缀合为一，一大一稍小，巨似枣，形以壶卢。不敢私匿，遂以进御，至今用为朝冠之顶。此乾隆初事也。小溪不能产巨蚌，蚌珠未闻有合欢。斯由天命，圣人因地呈符瑞，寿跻九旬[①]，康强如昔，岂偶然也哉！

【注释】

①跻：达到。

【译文】

诚谋英勇公说：畅春苑前有条小溪，值夜班的内侍，每到阴天没有月亮的时候，便能看见空中挂着一颗明亮的星。大家都感到很奇怪，于是想方设法探究原因，这才发现是从小溪中射出的光聚集在空中造成的。大家知道这是宝气，就想办法到溪中去取宝。后来在小溪中捞出一个蚌，直径有四五寸。剖开它看到有两颗宝珠在里面，合而为一，一大一小，有枣子那么大，形状同葫芦一样。大家都不敢私自据为己有，便献给了皇上，皇上至今还把它装饰在皇冠顶上。这是乾隆初年的事情。一般来说，小溪不能生出大蚌，蚌珠也没听说有能够合成一对的。这大概是由于上天诞生了圣人，才借大地来呈献祥瑞，皇上后来寿近九十，且身体健康，难道是偶然的吗？

【原典】

莲以夏开，惟避暑山庄之莲至秋乃开，较长城以内迟一月有馀。然花虽晚开，亦复晚谢，至九月初旬，翠盖红衣，宛然尚在。苑中每与菊花同瓶对插，屡见于圣制诗中。盖塞外地寒，春来较晚，故夏亦花迟。至秋早寒而不早凋，则莫明其理。今岁恭读圣制诗注，乃知苑中池沼汇武列水之三源[①]，又引温泉以注之，暖气内涵，故花能耐冷也。

【注释】

①武列水：古水名，旧名热河，今称武烈河，在今河北省。

【译文】

莲花一般都在夏季开花，只有避暑山庄的莲花直到秋天才开放，比长城内的晚了一个多月。然而，虽然这里的莲花开得晚，但凋谢得也晚，直到九月上旬，池水中仍然是绿叶红花，毫无凋零之意。宫苑里常常把莲花与菊花插在一个瓶里，在圣上的诗作中也多次写到这事。因为塞外气候比较冷，春天来得迟，所以夏季的花开得也晚。但是这里秋季早寒，花儿却并不早谢，就令人不明白其中的道理了。今年，我恭读圣上诗作的注释，才知道苑中的池水汇集了武列河的三个源头之水，又注入了温泉之水，里面才有了暖气，所以这里的莲花能够如此耐寒。

【原典】

宋代有神臂弓，实巨弩也。立于地而踏其机，可三百步外贯铁甲。亦曰克敌弓，洪容斋试词科[①]，有《克敌弓铭》是也。宋军拒金，多倚此为利器。军法不得遗失一具，或败不能携，则宁碎之，防敌得其机轮仿制也。元世祖灭宋，得其式，曾用以制胜。至明乃不得其传，惟《永乐大典》尚全载其图说。然其机轮一事一图，但有短长宽窄之度与其牝牡凸凹之形，无一全图。余与邹念乔侍郎穷数日之力，审谛逗合，讫无端绪。余欲钩摹其样，使西洋人料理之。先师刘文正公曰："西洋人用意至深，如算术借根法，本中法流入西域，故彼国谓之东来法。今从学算，反秘密不肯尽言。此弩既相传利器，安知不阴图以去，而以不解谢我乎？《永乐大典》贮在翰苑，未必后来无解者，何必求之于异国？"余与念乔乃止。"维此老成，瞻言百里。"信乎所见者大也。

【注释】

①洪容斋：指南宋学者洪迈。

【译文】

在宋代，有一种神臂弓，实际上是大弩，立在地上用脚踏动机关，可穿透三百步以外的铁甲。又叫克敌弓，洪迈在《容斋三笔》试词科中《克敌弓

铭》说的就是这种弓。宋军抗金，往往倚靠它，把它当作高效的武器。军法规定一张也不能丢失，如果打了败仗来不及带回来，宁可毁坏它，以免敌军用来仿造。元世祖灭了宋朝，得到了克敌弓，曾用它打了胜仗。到了明代，克敌弓失传了，只在《永乐大典》中载着所有图例。但是关于它的机关原理的各种图例，只有长短宽窄的尺寸，和它的雌雄凸凹的形状，没有一张全图。我和邹念乔侍郎仔细研究了好几天，也没弄出个头绪来。我想要勾勒出它的大样，请西洋人研究一下。我的老师刘文正公说：“西洋人很有心计，比如算术中的借根法，本来是中国的算法而流传到西方的，所以他们称之为东来法。如今向他们学习算术，反而保密不肯全说出来。这种克敌弓既然是前代传下来的高效武器，怎么知道他们不会偷偷地学了去，却以他们也不明白来搪塞我们呢？《永乐大典》藏在翰林院中，后来人未必就弄不明白它，何必要求教于外国呢？”我和念乔才打消了请教西洋人的念头。“还是老师老成，站得高看得远。”他的见识想法，是够意味深长的了。

卷二十　滦阳续录二

【原典】

一馆吏议叙得经历[①]，需次会城[②]，久不得差遣，困顿殊甚。上官有怜之者，权令署典史。乃大作威福，复以气焰轹同僚[③]，缘是以他事落职。邵二云学士偶话及此，因言其乡有人方夜读，闻窗棂有声，谛视之，纸裂一罅，有两小手擘之，大才如瓜子，即有一小人跃而入，彩衣红履，头作双髻，眉目如画，高仅二寸馀。掣案头笔举而旋舞，往来腾踏于砚上，拖带墨沈，书卷俱污。此人初甚错愕，坐观良久，觉似无他技，乃举手扑之，噭然就执。踡跼掌握之中[④]，音呦呦如虫鸟，似言乞命。此人恨甚，径于灯上烧杀之，满室作枯柳木气，迄无他变。炼形甫成，毫无幻术，而肆然侮人以取祸，其此吏之类欤！此不知实有其事，抑二云所戏造，然闻之亦足以戒也。

【注释】

①议叙：清制对考绩有一的官员，交部核议，奏请给予加级、记录等奖励，谓之“议叙”。经历：官名，执掌出纳文书。

②需次：指按照顺序采用候补官员。

③轹（lì）：欺压。

④踡跼：屈曲不能伸直。

【译文】

一位馆吏经过考核后，被任命为经历官，到省城去候补，因为他长期没有被授以实职，所以处境极为困难。有位上司很同情他，就让他暂且任了个典吏。他却利用职权作威作福，而且还欺压同事，后来终于因别的事被罢免了。邵二云学士偶然谈及这件事，顺便又说起这样一件事：他家乡有个人正在夜读，忽然听到窗棂上有声音，他仔细一看，只见窗纸裂开了一道缝，有两只像瓜子一样大的小手正在扒着窗纸，随即就有一个小人跳了进来，他穿着彩色衣服和红色鞋子，头上梳着双髻，长得眉清目秀，却只有两寸多高。小人拖着案头的笔旋转着跳舞，在砚台上往来践踏，拖带着墨汁，把书本都弄脏了。这人开始时很惊讶，坐看了好一会儿后，觉得那个小人没有别的什么能耐，就伸手去捉，一下子就捉住了。小人蜷曲在他手心里，呦呦地像虫、鸟在鸣叫，听起来好像在喊饶命。这人恨透了小人，就顺手把他放在火上烧死了，满屋都是烧枯柳树的那种气味，也并没有发生其他什么变异。刚刚修炼成人形，还没有一点幻术，就因为放肆地欺负人招来灾难，这也是属于官吏一类的人吧！不知这是实有其事，还是邵二云开玩笑编造出来的，不过人们听了之后也足以引以为戒。

【原典】

李南涧言：其邻县一生，故家子也。少年佻达，颇渔猎男色。一日，自亲串家饮归，距城稍远，云阴路黑，度不及入，微雪又簌簌下。方踌躇间，见十许步外有灯光，遣仆往视，则茅屋数间，四无居人，屋中惟一童一妪。问："有栖止处否?"妪曰："子久出外，惟一孙与我住此。尚有空屋两间，不嫌湫隘[①]，可权宿也。"遂呼童系二马树上，而邀生入坐。妪言老病须早睡，嘱童应客。童年约十四五，衣履破敝，而眉目极姣好。试挑与言，自吹火煮茗不甚答。渐与谐笑，微似解意，忽乘间悄语曰："此地密迩祖母房，雪晴当亲至公家乞赏也。"生大喜慰，解绣囊玉玦赠之。亦羞涩而受。软语良久，乃掩门持灯去。生与仆倚壁倦憩，不觉昏睡。比醒，则屋已不见，乃坐人家墓柏下，狐裘貂冠，衣裤靴袜，俱已褫无寸缕矣。裸露雪中，寒不可忍。二马亦不知所在，幸仆衣未褫，乃脱其敝裘蔽上体，蹩躠而归②，诡言遇盗。俄二马识路自归。已尽剪其尾鬛。衣冠则得于溷中③，并狼藉污秽，灼然非盗。无可置词，仆始具泄其情状。乃知轻薄招侮，为狐所戏也。

【注释】

①湫（qiū）隘：狭小低矮。湫，低洼，低湿，这里指对自己居室的谦称。

②蹩躠（bié xiè）：躲躲闪闪地走。

③溷（hùn）：厕所。

【译文】

李南涧说：他的邻县有一个书生，是世家大族子弟。他年少轻浮，沉溺于追求男色。一天，他从亲戚家饮酒回家，离县城比较远的时候，就阴云密布，道路昏黑，估计已经来不及进城，小雪又簌簌地落下。正在犹豫之际，看到十步之外有灯光，派仆人前往察看，却是几间茅屋，四周没有邻居，屋里只有一个男孩子一个老妇。仆人问："有住宿的地方吗?"老妇回答说："儿子长期出门在外，只有一个孙子和我住在这里。还有两间空房，如果不嫌弃房间低矮狭小，你们就凑合着住下吧。"就叫男孩将两匹马拴在树上，邀请书生进屋去坐。老妇说年老多病必须早睡，叮嘱男孩招待客人。那个男孩约十四五岁，衣服破烂，容貌却极其俊俏。书生用语言挑逗他，他只管吹火煮茶不怎么答话。渐渐地也开始与他戏谑说笑，似乎有点明白书生的意思，忽然趁机悄悄地对书生说："这里距祖母房间太近，天晴之后，我会亲自到你家去讨赏钱的。"书生大喜过望，解下绣囊玉玦赠送给男孩。男孩也羞涩地接受了。轻言密语了很长时间，才关上门拿着灯离去。书生和仆人靠着墙壁休息，不知不觉中昏睡过去。等到醒来，房屋却不见了，两人坐在人家坟墓的柏树下，书生的狐裘貂冠，衣裤靴袜，都已被被扒掉了。他裸露在雪地里，冻得受不了。两匹马也不知去向。幸而仆人的衣服没有被脱去，就脱下破衣服给书生遮蔽身体，狼狈地回了家，诡称路上遇到了强盗。一会儿，两匹马认识道路自己归来了。它们的尾鬛已经被剪尽。衣裤靴帽也被人在粪坑中发现，狼藉污秽不堪，显然不是被强盗抢劫的。书生再没有别的托词，仆人只得将真实情况泄露出来。人们这才知道书生行为轻薄招致侮辱，被狐精戏弄了。

【原典】

戊子昌吉之乱[①]，先未有萌也。屯官以八月十五夜，犒诸流人，置酒山坡，男女杂坐。屯官醉后，逼诸流妇使唱歌，遂顷刻激变，戕杀屯官，劫军装库，据其城。十六日晓，报至乌鲁木齐，大学士温公促聚兵。时班兵散在诸屯[②]，城中仅一百四十七人，然皆百战劲卒，视贼蔑如也[③]。温公率之即行，至红山口，守备刘德叩马曰："此去昌吉九十里，我驰一日至城下，是彼逸而我劳，彼坐守而我仰攻，非百馀人所能办也。且此去昌吉皆平原，玛纳斯河虽稍阔，然处处策马可渡，无险可扼。所可扼者此山口一线路耳。贼得城必不株守，其势当即来。公莫如驻兵于此，借陡崖遮蔽。贼不知多寡，俟其至而扼险下击，是反攻为守，反劳为逸，贼可破也。"温公从之。及贼将至，德左执红旗，右执利刃，令于众曰："望其尘气，虽不过千人，然皆亡命之徒，必以死斗，亦不易当。幸所乘皆屯马，未经战阵，受创必反走。尔等各擎枪屈一膝跪，但伏而击马，马逸则人乱矣。"又令曰："望影鸣枪，则枪不及贼，火药先尽，贼至反无可用。尔等视我旗动，乃许鸣枪；敢先鸣者，手刃之。"俄而贼众枪争发，砰訇动地[④]。德曰："此皆虚发，无能为也。"迨铅丸击前队一人伤，德曰："彼枪及我，我枪必及彼矣。"举旗一挥，众枪齐发。贼马果皆横逸，自相冲击。我兵噪而乘之，贼遂歼焉。温公叹曰："刘德状貌如村翁，而临阵镇定乃尔。参将都司，徒善应对趋跄耳[⑤]。"故是役以德为首功。然捷报不能缕述曲折，今详著之，庶不淹没焉。

【注释】

①戊子：乾隆三十三年（1768 年），但本事件发生于乾隆三十二年，似笔者误。

②班兵：轮班执勤的军队。

③蔑如：细微，没有什么了不起。

④訇（hōng）：惊叫声，也用以形容大的声音。

⑤趋跄：形容走路有节奏。

【译文】

乾隆三十二年的昌吉叛乱，事先并没有出现什么迹象。驻屯军官在八月

十五日夜犒劳屯民时，在山坡上摆下酒席，男男女女杂坐在一起。驻屯官喝醉之后，硬逼着屯民的女眷唱歌，于是一时激起民变，杀了驻屯官，抢劫军器库，占领了昌吉城。十六日早上，谍报传到乌鲁木齐时，大学士温公立即催促集结兵力前去镇压。但当时兵力都分散在各个军屯里，城里只有一百四十七名军士，幸好都是些身经百战的老兵，都没有把叛民放在眼里。温公就带着这些兵士出发，走到红山口时，守备刘德向他建议说：“到昌吉还有九十里路，我们骑马一天便可以赶到城下。如果这样，结果就是敌人安逸而我军疲惫，敌人坐守而我军仰攻，这恐怕不是一百多兵士所能胜任的了。况且从这儿到昌吉都是平原，玛纳斯河虽然比较宽，但到处都可以骑马过去，没有什么险要的地方可以扼守。可以扼守的地方，就只有这山口的一条路。叛民既然占领了昌吉城，就肯定不会死守在城里，必然会乘胜攻来。将军不如就驻守在这儿，隐蔽在陡崖后面，叛民不知我军虚实，等叛民赶到，就可据险往下猛击，这样也许可以取胜。”温公觉得有道理，就采纳了刘德的意见。在叛民就要赶到山口时，刘德左手举着旗帜，右手握着利刃，命令士兵：“从敌军的烟尘判断，他们不过一千来人，但都是些亡命之徒，如果拼死而战，也并不见得容易抵挡。幸好他们骑的都是屯马，没有经历过战阵，一旦受到狙击必定会往回跑。你们都举着枪蹲下一条腿，只管打敌人的马腿，马一跑，人也就乱了。”他又下令道：“刚看见人影时就开枪，不但打不中敌人，火药也会早早耗尽，等敌人到眼前来时反而没有弹药。你们要看到我手中旗帜舞动时，才能开枪；有谁违令先开枪的，立即处斩。”一会儿，叛民枪声大作，惊天动地。刘德说：“他们这是放空枪，没有什么用的。”等敌人的铅弹把前队的一个士兵打伤后，刘德才说：“敌人的枪弹打中了我们，那我们开枪也能击中敌人了。”于是他举旗一挥，枪弹齐发。叛军的马果真横冲直撞起来，自相践踏，队伍也乱了。清兵于是呐喊着乘势冲出，叛民大败而归。温公叹息道：“刘德的长相像个乡巴佬，临阵却能这样镇定自若。而那些参将、都司，只会迎来送往跑前跑后而已。”所以这次战斗就以刘德为首功。因为捷报不能把事件记述得过于详细，我这里就详加记录。目的是不要埋没刘德的功劳。

【原典】

先四叔母李安人，有婢曰文鸾，最怜爱之。会余寄书觅侍女，叔母于诸侄中最喜余，拟以文鸾赠。私问文鸾，亦殊不拒。叔母为制衣裳簪珥，已戒日诣车[①]。有妒之者嗾其父多所要求，事遂沮格[②]。文鸾竟郁郁发病死。余不知也。数年后稍稍闻之，亦如雁过长空，影沉秋水矣。今岁五月，将扈从启行，摒挡小倦，坐而假寐。忽梦一女翩然来。初不相识，惊问：“为谁？”凝立无语。余亦遽醒，莫喻其故也。适家人会食，余偶道之。第三子妇，余甥女也，幼在外家与文鸾嬉戏，又稔知其赍恨事，瞿然曰：“其文鸾也耶？”因具道其容貌形体，与梦中所见合。是耶非耶？何二十年来久置度外，忽无因而入梦也？询其葬处，拟将来为树片石。皆曰邱陇已平，久埋沉于荒榛蔓草，不可识矣。姑录于此，以慰黄泉。忆乾隆辛卯九月[③]，余题秋海棠诗曰：“憔悴幽花剧可怜，斜阳院落晚秋天。词人老大风情减，犹对残红一怅然。”宛似为斯人咏也。

【注释】

①戒日诣车：指选择吉日，准备好送素的车门。

②沮格：阻止，阻挠。

③乾隆辛卯：乾隆三十六年（1771 年）。

【译文】

已故的四婶李安人，有个叫文鸾的婢女，四婶最喜欢她。那年我寄信回家想要找个侍女，四婶在几个侄子中最喜欢我，就打算把文鸾给我。她私下里问文鸾自己的意见时，她一点也没有拒绝的意思。四婶就帮她准备好衣服首饰，并选好日子要送她到我这里来。有人嫉妒，就唆使文鸾的父亲提出许多苛刻的条件，事情就泡汤了。文鸾竟然忧郁成病死去了。我以前并不知道这些事。几年后，才渐渐地听到一些传闻，也像雁过长空，影子掠过水面一样，没留下很深的印象。直到今年五月，我随从圣驾到滦阳，临行前收拾行李时，有点累了，就坐下来闭眼休息。忽然梦见有一个女子翩然而来。开始时我不认识她，就惊问："你是谁?"她却伫立着一声不吭。我一下子就醒了过来，不知这是怎么一回事。等到和家人一起吃饭时，我偶然提及这个梦。我的三儿媳，原来是我的外甥女，小时候在外婆家时，常和文鸾一起玩，又加之她熟知文鸾含恨而死的事，猛然醒悟道："会不会是文鸾?"于是她详细地描绘了一下文鸾的身形容貌，与我梦中所见的女人十分相符。是不是她呢?为什么我二十年来一直都没有把那件事放在心上，而她却突然无缘无故地闯入我梦中呢?于是我就打听她葬在什么地方，准备将来为她立一块碑。家人都说她的坟墓已经夷为平地，淹没在荒榛野草里，辨认不出来了。我只好把这件事情记载下来，来安慰黄泉之下的幽魂。记得在乾隆三十六年，我写过一首咏秋海棠的诗，诗道："憔悴幽花剧可怜，斜阳院落晚秋天。词人老大风情减，犹对残红一怅然。"简直像是为文鸾写的一样。

【原典】

宗室敬亭先生，英郡王五世孙也。著《四松堂集》五卷，中有《拙鹊亭记》曰："鹊巢鸠居，谓鹊巧而鸠拙也。小园之鹊，乃十百其侣，惟林是栖。窥其意，非故厌乎巢居，亦非畏鸠夺之也。盖其性拙，视鸠为甚，殆不善于为巢者。故雨雪霜霰，毛羽褵褷[①]；而朝阳一晞，乃复群噪于木杪，其音怡然，似不以露栖为苦。且飞不高翥[②]，去不远飏，惟饮啄于园之左右。或时入主人之堂，值主人食弃其馀，便就而置其喙；主人之客来，亦不惊起，若视客与主人皆无机心者然。辛丑初冬[③]，作一亭于堂之北，冻林四合，鹊环而栖之，因名曰拙鹊亭。夫鸠拙宜也，鹊何拙？然不拙不足为吾园之鹊也。”

案，此记借鹊寓意，其事近在目前，定非虚构，是亦异闻也。先生之弟仓场侍郎宜公，刻先生集竟，余为校雠④，因掇而录之，以资谈柄。

【注释】

①褵褷（lí shī）：羽毛初生时濡湿黏合的样子。褵，通“离”。

②翥（zhù）：鸟振翅高飞。

③辛丑：乾隆四十六年（1781 年）。

④校雠（chóu）：校对书籍，纠正谬误，亦作“校勘”。

【译文】

宗室敬亭先生是英郡王的第五代孙。他著有《四松堂集》五卷，其中有一篇《拙鹊亭记》写道：“鹊巢被鸠住着，人们都说是因为鹊灵巧能做巢，而鸠拙笨。我这个小园中的鹊，却成十成百地结伴栖息在树林里。仔细观察它们，并不是讨厌住在巢里，也不是害怕被鸠夺走自己的巢。原来是它们本性笨拙，比鸠还笨，大概是它们不善于筑巢吧。所以它们在下雨、雪、霜、霰的时候，羽毛濡湿黏合在一起；而当太阳一出来晒干了羽毛，它们又都一群一堆地站在树枝上叫个不停，鸣声怡然，好像不以露天过夜为苦。而且它们从不远走高飞，觅食饮水也都在小园的周围。有时则飞进主人的堂上，正赶上主人吃饭，主人扔点剩余的食物，它们便围拢来啄吃；主人的客人来了，它们也不惊飞，好像把客人、主人都看作是没有狡诈心思的人。乾隆四十六年初冬，在堂北建了个亭子，冬天四周都是落尽叶子的树，鹊环绕着亭子栖息在树上，因此起名为“拙鹊亭”。说鸠笨是理所当然的，鹊为什么笨呢？但是，如果不笨拙，就不是我这小园里的鹊了。”

按，这篇文章是借鹊寓意，寄寓的事近在眼前，绝非虚构，这也是一件异闻。敬亭先生的弟弟仓场侍郎宜公，刻完先生的集子，我为他校勘文稿，因而把这一段摘录下来，用来作为谈资。

【原典】

神奸机巧，有时败也；多财恣横，亦有时败也。以神奸用其财，以多财济其奸，斯莫可究诘矣。

景州李露园言：燕、齐间有富室失偶，见里人新妇而艳之。阴遣一媪，税屋与邻，百计游说，厚赂其舅姑，使以不孝出其妇，约勿使其子知。又别遣一媪与妇家素往来者，以厚赂游说其父母，伪送妇还。舅姑亦伪作悔意，留之饭，已呼妇入室矣。俄彼此语相侵，仍互诟，逐妇归，亦不使妇知。于是买休卖休，与母家同谋之事，俱无迹可寻矣。既而二媪诈为媒，与两家议婚。富室以惮其不孝辞，妇家又以贫富非偶辞，于是谋娶之计亦无迹可寻矣。迟之又久，复有亲友为作合，乃委禽焉①。其夫虽贫，然故士族，以迫于父母，无罪弃妇，已怏怏成疾，犹冀破镜再合；闻嫁有期，遂愤郁死。死而其魂为厉于富室。合卺之夕，灯下见形，挠乱不使同衾枕，如是者数夜。改卜其昼，妇又恚曰："岂有故夫在旁，而与新夫如是者？又岂有三日新妇，而白日闭门如是者？"大泣不从。无如之何，乃延术士劾治。术士登坛焚符，指挥叱咤，似有所睹，遽起谢去，曰："吾能驱邪魅，不能驱冤魂也。"延僧礼忏，亦无验。忽忆其人素颇孝，故出妇不敢阻。乃再赂妇之舅姑，使谕遣其子。舅姑虽痛子，然利其金，姑共来怒詈。鬼泣曰：“父母见逐，无复住理，且讼诸地下耳。”从此遂绝。不半载，富室竟死。殆讼得直欤？富室是举，使邓思贤不能讼[2]，使包龙图不能察[3]。且恃其钱，神至能驱鬼，心计可谓巧矣，而卒不能逃幽冥之业镜。闻所费不下数千金，为欢无几，反以殒生。虽谓之至拙可也，巧安在哉！

【注释】

①委禽：指纳采。古代结婚礼仪中，在纳征之外，男方都要向女方送上雁作为贽礼，故称为委禽。

②邓思贤：宋代著名的诉讼师。其将如何对答、如何辩驳、如何起诉辑成一本书定名为《邓思贤》。

③包龙图：包拯（999—1062），字希仁，曾任天章阁待制，人称“包待制”，后为龙图阁直学士，故后人亦称“包龙图”，卒赠礼部尚书，谥孝肃。

【译文】

奸狡巨滑、精于算计的人，也有败露的时候；依仗财大气粗横行霸道的人，也有倒霉的那一天。但奸狡的人拥有钱财，又用钱财来帮助他行施奸计，这可就不大好追究了。

景州人李露园说：在河北与山东交界处有个富户丧偶，看见乡里一户人家新娶的媳妇很漂亮，便喜欢上了。他悄悄打发一个老妈子在新娘家旁边租了一间屋子住下，千方百计地游说，并出重金收买新娘的公婆，让他们以不孝的罪名休了儿媳，还约定不要让公婆的儿子知道。富户又打发另外一个和新娘家素有来往的老妈子，带着许多钱财游说新娘的父母，假装把女儿送回婆家。公婆也假装后悔，留亲家吃饭，已经允许新娘回来了。不一会儿双方话不投机，互相吵骂，新娘又被赶了出来，新娘对这一切，都毫不知情。于是双方关系破裂，富户和新娘的父母同谋之事，就连一点痕迹也找不到了。此后，又出来两个老妈子假装为新娘和富户议婚。富户以那位新娘不孝为由拒绝了，而新娘家也以贫富悬殊为由拒绝了。这样，富户策划谋娶那位新娘的奸计，也找不到一点儿痕迹了。过了许久，又有亲友为两家说合，婚事才勉强定了下来。新娘的前夫虽然贫困，但是士族出身，因被父母所迫，无缘无故休了妻子，心中郁郁终于得病，但是还期望破镜重圆；这回听说前妻已经定下日子再嫁，终于悲愤而死。死后他的鬼魂便来到富户家作祟，在新婚之夜，前夫在灯下显形捣乱，不让两人同床，这么闹了好几夜。富户要改在白天圆房，新妇恼恨地说：“哪有先夫在旁边，却和新郎干这种事的？又哪有过门三天的新媳妇，就大白天关起门来干这种事的？”她大哭着不从。富户没有办法，便请来术士镇治。术士登坛烧了符，指挥叱咤之中，好像看见了什么，便马上起身道歉告辞，说：“我能驱逐邪魅，但不能驱逐冤魂。”富户又请来和尚做道场超度亡灵，也没有效果。富户忽然想起这人一向很孝顺，所以他父母休儿媳时他不敢出来阻拦。于是再次贿赂他的父母，叫他们命令儿子离开。父母虽然心疼儿子，但禁不住金钱利诱，于是一起来骂儿子。鬼哭着说：“父母来赶我，我当然不能再住在这儿了，我要到地府里去告状。”从此鬼再也不来了。不到半年，这个富户竟然死了。可能鬼魂在阴间告赢了吧？富户的这番谋划，即使邓思贤也不能提出诉讼，包公也难以洞察他的奸计。而且他依仗他的钱财，甚至能驱走鬼魂，他的心计可真够机巧的了，但他最终却没能逃过阴间明察的业镜。听说他花费了不下几千两银子，快活了没有多长时间，反而因此送了命。即使说他最为笨拙也不过分，巧在哪儿呢？

卷二十一　滦阳续录三

【原典】

德州李秋崖言：尝与数友赴济南秋试，宿旅舍中，屋颇敝陋。而旁一院，屋二楹，稍整洁，乃锁闭之。怪主人不以留客，将待富贵者居耶？主人曰："是屋有魅，不知其狐与鬼，久无人居，故稍洁。非敢择客也。"一友强使开之，展襆被独卧，临睡大言曰："是男魅耶，吾与尔角力；是女魅耶，尔与吾荐枕。勿瑟缩不出也。"闭户灭烛，殊无他异。人定后，闻窗外小语曰："荐枕者来矣。"方欲起视，突一巨物压身上，重若磐石，几不可胜。扪之，长毛鬖鬖①，喘如牛吼。此友素多力，因抱持搏击。此物亦多力，牵拽起仆，滚室中几遍。诸友闻声往视，门闭不得入，但听其砰訇而已。约二三刻许，魅要害中拳，噭然遁。此友开户出，见众人环立，指天画地，说顷时状，意殊自得也。时甫交三鼓，仍各归寝。此友将睡未睡，闻窗外又小语曰："荐枕者真来矣。顷欲相就，家兄急欲先角力，因尔唐突。今渠已愧沮不敢出，妾敬来寻盟也。"语讫，已至榻前，探手抚其面，指纤如春笋，滑泽如玉，脂香粉气，馥馥袭人。心知其意不良，爱其柔媚，且共寝以观其变。遂引之入衾，备极缱绻。至欢畅极时，忽觉此女腹中气一吸，即心神恍惚，百脉沸涌，昏昏然竟不知人。比晓，门不启，呼之不应，急与主人破窗入，噀水喷之②，乃醒，已儽然如病夫③。送归其家，医药半载，乃杖而行。自此豪气都尽，无复轩昂意兴矣。力能胜强暴，而不能不败于妖冶。欧阳公曰④："祸患常生于忽微，智勇多困于所溺。"岂不然哉！

【注释】

①鬖鬖（sān）：头发下垂的样子。

②噀（xùn）：含在嘴里喷出来。

③儽（léi）然：疲惫、颓废的样子。

④欧阳公：北宋欧阳修，字永叔，号醉翁，晚号六一居士。

【译文】

德州人李秋崖说：他曾经与几个朋友去济南参加秋试，住在一家旅店里，旅店的房子十分破旧。而旁边那个院子，有两间房屋，收拾得比较整洁，可房门却紧锁着。他们责怪旅店主人放着空房不让住客人住，难道是想留给有钱人住？主人说："这两间房有魅怪，不知是闹狐还是闹鬼，好长时间都没人敢住了，所以比别处干净一些。并非是我挑客人。”有位朋友坚持让主人打开那两间房的房门，铺开床上的被褥独自躺下，临睡前放出大话说：“如果碰上男鬼，我就和他比比力气；若是女鬼，正好陪我睡觉。别缩着不敢出来。”说罢，他关好门，吹灭蜡烛，一会儿就睡着了，也没发生什么事。夜深人静后，他听到窗外有人小声说：“陪你睡觉的来了。”他正要坐起来看，突然有个大家伙压到了他身上，那个家伙重如磨盘，使他几乎无法承受。用手一摸，满身挂着长毛，并发出了牛吼一般的喘息声。这个朋友一向很有力气，便同那个家伙搏斗起来。那个家伙也挺有劲儿，而且毫不相让，双方牵拉拽扯，扭抱成一团，在屋里打了好几个滚。另外几个朋友听到声音，忙跑来观看，只见屋门紧闭，里面传出了“砰砰訇訇”的磕碰声。约摸过了两三刻钟，那个怪物被一拳击中要害，“嗷”地一声逃走了。这个朋友开门出来，见众人站在门外，便指手画脚，描绘起与妖物搏斗

的情状，看上去很是得意。当时，正是三更时分，大家见已无事，便各自回房睡下。这个朋友将睡未睡之时，又听窗外有人说：“陪你睡觉的真来了。刚

才我本想来，但家兄非要先跟你较量较量，因而有所冒犯。如今他已是愧不敢来了，所以我得以前来赴约。”说罢，一位女子已经来到床边，她用手抚摸他的脸，那手指纤若春葱，滑泽如玉，脂粉的香气扑面而来，沁人心脾。这个朋友明知她居心不良，却喜欢她温柔妩媚，就想姑且与她同床，看她怎么变怪。于是，他将那女子拉入被窝，缠绵亲热起来。正觉得欢畅时，他忽然觉得那女子腹中猛一吸气，便立即心神恍惚、血液沸腾起来，不一会儿，他便昏昏然不醒人事了。早上，朋友们来找他，却打不开门，隔窗呼叫也没人应声。朋友们急忙找来主人，一同破窗而入，用水喷了半天才把他救醒，看他的精神，已经是个有气无力的病人了。众人只好将他送回了家，他求医问药治了半年，才勉强能够拄着拐杖走路，从此后他豪气丧尽，再没有那种趾高气昂的神气了。这个人的勇力可以胜强暴，却败于妖艳女子之手。欧阳修说：“祸患常起于微小的疏忽，智勇者多败于他所溺爱的事物。”这话难道不对吗？

【原典】

余家水明楼与外祖张氏家度帆楼，皆俯临卫河。一日，正乙真人舟泊度帆楼下。先祖母与先母，姑侄也，适同归宁，闻真人能役鬼神，共登楼自窗隙窥视。见三人跪岸上，若陈诉者；俄见真人若持笔判断者。度必邪魅事，遣仆侦之。

仆还报曰：对岸即青县境。青县有三村妇，因拾麦，俱僵于野。以为中暑，舁之归。乃口俱喃喃作谵语，至今不死不生，知为邪魅。闻天师舟至，并来陈诉。天师亦莫省何怪，为书一符，钤印其上[①]，使持归，焚于拾麦处，云姑召神将勘之。数日后，喧传三妇为鬼所劫，天师劾治得复生。久之，乃得其详曰：三妇魂为众鬼摄去，拥至空林，欲迭为无礼。一妇俯首先受污。一妇初撑拒，鬼揶揄曰：“某日某地，汝与某幽会秫丛内。我辈环视嬉笑，汝不知耳，遽诈为贞妇耶！”妇猝为所中，无可置辩，亦受污。十馀鬼以次媟亵，狼藉困顿，殆不可支。次牵拽一妇，妇怒詈曰：“我未曾作无耻事。为汝辈所挟，妖鬼何敢尔！”举手批其颊。其鬼奔仆数步外，众鬼亦皆辟易，相顾曰：“是有正气，不可近，误取之矣。”乃共拥二妇入深林，而弃此妇于田塍，遥语曰："勿相怨，稍迟遣阿姥送汝归。"正旁皇寻路，忽一神持戟自天下，直入林中，即闻呼号乞命声，顷刻而寂。神携二妇出曰："鬼尽诛矣，汝等随我返。"恍惚如梦，已回生矣。往询二妇，皆呻吟不能起。其一本倚市门，叹息而已；其一度此妇必泄其语，数日，移家去。

余尝疑妇烈如是，鬼安敢摄。先兄晴湖曰："是本一庸人妇，未遘患难②，无从见其烈也。迨观两妇之贱辱，义愤一激，烈心陡发，刚直之气，鬼遂不得不避之。故初误触而终不敢干也。夫何疑焉！"

【注释】

①钤（qián）印：盖印章。

②遘：遭遇。

【译文】

我家的水明楼和外祖父张氏家的度帆楼都高高地建在卫河边。有一天，正乙真人的船泊在度帆楼下。先祖母和先母是姑侄，恰好一起回娘家，听说真人能驱神役鬼，便一起上楼从窗缝里偷看。只见有三个人跪在岸上，好像陈述什么，接着看见真人拿着笔好像在画什么。估计肯定是邪魅的事，便打发仆人去探问。

仆人回来报告说：对岸就是青县境内。青县有三位妇女去拾麦子，都昏倒在地里。以为是中暑，便都抬了回来。这三个人嘴里喃喃说着胡话，至今也不死不活。这才知道是中了邪魅。听说天师来了，便一起来陈述。天师也不知道是什么怪，便给他们写了一道符，在上面盖了印章，叫他们拿回去，在拾麦子的地方烧化，说是先召神将来查查。过了几天，人们纷纷传说三个妇女被鬼劫持，经天师镇治，又活了过来。好久之后，才了解到详情是这样的：三个妇女的魂被鬼们摄去，推拥到一片树林里，要挨个玷辱。一个妇女老老实实地先被侮辱了；一个妇女起初还挣扎，鬼嘲弄道："某天在某地，你和某某在高粱地里幽会，我们围着你们看着你们嬉笑，只是你不知道而已，这会儿又当起贞妇来了"。这个妇女一下被揭了老底，无话可说，也被污辱了。十多个鬼依次污辱这两个妇女，把她们折磨得死去活来，几乎不行了。接着又来拉扯最后一位妇女，这个妇女怒骂道："我从来没做无耻的事，却被你们挟持来，妖鬼怎敢如此无礼！"抬手就打了鬼一记耳光。挨打的鬼退了好

几步倒下了，其他的鬼也都被吓退了，互相看了看，说：“这个人有正气，不能靠近，怪我们找错了人。”于是一起拥着另两个妇女进了深林，而把这个妇女扔在田埂上，远远地说：“别怨我们，过会儿打发某姥姥送你回去。”她正彷徨着找回去的路，忽然有一个神拿着戟从天而降，直入深林中，随即便听见呼叫哀求饶命的声音，不一会儿，哀叫声消失了。神把那两个妇女领了出来，说：“鬼都被诛杀了，你们随着我回去。”恍恍惚惚像做了一场梦，三人又都醒了过来。人们去看望另两位妇女，她俩都呻吟着起不来床。其中一位妇女本来是卖淫的，只有叹气而已；另一位妇女揣度未受辱的那位妇女肯定要把鬼揭露她幽会的话传出去，几天后，便搬家走了。

我曾怀疑，没有受辱的那个妇女这样刚烈，鬼怎么敢摄她的魂。先兄晴湖说：“她本来是一个平常人的妻子，没经过什么灾难，也就无从表现她的刚烈。待她看到另两位妇女受辱，激于义愤，刚烈之气陡然冲起，鬼于是也不得不避开。所以鬼在起初误犯了她，最后还是不敢对她动手动脚，这没什么可怀疑的。”

【原典】

程编修鱼门言：有士人与狐女狎，初相遇即不自讳，曰：“非以采补祸君，亦不欲托词有夙缘，特悦君美秀，意不自持耳。然一见即恋恋不能去，倘亦夙缘耶？”不数数至，曰：“恐君以耽色致疾也。”至或遇其读书作文，则去，曰：“恐妨君正务也。”如是近十年，情若夫妇。士人久无子，尝戏问曰：“能为我诞育否耶？”曰：“是不可知也。夫胎者，两精相搏，翕合而成者也①。媾合之际，阳精至而阴精不至，阴精至而阳精不至，皆不能成。皆至矣，时有先后，则先至者气散不摄，亦不能成。不先不后，两精并至，阳先冲而阴包之，则阳居中为主而成男；阴先冲而阳包之，则阴居中为主而成女。此化生自然之妙，非人力所能为。故有一合即成者，有千百合而终不成者。故曰不可知也。”问：“孪生何也？”曰：“两气并盛，遇而相冲，正冲则岐而二，偏冲则其一阳多而阴少，阳即包阴；其一阴多而阳少，阴即包阳。故二男二女者多，亦或一男一女也。”问：“精必欢畅而后至。幼女新婚，畏缩不暇，乃有一合而成者，阴精何以至耶？”曰：“燕尔之际，两心同悦，或先难而后易，或貌瘁而神怡，其情既洽，其精亦至，故或偶一遇之也。”问：“既由精合，必成于月信落红以后，何也？”曰：“精如谷种，血如土膏，旧血败气，新血生气，乘生气乃可养胎也。吾曾侍仙妃，窃闻讲生化之源，故粗知其概。‘愚夫妇所知能，圣人有所不知能’，此之谓矣。”后士人年过三十，须暴长。狐忽叹曰：“是鬑鬑者如芒刺②，人何以堪！见辄生畏，岂夙缘尽耶！”初谓其戏语，后竟不再来。

鱼门多髯，任子田因其纳姬，说此事以戏之。鱼门素闻此事，亦为失笑。既而曰：“此狐实大有词辩，君言之未详。”遂具述其论如右。以其颇有理致，因追忆而录存之。

【注释】

①翕合：和合，谐调一致。

②鬑鬑（lián）：须发长的样子。

【译文】

编修程鱼门说：有个士子和狐女亲热。初次见面，狐女便直言不讳地对他说：“我不是要采补精气而去害你，也不想假托你我有夙缘，我只是喜欢你的秀美，情不自禁而已。但是我一见了你就依恋着离不开，莫非真的是夙缘？”狐女不常来，说：“怕你沉溺于美色之中而得病。”有时过来看见士子在读书写文章，就离去了，说：“恐怕妨碍你的正事。”这么来往了近十年，两人感情投合像夫妻。士子结婚好久没有儿子，便和狐女开玩笑说：“你能给我生个儿子么？”狐女说：“这可说不定。胎是双方精气相遇结合而成的。男女交合的时候，阳精到了而阴精没有到，或者阴精到了而阳精没有到，都不能成胎。两精都到了，但如果有先有后，则先到的精气涣散无力，也不能成胎。不前不后，双方精气同时到来，阳精先行冲击而阴精包裹在外面，那么阳精就居中为主而成男胎；阴精先行冲击而阳精包裹在外面，则阴精居中为主而成女胎。这是大自然生化的奥妙，不是人力所能控制的。所以有的一交合便成胎，有的交合千百次而始终不成胎，所以我说这可说不定。”士子问：“双胞胎是怎么回事？”狐女说：“双方精气同样旺盛，相遇后彼此冲击，正面冲击就一分为二，侧面冲击，一种情况是阳精多而阴精少，那么阳精就包裹阴精；一种情况是阴精多而阳精少，那么阴精就包裹阳精。所以双胞胎往往是两男或两女，也有一男一女的情况。”士子问：“精气只能在欢畅时来到。少女新婚，只顾又怕又羞，有的却相交一次就受孕，那么阴精为什么能来呢？”狐女说：“新婚之夜，两人相悦。或者开始时难为情，后来便不羞了；或者表面畏缩而心中高兴，感情既然融洽了，精气也就来了，所以偶然也有一次便受孕的。”士子问：“既然两精相合而成胎，却又说在女子月经之后才能成胎，这是为什么？”狐女说：“精气像谷种，血好像土壤，旧血消耗精气，新血产生精气，乘着血产生精气时便可以养胎。我曾侍奉仙妃，偷听过她讲生化的源起，所以了解个大概情况。‘普通夫妇能了解的事，圣人却不大了解。’说的就是这种情况吧。”后来士子年过三十，胡须突然长得很粗。狐女叹道：“这满脸的胡子像芒刺，叫我怎么能受得了！见了让人害怕，莫非缘分尽了？”士人开始以为她是开玩笑，后来狐女竟然不再来了。

程鱼门的胡须很重，任子田因他纳妾，讲了这个故事和他开玩笑。程鱼门听了这个故事，也笑了起来。之后他说："这狐狸实际上很健谈，你讲得还不详细。"于是讲了上述的内容。因为觉得讲得很有道理，所以追忆着记录了下来。

【原典】

吴青纡前辈言：横街一宅，旧云有祟，居者多不安。宅主病之，延僧作佛事。

入夜放焰口时，忽二女鬼现灯下，向僧作礼曰："师等皆饮酒食肉，诵经拜忏殊无益；即焰口施食，亦皆虚抛米谷，无佛法点化，鬼弗能得。烦师传语主人，别延道德高者为之，则幸得超生矣。"僧怖且愧，不觉失足落座下，不终事，灭烛去。后先师程文恭公居之，别延僧禅诵，音响遂绝。此宅文恭公殁后，今归沧州李臬使随轩。

【译文】

前辈吴青纡说：横街有一所宅院，据说常常有鬼作祟，令居住在那里的人不得安宁。对此，主人甚为忧虑，便请来和尚做佛事以超度鬼魂。

夜间，正放焰口时，忽然灯下出现了两个女鬼，向和尚行礼道："师傅们都是酒肉之徒，念经忏悔能有什么用处；即便放焰口布施食物，也不过是浪费粮食，没有佛法点化，布施的食物鬼也无法享用。烦请诸位师傅转告这家主人，请他们另请高明来做法事，说不定我们还能有幸得以超生。”众和尚又惭愧又害怕，乃至有人一不小心跌下了座位，佛事还没做定，便熄灭烛火悄悄溜走了。后来，先师程文恭先生住进了这所宅院，另请了一拨和尚念经，鬼魂作祟之事便从此绝迹了。程文恭先生去世后，这所宅院现在归于按察使、沧州人李随轩所有了。

卷二十二　滦阳续录四

【原典】

刘香畹言：有老儒宿于亲串家，俄主人之婿至，无赖子也。彼此气味不相入，皆不愿同住一屋，乃移老儒于别室。其婿睨之而笑①，莫喻其故也。室亦雅洁，笔砚书籍皆具。老儒于灯下写书寄家，忽一女子立灯下，色不甚丽，而风致颇娴雅。老儒知其为鬼，然殊不畏，举手指灯曰："既来此，不可闲立，可剪烛。"女子遽灭其灯，逼而对立。老儒怒，急以手摩砚上墨沈，掴其面而涂之，曰："以此为识，明日寻汝尸，剉而焚之！"鬼"呀"然一声去。次日，以告主人。主人曰："原有婢死于此室，夜每出扰人；故惟白昼与客坐，夜无人宿。昨无地安置君，揣君耆德硕学②，鬼必不出。不虞其仍现形也。"乃悟其婿窃笑之故。此鬼多以月下行院中，后家人或有偶遇者，即掩面急走。他日留心伺之，面上仍墨污狼藉。鬼有形无质，不知何以能受色？当仍是有质之物，久成精魅，借婢幻形耳。《酉阳杂俎》曰③："郭元振尝山居，中夜，有人面如盘，瞚目出于灯下④。元振染翰题其颊曰：'久戍人偏老，长征马不肥。'其物遂灭。后随樵闲步，见巨木上有白耳，大数斗，所题句在焉。"是亦一证也。

【注释】

①睨（nì）：斜着眼睛看。

②耆（qí）德：年高德劭。

③《酉阳杂俎》：唐段成式著，其书内容驳杂，山川异物、仙佛人鬼、秘录异闻无所不包，故名。

④瞚（shùn）目：眨眼。

【译文】

刘香畹说：有位老儒生住在亲戚家，恰好主人的女婿也来了。这女婿是个无赖。两人话不投机，不愿意同住在一个屋子里，于是老儒搬到别的屋去。女婿则斜着眼笑，不知什么缘故。这间屋子也还雅致整洁，笔砚书籍都有。老儒在灯下给家里写信，忽然一个女子站在灯下，不怎么漂亮，但看上去文雅大方。老儒知道她是鬼，但一点儿也不怕，抬头指着灯说："既然到了这里，就不能闲站着，剪剪灯花吧。"女子一下就把灯弄灭了，然后逼近老儒与他面对。老儒发怒，急忙用手抹一把砚中的墨汁，一掌打在鬼脸上涂抹说：

“以这个作为标记，明天找到你的尸体，砍成段烧掉！”鬼叫了一声跑了。第二天老儒告诉了主人。主人说：“有个婢女死在这间屋子里，夜里常出来打扰人；所以只是白天在这里招待客人，晚上就没人住了。昨天没有地方安顿你，认为你年长德高，饱读诗书，鬼不敢出来。不料她还是现形出来。”老儒这才醒悟到主人女婿暗笑的原因。这个鬼常在月下来往于院中，后来有人偶然遇见她，她就掩面急急跑开。过了几天留心观察，她脸上仍然墨迹狼藉。鬼有形状没有实质，不知为什么能沾上颜色？这可能是有实质的怪物，时间长了变成精魅，借婢女幻形罢了。《酉阳杂俎》中说：“郭元振曾住在山里，半夜时，有个脸像盘子那么大的人眨着眼睛出现在灯下。元振濡笔在这个人的脸颊上题写道：‘长期戍边人都死了，长期征战马肥不了。’这个东西就不见了。后来他跟着樵夫在山里散步，看见大树上有个白木耳，有好几个斗那么大，他所题的诗句就在木耳上。”这也是一个例子。

【原典】

姚安公言：庐江孙起山先生谒选时①，贫无资斧，沿途雇驴而行，北方所谓短盘也。一日，至河间南门外，雇驴未得。大雨骤来，避民家屋檐下，主人见之，怒曰：“造屋时汝未出钱，筑地时汝未出力，何无故坐此？”推之立雨中。时河间犹未改题缺②，起山入都，不数月竟掣得是县。赴任时，此人识之，惶愧自悔，谋卖屋移家。起山闻之，召来笑而语之曰：“吾何至与汝辈较。今既经此，后无复然，亦忠厚养福之道也。”因举一事曰：“吾乡有爱莳花者③，一夜偶起，见数女子立花下，皆非素识。知为狐魅，遽掷以块，曰：‘妖物何得偷看花！’一女子笑而答曰：‘君自昼赏，我自夜游，于君何碍？夜夜来此，花不损一茎一叶，于花又何碍？遽见声色，何鄙吝至此耶？吾非不能揉碎君花，恐人谓我辈所见，亦与君等，故不为耳。’飘然共去。后亦无他。狐尚不与此辈较，我乃不及狐耶？”

后此人终不自安，移家莫知所往。起山叹曰：“小人之心，竟谓天下皆小人。”

【注释】

①谒选：官吏赴吏部应选。

②题缺：奏请人名出缺官职。

③莳（shì）花：种花。

【译文】

姚安公说：庐江人孙起山先生进京城候选时，因为穷得没有旅费，沿途只能雇毛驴驮东西，北方人称之为“短盘”。一天，他走到河间县城南门外，没雇到毛驴，正赶上天降大雨，便躲到一户人家的房檐下避雨，那家的主人见到他，怒冲冲地说：“盖房时你没有出过钱，筑地基时你也没出过力，有什么资格坐在这里避雨?”说罢，将他推到雨地里站着。当时，河间县令正属空缺，孙起山到京城，没几个月，就得到了这个职位。赴任时，那位房主认出了新县令，惶恐之余，后悔万分，于是便筹划着卖房搬家。孙起山听说此事，将他召来，笑着说：“我怎么至于同你们这些人计较？现在，你既然知道事情办错了，以后不再重犯，也算是忠厚养福之道。”随后他又讲了个故事：“我的老家有个人喜欢培植花木，一天夜里，他偶然起身来到院子里，发现有几个女子立于花前，一个也不认识。他明白是遇上了狐精，急忙拣起一块石块扔了过去，并怒斥道：‘你们这些妖精，竟敢来偷看我的花！’一个女子笑着答道：‘先生自己白天赏花，我们夜间观看，对您有何防碍？我们夜夜来此，花并不因此损伤一茎一叶，对花又有何防碍？瞧您那声色俱厉的样子，怎么吝啬到如此地步？我们并非不能毁掉这些花，只是为怕外人耻笑我们同您一般见识，所以才不干这种事。’说罢，众女子飘然而去。后来也没发生什么意外。狐精尚且不与这种人计较，我难道还不如狐辈吗?”

后来，那位房主终究还是心中不安，不知搬到哪里了。孙起山叹道：“真是小人之见，居然把天下人都看成小人。”

【原典】

太和门丹墀下有石匮①，莫知何名，亦莫知所贮何物。德脊斋前辈（脊斋名德保，与定圃前辈同名。乾隆壬戌进士[2]，官至翰林院侍读。故当时以大德保、小德保别之云。）云：图裕斋之先德，昔督理殿工时，曾开视之。以问裕斋，曰："信然。其中皆黄色细屑，仅半匮不能满，凝结如土坯。谛审似是米谷岁久所化也。"

余谓丹墀左之石阙，既贮嘉种，则此为五谷，于理较近。且大驾卤部中[3]，象背宝瓶，亦贮五谷。盖稼穑维宝，古训相传；八政首食[4]，见于《洪范》[5]。定制之意，诚渊乎远矣。

【注释】

①丹墀（chí）：宫殿前红色的台阶。石匮：石柜，石匣。匮，同"柜"。

②乾隆壬戌：乾隆七年（1742 年）。

③卤部：即卤薄，古代帝王外出时前后的仪仗队。

④八政首食：意谓八政之中食为首。八政，指古代国家施政的八个方面，分别是食、货、祀、司空、司徒、司寇、宾、师。

⑤《洪范》：《尚书》的篇名。旧传为箕子向周武王陈述的天地之大法。

【译文】

太和门的台阶下，有个石匣，不知叫什么名，也不知里面装着什么。德眘斋先生（眘斋名德保，与定圃前辈同名。乾隆七年进士，官至翰林院侍读。所以当时用大德保与小德保来区别他们。）说：图裕斋的先父曾经负责管理修葺工程，曾经打开看过。我去问图裕斋这件事，他说："确实看过。里面都是黄色的细末，只有半匣没有装满，凝结在一起像土坯。仔细看好像是粮食放得年岁长了变成这样的。"

我认为，台阶左边的石阙既是储放良种的地方，那么这个石匣中装的是粮食，较为合理。况且在圣驾的仪仗中，象背宝瓶里也装有五谷。因为耕种是宝，古训就这么代代相传；周代八种政事中，放在首位的就是"食"，这些载于《尚书·洪范》中。制定制度的原意，确实考虑得很深远。

【原典】

江南吴孝廉，朱石君之门生也。美才夭逝，其妇誓以身殉，而屡缢不能死。忽灯下孝廉形见，曰："易彩服则死矣。"从其言，果绝。孝廉乡人录其事征诗，作者甚众。余亦为题二律。而石君为作墓志，于孝廉之坎坷、烈妇之慷慨，皆深致悼惜，而此事一字不及。或疑其乡人之粉饰，余曰："非也。文章流别，各有体裁。郭璞注《山海经》、《穆天子传》，于西王母事铺叙綦详[①]。其注《尔雅·释地》，于'西至西王母'句，不过曰'西方昏荒之国'而已，不更益一语也。盖注经之体裁，当如是耳。金石之文，与史传相表里，不可与稗官杂记比，亦不可与词赋比。石君博极群书，深知著作之流别，其不著此事于墓志，古文法也，岂以其伪而削之哉！"余老多遗忘，记孝廉名承绂[②]，烈妇之姓氏，竟不能忆。姑存其略于此，俟扈跸回銮[③]，当更求其事状，详著之焉。

【注释】

①郭璞（276—324）：字景纯，东晋著名学者、文学家、训诂学家。綦（qí）：极，限。

②绂（fú）：古代系印纽的丝绳，亦指官印，这里用作人名。

③扈跸（bì）：指皇帝的车驾。跸，泛指帝王出行的车驾或行幸之处。

【译文】

江南吴举人，是朱石君的门生。他才高八斗却不幸早逝，他妻子发誓殉死，几次上吊却没有死成。忽然举人在灯下现形说："换上彩服就能死了。"妻子照他的话去做果然死了。举人的乡人记录了他的事迹征诗，作诗的人很多。我也写了两首律诗。朱石君为他们写了墓志铭，对他的坎坷不遇，烈妇的慷慨殉情，都深为惋惜，但对他灯下现形的事只字不提。有人怀疑是他的同乡虚构出来的，我说："这看法不对。文章有流派，各有自己的体裁。郭璞注《山海经》、《穆天子传》，对于西王母的事详细铺叙。他注解《尔雅·释地》时，就'西至西王母'一句，只写了'西方昏荒之国'，不再多加解释。因为注释经书的体裁就该这样。刻在鼎碑上的文章和史传相呼应，不能和小说、杂记等同，也不能和词赋相同。朱石君博览群书，深知著作的流派。他不把这事写到墓志铭中，是因为循了古文法则，怎能说是因为那件事不真实而删去不用呢？"我年岁大了，好忘事，记得吴举人名叫承绂，烈妇的姓名竟然没记住。姑且把梗概记存在此，等扈从皇上回京，再进一步考察他们夫妇的事迹，详尽记录下来。

卷二十三　滦阳续录五

【原典】

戴东原言：其族祖某，尝僦僻巷一空宅[①]。久无人居，或言有鬼。某厉声曰：“吾不畏也。”入夜，果灯下见形，阴惨之气，砭人肌骨[②]。一巨鬼怒叱曰：“汝果不畏耶？”某应曰：“然。”遂作种种恶状，良久，又问曰：“仍不畏耶？”又应曰：“然。”鬼色稍和，曰：“吾亦不必定驱汝，怪汝大言耳。汝但言一畏字，吾即去矣。”某怒曰：“实不畏汝，安可诈言畏？任汝所为可矣！”鬼言之再四，某终不答。鬼乃太息曰：“吾住此三十馀年，从未见强项似汝者。如此蠢物，岂可与同居！”奄然灭矣[③]。或咎之曰：“畏鬼者常情，非辱也。谬答以畏，可息事宁人。彼此相激，伊于胡底乎？”某曰：“道力深者，以定静祛魔，吾非其人也，以气凌之，则气盛而鬼不逼；稍有牵就，则气馁而鬼乘之矣。彼多方以饵吾，幸未中其机械也[④]。”论者以其说为然。

【注释】

①僦（jiù）：租赁。

②砭（biān）人肌骨：指鬼的阴气让人感觉非常冷。

③奄（yǎn）然：忽然。

④机械：圈套。

【译文】

戴东原说：他家族中的祖辈某人，曾经在荒僻街巷租了一座空宅子。这里长期没人住，有人说有鬼。某祖厉声道：“我不怕。”到了夜里，鬼果然在灯下显出形，阴森的气息侵人肌骨。一个大鬼怒叱道：“你真的不怕么？”某祖应道：“不怕。”鬼便做出种种可怕的样子，过了好一会儿，又问：“还不怕么？”某祖又说：“不怕。”鬼的脸色稍缓和了些，说：“我也不是非要把你吓走，只是怪你说大话。你只要说一个怕字，我就走了。”某祖发怒道：“我真不怕你，怎么能撒谎说怕？随便你怎么做好了。”鬼再三劝说，他还是不答应。于是鬼叹息道：“我住在这里有三十多年了，从未看见像你这么固执的。这种蠢家伙，怎么能和你同住在一起？”鬼一下子消失了。有人责备他说：“怕鬼是人之常情，并不是什么难堪的事。撒谎说个怕字，可以息事宁人。如果彼此这么叫劲，什么时候是个头？”某祖道：“道力深的人用定静来驱逐魔鬼，我不是道力深的人，只能以盛气对付他，我气盛鬼就不敢进逼；稍有迁就，我气馁而鬼就趁机而入了。鬼想方设法引诱我，幸好我没进它的圈套。”人们谈论起这件事来，认为某祖说得对。

【原典】

饮食男女，人生之大欲存焉。干名义，渎伦常，败风俗，皆王法之所必禁也。若痴儿骏女[1]，情有所钟，实非大悖于礼者，似不必苛以深文。

余幼闻某公在郎署时，以气节严正自任。尝指小婢配小奴，非一年矣。往来出入，不相避也。一日，相遇于庭，某公亦适至，见二人笑容犹未敛，怒曰：“是淫奔也！于律奸未婚妻者，杖。”遂亟呼杖。众言：“儿女嬉戏，实无所染，婢眉与乳可验也。”某公曰：“于律谋而未行，仅减一等。减则可，免则不可。”卒并杖之，创几殆。自以为河东柳氏之家法，不是过也。自此恶其无礼，故稽其婚期。二人遂同役之际，举足趑趄[2]；无事之时，望影藏匿。跋前疐后[3]，日不聊生。渐郁悒成疾，不半载内，先后死。其父母哀之，乞合葬。某公仍怒曰：“嫁殇非礼，岂不闻耶?”亦不听。后某公殁时，口喃喃似与人语，不甚可辨。惟“非我不可”，“于礼不可”二语，言之十馀度，了了分明。咸疑其有所见矣。

夫男女非有行媒，不相知名，古礼也。某公于孩稚之时，即先定婚姻，使明知为他日之夫妇。朝夕聚处，而欲其无情，必不能也。“内言不出于阃，外言不入于阃[④]”，古礼也。某公僮婢无多，不能使各治其事；时时亲相授受，而欲其不通一语，又必不能也。其本不正，故其末不端。是二人之越礼，实主人有以成之。乃操之已蹙，处之过当，死者之心能甘乎？冤魄为厉，犹以“于礼不可”为词，其斯以为讲学家乎？

【注释】

①骙（ái）：傻，愚蠢。

②趑趄（zī jū）：想前进又不敢前进。

③跋前疐（zhì）后：意谓老狼前进就踩住它的胡子，后退又会被尾巴绊倒了，比喻进退两难的处境。

④阃（kǔn）：内室。

【译文】

饮食与情欲，是人生最大的欲望。但是违背道义，违反人伦纲常，败坏风气习俗的事，都是王法坚决禁止的。而那些痴男怨女，有钟情爱恋的对象，只要他们没有过分违背礼法，似乎不应对他们过分苛求追究。

我小时候听说某先生在员外郎任上时，自以为气节严正。他曾经把家中的一个小丫环指配给一个小奴仆，这事情说了已不是一年两年了，他们往来出入，并不相互回避。一天，二人在庭院里嬉笑玩耍，正巧被某公撞上了，他见两个人脸上的笑容还未收敛，便怒冲冲地说：“这是通奸私奔啊！按法律规定，与未婚妻通奸的，当处以杖刑。”说完后，急急命人动手打。众人说：“小孩子们嬉笑游戏，实际上并没有奸情，这从小丫环的眉眼和乳房上可以得到验证。”某公说：“按法律规定，有预谋而未形成事实的，只是罪减一等。减罪可以，但不能免。”于是把两个孩子打了个半死。他自己觉得，把自己与治家严谨的河东柳氏相提并论，也不过如此了。从此以后，他因为厌恶两个孩子无礼，便故意推迟他们的婚期。弄得二人一起干活儿时，躲躲闪闪的；没事的时候，也是互相藏来躲去，不敢相见。他们进也不是退也不是，前忧后虑，惶惶不可终日。渐渐地忧郁成疾，不到半年，便先后死去了。他们的父母可怜两个孩子，乞求某公让他们合葬一处。某公仍是怒气冲冲地说："未成年的女子死后合婚不合礼数，难道你们没听说过吗?"他对此置之不理。后来某公临死时，口中喃喃地像是对人说着什么，但听不太清。只有"没有我同意就不行"、"从礼数上就不行"两句话，他重复了十几遍，使人听得清清楚楚。人们疑心他昏迷中见到了什么。

男女之间没有媒人牵线，他们便互相不知道姓名，这也算古代的礼仪了。某公在丫环和奴仆孩提的时候，便为他们定下了婚事，使他们明确得知早晚会成为夫妇。他们朝夕相处，要想让他们不产生感情，是不可能的。"闺阁内外不通话"，这是自古以来的礼法。某公家中童仆丫环不多，做不到男女分开，各司其事；他们时常接触，想禁止他们交谈，又是不可能的。根本上不正，枝节就不可能正。这两个孩子即便有超越礼法的行为，也是因为主人造成的。某公对他们的婚事操之过急，对二人的行为处置不当，死者难道会甘心吗?冤魂变为厉鬼登门作祟，他还振振有词地说什么"从礼数上说不行"作为辩解，难道鬼魂还会管你是什么讲学家吗?

【原典】

沧洲酒，阮亭先生谓之"麻姑酒"[①]，然土人实无此称。著名已久，而论者颇有异同。盖舟行来往，皆沽于岸上肆中，村酿薄醨[②]，殊不足辱杯斝[③]；又土人防征求无餍[④]，相戒不以真酒应官，虽笞箠不肯出，十倍其价亦不肯出，保阳制府，尚不能得一滴，他可知也。其酒非市井所能酿，必旧家世族，代相授受，始能得其水火之节候。水虽取于卫河，而黄流不可以为酒，必于南川楼下，如金山取江心泉法，以锡罂沉至河底[⑤]，取其地涌之清泉，始有冲虚之致。其收贮畏寒畏暑，畏湿畏蒸，犯之则味败。其新者不甚佳，必庋阁至十年以外[⑥]，乃为上品，一罂可值四五金。然互相馈赠者多，耻于贩鬻。又大姓若戴、吕、刘、王，若张、卫，率多零替，酿者亦稀，故尤难得。或运于他处，无论肩运、车运、舟运，一摇动即味变。运到之后，必安静处澄半月，其味乃复。取饮注壶时，当以杓平挹；数摆拨则味亦变，再澄数日乃复。姚安公尝言：饮沧酒禁忌百端，劳苦万状，始能得花前月下之一酌，实功不补患；不如遣小竖随意行沽[⑦]，反陶然自适，盖以此也。其验真伪法：

南川楼水所酿者，虽极醉，胸膈不作恶，次日亦不病酒，不过四肢畅适，恬然高卧而已。其但以卫河水酿者则否。验新陈法：凡庋阁二年者，可再温一次；十年者，温十次如故，十一次则味变矣；一年者再温即变，二年者三温即变，毫厘不能假借，莫知其所以然也。

董曲江前辈之叔名思任，最嗜饮。牧沧州时，知佳酒不应官，百计劝谕，人终不肯破禁约。罢官后，再至沧州，寓李进士锐巅家，乃尽倾其家酿。语锐巅曰："吾深悔不早罢官。"此虽一时之戏谑，亦足见沧酒之佳者不易得矣。

【注释】

①阮亭先生：清代学者王士祯。

②醨（lí）：薄酒。

③斝（jiǎ）：古代用于盛酒的器具，通常用青铜铸造，圆口，三足。

④无餍（yàn）：无休止。

⑤罂（yīng）：大腹小口的瓶子。

⑥庋（guǐ）：放置，保存。

⑦小竖：小童仆。竖，旧称未成年的童仆、小臣，引申为卑贱的。

【译文】

沧洲酒，阮亭先生称之为"麻姑酒"，但当地人并没有这么叫的。虽然沧洲酒久负盛名，但谈论起沧洲酒人们看法很不一样。这里舟船往来，都上岸买酒喝，酒店里的家酿薄酒，实在不怎么样；还有当地人为了防止官府无休止地征酒，便相约不卖正宗沧州酒给官府的人，即便是挨打也不肯拿出来，出十倍的价钱也不卖，保定知府尚且连一滴也得不到，何况他人。沧洲酒不是一般人家所能酿造的，必须是酿酒世家世代相传，才能掌握好酿制沧州酒的水、火的节候。酿酒的水虽然取之于卫河，但是浑浊的水不能酿酒，必须在南川楼下，像金山和尚在江心取泉水那样，把锡瓶沉到河底，汲取地下涌出的清泉水，这样酿出来的酒才有淡雅的味道。贮存的沧洲酒怕冷怕热，怕湿怕燥，环境稍稍不对劲，味道就变了。新酿的酒不太好喝，必须把它放置在架上，过了十年之后，才算是上品，一坛能值四五两银子。但是人们大多用来互相馈赠，而耻于拿到街市上去卖。而且酿酒大户如戴家、吕家、刘家、王家，还有张家、卫家等，都衰落了，酿酒的人少了，所以这种酒尤其难得。

如要把这种酒运到别处，或者肩扛、车载、船运，一晃动它就变味。运到之后，必须把它静放半个月，才能恢复原味。喝酒时要把酒装入壶中，必须用酒杓平平地舀；如果用酒杓搅来搅去，酒味也变，这样也必须静放几天才能恢复原味。姚安公曾经说：喝沧洲酒有无数的禁忌，经过万般劳苦之后，才能喝到花前月下的那一杯，好处实在补偿不了辛劳；不如打发小僮去随便买来一壶，反倒陶然自乐。就是因为这个原因。检验沧洲酒真假的方法是：喝南川楼水酿的酒，虽然大醉，胸膈间也不难受，第二天也没有醉酒的症状，只是感到四肢非常舒服，想安静睡觉而已。如果用卫河水酿的酒，情况就相反了。检验沧州酒新陈的方法是：凡是贮藏两年的，可以温两次；贮藏十年的，可以温十次，味道不变，温十一次，味就变了；放了一年的酒，温两次味就变了，放了两年的，温三次味就变了。这一点儿也不能作假，也不知是什么原因。

董曲江前辈的叔叔名叫思任，最爱喝酒。任沧洲知州时，他知道好酒不交官府，百般劝说，酿酒人还是不肯破坏禁约。于是他在罢官之后又来到沧州，住在进士李锐巅家，把他家

酿的好酒都喝光了。他对李锐巅说："我真后悔没有早些罢官。"这虽然是一时的玩笑话，也足以证明好的沧州酒不容易喝到。

【原典】

有与狐为友者。天狐也，有大神术，能摄此人于千万里外。凡名山胜境，恣其游眺，弹指而去，弹指而还，如一室也。尝云："惟贤圣所居不敢至，真灵所驻不敢至，馀则披图按籍，惟意所如耳。"一日，此人祈狐曰："君能携我于九州之外，能置我于人闺阁中乎？"狐问何意，曰："吾尝出入某友家，预后庭丝竹之宴。其爱妾与吾目成，虽一语未通，而两心互照。但门庭深邃，盈盈一水，徒怅望耳。君能于夜深人静，摄我至其绣闼，吾事必济。"狐沉思良久，曰："是无不可。如主人在何？"曰："吾侦其宿他姬所而往也。"后果侦得实，祈狐偕往。狐不俟其衣冠，遽携之飞行。至一处，曰："是矣。"瞥然自去，此人暗中摸索，不闻人声，惟觉触手皆卷轴，乃主人之书楼也。知为狐所弄，仓皇失措，误触一几倒，器玩落板上，碎声砰然。守者呼："有盗！"僮仆坌至，启锁明烛，执械入。见有人瑟缩屏风后，共前击仆，以绳急缚。就灯下视之，识为此人，均大骇愕。此人故狡黠，诡言偶与狐友忤，被提至此。主人故稔知之，拊掌揶揄曰："此狐恶作剧，欲我痛抶君耳①。姑免笞，逐出！"因遣奴送归。他日，与所亲密言之，且詈曰："狐果非人，与我相交十馀年，乃卖我至此。"所亲怒曰："吾与某交，已不止十馀年，乃借狐之力，欲乱其闺阃。此谁非人耶？狐虽愤君无义，以游戏儆君，而仍留君自解之路，忠厚多矣。使待君华服盛饰，潜挈置主人卧塌下，君将何词以自文？由此观之，彼狐而人，君人而狐者也。尚不自反耶？"此人愧沮而去。狐自此不至，所亲亦遂与绝。郭彤纶与所亲有瓜葛，故得其详。

【注释】

①抶（chì）：用鞭、杖或竹板之类的东西打。

【译文】

有个人和狐狸是朋友。这是一只天狐，法术神通广大，能在千万里之外遥控这个人。凡是名胜古迹，任他游玩观赏，弹指间去了，弹指间又回来，好像在一间房子里走动。狐狸曾经说："只有圣贤住的地方不敢去，真正的神灵住的地方不敢去，其余地方都能按照地图书籍的指示，想到哪里都可以如愿。”一天，这个人请求狐狸说：“你能把我带到九州之外，那么你能把我带到人家的闺阁里去吗?”狐狸问他是什么意思。他说：“我曾经在某个朋友家往来出入，参加了在他家后院举行的歌舞宴会。朋友的爱妾和我目光相触，虽然没有说一句话，但是两颗心却互相明白。只是他家宅深大，就像牛郎织女一水相隔，只能怅然相望罢了。你如果能够在夜深人静时把我弄到她的闺房里，我的好事一定会成功。”狐狸沉思了好久，说：“这没有什么不能够办到的。如果刚好主人在怎么办?”他说：“等我打听到他在其他姬妾屋里时再去。”后来他打听清楚了，请求狐狸带他去。狐狸不等他穿戴好，就马上带着他飞行。到了一个地方说：“是这里了。”然后转眼就不见了。这人在黑暗中摸索，听不见人的声音，只感觉到手触摸到的都是卷轴，原来是主人的书楼。他知道被狐狸耍了，仓皇失措，不小心碰倒了一张案几，器玩落在地板上，发出破碎的“砰砰”声。守夜的喊：“有贼!”僮仆一起赶来，打开锁点亮烛火，拿着棍棒进了房间。看见一个人瑟缩在屏风后面，一起上前把他打倒，用绳子捆缚起来。在灯下仔细一看，认出是他，都很吃惊。这人也很狡猾，撒谎说偶然和狐友闹翻了，被扔到这儿。主人和他很熟悉，拍着手嘲弄他说：“这是狐狸的恶作剧，想要我痛打你罢了。现在暂且免除挨打，赶出去!”于是派奴仆把他送了回去。后来有一天，他和好友悄悄说起这件事，并骂道：“狐狸果然不是人，和我交往了十多年，还这样把我卖了。”好友怒道：“你和某某相交，已经不只十多年，还想借助于狐狸的力量，勾搭他的妻妾。究竟谁不是人呢?狐狸虽然为你不讲义气而生气，开玩笑来警告你，却还是给你留下脱身的后路，这就很忠厚了。假使等你穿得仪表堂堂，偷偷把你弄到主人的床下，你还怎么来掩饰自己呢?由此看来，那狐狸是人，你虽然有人的外表却实际上是狐狸。你还不自己反省吗?”这个人惭愧沮丧地走了。狐狸从此不再与他交往，朋友也渐渐和他断绝了关系。郭彤纶和这人的朋友有些交情，因此知道这件事的详细经过。

【原典】

老儒刘泰宇，名定光，以舌耕为活①。有浙江医者某，携一幼子流寓，二人甚相得，因卜邻。子亦韶秀，礼泰宇为师。医者别无亲属，濒死托孤于泰宇。泰宇视之如子。适寒冬，夜与共被。有杨甲为泰宇所不礼，因造谤曰："泰宇以故人之子为娈童。"泰宇愤恚，问此子知尚有一叔，为粮艘旗丁掌书算。因携至沧州河干，借小屋以居；见浙江粮艘，一一遥呼，问有某先生否。数日，竟得之，乃付以侄。其叔泣曰："夜梦兄云，侄当归。故日日独坐舵楼望。兄又云：'杨某之事，吾得直于神矣。'则不知所云也。"泰宇亦不明言，悒悒自归。迂儒拘谨，恒念此事无以自明，因郁结发病死。灯前月下，杨恒见其怒目视。杨故犷悍，不以为意。数载亦死。妻别嫁，遗一子，亦韶秀。有宦室轻薄子，诱为娈童，招摇过市，见者皆太息。泰宇，或云肃宁人[②]，或云任邱人[③]，或云高阳人[④]。不知其审，大抵住河间之西也。迹其平生，所谓殁而可祀于社者欤！此事在康熙中年，三从伯灿宸公喜谈因果，尝举以为戒。久而忘之。戊午五月十二日[⑤]，住密云行帐，夜半睡醒，忽然忆及，悲其名氏翳如[⑥]。至滦阳后，为录大略如右。

【注释】

①舌耕：指教书。

②肃宁：在今河北沧州以西。

③任邱：在今河北中部。

④高阳：在今河北中部。

⑤戊午：嘉庆三年（1798 年）。

⑥翳如：湮灭无闻。

【译文】

老儒生刘泰宇，名定光，以教书为生。有个浙江医生带着个幼子流落到刘泰宇的村子，两人相处很好，便比邻而居。医生的儿子聪敏清秀，拜刘泰宇为师。医生没有别的亲属，临终时把儿子托付给刘泰宇。刘泰宇把他的儿子当作自己的儿子。在寒冷的冬夜里，两人共盖一条被子。有个叫杨甲的人，刘泰宇很看不上他，这人造谣说："刘泰宇把朋友的儿子当娈童。"刘泰宇又气又恨，问孩子，知道小孩还有个叔叔，为押运粮船的旗兵管文书账目。于是他把小孩带到沧州河岸，借了一间小屋居住；见了浙江粮船便一一呼叫，问有位某某先生在不在船上。这么找了几天，竟然真的找到了小孩的叔叔，把小孩交给了他。小孩的叔叔哭道："昨夜梦见哥哥说，我侄子该回来了。所以我天天坐在舵楼上望。哥哥还说：'杨某的事，我要向神申诉。'不知说的是什么事。"刘泰宇也不明说，闷闷不乐地自己回来了。这个老儒生一向迂阔拘谨，常常思考这事没法洗清自己，结果忧郁成病死去。在灯前月下，杨甲经常看见刘泰宇怒目而视。杨甲本性强悍凶暴，也不在乎。过了几年，杨甲也死了。他妻子改嫁，扔下一个儿子，也长得聪明清秀。有位做官人家的轻薄公子哥儿引诱这个小孩当了娈童，毫不避人地招摇过市，见到这小孩的人都叹息。有人说刘泰宇是肃宁人，有人说是任邱人，有人说是高阳人。不知究竟是哪儿的人，大概是在河间府以西的地方。考察一下他的生平，就是那种死后可以在社庙里享祭的人吧！这事发生在康熙年间中期，我的三堂伯灿宸公喜欢谈因果，曾经讲起这事叫人引以为戒。年长日久，我也忘了这事。嘉庆三年五月十二日，我住在密云的行军帐篷里，半夜醒来，忽然想起这件事，感伤他的姓名事迹渐渐为人所忘。到了滦阳后，就写下了以上大略情况。

【原典】

小时闻乳母李氏言：一人家与佛寺

邻。偶寺廊跃下一小狐，儿童捕得，絷缚鞭棰[1]，皆慑伏不动。放之则来往于院中，绝不他往。与之食则食，不与之食亦不敢盗；饥则向人摇尾而已。呼之似解人语，指挥之亦似解人意。举家怜之，恒禁儿童勿凌虐。一日，忽作人语曰："我名小香，是钟楼上狐家婢。偶嬉戏误事，因汝家儿童顽劣，罚受其蹂躏一月。今限满当归，故此告别。"问："何故不逃避?"曰："主人养育多年，岂有逃避之理?"语讫，作叩额状，翩然越墙而去。时余家一小奴窃物远飏，乳母因说此事，喟然曰："此奴乃不及此狐。"

【注释】

①絷（zhí）：原指拴住马足的绳索，这里指拘禁，束缚。

【译文】

小时候听乳母李氏说：一户人家挨着佛寺。一天佛寺廊殿上突然跳下一只小狐狸，被儿童们捉住，用绳子绑住鞭打，小狐老老实实地趴在地上不动。放开它就在院子中来来往往，绝不到别处跑，给它食物就吃，不给也不敢偷；饿了就向人摇尾巴。叫它好像懂得人的语言，指示它做什么好像也懂得人的意思。全家人都很喜欢它，总是禁止儿童虐待它。一天，它忽然说起了人话："我名叫小香，是钟楼上狐家的婢女。有一次因为贪玩误了事，又因为你们家的儿童顽皮捣蛋，主人就罚我受他们虐待一个月。现在期限到了，应当回去，因此向你们告别。"问它："为什么不逃避?"它说："主人养育我多年，哪有逃避的道理?"说完，做出叩头的样子，然后轻轻地翻墙走了。当时我家一个小奴仆偷了东西远走高飞了，乳母说了这个故事，叹息说："这个小奴仆还不如这只狐狸。"

【原典】

陈云亭舍人言：其乡深山中有废兰若[1]，云鬼物据之，莫能修复。一僧道行清高，径往卓锡[2]。初一两夕，似有物窥伺。僧不闻不见，亦遂无形声。三五日后，夜有野叉排闼入，狰狞跳掷，吐火嘘烟。僧禅定自若。扑及蒲团者数四，然终不近身；比晓，长啸去。次夕，一好女至，合什作礼，请问法要。僧不答，又对僧琅琅诵《金刚经》，每一分讫，辄问此何解。僧又不答。女子忽旋舞，良久，振其双袖，有物簌簌落满地，曰："此比散花何如?"且舞且退，瞥眼无迹。满地皆寸许小儿，蠕蠕几千百，争缘肩登顶，穿襟入袖。或龁啮，或搔爬，如蚊虻虮虱之攒咂，或抉剔耳目，擘裂口鼻，如蛇蝎之毒螫。撮之投地，爆然有声，一辄分形为数十，弥添弥众。左支右诎，困不可忍，遂委顿于禅榻下。久之苏息，寂无一物矣。僧慨然曰："此魔也，非迷也。惟佛力足以伏魔，非吾所及。浮屠不三宿桑下③，何必恋恋此土乎？"天明，竟打包返。余曰："此公自作寓言，譬正人之愠于群小耳。然亦足为轻尝者戒。"云亭曰："仆百无一长，惟平生不能作妄语。此僧归路过仆家，面上血痕细如乱发，实曾目睹之。"

【注释】

①兰若：梵语"阿兰若"的省称，即躲避人间热闹之地，供修道者居住精修之用。泛指寺庙。

②卓锡：指僧人的停留。卓，植立。锡，锡杖，僧人外出的用具。

③浮屠不三宿桑下：意思是佛陀传教，从不连续住宿在同一棵树下。

【译文】

中书舍人陈云亭说：他家乡的深山中有座破寺庙，说是被鬼类占据着，没有人去修复。一个和尚道行清高，径自到寺里去住。刚去的一两夜，好像有什么怪物来窥伺。和尚不闻不见，这个怪物没有显形也没出声。第三天到第五天，夜间有夜叉推门闯进来，面目凶恶又窜又跳，吐火喷烟。和尚静坐自若。夜叉多次扑到他坐的蒲团边，但始终没有近他身，天亮后，夜叉长啸一声离去了。第二天晚上，来了一位美女，合掌行礼，向和尚请问佛经的意思。和尚不答，她又对着和尚琅琅朗诵《金刚经》，她每朗诵完一段，就问这一段什么意思。和尚还是不回答。美女忽然旋转着舞起来，舞了好久，一抖双袖，里面有东西簌簌落了满地，她说："这比天女散花怎样？"她一边舞着一边后退，转眼不见了。只见满地都是一寸左右高的小孩，蠕动着有几千几百个，争着沿着和尚的肩膀爬上头顶，或从衣襟、袖子钻进去。或者乱啃乱咬，或者爬来爬去，好像蚊虻虮虱聚堆叮咬；有的还扒眼睛、耳朵，撕嘴、拉鼻子，好像是蛇、蝎螫人。抓住它往地上一扔，还发出一声爆响，一个又分裂成几十个，越来越多。和尚左右挣扎，一夜疲劳，终于支持不住，瘫在禅床下。过了好久他才醒来，已经安安静静一个小人也没有了。和尚感慨地说："这是魔，不是迷人的妖物。只有佛力才足以伏魔，这不是我所能的。浮屠不连着在同一棵桑树下住三夜，我何必依恋这里呢？"天亮径自打包回去了。我说："这是陈先生编的一篇寓言，比喻正人君子受到众多小人的欺负。但这也足以让那些贸然采取行动的人引以为戒。"陈云亭说："我什么长处也没有，唯有一生不说谎。这个和尚回来时路过我家，脸上的血痕细如乱发，我确实亲自看到过。"

卷二十四　滦阳续录六

【原典】

景城北冈有玄帝庙①，明末所建也。岁久，壁上霉迹隐隐成峰峦起伏之形，望似远山笼雾。余幼时尚及见之。庙祝棋道士病其晦昧，使画工以墨钩勒，遂似削圆方竹。今庙已圮尽矣。棋道士不知其姓，以癖于象戏②，故得此名。或以为齐姓误也，棋至劣而至好胜，终日丁丁然不休。对局者或倦求去，至长跪留之。尝有人指对局者一着，衔之次骨，遂拜绿章③，诅其速死。又一少年偶误一着，道士幸胜。少年欲改着，喧争不许。少年粗暴，起欲相殴。惟笑而却避曰："任君击折我肱，终不能谓我今日不胜也。"亦可云痴物矣。

【注释】

①玄帝：指颛顼，为上古五帝之一。

②象戏：指象棋。

③拜绿章：旧时道士祭天时所写的奏章表文，用朱笔写在青藤纸上。

【译文】

景城北面的山冈上有座玄帝庙，是明代末年建造的。由于年代久远，庙堂的墙壁上出现了发霉的痕迹，这些霉痕形成了隐隐约约的峰峦起伏的形状，看上去像是笼罩着烟雾的远山。这是我小时候曾亲眼见过的。庙中的住持棋道士不喜欢这阴晦暗淡的色调，就让画工用笔墨勾勒渲染，就像把方竹削圆了一样煞风景。如今，这座庙早已坍塌废弃了，棋道士这个人，谁都说不上他的姓名。因为他酷好下象棋，因而得了这个雅号。有人说他姓齐，恐怕是误为棋字。棋道士的棋术很差，却又总是逞强好胜，终日与对手争执不休。有时候，棋友累了想回家休息，他拼命挽留，甚至跪下来一再恳求。曾经有个人为他的对手支了一着棋，他便对人家恨之入骨，暗中写了符咒，咒人家赶快死。还有一次，一个年轻人与他对局，因走错了一着，使他侥幸获胜。年轻人想要悔棋，他吵嚷着坚决不答应。那个年轻人性情粗暴，站起身来要打他。他一边躲闪一边笑着说："即便你打断了我的胳膊，你也不得不承认我今天赢了你。"这个道士真称得上是个棋痴了。

【原典】

高官农家畜一牛，其子幼时，日与牛嬉戏，攀角捋尾皆不动。牛或嗅儿顶、舐儿掌，儿亦不惧。稍长，使之牧。儿出即出，儿归即归，儿行即行，儿止即止，儿睡则卧于侧，有年矣。一日往牧，牛忽狂奔至家，头颈皆浴血，跳踉哮吼，以角触门。儿父出视，即掉头回旧路。知必有变，尽力追之。至野外，则儿已破颅死；又一人横卧道左，腹裂肠出，一枣棍弃于地。审视，乃三果庄盗牛者。（三果庄回民所聚，沧州盗薮也①。）始知儿为盗杀，牛又触盗死也。是牛也，有人心焉。

又西商李盛庭买一马，极驯良。惟路逢白马，必立而注视，鞭策不肯前。或望见白马，必驰而追及，衔勒不能止。后与原主谈及，原主曰："是本白马所生，时时觅其母也。"是马也，亦有人心焉。

【注释】

①盗薮（sǒu）：强盗窝。

【译文】

高官的农民家里养了一头牛，他儿子小的时候，天天与这头牛嬉戏玩闹，攀牛角，拉牛尾，牛都不乱动。有时候这头牛还用鼻子嗅嗅孩子的头，舔孩子的手，孩子也不怕。等到孩子长大了一些，家里便叫孩子去放牛。从此以后，孩子出门，牛就跟着出门；孩子回家，牛也跟着回家；孩子走路，牛就跟着走路；孩子停下来，牛也停下来；孩子躺在草地上，牛就躺在他旁边。这样子过了好几年。有一天，孩子去放牛，忽然那头牛飞奔回家，牛头牛颈都沾满鲜血，又跳又叫，还用牛角撞门。孩子的父亲出来看时，牛又回头向原路跑去。孩子父亲知道一定出事了，就极力追赶。到了野外，看见孩子已头破而死了；又有一个人横卧在路边，肚子开裂，肠子流出来，一根枣木棍丢在地上。仔细一看，原来是三果庄的偷牛贼。（三果庄是回民聚居的地方，是沧州的强盗窝。）孩子父亲这才知道，孩子被强盗杀死，牛又把强盗顶死了。这头牛，是有人的心肠的。

还有一个西北商人李盛庭，买来一匹马，十分驯良。只是在路上碰到白马，一定站下来仔细看，鞭打也不肯前进。或者远远望见有白马，一定飞跑过去追上，硬拉马缰也控制不住。后来和这匹马原来的主人讲到这件事，原来的主人说："这匹马本来是白马生的，经常要寻找它的母亲。"这匹马，也是有人的心肠的。

【原典】

古人祠宇，俎豆一方[①]，使后人挹想风规[②]，生其效法，是即维风励俗之教也。其间精灵常在，肸蚃如闻者[③]，所在多有；依托假借，凭以猎取血食者，间亦有之。

相传有士人宿陈留一村中，因溽暑散步野外。黄昏后，冥色苍茫，忽遇一人相揖。俱坐老树之下，叩其乡里名姓。其人云："君勿相惊，仆即蔡中郎也[④]。祠墓虽存，享祀多缺；又生叨士流，殁不欲求食于俗辈。以君气类，故敢布下忱。明日，赐一野祭可乎？"士人故雅量，亦不恐怖，因询以汉末事。依违酬答，多罗贯中《三国演义》中语，已窃疑之；及询其生平始末，则所述事迹与高则诚《琵琶记》纤悉曲折[⑤]，一一皆同。因笑语之曰："资斧匮乏，实无以享君，君宜别求有力者。惟一语嘱君：自今以往，似宜求《后汉书》、《三国志》、中郎文集稍稍一观[⑥]，于求食之道更近耳。"其人面赧彻耳，跃起现鬼形去。是影射敛财之术，鬼亦能之矣。

【注释】

①俎豆：指祭祀。俎、豆，都是古代放祭祀品的器具。

②抱想：联想。

③肸蚃（xī xiǎng）：散布，弥漫，引申为连绵不绝。

④蔡中郎：蔡邕（133—192），字伯喈，东汉时期著名文学家、书法家，著名才女蔡文姬之父。因官至左中郎将，故后人称他为“蔡中郎”。

⑤高则诚（1305—？）：名明，号责诚，又号莱根道人，曾断断续续为官十余年。《琵琶记》：讲述汉代书生蔡伯喈与赵五娘悲观离合的故事，剧中蔡伯喈只是假托，并非历史上的蔡邕本人之事。

⑥中郎文集：指蔡中郎文集。

【译文】

在古人的祠堂里，都祭祀着某一方面的人，使后人遥想他们的风范榜样，从而学习效法，这就起到了维持风化的作用。这里有许多古人精灵常在，极为灵验；冒名假托，借以猎取祭祀的食物，也是有的。

传说有个书生住在陈留的

一个村子里，因为天热在野外散步。黄昏之后，暮色苍茫，忽然遇见一个人来作揖搭话。书生和这个人都坐在老树下，问起他的籍贯姓名。这个人说：“你不要怕，我就是蔡邕蔡中郎。我的祠堂、坟墓虽然还在，但不大有人祭祀了。而我生前是个读书人，死后还不愿意向那些世俗之辈求祭。因为和你气味相投，所以来说说我的心情。明天在这儿祭奠我一次行么？”士子一向度量宽宏，也不害怕，随便问起汉代末年的事。但鬼回答的模棱两可，大多是《三国演义》中的内容，士子便因而生疑。待问及鬼的生平情况，鬼所叙述的详细情况，一一都与高则诚的《琵琶记》中情节相合。于是士子笑道：“我缺少钱财盘缠，实在没有什么可以祭奠你，你应该去求富裕的人。我还有一句话嘱咐你：以后似乎应该找《后汉书》、《三国志》和《蔡中郎集》来翻翻，这样你再装蔡邕出去求祭，就更像了。”鬼的脸一下红到了耳根，跳起来显了鬼的原形跑了。这个故事是在影射某些人骗取财物，其实鬼也会这种骗术。

附录　纪汝佶六则

【原典】

亡儿汝佶，以乾隆甲子生[①]。幼颇聪慧，读书未多，即能作八比。乙酉举于乡[②]，始稍稍治诗，古文尚未识门径也。会余从军西域，乃自从诗社才士游，遂误从公安、竟陵两派入[③]。后依朱子颖于泰安，见《聊斋志异》抄本，时是书尚未刻。又误堕其窠臼[④]，竟沉沦不返，以讫于亡。故其遗诗遗文，仅付孙树庭等存乃父手泽，余未一为编次也。惟所作杂记，尚未成书，其间琐事，时或可采。因为简择数条，附此录之末，以不没其篝灯呵冻之劳。又惜其一归彼法，百事无成，徒以此无关著述之词，存其名字也。

【注释】

①乾隆甲子：乾隆九年（1744年）。

②乙酉：乾隆三十年（1765年）。

③公安：公安派，是明神宗万历年间以袁宏道及其兄袁宗道、弟袁中道三人为代表的文学流派，因三人是湖北公安人而得名。公安派反对前七子和后七子的拟古风气，主张“独抒性灵，不拘格套”，发前人之所未发。其创作成就主要在散文方面，清新活泼，自然率真，但多局限于抒写闲情逸致。竟陵：竟陵派，又称钟谭派，是明代后期文学流派，因为主要人物钟惺、谭元春都是竟陵人，故被称为“竟陵派”。和公安派一样，竟陵派也主张性灵说，是明末反对诗文拟古潮流的重要一派。

④窠（kē）臼：指现成的格式，老套子。

【译文】

早逝的儿子汝佶生于乾隆九年。小时很聪慧，没读多少书，便能作八股文。乾隆三十年中了举人，这才开始钻研诗，古文还没有找到正确的途径。时值我从军西域，他便自己结识了诗社的成员，错误地学习了公安、竟陵两派的文风。后来又在泰安跟朱子颖学习，读到《聊斋志异》抄本，当时这本书还没有刻本。又误入它的窠臼，竟然沉溺其中而不能自拔，直到病故。他的遗诗遗文，只交给了孙子树庭等人，作为他们父亲的遗物保存，我没有加以编排。唯有他所写的杂记，还没成书，其中有的写些琐事，还可采用，因此选择了几条，附录在此，以不埋没他忍冻熬夜写作的辛劳。同时又惋惜他误入歧途，一事无成，却只靠这种无关著书立说的文字来留下自己的名字。

【原典】

花隐老人居平陵城之东，鹊华桥之西，不知何许人，亦不自道真姓字。所居有亭台水石，而莳花尤多。居常不与人交接，然有看花人来，则无弗纳。曳杖伛偻前导，手无停指，口无停语，惟恐人之不及知、不及见也。园无隙地，殊香异色，纷纷拂拂，一往无际，而兰与菊与竹，尤擅天下之奇。兰有红有素，菊有墨有绿。又有丹竹纯赤，玉竹纯白；其他若方若斑，若紫若百节。虽非目所习见，尚为耳所习闻也。异哉，物之聚于所好，固如是哉！

【译文】

花隐老人住在平陵城以东，鹊华桥以西，不知他是哪里人，他也从不披露自己的真名实姓。他的居所有亭台水石，而且种有很多花草。花隐老人平常不喜欢交游，然而如果有人来看花，他却从不拒绝。他每每拄着拐杖、弯腰驼背在客人面前做引导，手里不停地比画着，嘴里不停地说着，唯恐别人不懂花、看不到花。园子里几乎没有空隙，到处是殊香异色，纷纷拂拂地一眼看不到边际，其中的兰花、菊花和竹子，更称得上是天下的珍奇了。兰花中有红色的和白色的，菊花中有墨菊和绿菊。还有两种竹子，一种全身赤红，一种上下纯白，其他竹子的形状也是千奇百怪，有方形的，有全身长满了斑点的；有紫色的，有像是生有百节的。这些奇花异木，不是人们所能常见，只不过是常听人说起而已。奇怪啊，物品聚集在爱好它的人那里，这话真是不假。

【原典】

士人某寓岱庙之环咏亭。时已深冬，北风甚劲。拥炉夜坐，冷不可支，乃息烛就寝。既觉，见承尘纸破处有光。异之，披衣潜起，就破处审视。见一美妇，长不满二尺，紫衣青袴，着红履，纤瘦如指，髻作时世妆；方爇火炊饭，灶旁一短足几，几上锡檠荧然①。因念此必狐也。正凝视间，忽然一嚔。妇惊，触几灯覆，遂无所见。晓起，破承尘视之。黄泥小灶，光洁异常；铁釜大如碗，饭犹未熟也；小锡檠倒置几下，油痕狼藉。惟爇火处纸不燃，殊可怪耳。

【注释】

①檠（qíng）：灯架，烛台。

【译文】

某书生借住在岱庙的环咏亭。当时已是深冬，北风刮得很紧。他夜里围着炉火坐，冷得受不了，便灭灯就寝。一觉醒来，看见天棚纸破的地方有光亮。他觉得奇怪，悄悄地披衣起来，从破口处仔细看。看到有一个美丽的妇人，身高不到二尺，身穿紫色衣服青色裤子，套着红鞋的脚只有手指那么粗，梳着当时流行的发髻；正在烧火做饭。灶旁有一张矮茶几，茶几上的锡灯盏荧荧亮着。他心想这肯定是狐狸精。正在凝视之间，他忽然打了一个喷嚏。妇人一惊，碰到了矮几，把灯弄倒了，于是什么也看不见了。第二天早上，书生弄破了天棚查看。只见有黄泥筑的小灶，非常光洁；铁锅有碗那么大，里面的饭还没有熟；小锡灯架倒在茶几下面，油迹狼藉一片。只是烧火的地方棚纸没有烧着，真是怪事。

【原典】

徂徕山有巨蟒二[①]，形不类蟒，顶有角如牛，赤黑色，望之有光。其身长约三四丈，蜿蜒深涧中。涧广可一亩，长可半里，两山夹之，中一隙仅三尺许。游人登其巅，对隙俯窥，则蟒可见。相传数百年前，颇为人害。有异僧禁制，遂不得出。夫深山大泽，实生龙蛇，似此亦无足怪；独怪其蜷伏数百年，而能不饥渴也。

【注释】

①徂徕（cú lái）：山名，又名“尤来”、“尤崃”，在今山东泰安东南。

【译文】

徂徕山有两条巨蟒，形状不像一般蟒蛇，头顶有像牛一样的角，红黑色，望过去闪闪发光。巨蟒身体三四丈长，蜿蜒栖息在深涧里。这条山涧有一亩地那么宽，长达半里，在两座山夹峙之中，只有三尺左右的缝隙。游人登上山顶，对着空隙处低头俯视，就能见到巨蟒。相传几百年前，巨蟒为害一方。有个神异的僧人把蟒禁制住，蟒就爬不出来了。深山大泽之中，生长龙蛇，有这样的蟒也不值得奇怪；奇怪的是它潜伏几百年，却不感到饥渴。

【原典】

泰安韩生，名鸣岐，旧家子，业医。尝夤夜骑马赴人家[①]，忽见数武之外有巨人，长十馀丈。生胆素豪，摇鞚径过[②]，相去咫尺，即挥鞭击之。顿缩至三四尺，短发蓬鬙[③]，状极丑怪，唇吻翕辟[④]，格格有声。生下马执鞭逐之。其行缓止，蹒跚地上，竟颇窘。既而身缩至一尺，而首大如瓮，似不胜载，殆欲颠仆。生且行且逐，至病者家，乃不见，不知何怪也。汶阳范灼亭说[⑤]。

【注释】

①夤（yín）夜：深夜，约为三点到五点之间。

②鞚（kòng）：带嚼子的马笼头。

③蓬鬙（sēng）：蓬松散乱。

④翕（xī）：闭合。

⑤汶阳：在山东肥城境内，因在汶水以北，故名。

【译文】

泰安的韩某，名叫鸣岐，是个大族子弟，以行医为业。曾经深夜骑马到人家去，忽然看见几步之外有个巨人，高十多丈。韩鸣岐一向胆大，放马跑过去，距离一尺远的时候，他便挥鞭打去。这个巨人顿时缩到三四尺，蓬头垢面，样子极为丑陋，这怪物的嘴还一张一合，发出格格的响声。韩鸣岐下马挥鞭追赶，怪物动作迟钝，在地上蹒跚而行，极为窘迫狼狈。随后它的身子缩到一尺高，而头却像瓮那么大，身体好像要支撑不住了，几乎要摔倒。韩鸣岐一边走一边追，到了患者的家，怪物不见了，不知这是什么怪物。这是汶阳人范灼亭讲的。

【原典】

戊寅五月二十八日[①]，吴林塘年五旬时，居太平馆中。余往为寿。座客有能为烟戏者，年约六十馀，口操南音，谈吐风雅，不知其何以戏也。俄有仆携巨烟筒来，中可受烟四两，爇火吸之，且吸且咽，食顷方尽。索巨碗瀹苦茗，饮讫，谓主人曰："为君添鹤算可乎？"其张吻吐鹤二只，飞向屋角；徐吐一圈，大如盘，双鹤穿之而过，往来飞舞，如掷梭然。既而嘎喉有声，吐烟如一线，亭亭直上，散作水波云状。谛视皆寸许小鹤，翓翃左右[2]，移时方灭，众皆以为目所未睹也。俄其弟子继至，奉一觞与主人曰："吾技不如师，为君小作剧可乎？"呼吸间，有朵云飘缈筵前，徐结成小楼阁，雕栏绮窗，历历如画。曰："此海屋添筹也[3]。"诸客复大惊，以为指上毫光现玲珑塔，亦无以喻是矣。以余所见诸说部，如掷杯放鹤、顷刻开花之类，不可殚述，毋亦实有其事，后之人少所见多所怪乎？如此事非余目睹，亦终不信也。

【注释】

①戊寅：乾隆二十三年（1758 年）。

②翓翃（xié háng）：鸟上下翻飞的样子。

③海屋添筹：旧时用于祝人长寿。海屋，寓言中堆存记录沧桑变化筹码的房间。筹，筹码。

【译文】

乾隆二十三年五月二十八日，是吴林塘先生五十寿辰，当时，他住在太平馆。我便去那里为他祝寿。在座的客人中，有一位能以烟做游戏，这人约有六十多岁，操南方口音，他谈吐风雅，出语不俗，不知他将要做什么游戏。不一会儿，有个仆人给他拿来一支大烟袋，烟锅里足足可以装四两烟叶，他接过烟袋，点着火吸了起来，边吸边咽，有一顿饭的工夫，把烟吸进了肚子里，他又要了一大碗浓茶喝了下去，喝完了对主人吴先生说："我呼唤两只仙鹤，来为您祝寿吧？"说着，他张开嘴吐出两只仙鹤，飞向大厅一角；他又慢慢地吐出一道烟圈，大小与盘子相仿，仙鹤由烟圈中穿来穿去，往返飞舞，如玉女穿梭。随后，他咳了

一声，吐出了一条烟线，这条烟线笔直向上，渐渐散成水波云雾。仔细一看，那云雾又变作许多一寸左右的小仙鹤，在厅内徘徊飞翔，过了半天，才逐渐消失，众人从来没有见过这种景象。不一会儿，他的弟子也走上前来，先为主人敬上一杯酒，然后说："我的本事比不上老师，只能为您表演个小戏法儿。"说着他吸了一口气，再向空中一吐，便有一朵祥云在酒宴前缥缈隐现，慢慢地变成一座小楼阁，楼阁上雕栏绮窗清清楚楚，就像画一样。这位弟子说："这是'海屋添筹'之意。"众宾客又大为惊讶，认为"指上毫光现玲珑塔"的情景，也无法与眼前的境界相提并论。以我所见的野史小说而言，如"掷杯化鹤"、"顷刻开花"之类的故事实在不少了，说不定是实有其事的，后人大都不信其有，恐怕是少见多怪之故吧？不过，这种事倘若不是我亲眼所见，我也不会相信。

【原典】

豫南李某，酷好马。尝于遵化牛市中见一马，通体如墨，映日有光，而腹毛则白于霜雪，所谓乌云托月者也。高六尺馀，骙尾鬈然①，足生爪，长寸许，双目莹澈如水精，其气昂昂如鸡群之鹤。李以百金得之，爱其神骏，刍秣必身亲②。然性至犷劣，每覆障泥③，须施绊锁，有力者数人左右把持，然后可乘。按辔徐行，不觉其驶，而瞬息已百里。有一处去家五日程，日初就道，比至，则日未衔山也。以此愈爱之。而畏其难控，亦不敢数乘。

一日，有伟丈夫碧眼虬髯，款门求见，自云能教此马。引就枥下，马一见即长鸣。此人以掌击左右肋，始弭耳不动。乃牵就空屋中，阖户与马盘旋。李自隙窥之，见其手提马耳，喃喃似有所云，马似首肯。徐又提耳喃喃如前，马亦似首肯。李大惊异，以为真能通马语也。少间，启户，引缰授李，马已汗如濡矣。临得谓李曰："此马能择主，亦甚可喜。然其性未定，恐或伤人；今则可以无虑矣。"

马自是驯良，经二十馀载，骨干如初。后李至九十馀而终，马忽逸去，莫知所往。

【注释】

①骙（zōng）：马鬃。鬈（quán）然：毛发卷曲的样子。

②秣：给牛羊马等牲畜所喂的草料，这里用作动词，喂养。

③障泥：垂在马腹两侧，用来遮挡尘土的用具。

【译文】

河南南部的李某，十分喜欢马。他曾在遵化的牛市上看到一匹马，全身像墨那样黑，在太阳下闪闪发亮，腹部的毛却比霜雪还白，这就是人们所说的乌云托月马。马有六尺多高，鬃毛尾巴卷起，蹄下生有爪子，一寸多长，双眼明净像水晶，气概高昂像鹤立鸡群。李某用一百两银子买下。他喜爱这匹马的神采骏逸，喂草料时一定亲自动手。但这匹马脾气十分凶恶，每次放上障泥时，一定要拴上绊马索，叫几个有力气的人把马四面拉住，才可以骑坐。提着马缰，从容地奔跑，还没有觉得它快跑，一下子就跑过百里路了。有个地方，离李某家有五日路程，骑这匹马在午前上路，到达时，太阳还没有下山呢。因此，李某更加喜爱这匹马，但又怕难以驾驭，也不敢常骑。

有一天，有一个绿眼睛卷胡子的大汉登门求见，自称能驯服这匹马。李某就把大汉带到马厩，马一见大汉就高声嘶叫。这个大汉用手拍打马的左右两肋，马就不再乱动了。大汉把这匹马拉到一间空屋子里，关上门和马兜圈子。李某从门缝中偷看，只见大汉手提着马耳朵，喃喃地说些什么话，马好像点了点头。慢慢地大汉又提着马耳朵，像前次那样轻轻地说些什么话，马又点了点头。李某十分惊异，以为那大汉真的能懂马语。过了一会儿，大汉开门出来，把缰绳交给李某，这匹马已经是大汗淋漓。大汉临走时对李某说："这匹马会选择主人，也是一件十分可喜的事。但它的性情不稳定，恐怕会伤害人；从今往后就没有这个顾虑了。"

这匹马从此变得很驯良，过了二十多年，身体仍然和从前一样健壮。后来，李某活到九十多岁才去世，这匹马忽然跑走，没有人知道它去了哪里。

参考文献

[1] 纪昀. 阅微草堂笔记 [M]. 韩希明，译注. 北京：中华书局，2014.

[2] 纪昀. 阅微草堂笔记. [M]. 绿净，译注. 上海：上海三联书店，2014.

[3] 纪昀. 阅微草堂笔记 [M]. 哈尔滨：黑龙江美术出版社，2013.

[4] 纪昀. 阅微草堂笔记 [M]. 郑永安，译注. 昆明：云南人民出版社，2011.

[5] 纪昀. 阅微草堂笔记全译 [M]. 上海：上海古籍出版社，2012.

[6] 纪昀. 阅微草堂笔记 [M]. 刘建生，主编. 北京：海潮出版社，2012.